LE NOUVEAU
CONCERT
EUROPÉEN

Du même auteur

Changer, Paris, Stock, 1975.
En sortir ou pas (avec Philippe Alexandre), Paris, Grasset, 1985.
La France par l'Europe, Paris, Clisthène-Grasset, 1988.

JACQUES DELORS

LE NOUVEAU CONCERT EUROPÉEN

EDITIONS
ODILE JACOB

NOTE DE L'ÉDITEUR

Les interventions de Jacques Delors sont réunies par thème et dans un large respect de la chronologie. Chaque thème fait l'objet d'un chapitre précédé d'une note historique qui le met en perspective.

ISBN 2-7381-0158-5

© ÉDITIONS ODILE JACOB, FÉVRIER 1992
15 RUE SOUFFLOT, 75005 PARIS

Préface

La construction européenne est une aventure collective. Chacun peut y travailler, à sa place. Depuis quarante ans, elle a connu des hauts et des bas, ses heures d'enthousiasme et ses périodes de déception. Preuve que rien n'est jamais acquis. Preuve qu'il faut être prudent lorsque l'on analyse le renouveau qui se produit depuis 1984, qu'il convient d'être vigilant pour ne pas perdre, en quelques mois de déraison, une part de l'acquis.

Si je me suis résolu à publier ces interventions que j'ai faites, en tant que Président de la Commission Européenne depuis sept ans, c'est précisément pour contribuer à nourrir la réflexion et le débat. Et ce, dans une année où les Parlements des douze Etats membres vont se prononcer sur la ratification des deux nouveaux accords intervenus au Conseil Européen de Maastricht en décembre 1991, l'Union Politique et l'Union Economique et Monétaire. Leur mise en œuvre devrait permettre à la Communauté Européenne de s'affirmer davantage, à l'extérieur comme une puissance qui peut mettre ses idéaux de paix, de liberté et de solidarité au service de tous les peuples du Monde, à l'intérieur pour élargir nos potentialités économiques et sociales.

Vaste programme, penserez-vous. Et vous n'aurez pas tort. Si la Communauté est sortie de sa phase d'eurosclérose qui nous désespérait tant, elle n'en a pas, pour autant, établi des structures assez solides pour que l'on puisse

7

pronostiquer, sans réserve, sa marche irréversible vers une forme originale d'ensemble politique unissant les forces de ses Etats membres.

Non seulement il y a débat dans plusieurs de nos pays sur la forme et le degré d'intégration que doit connaître la construction européenne – et c'est très bien ainsi –, mais il y a aussi les chocs à répétition de l'Histoire, qui viennent bousculer cet édifice encore fragile et nous provoquent jusqu'à mettre en cause notre responsabilité vis-à-vis de tel ou tel drame. Et je pense, plus particulièrement, à la tragédie yougoslave où tous nos efforts de médiation n'ont pu éviter la guerre civile.

Tel est le destin de l'Europe. A peine a-t-elle effacé les stigmates d'un passé fait de guerres et de tensions à l'Ouest du continent, qu'elle voit surgir à l'Est une formidable et réjouissante explosion de liberté, mais avec tous les aléas de la liberté : les empires qui s'effondrent, les associations qui se défont, l'histoire et la géographie qui reviennent au galop, avec leur cortège d'aspirations à se retrouver soi-même et de tensions entre ethnies, entre peuples.

Nous devons affronter ces risques nouveaux. C'est dans la vocation de la Communauté Européenne d'appliquer aux autres pays du continent la méthode qui lui a si bien réussi. Mais, plus important encore, c'est notre éminente responsabilité que de diffuser la paix, l'échange, la solidarité.

Sommes-nous résolus à relever ces défis ? Nous sommes-nous dotés des moyens suffisants pour réussir ? Ce sont les deux questions centrales qui vont, me semble-t-il, marquer le devenir de nos vieilles nations, durant les vingt à trente années qui viennent.

Considérée sous cet angle, la construction européenne répond à la fois à un idéal et à une nécessité. L'idéal a paru souvent s'estomper après l'euphorie de l'après-guerre ; la nécessité a toujours été présente, insistante même pour ceux qui ne prenaient pas leur parti du déclin historique de l'Europe.

Dès 1935, en effet, André Siegfried lançait cet avertissement :

« Il y a manifestement une crise de l'Europe. Après une

longue période de prédominance, qui semblait aux contemporains devoir durer toujours, le Vieux Monde voit, pour la première fois, son hégémonie contestée [1]. »

Cette analyse ne m'a jamais quitté depuis qu'après la guerre, militant syndicaliste, je me suis intéressé à l'évolution particulière de toutes les nations européennes. Tout au long de ces années, je me suis passionné pour les tentatives menées par les hommes politiques les plus éminents afin d'effacer, dans l'Europe de l'Ouest, les haines et les ressentiments, afin d'établir les bases d'une entente et d'une coopération fructueuses.

Je ne vais pas écrire une nouvelle chronologie des faits qui nous ont menés jusqu'à aujourd'hui. Mais je dois quand même rappeler un événement à mes yeux central, le Congrès de La Haye, en mai 1948, qui déclencha tout le processus qui nous occupe encore aujourd'hui.

La Haye, mai 1948 : enthousiasme et divisions

Ce Congrès fut celui de l'enthousiasme, de la naissance d'un rêve. Figuraient parmi les huit cents personnalités présentes, sous la présidence de Winston Churchill, la plupart des responsables politiques, jeunes et moins jeunes. Au nombre des Français présents, on comptait Paul Reynaud, Paul Ramadier, Raoul Dautry, André Philip, Pierre-Henri Teitgen, mais aussi, et j'en oublie, François Mitterrand, Maurice Faure, Edouard Bonnefous.

Cependant, à La Haye déjà, chacun se frotte à l'Europe des réalités. Les débats d'alors récapituleront toutes les controverses, toutes les hésitations, tous les volontarismes qui allaient dominer la jeune histoire de la construction européenne, de 1948 à nos jours. Le débat s'instaura notamment entre les unionistes et les fédéralistes, à un degré tel que plusieurs participants en sortirent découragés, après tant d'arguments échangés, tant de batailles de procédure. Car la grande Histoire est faite de toutes ces petites choses :

---

1. André SIEGFRIED, *La Crise de l'Europe.*

un processus de décision qui fonctionne ou non, une idée lancée au bon moment, une querelle de nature secondaire qui vient occulter une discussion de première importance ou rendre impossible le dialogue entre deux des acteurs importants. Et nous continuons à vivre cela.

Pour les unionistes, la construction de l'Europe doit se faire essentiellement sur la base d'une coopération entre les Etats. On reconnaîtra là les fondements de la thèse anglaise.

Pour les fédéralistes, l'union des Européens n'est possible que si les Etats consentent à des transferts de souveraineté aux institutions communautaires. C'est la thèse défendue, à des degrés divers, par la plupart des autres membres de la Communauté.

Cette distinction est toujours utile pour comprendre les discussions présentes. Mais l'Europe des réalités, quant à elle, a emprunté aux deux thèses, comme on pourra le constater à l'étude des textes qui composent cet ouvrage.

Pour en terminer avec le Congrès de La Haye, soulignons un fait marquant et familier de notre histoire. C'est à l'extérieur de notre Europe que fut apprécié, à sa juste valeur, l'événement. Comme à chaque fois que la Communauté a réalisé un bond en avant, les Américains ne s'y sont pas trompés. C'est ainsi, par exemple, que le *New York Times* manifestait son propre enthousiasme :

« Les hommes qui y étaient rassemblés étaient animés par une idée plus vivace, plus ancrée dans une réelle émotion que toutes celles qui ont été lancées depuis la guerre [...] la flamme qui les anime, c'est l'Europe, et l'idée qu'ils en ont est plus vivante en cet instant qu'elle n'a jamais été. Nous assistons ces jours-ci à un phénomène de la plus haute importance, nous assistons au renouveau de l'esprit européen. »

De même, quarante ans plus tard, quand l'objectif 92 commencera à modeler et à fortifier l'Europe, ce sera des Etats-Unis que viendront les premières appréciations flatteuses, mais aussi les premières alarmes avec le slogan, aujourd'hui quelque peu dépassé, de l'« Europe forteresse », cette crainte que le grand espace économique que nous étions en train d'échafauder ne profite qu'aux seuls Européens.

Nous pouvons déjà en tirer une leçon. Ne sous-estimons pas les réalisations de la construction européenne, même si celles-ci ne constituent, en aucun cas, le remède unique et miraculeux aux problèmes qui se posent aux sociétés et aux démocraties européennes.

La paix, ce bien si précieux

Le temps de l'oubli serait-il venu, avec l'anesthésie de notre mémoire collective ? Il est vrai que nous avons déjà entendu le slogan, dans les années 70, « Hitler, connais pas ». Maintenant, serait-ce « la guerre, connais pas » ?

Les hommes et les femmes réunis à La Haye n'avaient qu'une seule hantise : « plus jamais ça entre nous ». Plus jamais de guerre entre les pays européens qui s'étaient épuisés, pendant soixante-dix ans, dans ce qui apparaît maintenant comme des guerres civiles. Ces tragédies ne s'expliquaient pas seulement par la montée du fascisme, mais par le jeu manichéen des grandes puissances, par l'accumulation des haines ou bien des ignorances, par le refus d'un dialogue vrai, par une négligence totale de ce qui se passait autour de nous, Européens, et qui voyait l'émergence progressive d'un monde nouveau où les grandes puissances européennes n'auraient plus le rôle central qui fut le leur pendant des siècles.

Nous n'exprimerons jamais assez notre reconnaissance à tous ceux qui ont décidé de couper radicalement avec des types de comportement suicidaire pour tous les Européens. Cela n'a pas été facile, tant étaient présentes dans les esprits les idées de revanche pour les uns, la méfiance congénitale pour les autres. Et par-dessus tout, la peur, la peur de l'autre que l'on voit encore émerger aujourd'hui dans certains esprits.

Le remède de Jean Monnet était simple et génial. Embarquer nos pays dans un engrenage de solidarités et de coopérations qui rende impossible le retour aux vieux démons. Et ainsi, petit à petit, apprendre à se connaître, à dialoguer, à s'apprécier. Qui soulignera, pour prendre un exemple parmi d'autres, les mérites de toutes les initiatives françaises et allemandes qui ont permis à des dizaines de milliers de jeunes de se rencontrer et de fonder les bases humaines d'un partenariat qui s'est affirmé comme un des points essentiels d'ancrage de l'Europe de la paix ?

C'est cela la méthode communautaire : créer progressivement les liens d'une interdépendance positive entre nos pays, ce qui n'empêche pas, bien entendu, l'affirmation par chacun de sa personnalité et de ses aspirations ; ce qui n'exclut pas, par conséquent, les différends et les contentieux. Mais – et là réside le changement fondamental – ce qui a été acquis est tellement précieux que la volonté existe, en dernier ressort, de trouver des compromis positifs.

La première initiative politique vint de Robert Schuman qui, dans sa déclaration du 9 mai 1950, ouvrit la voie à la construction communautaire et à un premier traité, celui de la Communauté du Charbon et de l'Acier, qui demeure la référence pour l'organisation des pouvoirs dans l'ensemble européen.

Le développement de la coopération plutôt que le recours à l'affrontement, la volonté de trouver ensemble des solutions, de telles orientations ne peuvent être consolidées sans la reconnaissance de la primauté du droit, des règles du jeu acceptées par tous. Ainsi s'est échafaudée une communauté de droit, où la Cour de Justice joue un rôle essentiel, où l'un des devoirs de la Commission Européenne est, précisément, de faire appliquer ces règles du jeu, qu'il s'agisse d'observer les contraintes d'une concurrence loyale, de protéger les consommateurs et, depuis peu, de généraliser au niveau européen un minimum de droits pour les travailleurs, ou encore de respecter ensemble les exigences d'un environnement naturel, qui est aussi un bien précieux entre tous.

Certains s'inquiètent d'une domination exclusive du droit, voire d'un gouvernement des juges. Ils sont plus nombreux à réagir de la sorte en France que dans les pays de tradition anglo-saxonne. Il faut les écouter cependant, dans la mesure où ils plaident pour, sinon la primauté, tout au moins un renforcement des institutions proprement politiques. Telle est d'ailleurs l'évolution en cours, avec la confirmation du rôle d'impulsion confié au Conseil Européen, qui réunit les chefs d'Etat et de gouvernement responsables démocratiquement devant leurs peuples. Telle est aussi la justification de l'indispensable élargissement des pouvoirs du Parlement Européen.

Ainsi peut-on espérer que, dans l'avenir, cette Communauté apparaisse moins lointaine, moins technocratique aux citoyens. A partir de là, le débat politique pourrait, dans chacun de nos pays, se saisir des grandes options ouvertes par la construction de l'Europe unie.

Tel est, en tout cas, mon vœu le plus cher, conscient que je suis de la trop grande distance qui s'est créée entre les avancées de la construction européenne, d'une part, la perception qu'en ont les citoyens, d'autre part. Nos gouvernements sauront-ils saisir l'exceptionnelle opportunité que représente le débat de ratification des deux nouveaux traités, pour ouvrir notre vie politique à quelques-uns des grands enjeux de l'avenir ? Comment conserver, voire étendre cette paix si chèrement acquise entre nous ? Jusqu'où partager la souveraineté afin de redonner à nos pays les marges d'autonomie et d'influence qui garantiraient notre prospérité interne et soutiendraient notre influence externe ?

La survie ou le déclin

Car c'est bien de cela qu'il s'agit. Epuisés par des guerres fratricides, privés de leurs empires coloniaux, dépendants pour leur sécurité des Etats-Unis, harcelés par la concurrence des nouvelles puissances industrielles, nos pays glissaient insidieusement vers le déclin, même si celui-ci était relativement doré, grâce aux « trente glorieuses », aux trente années de croissance économique.

Telle était, telle demeure mon obsession. Durant les années 70, toutes mes interventions étaient axées sur ce

13

thème : « la survie ou le déclin ». Les deux chocs pétroliers auraient dû nous alerter sur le caractère précaire de notre prospérité. La prise de conscience fut longue à venir. Après la première hausse des prix du pétrole, il n'était question que de sortie prochaine du tunnel. Et puis, les vieilles recettes de relance économique s'avérant inadaptées, on se mit à réfléchir à ce que pourrait être la thérapie de cette maladie de langueur qui atteignait la plupart des pays européens. Alors, passant d'un extrême à l'autre, nous n'avons raisonné qu'en termes d'eurosclérose, au point d'en oublier nos atouts, au point d'en rendre responsable la politique de l'Etat providence, alors que celle-ci, débarrassée de ses excès, constitue l'un des acquis fondamentaux de ces quarante dernières années et l'un des traits essentiels du modèle européen de société.

Chaque pays était conduit à se replier sur lui-même et en oubliait ce qu'aurait pu lui apporter l'existence d'un grand espace économique commun. Si bien que, pendant cette période, les seules avancées marquantes de la construction européenne se réalisèrent dans le domaine institutionnel. Il fut décidé de créer le Conseil Européen et d'élire le Parlement européen au suffrage universel direct. Ces deux réformes allaient constituer une contribution des plus réalistes à la recherche d'une architecture institutionnelle originale. Il en fut largement tenu compte à Maastricht pour asseoir la responsabilité politique, par le rôle dévolu au Conseil Européen, et démocratiser les institutions, par le renforcement des pouvoirs du Parlement Européen.

Il fallut attendre 1978 pour que s'exprime concrètement la nécessité d'une solidarité entre nos pays. Ce fut, à partir de propositions du Président de la Commission, Sir Roy Jenkins, de Valéry Giscard d'Estaing et d'Helmut Schmidt, la création du Système Monétaire Européen. Bien des réticences durent être surmontées, d'autant qu'une première tentative, issue du plan Werner de 1971, n'avait pas résisté au premier choc pétrolier.

Il fut difficile de convaincre les gouverneurs de certaines Banques centrales. Et pourtant, le SME tint bon, dans un contexte international d'instabilité monétaire. Il devint le point d'ancrage pour réussir des politiques visant à effacer les déséquilibres macroéconomiques et à chasser le fléau de l'inflation.

Ici encore, les premiers pas furent déterminants. Sans la réussite du SME, il aurait été impossible de mettre sur les rails l'Union Economique et Monétaire.

Tous les pays membres de la Communauté ne participaient pas au SME ; dans d'autres pays, comme la France, des voix s'élevaient pour que « l'on quitte ce carcan». Comme Ministre de l'Economie et des Finances, je me suis opposé aux partisans de cette facilité qui consiste à jouer de la monnaie pour résoudre tous les problèmes de croissance, d'emploi et de déséquilibre intérieur. Huit années ont passé depuis et, grâce à la continuité de l'action des Ministres de l'Economie et des Finances qui m'ont succédé, il a été possible de débarrasser les Français de cette drogue malsaine qu'est l'inflation.

Mais, en dehors de sa dimension monétaire, la construction européenne s'essoufflait. Les divergences s'affirmaient entre les pays membres à propos de la Politique Agricole Commune minée par la surproduction, ou encore des contributions financières de chaque pays au budget communautaire. Tous ces différends s'accumulaient et il fallut attendre le Conseil Européen à Fontainebleau, en juin 1984, pour voir François Mitterrand, au prix d'un profond engagement personnel et de multiples entretiens bilatéraux avec les autres chefs de gouvernement, trouver la base d'un compromis global effaçant tous les contentieux et, par conséquent, autorisant un nouveau départ.

Les esprits avaient mûri, chaque pays avait conscience de l'ampleur de la crise et de la limite des moyens nationaux pour la surmonter. Et les pays membres acceptèrent ma proposition, qui n'avait, à vrai dire, rien d'original puisqu'elle consistait à mettre en œuvre... le Traité de Rome signé en 1957. Il s'agissait donc de créer un grand marché sans frontières, qui stimulerait nos entreprises, récompenserait l'esprit d'innovation, offrirait la dimension indispensable pour permettre à nos économies, en se musclant, d'affronter victorieusement la nouvelle donne mondiale. Mais il fallait la contrainte d'un calendrier. Ainsi fut proposé, puis accepté l'objectif 1992.

Dès 1987, le climat était changé dans la Communauté. Il n'était plus question d'eurosclérose, la croissance économique s'accélérait, l'investissement augmentait, des centaines de milliers d'emplois étaient créés, alors que jusqu'en 1985 la Communauté perdait 600 000 emplois par an.

Mais, quel que soit son effet stimulant, l'existence d'un grand marché ne pouvait suffire. La réussite commandait plus de coopération entre nos Etats et entre nos entreprises, plus de solidarité entre les régions riches et les régions pauvres. La modification du traité, connue sous le nom d'Acte Unique, allait permettre de développer ces politiques communes.

Durant ces années, un espace économique organisé se mettait en place. Avec bien des manques, mais le train était lancé. Chaque pays pouvait apprécier que ce qui était en train de se réaliser constituait, en quelque sorte, un jeu à somme positive. Certes, au prix de contraintes mutuellement acceptées. Certes, avec la nécessité de toujours s'interroger sur le niveau le mieux approprié d'intervention, européen ou national, dans le cadre d'une délimitation stricte et claire des compétences communautaires [1]. Certes, avec encore bien du chemin à parcourir. Il suffit pour s'en convaincre de constater notre vulnérabilité à la récession économique actuelle aux Etats-Unis et, phénomène corollaire, la remontée du chômage.

Mais on peut dire que désormais les liens qui unissent nos pays se sont considérablement renforcés, bien qu'essentiellement sur le plan économique. La preuve en est dans la réussite de l'élargissement de la Communauté à l'Espagne et au Portugal, puis dans la manière dont ont été intégrés dans la Communauté les dix-sept millions d'Allemands de l'ex-RDA.

---

1. Voir « Le principe de subsidiarité », discours prononcé au Colloque de l'Institut Européen d'Administration Publique à Maastricht, le 21 mars 1991, p. 174.

Toutefois, il fallait rééquilibrer l'ensemble, en redonnant la primauté au politique. Beaucoup de pays membres y songeaient. Ce furent les initiatives successives du Chancelier Kohl et du Président Mitterrand qui imprimèrent l'élan. Ainsi fut élaboré le projet de traité sur l'Union Politique qui, bien que limité, tend à donner à cette Communauté Européenne une réelle personnalité politique la dotant des moyens de maîtriser sa propre évolution et de retrouver une réelle influence dans le monde.

Au total, à travers un itinéraire malaisé, nous avons choisi la survie. Il reste maintenant à concevoir l'ensemble européen en fonction notamment de nos responsabilités vis-à-vis du reste du monde. Nous n'y parviendrons que si l'Europe se veut réellement européenne, puissante et généreuse à la fois.

Les difficultés commencent...

Tant qu'il ne s'agissait que de réaliser ce marché commun, les enjeux politiques n'apparaissaient pas clairement. Mais, dès lors que l'on décide d'aller vers une monnaie unique ou de jeter les bases d'une politique commune des affaires étrangères et de la sécurité, c'est tout le champ politique qui est concerné, c'est l'avenir de la communauté nationale qui est engagé. Cela mérite débat et réflexion.

Nous ne pouvons pas échapper à ce débat. Je n'en donnerai que quelques illustrations, renvoyant aux différents thèmes développés dans ce livre, incitant en quelque sorte à leur discussion.

Nos responsabilités internationales sont liées, tout d'abord, au fait que la Communauté Européenne est devenue, malgré ses limites, une référence pour tous les autres pays européens, un exemple aussi d'une coopération plutôt réussie entre nations souveraines. De nombreux pays européens se sont assigné comme perspective d'adhérer à la Communauté. Nous sommes prêts à les accueillir et avons conclu avec eux des accords leur permettant de se préparer avec soin à une pleine participation à la Communauté. Mais nous devons alors penser dès aujourd'hui aux structures institutionnelles qui permettront à une Communauté de 24 à 30 pays de fonctionner harmonieusement et efficacement.

Nos responsabilités naissent également de ce que nous appartenons au club restreint des pays riches qui doivent, autant par intérêt bien compris que par idéal, contribuer à un ordre économique mondial plus juste et plus efficace. Or, le dialogue Nord-Sud piétine. L'une des raisons du marasme économique actuel réside dans l'insuffisante participation des pays en voie de développement à la croissance économique mondiale. Voulons-nous y remédier ? Acceptons-nous d'en payer le prix, en ouvrant nos marchés à leurs produits, en investissant chez eux, en allégeant le poids de leur endettement ? Et pour l'Europe, le Sud est à ses portes avec les pays de la Méditerranée qui exigent de nous la même priorité que nous accordons aux pays de l'Europe de l'Est et du Centre.

La construction européenne apparaît donc comme le passeport offert à nos pays pour une incursion sur la scène mondiale, à condition qu'ils entendent demeurer fidèles à leur idéal d'universalité qui est une des marques positives de l'histoire de l'Europe. Je suis convaincu que nous ne répondrons valablement à ce défi que si nous le faisons ensemble, en unissant nos forces, en élargissant nos marges de manœuvre, en consentant les sacrifices qu'implique le statut retrouvé de grande puissance.

Est-ce pour autant la fin des nations ? Je ne le crois absolument pas. En réveillant nos ambitions, la Communauté Européenne stimule nos nations, leur demandant d'apporter ce qu'elles ont de meilleur à l'entreprise commune. La France, par son sens de l'universel et par sa soif d'influence, a imprégné, depuis le début, l'esprit et la réalisation de la construction européenne. Et elle ne continuera à le faire qu'en restant elle-même, avec ses traditions, sa culture, ses spécificités. Simplement, elle aura chassé les démons de repli orgueilleux sur elle-même, elle exercera une partie de sa souveraineté en partage avec les partenaires qu'elle s'est choisis, elle s'enrichira des apports des autres.

Comment le dire en quelques phrases ? L'Europe est en

train de réveiller la France. Celle-ci se doit, en se dotant des attributs de l'influence, en définissant ce qu'est le destin commun de tous les Français, de demeurer elle-même tout en étant de plus en plus européenne et, par là même, universelle.

Jacques Delors
le 6 janvier 1992.

I

L'objectif 92

1984 se termine sur l'air majeur du « déclin de l'Europe ». Déclin démographique, économique, technologique, culturel même, les magazines en font leur couverture. L'Europe communautaire s'enfonce dans ce que l'on appelle alors l'europessimisme ou l'eurosclérose. La construction européenne s'est en effet essoufflée. Aux exceptions remarquables de la mise en place du Système monétaire européen et de l'élection du Parlement européen au suffrage universel, bien peu de progrès ont été enregistrés depuis les années 60. Les échanges économiques stagnent d'ailleurs depuis une dizaine d'années, participant au ralentissement des économies qu'illustrent la faiblesse de la croissance, le recul des investissements et la perte sèche de plusieurs centaines de milliers d'emplois. L'Europe doute de ses capacités et les Européens s'entendent expliquer que l'avenir du monde aura désormais pour théâtre le bassin Pacifique.

Dès mars 1983 cependant, engagée dans la lutte contre l'inflation, la France a fait le choix européen en ancrant le franc dans le Système monétaire européen. En juin 1984, le Conseil Européen, sous la présidence de M. François Mitterrand, a réglé les querelles qui encombraient depuis de longues années la marche des Dix : les problèmes de surproduction laitière, et surtout le fameux « chèque britannique ». La voie ainsi dégagée, le Conseil Européen décide, pour l'éclairer davantage, de réunir deux comités d'experts sur l'Europe des citoyens et les questions institutionnelles.

Président désigné de la Commission Européenne, Jacques Delors profite des derniers mois de 1984 – avant son entrée en fonction en janvier 1985 – pour étudier les modalités possibles d'une

23

relance de la construction européenne. Le futur président rencontre les dix chefs d'Etat et de gouvernement de la Communauté, mais aussi les premiers ministres de l'Espagne et du Portugal, pays dont l'adhésion fait alors l'objet d'âpres négociations. Il a également de longs entretiens avec les parlementaires ainsi que les leaders syndicaux et patronaux des différents pays.

Lorsqu'il fait le bilan de ce « tour des capitales », Jacques Delors écarte trois pistes de relance. La défense européenne ? Le thème n'est pas mûr et se heurte à de nombreux blocages. La réforme institutionnelle ? Les Etats membres expriment de multiples réticences, tout en reconnaissant qu'une des sources de la stagnation communautaire est la difficulté qu'ont les Etats membres à décider autrement qu'à l'unanimité. Un renforcement du Système Monétaire Européen pourrait jouer un rôle dynamique, mais deux pays au moins y mettent comme préalable la liberté de mouvement pour les capitaux au sein de l'espace européen.

La relance de l'Europe passera donc par l'instauration d'un véritable marché intérieur débarrassé de tous les obstacles internes aux échanges et aux coopérations entre Européens, comparable ou supérieur dans sa dimension aux marchés des concurrents américains ou japonais. Il fixe une date butoir pour l'achèvement de ce marché intérieur. L'objectif est, en fait, de réaliser ce à quoi tendait dès 1957 le Marché commun. Les Etats membres sont ainsi confrontés à des engagements qu'ils ont maintes fois réaffirmés.

C'est dans son « discours d'investiture », le 14 janvier 1985 devant le Parlement, que Jacques Delors propose à la Communauté de retenir cet objectif majeur de « suppression de toutes les frontières à l'intérieur de l'Europe d'ici à 1992 ». Pourquoi 1992 ? lui avaient demandé quelques jours avant de proches collaborateurs. Parce qu'il faudra bien deux mandats de la Commission pour y parvenir et parce que cette date correspond à la fin de la période de transition envisagée pour la pleine adhésion de l'Espagne et du Portugal, avait répondu le nouveau président de la Commission.

Dès lors, tout va aller très vite. Lord Cockfield, vice-président de la Commission en charge du « marché intérieur », se voit confier la tâche de recenser l'ensemble des décisions à prendre pour supprimer les contrôles aux frontières internes de la Communauté et établir le grand marché. Le « livre blanc » qui décrit les quelque trois cents textes législatifs à adopter est approuvé en juin 1985 par les chefs d'Etat et de gouvernement au Conseil Européen de Milan. Le même Conseil décide – à la majorité – de déclencher le processus de réforme du Traité qui mènera à l'Acte Unique européen. L'idée d'une réforme institutionnelle était déjà dans l'air : le Parlement européen n'avait-il pas adopté, dès février 1984, un projet de Traité préparé par Altiero Spinelli ? Le grand marché donnait le coup d'accélérateur indispensable pour le passage à l'acte. Il aurait été impossible d'en proposer la réalisation si le mode de décision au sein de la Communauté avait continué de reposer sur l'unanimité des Etats membres. Le passage au vote à la majorité qualifiée au Conseil des Ministres dans la plupart des domaines du marché intérieur et une plus grande implication du Parlement européen furent deux innovations majeures apportées par l'Acte Unique adopté par le Conseil Européen de Luxembourg en décembre 1985.

Ainsi dirigée vers la réalisation de ce qui devenait officiellement l'objectif « 1992 », la réforme institutionnelle trouvait là une dynamique incomparable. En effet, les dispositions nouvelles prévues par l'Acte Unique ne se limitaient pas à la suppression des obstacles aux frontières. Jacques Delors avait considéré que des politiques d'accompagnement devaient encadrer la réalisation de ce grand marché, de façon à faciliter la coopération entre Européens, à permettre aux régions en retard de développement de participer au renouveau, à affirmer la dimension sociale de la Communauté et à promouvoir le respect de l'environnement. Certaines de ces politiques existaient déjà. Il s'agissait alors de les revivifier.

Après l'arrivée de l'Espagne et du Portugal dans la Communauté et avant que l'Acte Unique n'entre en application le 1er juillet 1987, la Commission européenne proposait aux Douze un ensemble cohérent de mesures visant à « réussir l'Acte Unique ». Sous le nom de « paquet Delors », ce plan était adopté en février 1988 à Bruxelles par un Conseil Européen exceptionnel après avoir rencontré l'échec deux mois auparavant à Copenhague.

Pendant plus d'un an, la Commission avait déployé des efforts considérables pour renforcer la cohésion de la Communauté et lui permettre de progresser de façon équilibrée vers 1992. La décision de février 1988, si elle n'a pas eu le retentissement de la signature de l'Acte Unique, fut décisive pour la réussite des objectifs retenus et la marche en avant de la Communauté. Un véritable plan Marshall intérieur était mis en œuvre. Il allait contribuer à la modernisation des économies espagnole, portugaise, irlandaise, grecque, dont les autres économies allaient bénéficier, à la reconversion des régions frappées par le déclin de certaines industries à l'intérieur de chaque pays, au développement rural, notion nouvelle pour la Communauté, et enfin à la coopération en matière de recherche et de technologie.

« Pourquoi un grand marché
sans frontières intérieures »

Devant le Parlement européen
à Strasbourg, le 14 janvier 1985

En se présentant devant vous, dès le début de son mandat, comme vous l'avez explicitement demandé, la Commission a pleine conscience de l'importance de ces deux journées. Elle entend ainsi marquer sa responsabilité politique devant le Parlement et engager avec lui un dialogue confiant et un travail utile pour l'Europe, telle que nous la voulons ardemment.

Dans notre esprit, cet acte collectif devant les représentants de la Communauté des citoyens s'accompagne de l'engagement individuel de chaque Commissaire devant la Cour de justice, symbole de la Communauté de droit.

Une Commission s'en va, une autre arrive. Quatre années se terminent, quatre années commencent. Mais l'histoire de la construction européenne, le rôle qu'y joue la Commission ne sauraient être appréciés en fonction de cette périodicité. D'autant que si la Commission est un des dispositifs essentiels de nos institutions, elle n'est pas le seul. D'autant – et j'aurai l'occasion d'y revenir – que le schéma institutionnel prévu par le Traité de Rome a, c'est le moins qu'on puisse dire, de plus en plus mal fonctionné.

Mais puisqu'il s'agit, en ce début d'année, d'un passage de témoin, je dirais volontiers que la Commission présidée par Gaston Thorn nous transmet un message d'espoir.

Un message d'espoir

Tout d'abord, parce qu'elle a inlassablement contribué – et son Président en premier lieu – à provoquer les prises de conscience salutaires et à rappeler le « pourquoi nous combattons », ou plutôt le « pourquoi nous devons vivre et agir ensemble ». Et il est vrai que, de ce point de vue, l'euro-désenchantement a reculé, l'ambiance a changé. Ensuite, parce que l'Europe est sur le point de sortir, tout au moins je l'espère, de ses querelles de famille qui, depuis plusieurs années, la paralysaient littéralement. Il ne me revient pas d'attribuer les mérites respectifs de cette issue positive, mais je veux néanmoins dire que les propositions de la Commission Thorn, son rappel incessant du contrat initial qui nous unit, ont aidé au règlement de ces disputes de famille dont les historiens dénonceront le caractère dérisoire au regard des défis que nous lancent le présent et l'avenir.

Une nouvelle Commission se présente donc, empreinte à la fois d'humilité intellectuelle et d'une grande détermination politique. Le sentiment d'humilité m'habite particulièrement. Comment, me dis-je souvent, cette Communauté, animée par des personnalités de conviction et de talent, n'a-t-elle pas fini par décoller ? Comment n'a-t-elle pu réaliser les objectifs qui sont ceux du Traité et sur lequel existait bien un consensus minimal, je veux parler de la réalisation d'une intégration économique, sociale et monétaire qui est l'indispensable support du progrès de chacune de nos nations ? Pardonnez-moi cette idée banale issue de l'expérience : les artisans de la construction européenne butent moins sur le « que faire » que sur « comment le faire ». On ne peut donc se contenter des explications maintes fois données, telles que le poids paralysant de la crise, l'absence de volonté politique ou encore l'inertie des administrations nationales. Non, il faut creuser davantage. Et, là encore, autre lueur d'espoir, la nécessité de faire mieux fonctionner les institutions est, je crois, ressentie aussi bien par le Conseil Européen que par votre Parlement.

Oh, je sais bien qu'il est plus facile de susciter des applaudissements en évoquant des objectifs enthousiasmants qu'en traitant des moyens pour les atteindre. Mais la difficulté est pourtant bien là. Autrement dit, l'incantation ne saurait suffire.

Saurons-nous profiter de cette sorte d'ambiance propice à un saut en avant ? Je n'ose trop en parler, tant j'ai perçu au cours de mes conversations exploratoires dans les diverses capitales de divergences de fond, de restrictions mentales, d'interprétations différentes des règles qui nous régissent. Mais enfin, nous voilà dans une conjoncture où la Communauté peut se saisir des vents favorables, ou bien, une fois de plus, passer à côté de sa chance.

N'en doutons pas, alors que tout bouge autour de nous, alors que se renforcent les puissances d'aujourd'hui et que se font les puissances de demain, il y va de la crédibilité de l'Europe au regard des habitants de la Communauté, au regard des grands de ce monde, au regard du tiers monde.

Oui ou non l'Europe veut-elle exister, veut-elle se faire respecter ?

Chacun le sait ici, puisqu'il est investi par le suffrage universel, parce qu'il se sent redevable de son action auprès des citoyens de l'Europe. Cette crédibilité doit être conquise durement. Elle dépend de la force de l'Europe, de sa force économique et financière, mais aussi de son exemplarité sociale et sociétale. Je vous proposerai, à cette fin, des orientations et une méthode, me réservant, en accord avec votre Bureau élargi, de présenter à votre session de mars prochain un programme de travail pour la présente année. Programme dont vous comprendrez qu'il doive être préparé collégialement par la Commission, ce qui exige certains délais.

De quoi s'agit-il ? De la méthode pour réaliser le consensus et la convergence des volontés, de la méthode pour agir et réussir. C'est, avec la recherche de la crédibilité, le point essentiel. Ce qui me conduira à évoquer devant vous le

29

fonctionnement des institutions et les processus de décision. Je le ferai en tentant de mettre un peu plus de clarté dans un domaine dont plus personne ne nie l'importance ni l'urgence de réformes. Mais là encore, que d'ambiguïtés dans le débat actuel, que d'oppositions aussi !

La crédibilité de l'Europe

Les parlementaires européens ont toujours été à l'avant-garde du combat pour l'Europe des citoyens. Ayant été membre de votre Assemblée, ayant présidé une de ses commissions, chargée en particulier des problèmes de la libre circulation des personnes, des biens, des services et des capitaux, j'ai soutenu les efforts de tous ceux qui s'indignaient, à juste titre, de la persistance et de l'ampleur des obstacles. C'était, c'est encore, aux yeux de tous – personnes privées ou entreprises – une sorte d'Europe féodale qui n'offre que barrières, douanes, formalités, embarras bureaucratiques. Pour montrer l'exemple, faire éclater toutes les formes explicites ou implicites d'opposition à la libre circulation, des chefs d'Etat et de gouvernement ont décidé de mettre leur pouvoir dans la balance. Dès lors, est-il présomptueux d'annoncer, puis d'exécuter la décision de supprimer toutes les frontières à l'intérieur de l'Europe d'ici à 1992 ? Huit années pour réaliser cette suppression, c'est-à-dire le temps de deux Commissions.

Nous sommes prêts, pour notre part, à y travailler, et ce en liaison avec le Comité sur l'Europe des citoyens, présidé par M. Adonnino.

Permettez-moi d'entrer un moment dans les détails. Le Conseil et le Parlement ont approuvé le programme de consolidation du marché intérieur présenté par l'ancienne Commission. Il doit être mis en œuvre dans les meilleurs délais. Il nous revient de le faire, tout en vous proposant le contenu d'une nouvelle étape assortie, elle aussi, d'un calendrier.

Je crois ainsi répondre à l'une de vos préoccupations essentielles, je dirais même vitales. Vous m'en avez parlé.

Vous voulez, nous voulons, qu'à la fin de votre mandat, à la fin de 1988, les Européens, vos électeurs, puissent toucher du doigt, dans leur vie quotidienne, une Europe concrète, une Europe réelle où l'on puisse, sans entrave, circuler, dialoguer, communiquer, échanger.

Si nous y parvenons, alors les élections européennes de 1989 seront celles du regain, de la citoyenneté assumée, d'un nouvel élan de la démocratie.

Circuler librement n'est sans doute pas l'attente principale des Européens aux prises avec les incertitudes, voire les angoisses de l'avenir. Ils nous parlent, ils vous parlent raisons de vivre, possibilités de s'insérer dans la société et donc de travailler, équilibres à trouver entre vie personnelle et vie professionnelle, société postindustrielle et environnement naturel. Supprimer les frontières ne les convaincra pas de notre volonté de supprimer le chômage massif. Là aussi se joue la crédibilité de la grande aventure européenne au niveau de chaque nation comme au niveau de la Communauté. Au niveau de chaque nation que rien ne dispensera de l'effort à fournir pour retrouver des structures compétitives et le chemin de la croissance économique. Mais aussi au niveau de la Communauté qui doit jouer le rôle de multiplicateur des efforts nationaux. La convergence des économies n'aura de sens aux yeux des Européens que si, d'ici à deux ans, nous avons inversé la courbe infernale du chômage. Cela dépend de nous-mêmes. Cela dépend de notre force, de notre capacité à mener parallèlement l'adaptation des structures et l'activation de la conjoncture.

Enfin, ne passons pas, nous les générations aux cheveux et aux tempes argentés, à côté des aspirations nées au cours des « Golden Sixties », au sein de la société dite d'abondance. Je le sais, ces aspirations sont diverses, parfois confuses, souvent remplies de contradictions. Mais n'en a-t-il pas toujours été ainsi ? Est-il imaginable que notre Europe soit absente de ce grand débat de civilisation, elle qui, au-delà de ses turpitudes et de ses guerres fratricides, a fourni à l'Humanité des modèles de pensée où la collectivité, l'individu et la nature tendaient à un équilibre harmonieux ?

31

Ce serait notre manière de fêter, en 1985, l'année internationale de la Jeunesse, de faire écho aux questions, espoirs et angoisses des nouvelles générations. Ce serait notre manière d'affirmer notre identité, nos identités culturelles, dans un monde bouleversé par les technologies de l'information.

On aspire, et on a raison, à une Europe de la culture. Mais la culture vécue, c'est aussi la possibilité pour chacun de s'épanouir dans une société où il a son mot à dire et dans des espaces organisés ou naturels qui favorisent le développement humain. Voilà pourquoi – et on a raison – on nous somme de lutter contre les nuisances de toutes sortes, d'améliorer les conditions de travail, de repenser nos villes et nos types d'habitat, de préserver cette base irremplaçable de ressourcement qu'est la nature. Dans tous ces domaines, dont beaucoup touchent à la politique de l'environnement, une action exemplaire et réaliste doit être menée par la Communauté, la création doit être stimulée, couronnée au niveau européen, les innovations encouragées et diffusées, afin dêtre la base des renouveaux nécessaires.

Le grand rêve européen est là, trouvant ses fondements dans une histoire marquée par la création au service de l'homme. Faisons en sorte que ce rêve se nourrisse de notre idéal et des réalisations. Et comment ne pas être frappé, encore aujourd'hui, par l'actualité des propos de Jean Monnet qui parlait ainsi des débuts de la Communauté. Il disait : « Le commencement de l'Europe, c'était une vue politique, mais c'était plus encore une vue morale. Les Européens avaient perdu peu à peu la faculté de vivre ensemble et d'associer leur force créatrice. Leur contribution au progrès, leur rôle dans la civilisation qu'ils avaient eux-mêmes créée paraissaient en déclin ! » Déjà !

En rappelant ces propos de Jean Monnet, je voudrais vous inviter à résister aux modes, à retrouver confiance en vous-mêmes dans cette Communauté bientôt élargie à douze qui, du Nord au Sud, rassemblera presque tous les courants de l'humanisme européen.

Cette exigence culturelle ne nous éloignera pas des réalités de notre monde. Chacun éprouve la dureté des temps présents. C'est pourquoi la Communauté pourrait émettre les messages les plus nobles qu'elle ne serait pas entendue si elle devenait un sujet de l'histoire. Or, pourquoi nous le cacher ? C'est bien ce qui nous menace.

Là, on parle d'eurosclérose et on nous traite comme tels. Ailleurs, on déplore notre manque d'initiative et de générosité. Où est donc le message d'espoir dont je parlais tout à l'heure ? Je répondrai : dans notre capacité à parler d'une seule voix et à agir ensemble.

Nous, les Européens, en sommes-nous capables ? Telle est la question qui nous est posée. A vrai dire, la démonstration n'a guère été probante ces dernières années. Trop souvent sur la défensive, la Communauté a certes bataillé sur ses intérêts ponctuels, au mieux limité les dégâts. La plupart du temps, ce ne sont pas des positions communes qui se sont fortement exprimées, mais plutôt des intentions vagues et nuancées selon les pays membres.

Le résultat est là : la Communauté n'a pas réussi à convaincre ses deux grands partenaires et amis, les Etats-Unis et le Japon, de remédier de concert aux désordres évidents de l'économie mondiale. Qu'il s'agisse de l'instabilité des monnaies, des taux d'intérêt prohibitifs, des protectionnismes implicites, du recul des différentes formes d'aide aux pays les plus pauvres, non, l'Europe n'a pas su démontrer et influencer.

Les « docteurs tant mieux » me répondront que le pire a été évité. C'est vrai, les problèmes de l'endettement ont été résolus cas par cas. Le commerce international a repris de la vigueur. Mais je crois que le mal demeure. Le danger aussi.

Je ne prétends pas, faisant cela, imposer une analyse, mais plus simplement poser la question centrale : les pays membres sont-ils d'accord sur le diagnostic à porter sur les grands problèmes de l'économie mondiale ? Sont-ils capables, ayant cerné leurs divergences et, pour une part, les ayant surmontées, de définir un ensemble de propositions acceptables par tous et susceptibles d'améliorer le fonctionnement de l'économie mondiale ? Telle est la question majeure à laquelle l'Europe doit répondre.

Il est de ma responsabilité de provoquer, au sein de la Commission tout d'abord, puis devant le Parlement et devant le Conseil, les discussions qui devraient nous faire sortir de ce qu'il faut bien appeler dans ce domaine « la léthargie de l'Europe ».

Je le ferai avec l'intime conviction qu'il est possible de dégager entre nous des compromis dynamiques débouchant sur des propositions et des actions communes, et ce non seulement pour défendre nos intérêts légitimes sur les plans industriel, agricole, financier, mais aussi pour coopérer à un ordre économique mondial qui ne soit pas comparable à la « fable du renard dans le poulailler ».

Nous devons démontrer, par la qualité de nos propositions, par l'exemplarité de notre action, que l'efficacité et la justice peuvent aller de pair. Oui, en Europe, l'efficacité et la justice peuvent aller de pair. Nous voulons démontrer que les « nations en voie de se faire », pour reprendre l'expression de François Perroux, doivent, elles aussi, être traitées comme des acteurs à part entière. A elles ensuite de démontrer qu'elles peuvent participer positivement au développement de l'économie mondiale.

Telle est la signification de Lomé III, qui indique la continuité de l'action de la Communauté et qui doit l'encourager à poursuivre ses efforts vers un ordre économique plus juste et plus efficace.

Une clarification s'impose donc entre nous, et vite. Car nous sommes mis au défi. Qu'il s'agisse de maintenir l'Europe au rang de puissance verte, d'assurer notre rang dans les technologies de pointe, de consacrer notre épargne à notre propre développement et non de la voir, pour partie, nourrir la croissance des plus puissants, il s'agit de partager les responsabilités mondiales en matière monétaire, de défendre nos intérêts commerciaux, tout en participant pleinement à la diffusion des échanges de biens et de services.

En un mot comme en cent, l'Europe doit retrouver le chemin de l'imagination et de l'offensive ! Qui n'a rien à proposer est vite oublié, voire méprisé. Qui n'a pas les moyens de ses ambitions en est vite réduit au suivisme et à l'agressivité verbale.

Nous devons, nous les Européens, répéter tous les jours : oui, nous savons le faire, oui, nous pouvons le faire.

En mettant l'accent sur notre capacité économique et financière, je n'entends pas oublier l'action proprement politique. Il faut se féliciter que, dans le domaine de la coopération politique, la concertation se soit enrichie et que des initiatives communes aient été prises.

Comme vous l'avez souvent montré, ici, au Parlement, la force morale doit s'exprimer, notamment partout où les droits de l'homme sont menacés ou bafoués, partout où la paix est compromise ou brisée.

Sans vouloir dresser ici un tableau d'ensemble, comment ne pas souligner l'importance des entretiens qui viennent d'avoir lieu à Genève entre les représentants des Etats-Unis et de l'Union soviétique ? Si la vigilance des Européens doit demeurer entière, si les controverses ne sont pas encore terminées, on peut voir, dans ces conversations, un signe d'espoir pour notre idéal de paix, certes, mais aussi pour notre idéal de solidarité, car vous l'avez dit, vous le savez, le monde a mieux à faire que d'entretenir la course aux armements, alors qu'il y a tant de chômage à combattre et tant de misère à soulager.

La force de l'Europe

Revenons à notre préalable. Donnons-nous la force économique, technologique, financière, monétaire. Mais cette force ne sera pas ce qu'elle pourrait être si elle n'est pas fondée sur la démocratie et sur l'équité. La démocratie, ce n'est pas seulement cette crédibilité de l'Europe au quotidien, c'est aussi la vitalité des relations sociales et la participation du plus grand nombre ; l'équilibre, ce n'est pas seulement la juste récompense de l'initiative et de la prise de risques, c'est aussi une collectivité accueillante à tous ses membres et soucieuse d'égalité des chances. Démocratie et équité. Je pose donc la question : à quand la première convention collective européenne ?

Je voudrais insister sur ce point. La convention collective européenne n'est pas un slogan. Elle serait un cadre dynamique mais respectueux des diversités, une incitation à l'initiative et non une uniformité paralysante.

Je rappelle ce souci d'équilibre entre justice et efficacité, trop souvent oublié aujourd'hui, non pour affirmer la prééminence d'une doctrine politique sur une autre, mais pour vous inviter à y reconnaître ce qui est la vérité : notre patrimoine commun de démocrates et d'Européens, l'acquis sur la base duquel l'Europe a réussi le redressement d'après-guerre et la remarquable expansion qui a suivi.

Méfions-nous des modes, des humeurs ou des impulsions, et, plus encore, des opportunismes et du goût de plaire. La Commission n'y succombera pas.

Je rappelle que la société industrielle européenne fut un modèle très performant. Elle l'est moins, cela est indiscutable. Elle joue sa survie, cela est évident. Des réformes sont à faire, personne ne le conteste. Mais les principes demeurent bons parce qu'ils sont fondés sur une conception équilibrée des rapports entre la société et l'individu.

Ce qui nous manque, outre une certaine confiance en nous-mêmes, c'est l'effet de dimension et de multiplication. Seule une Europe plus soudée, plus intégrée peut nous le donner. Dans les quatre ans de son mandat, la Commission vous propose de franchir des pas décisifs dans trois directions : le grand marché et la coopération industrielle, le renforcement du Système monétaire européen et, enfin, la convergence des économies comme entraînant plus de croissance et plus d'emplois.

Nous devons le faire, pour exister dans ce monde dominé par les grands ensembles et par la dureté des affrontements de toutes sortes. Nous devons l'entreprendre sans tarder – j'insiste sur ce point.

En agissant ainsi, nous dirons non au scepticisme, non au découragement, non aux alibis – et ils sont nombreux aujourd'hui – même les plus intelligemment présentés à nos opinions publiques pour ne rien faire. En effet, les affaires européennes donnent tristement l'impression d'un match entre pays membres alors qu'elles devraient offrir l'image d'une équipe unie, d'une cordée en pleine ascension.

L'effet de dimension ne peut être mieux illustré que par ce triptyque : réalisation du grand marché, harmonisation des règles, coopération industrielle. Tout a été dit sur le fractionnement de nos efforts, les obstacles à une compétition salutaire, le cloisonnement des marchés publics, l'absence de structures favorables au rapprochement entre les entreprises européennes, ou encore la nécessité de normes qui nous soient communes et qui stimulent l'innovation.

A la limite, comme le démontre l'exemple de la recherche, ce ne sont pas les moyens en hommes et en argent qui nous font défaut. Ils sont comparables à ceux mis en œuvre aux Etats-Unis et au Japon. Non, ce qui nous manque, c'est un espace économique et social unifié où puissent échanger et coopérer plus facilement tous les protagonistes du progrès scientifique et économique.

La démonstration a d'ailleurs été faite dans deux domaines : le programme ESPRIT et les télécommunications. La Commission a su démontrer à tous les acteurs les avantages de l'échange et de la coopération. La Commission a su les amener tout naturellement à conjuguer leurs efforts de recherche, à ouvrir la voie à des normes communes, à se mobiliser sur quelques projets porteurs d'avenir. Ainsi a été démontré l'intérêt d'un élargissement du marché en général, et donc, dans ce domaine précis, des marchés publics. Ainsi a été soulignée l'excellence d'une méthode que nous entendons poursuivre.

Cette pédagogie de l'action doit être l'un de nos guides. A propos de l'investissement, un économiste disait : « on ne fait pas boire un âne qui n'a pas soif ». On peut transposer cette réflexion à l'action européenne. On ne mobilisera les entrepreneurs, les chercheurs, les travailleurs que si, conscients de l'intérêt vital de la dimension européenne, ils deviennent eux-mêmes les acteurs du changement.

Bien sûr, il y a eu des échecs. Bien sûr, il y a des obstacles... et de taille ! Ainsi en est-il pour ce qui est de la réalisation du marché intérieur, de la règle de l'unanimité, soit qu'elle résulte du Traité lui-même – et je songe en particulier à l'article 100 –, soit qu'elle résulte du recours abusif à la notion d'intérêt vital. Là se trouve une des raisons de nos échecs.

La nouvelle Commission exploitera toutes les possibilités du Traité pour surmonter ces obstacles et pour mettre chacun au pied du mur. Un programme, un calendrier et une méthode seront proposés dans ces domaines au Conseil et au Parlement.

Pour ces problèmes qui intéressent aussi bien la vie quotidienne – l'Europe au quotidien, l'Europe des citoyens – que la vie économique, les entreprises, les travailleurs, la Commission agira avec force en tant que garante de l'intérêt public européen.

L'efficacité et la justice sociale

C'est pourquoi je ne voudrais insister, pour l'instant, que sur ce qui m'apparaît fondamental pour l'équilibre interne de notre Europe et pour l'efficacité de la démarche.

Tout d'abord, il est impossible de dissocier les trois branches de la proposition. Il ne peut y avoir de compétition saine et loyale sans harmonisation des règles. N'oublions pas que la concurrence peut tuer la concurrence si le marché ne permet pas une confrontation à armes égales entre les différents acteurs. D'où la nécessité de veiller, comme cela se fait d'ailleurs dans beaucoup de pays membres, à ce que des mesures nationales ne viennent pas déséquilibrer la compétition. Et j'observe, à cet égard, que cela n'avait pas échappé aux auteurs du Traité de Rome, ainsi qu'en témoigne l'article 102. La Commission y aura recours en tant que de besoin.

Mais l'Europe ne modernisera pas ses structures de production par la seule existence d'un grand marché. La recherche de la dimension exige que soient stimulées les coopérations entre entreprises européennes. Elle exige que des cadres adéquats soient créés à cet effet. Elle exige que la fiscalité facilite les rapprochements d'entreprises. Elle exige que les incitations financières viennent au niveau communautaire se substituer à la surenchère coûteuse et inefficace des aides ou des incitations nationales.

Parmi les facteurs qui ont contribué à un début d'harmonisation, il convient de citer, car certains auraient tendance à l'oublier, le Système monétaire européen. Du point de vue du grand marché, le Système monétaire européen, en interdisant de fait le dumping monétaire, a facilité l'accroissement des échanges intracommunautaires. Donc, pas de dumping monétaire. Mais cela n'est pas suffisant car j'ajouterai : pas de dumping social. Là aussi nous devons nous placer dans le droit fil de l'harmonisation des règles. Tel est, au regard du grand marché que tous appellent de leurs vœux, la signification d'un espace social européen qui reste à créer. Sinon, qu'adviendra-t-il si nous n'avons pas ce minimum d'harmonisation des règles sociales ? Que voyons-nous déjà ? Des pays membres, des entreprises qui tentent de prendre un avantage sur leurs concurrents, au prix de ce qu'il faut bien appeler un recul social.

Soyons clairs sur ce point. Je crois, comme beaucoup, que nos économies sont trop rigides. Mais les causes de cette rigidité ne sont-elles pas diverses ? A trop les chercher d'un seul côté, on risque d'échouer, car l'Europe ne se fera pas dans une sorte de progrès social à rebours. Certes, il convient d'accroître la flexibilité du marché du travail. J'en suis le premier convaincu. Mais il est non moins nécessaire de stimuler les initiatives et de lutter contre toutes les rentes indues de situation, sans exception.

Pour en revenir aux larges domaines couverts par les politiques de l'emploi et du marché du travail, nous ne réussirons qu'à deux conditions : que les réformes soient négociées par les partenaires sociaux, autrement dit que la politique contractuelle demeure une des bases de toute notre économie, que soit recherché un minimum d'harmonisation au niveau européen. Voilà pourquoi, il y a quelques instants, j'ai évoqué l'idée de conventions collectives européennes qui constituent le cadre général indispensable à la réalisation du grand marché. Voilà pourquoi je voudrais insister, pour nous redonner confiance, sur l'importance du potentiel humain, pour ce qu'il comporte de savoir et de savoir-faire. Nos politiques d'éducation et de formation doivent permettre à chacun de mieux comprendre les évolutions du monde et de valoriser ses talents et ses ressources personnels au service de la collectivité.

Mais peut-on faire là – c'est-à-dire le grand marché intérieur, la coopération industrielle – et défaire ailleurs ?

C'est, bien franchement, la question qui doit être posée à propos de la politique agricole commune. J'ai cru discerner à cet égard quelques arrière-pensées. J'ai entendu exprimer, d'autre part, des craintes quant à la renationalisation des politiques agricoles. Savez-vous que, d'ores et déjà, les dépenses nationales agricoles, sécurité sociale exclue, représentent la moitié des dépenses communautaires ? Je vous pose la question : où sont, dans tout cela, l'efficacité et l'utilité de la dimension communautaire ? Il est temps de mettre un frein à cette dérive et de rappeler les trois grands principes du Traité : l'unité de marché, la solidarité financière, la préférence communautaire, et d'y ajouter la politique commerciale commune. C'est dans le cadre de ces principes que doivent être poursuivis les efforts, déjà bien entamés, tendant à moderniser la politique agricole commune et à définir les perspectives de l'agriculture européenne. Les agriculteurs ont, eux aussi, besoin de nouvelles raisons d'espérer et de croire à l'Europe. La Communauté a pour mission de maintenir les activités indispensables à la couverture des besoins et aux équilibres humains et naturels. La Communauté entend demeurer une puissance agricole de premier rang. Il y va de son autonomie, de sa force commerciale, de son rayonnement politique.

Le Système monétaire européen et l'Ecu

La même affirmation vaut pour l'avenir de l'Ecu et du Système monétaire européen. Aujourd'hui, plus personne ne conteste que cinq ans d'existence ont démontré la validité du Système monétaire européen. Plus personne ne conteste le fait que pour tous les partenaires les avantages l'ont emporté sur les inconvénients et sur les contraintes – je dis bien : pour tous les partenaires. Le SME a été une sorte de zone de calme relatif au milieu d'une mer déchaînée par les mouvements amples et brusques des monnaies. Il a facilité l'accroissement des échanges. Il a permis le développement de l'Ecu privé.

Mais je ne vous proposerai pas comme objectif de ces quatre ans de mandat l'existence d'une véritable monnaie européenne. Je connais trop les difficultés de principe, notamment du côté des banques centrales, et les aridités techniques de la question monétaire pour formuler une telle promesse. Pas de promesse inconsidérée. En revanche, je crois possible un renforcement substantiel de la coopération monétaire et une extension contrôlée du rôle de l'Ecu, de l'Ecu officiel comme de l'Ecu privé. Là aussi, la Commission proposera une méthode pour progresser, et ce à la lumière des leçons qu'elle a pu tirer, que vous avez pu tirer, des deux tentatives avortées de ces dernières années et auxquelles j'avais, comme d'autres, consacré beaucoup d'efforts.

Pour le moment, et afin de vous inviter – y compris les plus réticents, et il y en a – à la réflexion, je me bornerai à poser plusieurs questions sur les problèmes monétaires.

Premièrement, supposons que s'amplifie l'engouement pour l'Ecu privé, à l'instar de ce qui s'est passé pour l'Eurodollar. La responsabilité des pays qui ont créé le Système monétaire européen ne se trouve-t-elle pas engagée ? N'incombe-t-il pas à ces pays de prendre des dispositions telles que l'Ecu privé ne devienne pas la proie de spéculations abusives ou dangereuses ? Ne leur incombe-t-il pas, au contraire, que l'Ecu puisse se développer dans des conditions saines, tant au regard des politiques monétaires qu'au regard d'une bonne gestion des banques ?

Deuxième question : si l'on considère, comme moi, que l'on demande trop au dollar, n'est-il pas nécessaire que l'Europe mette en circulation une monnaie – l'Ecu officiel – qui permette une certaine diversification des réserves détenues par les banques centrales ? Autrement dit, ne faut-il pas que l'Europe crée un actif de substitution ? Affaire de technique, certes, mais aussi affaire de volonté politique et qui se résume en une question : l'Europe accepte-t-elle, en supportant une monnaie de réserve, de partager les charges de la gestion monétaire mondiale avec les Etats-Unis ? Ne serait-elle pas alors en meilleure position, si elle le faisait, pour inviter les Etats-Unis à introduire les disciplines internes qui contribueraient à une stabilité relative des marchés des changes et à une distribution plus équilibrée des ressources d'épargne et des ressources financières ?

Troisième question : à partir d'un Système monétaire renforcé, considéré comme une des clés des progrès passés comme des progrès à venir, on pourrait trouver les voies tant désirées de l'Union économique et monétaire, celles tracées il y a déjà quinze ans par le rapport Werner.

Ainsi, l'approche monétaire – considérée par beaucoup comme dangereuse ou sophistiquée – procurerait un surcroît de croissance et davantage d'emplois. Quel succès pour la Communauté si elle pouvait démontrer dans les faits que rigueur monétaire et lutte contre le chômage vont de pair, qu'elles ne sont pas antagonistes.

Et j'en reviens tout naturellement à la lutte contre le chômage. Nous avons évoqué largement sa dimension structurelle : la nécessaire adaptation de notre offre de production grâce au grand marché et à la coopération industrielle. Nous ne devons pas, pour autant, négliger le volet conjoncturel. Encore une fois, c'est sur le recul du chômage que nous jouons une bonne partie de la crédibilité de l'Europe.

La cohérence de l'action

Cherchons là aussi les plages de consensus, les zones d'accord. La convergence des économies est un fait positif, elle a été facilitée, dans une large mesure, par l'existence du Système monétaire européen. Mais elle a aussi contribué au succès de celui-ci. Il faut donc poursuivre dans cette voie. Mais à quelles fins ? Et comment ? Il me semble que cette notion de convergence doit être clarifiée entre nous. Si je ne craignais pas d'embrouiller les esprits dans ce long discours, j'y substituerais volontiers celle de cohérence. En effet, si l'inflation doit être vaincue, si les déséquilibres extérieurs doivent être résorbés, si les efforts dans ce sens ne doivent pas être relâchés, il importe aussi que l'espace communautaire soit considéré dans ses réalités et dans ses diversités.

Ainsi, et puisque j'ai employé le mot de cohérence, y aurait-il incohérence si l'on prétendait uniformiser les modèles de croissance et d'aménagement du territoire du Nord au Sud de l'Europe. Le développement doit être pensé et réalisé en fonction des atouts humains et naturels de chaque pays membre. D'où l'importance – mais ce n'est qu'un exemple parmi d'autres – des programmes intégrés méditerranéens destinés à tirer le meilleur parti d'un patrimoine de ressources et de savoir-faire. Sachons, dans un effort commun de rigueur et d'initiative, profiter de nos diversités qui sont aussi nos richesses.

De même y aurait-il incohérence si, pour parler en termes de coût-avantages, on passait sous silence les potentialités offertes par le Marché commun aux pays traditionnellement exportateurs.

C'est à quoi conduit, il convient de le dire brutalement, une conception uniquement budgétaire de la Communauté.

Que chacun veuille bien mettre tous les éléments dans les deux plateaux de la balance et je reprendrais volontiers à mon compte ce que Roy Jenkins déclarait ici même en 1977 : « La Communauté peut créer et donner plus qu'elle ne reçoit, à la condition expresse que les Etats membres, les peuples et les gouvernements se demandent quelle contribution ils peuvent apporter, et non pas seulement quel bénéfice ils peuvent en tirer. »

Ces réflexions seront présentes à notre esprit, lorsqu'il s'agira de poser, en termes réalistes et équilibrés, le problème de l'adaptation des ressources budgétaires et financières de la Communauté aux objectifs qu'elle prétend s'assigner. L'échéance est plus proche que certains ne le croient car, comme l'a rappelé sans cesse la Commission Thorn, ce n'est pas avec une contribution limitée à 1,60 % que l'Europe se construira en un ensemble équilibré et performant. J'entends par là qu'il est indispensable d'ajuster nos ambitions et nos moyens, dans un esprit de bonne gestion appliqué à toutes les catégories de dépenses. Mais faisons-le en répondant aussi à la question suivante : est-ce que, dans certains cas, dix Ecus de plus dans le budget communautaire n'auraient pas plus d'effet multiplicateur qu'un Ecu de plus dans chacun des budgets des dix pays membres ?

Cette question ne rejoint-elle pas d'ailleurs une des idées majeures qui sous-tend l'approche adoptée par votre Parlement pour justifier le projet d'Union européenne, ce que l'on appelle « le principe de subsidiarité » ?

Enfin, il y aurait aussi incohérence si chaque pays, poussant jusqu'à l'extrême l'austérité financière et monétaire, n'attendait son salut, c'est-à-dire le retour à une croissance plus forte, que de l'augmentation de ses ventes à ses partenaires. Ce n'est pas en s'appuyant sur les épaules d'un équipier qui se noie que l'on échappera au naufrage. Nous nous sauverons tous ensemble ou nous ne nous sauverons pas.

C'est pourquoi le véritable contrat communautaire est bien que chacun utilise ses marges de manœuvre pour stimuler la croissance de tous. Les effets en retour seront bénéfiques, puisque nous aurons créé une synergie positive, que l'on pourrait, au besoin, épauler par un programme européen d'investissements, comme l'a proposé votre Parlement. Ce programme constituerait également un moyen, parmi d'autres, de donner vie à la politique des transports et de renforcer le réseau européen de grandes communications. Un tel réseau, ne l'oublions pas, est aussi un facteur favorable à l'Europe du quotidien et à l'Europe du grand marché.

Ainsi tout se tient dans le dynamisme retrouvé comme dans le lent déclin. A nous tous de démontrer, dès les prochains mois, que les vertus d'une interdépendance et d'une solidarité assumées lucidement sont bien meilleures que dans la situation actuelle.

Le dynamisme institutionnel

Après la crédibilité de l'Europe, après la force de l'Europe – comme je l'ai souligné –, le « que faire » est plus aisé à définir que le « comment faire ». Je crois en effet qu'un large consensus peut être obtenu sur les objectifs, grâce à la prise de conscience des défis qui nous menacent, des potentialités qui sont les nôtres, des responsabilités que nous devons assumer.

Mais devant le comment faire, nous sommes, pourquoi ne pas en convenir, embarrassés. J'en ai eu la confirmation au cours des visites que j'ai faites, en tant que président désigné, dans les dix Etats membres. Partout, le fonctionnement institutionnel a été évoqué. Partout. Chacun se rend donc compte que nous ne pouvons plus vivre dans un imbroglio qui nous paralyse. Certes, je l'ai déjà souligné, des solutions ont été trouvées pour résoudre nos querelles de famille. C'est bien. Mais au-delà, soyons francs, l'Europe n'arrive plus à se décider, l'Europe n'avance plus. Hélas, l'accord n'existe que sur le constat d'impuissance. Dès que l'on interroge sur les voies pour en sortir, les réponses sont pour le moins diverses. Là aussi, un travail de clarification s'impose, et la Commission entend bien, pour sa part, y contribuer.

Nous devons sortir absolument de l'entropie qui caractérise nos pratiques actuelles en matière de préparation des dossiers. Mais pas simplement en ce domaine. En matière de concertation interinstitutionnelle, en matière de prise de décisions ou de non-prise de décisions. A vrai dire, pour l'instant, chaque institution exprime ses frustrations et renvoie la balle aux autres.

Pour remédier à cet état de fait, de multiples propositions ont été faites, depuis le rapport Tindemans jusqu'au rapport des Sages de 1979. Le Parlement a tracé des voies plus audacieuses par son projet de traité sur l'Union européenne.

Enfin, le Conseil Européen a confié à un comité, présidé par le sénateur Dooge, le soin de réfléchir sur l'état actuel de paralysie, de faire des propositions concrètes pour en sortir, de renforcer le processus de décisions, d'élargir le champ d'application des traités existants.

Tout cela serait plutôt encourageant et prometteur. Oui mais, me semble-t-il, à une condition. Compte tenu de la diversité des positions, plus ample que certains ne le pensent, il ne faudrait pas que la querelle institutionnelle soit aux années à venir ce que le mandat du 30 mai 1980 a été aux années passées. Je crains, tout en souhaitant me tromper, que surgissent à propos des questions institutionnelles des oppositions dogmatiques dont chacun pourrait prendre prétexte pour ne rien faire.

On connaît, hélas, l'engrenage : chaque Etat membre subordonne tout progrès dans une direction aux apaisements ou aux concessions sur des points qu'il juge essentiels.

Nous avons trop souffert de cette diplomatie du « donnant-donnant » pour ne pas être vigilants. Et, soit dit entre parenthèses, nous en souffrons encore, comme l'illustrent les préalables liés à l'élargissement de la Communauté.

Tel est le constat. Je peux vous assurer que la Commission fera tout ce qui est en son pouvoir pour éviter cette nouvelle bataille d'Hernani. A cette fin, je propose une méthode simple, peut-être trop simple : distinguer, d'une part, les améliorations à réaliser dans le cadre des règles actuelles et, d'autre part, l'au-delà du Traité de Rome. Cela sans négliger ni l'un ni l'autre. Autrement dit, refuser à la fois les pièges d'un pragmatisme, au demeurant limité, mais refuser aussi la fuite en avant.

Pour ce qui est du cadre actuel, celui du Traité de Rome, infléchi par des accords ou des non-accords, la Commission s'engage à en explorer toutes les possibilités. La Commission usera pleinement de son droit d'initiative pour réaliser ces priorités. La Commission demandera au Conseil des ministres le retour à l'esprit de l'article 149, paragraphe 2. Elle n'hésitera pas à retirer une proposition si elle estime que son contenu est par trop altéré, ou si elle constate le refus explicite ou implicite d'en débattre.

Le Parlement sera pleinement associé à cette expérience qui aura valeur de test pour la volonté réelle des pays membres, ainsi que pour la validité de nos règles et de nos pratiques institutionnelles.

Quand une difficulté surgira entre deux institutions, la Commission s'efforcera d'évaluer ce qui ressort d'une divergence de fond entre les pays membres, ou ce qui relève de l'affrontement des pouvoirs. J'allais dire l'affrontement des susceptibilités entre les institutions. Dans la première hypothèse, le différend de fond, c'est au sein du Conseil que devra s'instaurer une explication franche. C'est au Parlement qu'il appartiendra d'en débattre et de prendre à témoin les opinions publiques. Dans la seconde hypothèse – affrontement de pouvoirs, affrontement de susceptibilités –, la Commission tentera de jouer les bons offices afin que l'accessoire, les frictions institutionnelles n'occultent pas l'essentiel, c'est-à-dire le progrès de l'intégration européenne.

Derrière son aspect opérationnel, l'exigence est très ambitieuse. La Commission se trouve, elle aussi, au pied du mur. Elle doit définir les moyens réalistes de ces objectifs. La Commission doit inventer de la simplicité dans le contenu de ses propositions, agir en concertation permanente avec les deux autres institutions. Mais elle n'acceptera pas d'altérer au départ la vigueur de son engagement et le contenu de sa proposition.

Les commissaires seront donc disponibles pour des échanges utiles au sein des commissions parlementaires ainsi qu'en Assemblée plénière. Nous n'y arriverons, le Parlement et la Commission, que par un effort rigoureux de maîtrise de nos travaux respectifs, que par une programmation de nos échanges et de nos débats.

Difficile, cette aventure, mais elle mérite d'être tentée. Je voudrais en convaincre, par l'action, ceux d'entre vous qui sont découragés devant tant de dossiers qui traînent, tant de complexités inutiles, tant d'obstacles secondaires. La Commission doit en quelque sorte jouer le rôle central d'ingénieur de la construction européenne.

Je ne suis sûr de rien dans ce domaine, c'est-à-dire

l'utilisation optimale des règles du Traité. Mais je veux agir. Je suis partisan de nouveaux horizons pour l'Europe. Je suis en faveur de l'unité européenne. Mais est-ce une raison déterminante pour ne pas ouvrir dès aujourd'hui les chantiers du progrès économique et social ?

Cela étant dit, il faut qu'il y ait un au-delà du Traité de Rome. Des projets sont sur la table, et en premier lieu celui du Parlement européen. Le comité Dooge travaille de son côté avec des échéances précises, une première discussion au Conseil Européen de mars, un débat approfondi suivi, je l'espère, de décisions au Conseil Européen de juin. La Commission y a participé et y participera de manière active, animée par l'idéal d'une Europe enfin unie et dotée des moyens de ses ambitions.

Là aussi, la Commission entend jouer un rôle d'entraînement et de proposition. Elle veut répondre aux appels et aux espoirs de tous ceux qui, dans ce Parlement, entretiennent la flamme de l'idéal européen. Nous voulons y répondre ; y répondre par une sérieuse prise en considération des résolutions, avis et travaux du Parlement européen, y répondre en contribuant à l'indispensable bond en avant pour élargir nos perspectives et renforcer notre action.

Dès maintenant, la Commission veut instaurer un dynamisme de la décision et de l'action, rendre sens et efficacité au trilogue institutionnel. Elle a la volonté de saisir à pleins bras ses responsabilités, d'élargir ses possibilités d'exécution dans le cadre des délégations qu'elle demandera au Conseil des ministres. La Commission prendra ses risques. Aux deux autres institutions de prendre elles aussi leurs risques.

Le mouvement se prouvera en marchant et au fur et à mesure que nous retrouverons la capacité d'agir, nous serons de plus en plus confortés dans notre idée de tracer de nouveaux horizons. Faisons en sorte que, dès juin prochain donc, à l'échéance fixée par le Conseil Européen pour un délai de la plus haute importance, les pas déjà franchis dans le renforcement de notre Communauté justifient la volonté d'aller plus loin vers l'Union européenne. La Communauté n'ignore rien des difficultés qui l'attendent, croyez-le bien. Sans oublier ce qui reste à régler et dont nous reparlerons : la menée à bonne fin de l'élargissement, le budget 1985, les désaccords sur la discipline budgétaire, les programmes intégrés méditerranéens, la fixation des prix agricoles, le règlement des contentieux sur l'environnement et sur l'acier. Bref, la pression quotidienne suffirait à remplir nos emplois du temps, ceux de la Commission comme ceux du Parlement. Et, pourtant, il faut tracer des perspectives, recréer des dynamismes au service d'une Communauté digne de ce nom, forte d'une économie rénovée et d'un système social exemplaire.

Nous devons ainsi affronter trois défis majeurs : la méthode, l'influence, la civilisation.

Pour ce qui est de la méthode, nous devons démontrer que l'on peut agir à douze et pas simplement stagner et vivre à la petite semaine.

En terme d'influence, nous avons à faire en sorte que la Communauté parle d'une seule voix et soit un acteur et non un sujet de l'histoire contemporaine.

Enfin, un défi de civilisation, essentiel dans ce monde en profonde mutation. Il nous faut affirmer nos valeurs, réaliser les nouvelles synthèses entre les aspirations souvent contradictoires de nos contemporains.

Je le répète : nous en avons les moyens, les Européens en ont les moyens. C'est donc, une fois de plus, à notre force de caractère que nous serons jugés. Et à cet instant, je ne peux m'empêcher de penser aux maximes énoncées par Winston Churchill en 1946 : « In war, resolution ; in defeat, defiance ; in victory, magnanimity ; in peace, goodwill ».

Ah ! dans ce monde si dur et si difficile, si notre Europe pouvait être digne de ces préceptes et ainsi retrouver toute confiance en elle-même.

Mais après tout, cela dépend de nous-mêmes, rien que de nous.

« *Réussir l'Acte unique* »

Présentation du nouveau traité au Parlement européen
à Strasbourg, le 15 février 1987

La signature et la prochaine entrée en vigueur de l'Acte unique européen, l'accession à la Communauté de l'Espagne et du Portugal (venant après celle de la Grèce en 1981) ont modifié profondément la structure de la Communauté et les obligations des Etats membres. L'Acte unique européen améliore de manière significative le système institutionnel et fixe à la Communauté de nouveaux objectifs, tout particulièrement la réalisation du marché intérieur d'ici la fin de 1992 et le renforcement de la cohésion économique et sociale. Atteindre ces deux objectifs sera aussi répondre aux aspirations et aux espérances des pays qui viennent de rejoindre la Communauté et qui attendent légitimement que leur participation à la Communauté contribue à leur développement et au relèvement de leur niveau de vie par la combinaison de leurs propres efforts et du soutien de leurs partenaires.

Pour faire face à ses responsabilités nouvelles, la Communauté doit d'abord achever les réformes qu'elle a entreprises, notamment depuis 1984, pour adapter ses anciennes politiques aux conditions nouvelles : réforme de la politique agricole commune en réponse aux nouvelles conditions de la production et des échanges, réforme des fonds structurels pour en faire des instruments du développement économique, réforme des règles financières pour assurer une discipline budgétaire aussi rigoureuse que celle que s'imposent les Etats membres.

Ces réformes acquises, la Communauté devra disposer des ressources nécessaires pour être en mesure de réaliser les objectifs de l'Acte unique.

En modifiant ainsi le Traité de Rome, les pays membres ont tracé une nouvelle frontière à la construction européenne. Il s'agit d'un saut qualitatif, dont le caractère vital doit être souligné, pour donner à nos économies les moyens de relever les défis extérieurs et de retrouver les voies d'une croissance économique plus forte et plus créatrice d'emplois.

C'est pourquoi la Commission considère de son devoir de faire connaître les conditions auxquelles ce pari pourra être tenu. Tel est le sens des propositions qu'elle soumet au Conseil et au Parlement, propositions qui se situent dans une perspective à moyen terme, avec comme échéance l'achèvement du grand marché sans frontières en 1992.

LES CONDITIONS DU SUCCÈS

Avant d'exposer les réformes, en cours ou à entreprendre, qui permettront la mise en œuvre de l'Acte unique, il n'est pas inutile de rappeler brièvement les perspectives qui s'offrent à nous et les conditions du succès. Est-il nécessaire d'indiquer que cette « nouvelle frontière » implique la mise en œuvre simultanée des six politiques mises en exergue par l'Acte unique : la réalisation d'un grand marché sans frontières, la cohésion économique et sociale, en d'autres termes plus de convergence dans les moyens mis en œuvre comme dans les résultats, une politique commune de développement scientifique et technologique, le renforcement du Système monétaire européen, l'émergence d'une dimension sociale européenne et l'action coordonnée en matière d'environnement ? Il est aisé de démontrer que l'une ne va pas sans les autres, si l'on veut réellement aboutir à la création d'un espace économique commun, seule issue compatible avec la grande idée d'une Union européenne, confirmée solennellement dans le préambule de l'Acte unique. La réussite ne serait pas au bout de nos efforts si parallèlement nous n'avions pas une politique extérieure commune, cohérente et ferme.

Un espace économique commun

Politiquement, il ne s'agit pas d'une conception nouvelle. L'article 2 du Traité de Rome indiquait que la Communauté entendait réaliser « un développement harmonieux des activités économiques dans l'ensemble de la Communauté, une expansion continue et équilibrée, une stabilité accrue, un relèvement accéléré du niveau de vie ».

Economiquement, il est superflu de démontrer qu'un grand marché sans frontières ne pourra être pleinement achevé, ni ne pourra correctement fonctionner, que si, au niveau communautaire, existent les instruments permettant d'éviter les déséquilibres qui affecteraient la compétitivité et la croissance de l'ensemble.

Entendons-nous bien. Il n'est pas question de transférer tous les pouvoirs de la politique économique et sociale à l'échelon européen. Mais l'expérience nous enseigne qu'il n'est pas possible d'obtenir la liberté de circulation des personnes, des biens, des services et des capitaux sans une discipline commune des taux de change et sans une coopération accrue entre les politiques nationales. S'il en était besoin, les récentes difficultés rencontrées par le Système monétaire européen en fourniraient une preuve supplémentaire.

En d'autres termes, il faut un pilote dans l'avion européen. Le grand marché sans frontières ne peut, à lui seul, assurer valablement les trois grandes fonctions de la politique économique : la recherche d'une plus grande stabilité (lutte contre l'inflation et contre les déséquilibres extérieurs), l'allocation optimale des ressources pour bénéficier de l'effet de dimension et stimuler l'innovation et la compétitivité, la distribution équilibrée des richesses qui est aussi fonction des mérites de chacun.

C'est ainsi, par exemple, que la Communauté devra

décider, cette année, l'ultime étape en matière de libération des mouvements de capitaux. Sa réalisation implique un renforcement du Système monétaire européen, de façon à pouvoir réguler les marchés de capitaux et faire face à des situations de déséquilibre. De même, il conviendra simultanément de veiller, pour une concurrence loyale et saine, à une harmonisation des règles de base en matière de législation bancaire et de normes prudentielles. Enfin, les politiques monétaires nationales devront être compatibles entre elles, afin d'assurer le maximum de stabilité à cet espace financier commun.

Autre exemple tiré aussi des expériences passées : l'intégration économique créée par le grand marché procurera de grands bénéfices économiques. Encore convient-il que toutes les régions de la Communauté puissent progressivement y participer. La diffusion à tous du progrès ne va pas de soi, qu'il s'agisse des avancées techniques, des effets de la concurrence pour des produits moins chers et de meilleure qualité ou encore des innovations financières indispensables pour l'investissement et le développement. D'où la nécessité de faciliter cette transparence du grand marché en appuyant les efforts des régions aux structures inadaptées et des régions en proie à de douloureuses reconversions. Des politiques communautaires peuvent aider ces régions, ce qui ne les dispense en rien d'assumer leurs propres responsabilités et de faire l'effort indispensable. C'est dans cet esprit que la Commission a pensé les politiques dites structurelles avec la volonté de leur conférer un véritable impact économique, et non de réaliser simplement – ce qui serait à la fois trop coûteux et insuffisant – de simples transferts budgétaires.

Pour parler clairement, les instruments communautaires doivent cesser d'être considérés comme les éléments d'un système de compensation financière. Ils sont appelés à jouer, à côté des politiques nationales et régionales et en harmonie avec elles, un rôle important pour la convergence des économies.

Plus de réalisme économique pour les actions communautaires, plus de coopération entre les politiques nationales, telles sont les deux conditions auxquelles nous pouvons espérer tirer tous les bénéfices, et pour tous, d'un grand marché sans frontières. Mais en allant à l'essentiel, c'est-à-dire en laissant la plus grande marge de manœuvre aux actions décentralisées, la « Communauté de la nouvelle frontière » a plus besoin d'impulsions et d'actions sélectives que d'un surcroît d'interventions et de règlements. Le bon sens le commande, le fonctionnement du grand marché l'exige.

Pour concilier efficacité de l'action communautaire et décentralisation, plusieurs inflexions sont proposées. Par exemple :

– En ce qui concerne le grand marché, sélectionner les actions les plus importantes pour assurer le mouvement indispensable, comme l'ouverture des marchés publics, la libération des mouvements de capitaux. Adopter le principe de reconnaissance mutuelle des normes ou des règles, plutôt que s'épuiser, sans succès, à rechercher la norme commune, la règle commune.

– En ce qui concerne le contrôle des aides et l'objectif de cohésion, s'assurer que les conditions d'une concurrence loyale sont réunies, et dans ce cadre tenir compte du niveau de développement des régions et montrer la flexibilité nécessaire pour tenir compte de l'évaluation du contexte local.

– Substituer, pour l'essentiel, la notion de programme à celle de projets. Plutôt que de gérer des milliers de dossiers, la Commission s'attacherait, comme elle le fait pour les Programmes intégrés méditerranéens, à venir en appui de programmes pluriannuels élaborés par les régions en retard et les régions de reconversion.

– Concentrer sur une ou deux priorités la politique sociale et donc tourner le dos à l'émiettement des actions engendré par la multiplicité des objectifs et des critères. Mais faire de ces priorités des grands chantiers de l'Europe, innovateurs, efficaces, perceptibles par les bénéficiaires comme par les opinions publiques. Or, quel est le problème central ? Quelle est la question la plus angoissante ? Le chômage. La Communauté doit démontrer, par la mise en œuvre de deux grandes politiques, sa capacité à contribuer à la solution de ce problème. Par une politique de l'insertion professionnelle des jeunes. Par une lutte active contre le chômage de longue durée.

Une croissance économique plus forte

La Commission ne vit pas sous la hantise des déséquilibres qu'entraînerait la mise en place du grand marché. Mais elle étudie la courte histoire de la Communauté avec ses succès, mais aussi ses échecs, avec ses grandes idées mais aussi avec les blocages qui ont fait obstacle à leur mise en œuvre. Et elle en a déduit qu'il était très difficile de progresser dans un contexte de croissance économique trop faible. C'est une des raisons pour lesquelles a été proposée, en 1985, une stratégie coopérative de croissance et d'emploi permettant d'obtenir, par le concours spécifique de chaque pays, un développement plus rapide de l'activité et de l'emploi dans l'ensemble de la Communauté.

Cette stratégie est toujours d'actualité, si l'on considère les résultats relativement décevants obtenus par nos économies pourtant stimulées par la baisse du prix du pétrole et, dans un premier temps, par la chute du dollar. Elle s'impose d'autant plus qu'elle permettrait, grâce à la plus-value dégagée, d'aider grandement chaque pays à réussir les adaptations nécessaires au grand marché et à la nouvelle donne économique mondiale.

Ce n'est pas une affaire de réglementation, encore qu'il sera nécessaire de revoir la décision du 18 février 1974 du Conseil des ministres sur la convergence. Celle-ci n'a pas, il convient de le reconnaître, comblé les attentes de ses promoteurs. Elle a même sombré dans la routine et dans de mornes procédures. C'est avant tout une question de volonté politique et d'imagination économique. Les pays membres veulent-ils, oui ou non, sortir de leurs vues à court terme et d'une conception dépassée de leur indépendance en matière de décisions économiques et financières ? Seront-ils assez raisonnables pour prendre acte du réseau d'interdépendances dans lequel se situe leur activité et sauront-ils en tirer le meilleur dans une sorte de jeu à somme positive ?

Ajoutons que le ralentissement du commerce mondial depuis dix ans rend plus nécessaire que jamais l'utilisation des potentialités internes de la croissance dans la Communauté. Tel est l'enjeu de la réalisation effective du grand marché intérieur.

Un meilleur fonctionnement des institutions

Le mot routine a été prononcé à propos de la procédure dite de convergence des politiques économiques. Il pourrait s'appliquer à l'ensemble de la vie communautaire. L'Europe décide mal et trop tard, elle est rarement d'une grande efficacité dans l'application des décisions prises. Et c'est ainsi que naît un processus de bureaucratisation, à la fois paralysant et trop interventionniste.

L'Acte unique entend remédier à ces défauts. Encore faut-il avoir la volonté de l'appliquer dans le meilleur esprit. Sans quoi, l'Europe ne sortira pas de sa maladie congénitale : une succession de bonnes résolutions qui s'enlisent dans les sables de délibérations trop longues et parfois sans conclusion. Pour casser ce funeste engrenage, il convient que le Conseil utilise pleinement le vote à la majorité qualifiée, que la Commission soit enfin dotée des moyens d'exécution qui lui font actuellement défaut, que le Parlement européen prenne ses pleines responsabilités de co-législateur dans la procédure de coopération.

L'intérêt européen commanderait même d'aller plus loin dans un meilleur fonctionnement du triangle institutionnel Conseil/Parlement/Commission. Nous songeons tout particulièrement à la question budgétaire, en vue d'une meilleure maîtrise de la recette et de la dépense, pour atteindre les objectifs de l'Acte unique, tout en s'assurant de la meilleure utilisation possible de l'argent du contribuable européen. La Commission fait des propositions dans le domaine de la discipline budgétaire qui n'impliquent pas le rebondissement de la querelle institutionnelle. Autrement dit, elle ne souhaite pas, pour le moment, ajouter à la difficulté du « Grand Rendez-Vous » sur l'exécution de l'Acte unique, mais elle est persuadée qu'il faudra bien, un jour, revoir les dispositions du Traité de telle sorte qu'à l'instar de la procédure dite de coopération, la Commission puisse jouer pleinement son rôle d'initiative et que le Conseil et le Parlement soient associés, à parts égales, dans toutes les étapes de la procédure budgétaire.

Mais, sans attendre, le Conseil devrait se pencher sur ses propres mécanismes internes, pour remédier à ce que l'on doit appeler un « éclatement du processus de décision ». Pour continuer sur la question budgétaire, il n'existe pas actuellement d'instance d'arbitrage à l'intérieur du Conseil, ce qui est une des raisons de l'échec de la discipline budgétaire décidée à Fontainebleau en juin 1984. En effet, chaque Conseil fixe ses orientations et ses actions. Le Conseil de l'Agriculture est relativement autonome pour sa politique et les dépenses qui en découlent. Le Conseil des ministres de l'Economie et des Finances fixe, de son côté, le niveau maximum des dépenses... mais c'est le Conseil du Budget qui met en œuvre, dans une bataille contentieuse et souvent dérisoire avec le Parlement. Aucun ensemble politique ne peut fonctionner valablement dans de telles conditions.

Une discipline budgétaire renforcée

Ces dernières réflexions nous conduisent directement à ce qui constitue pour la Commission une autre condition importante à remplir pour la bonne application de l'Acte unique : une discipline budgétaire renforcée.

A un moment où, à tort ou à raison, les pays membres s'attachent à diminuer leurs dépenses budgétaires, à réduire le déficit public et pour certains, à diminuer les impôts, comment convaincre les opinions publiques que la Communauté a besoin de ressources complémentaires ? Certes, notre Europe est en pleine croissance et a donc besoin de politiques concrètes pour atteindre la nouvelle frontière de l'Acte unique. Certes, l'effet de substitution doit être souligné : ce qui est dépensé à l'échelon communautaire a pour contrepartie des économies sur les budgets nationaux. Mieux même, tout Ecu, bien utilisé au niveau des Douze, peut avoir une rentabilité supérieure à une dépense nationale équivalente. Il est aisé de le démontrer aujourd'hui pour la politique agricole commune et pour la recherche, demain pour les transports et les grandes infrastructures.

Tout cela mérite d'être souligné, car bien des critiques injustifiées contre le budget communautaire relèvent d'une attitude étrange qui amène certains à traiter des finances communautaires comme si leur pays était en dehors de l'Europe des Douze.

La contradiction serait encore plus manifeste si, après avoir signé l'Acte unique, on refusait de se donner les moyens de l'appliquer !

Mais la Communauté – c'est-à-dire le Conseil, le Parlement et la Commission – doit, en contrepartie d'une acceptation de nouvelles responsabilités conférées aux pays membres par l'Acte unique, gérer son budget en « bon père de famille » et s'assurer de la meilleure utilisation possible des ressources allouées. Cela dépend de la qualité des politiques mises en œuvre, de leur exécution efficace et d'un esprit de rigueur qui doit être présent partout.

En présentant un nouveau schéma de discipline budgétaire, la Commission entend tirer les leçons de l'expérience 1985-1987 et corriger les défauts du présent système : l'éclatement déjà dénoncé du processus de décision, l'absence de contrôle sur les crédits d'engagement, la difficulté de maîtriser la dépense agricole (tout en reconnaissant, sur ce dernier point, le rôle majeur joué par un aléa extérieur : la volatilité extrême du dollar).

La nouvelle discipline budgétaire est une sorte de contrat fiscal pour la Communauté : l'assurance que, jusqu'à 1992, le prélèvement fiscal ne dépassera pas un plafond fixé à 1,40 % du Produit National Brut de la Communauté, l'adoption de règles plus contraignantes pour la dépense agricole, l'allocation optimale des ressources aux autres politiques indispensables au succès de l'Acte unique.

Une politique économique extérieure commune et ferme

La Communauté Européenne est la première puissance commerciale du monde. En tant que telle, elle est à la fois courtisée et critiquée. Courtisée, parce qu'elle représente un formidable potentiel de pouvoir d'achat et qu'elle peut jouer un rôle encore plus important pour stimuler le commerce multilatéral et les échanges. Critiquée, parce qu'elle ne s'ouvrirait pas assez aux productions des pays tiers et parce qu'elle a exploité pleinement son potentiel agricole.

Rappelons d'abord avec force que la Communauté est l'ensemble le plus ouvert au commerce mondial. Même si, selon la Commission, elle doit aller plus loin en faveur des pays en voie de développement, elle doit rejeter les attaques venues d'ailleurs. Cet ailleurs où l'on pratique le protectionnisme déguisé ou explicite.

Evidemment, la position politique de la Communauté serait plus forte si elle avait la possibilité de prendre, en temps utile, les initiatives qui s'imposent pour remédier au désordre monétaire mondial, à la mauvaise allocation des ressources financières ou à la croissance très insuffisante du commerce mondial. Mais il n'y a pas lieu de désespérer. Les positions prises à l'aube de l'Uruguay Round, les actions exemplaires menées dans le cadre de l'accord de Lomé III ou de l'aide alimentaire, les propositions pour adapter les rôles du FMI et de la Banque mondiale, sont autant de jalons positifs pour une action responsable de notre Europe. Mais cela ne saurait suffire.

Comment expliquer à nos agriculteurs qu'ils doivent s'adapter à une situation mondiale caractérisée par un excédent structurel de l'offre sur la demande si les autres puissances agricoles ne font pas le même effort ?

Comment proclamer la nécessité du progrès technologique pour notre compétitivité et notre emploi si nous ne sommes pas capables de faire face aux menaces venues d'ailleurs ?

Comment poursuivre un discours en faveur des meilleures relations entre le Nord et le Sud, si nous hésitons à octroyer, pour quelques dizaines de millions d'Ecus, les concessions commerciales ou les aides aux pays les plus démunis ?

Il faut s'en convaincre : il n'y aura pas de progrès tangible dans la construction de l'Europe si celle-ci ne s'affirme pas, avec force, courage et générosité, à l'égard de l'extérieur. Or cette dimension est trop souvent négligée ou ignorée. Soyons-en convaincus, l'Europe se révélera aussi dans sa capacité de résister aux pressions actuelles et futures et de dire oui aux plus pauvres.

II

Le modèle européen de société

Si l'objectif du marché intérieur a été à l'origine de la relance, le président de la Commission aime à répéter : « on ne tombe pas amoureux d'un grand marché ». Il a certes utilisé le marché comme moyen, mais son ambition est plus grande, c'est un véritable projet de société, dans un équilibre recherché entre l'homme et la société. Son fondement, il le répétera sans relâche, est fait de compétition pour stimuler, de coopération pour renforcer et de solidarité pour donner à chacun sa chance – l'esquisse de ce que d'autres appellent l'économie sociale de marché.

Aussi, deux semaines après avoir proposé devant le Parlement européen la réalisation d'ici 1992 d'un espace européen sans frontières intérieures, Jacques Delors réunit-il à Val Duchesse, près de Bruxelles, les dirigeants des organisations syndicales et patronales des pays de la Communauté. L'objectif de cette réunion du 31 janvier 1985 est clair : renouer le dialogue social interrompu depuis de longues années à l'échelle européenne et faire en sorte que, par son intermédiaire, les partenaires sociaux s'impliquent dans l'organisation du grand marché intérieur. Ainsi est-il escompté que les délibérations et éventuels accords puissent nourrir la dimension sociale de ce projet et permettre de surmonter les obstacles institutionnels – et plus précisément, la règle de décision à l'unanimité au Conseil des ministres – qui rendent difficilement praticable la voie de l'Europe sociale.

Ainsi réouvert, le dialogue social favorisera les avancées réalisées dans le cadre de l'Acte unique européen signé en décembre 1985, lequel ouvre la voie à la politique conventionnelle à l'échelle européenne et donne la possibilité aux ministres de décider à la majorité qualifiée dans les domaines sociaux relatifs à la santé et à la sécurité sur les lieux de travail.

Dans les mois qui suivent, la Commission encourage le dialogue social qui conduit à l'adoption des premiers avis communs entre patronats et syndicats européens, par exemple sur l'introduction des nouvelles technologies dans l'entreprise ou encore sur la formation professionnelle. Elle propose également au Conseil des ministres une directive-cadre sur la santé-sécurité et cinq directives d'application qui portent la protection des travailleurs à un haut niveau. Sur d'autres chapitres de la politique sociale (conditions de travail, information et consultation des travailleurs), c'est le blocage.

Jacques Delors estime alors nécessaire d'appeler l'attention des chefs d'Etat et de gouvernement sur les risques qui pourraient naître d'un déséquilibre marqué entre la progression du marché intérieur et une certaine stagnation du social. En mai 1988, il propose à la Communauté d'élaborer et d'adopter une charte communautaire des droits sociaux qui puisse servir d'engagement solennel, mais aussi de fondement à un programme précis. Une fois cette charte adoptée en décembre 1989, alors que la France préside à son tour la Communauté européenne, la Commission en fait aussitôt connaître le programme d'application.

Mais les difficultés demeurent : les conditions d'adoption de la charte augurent mal de la prise de mesures qui requièrent toujours l'unanimité au Conseil. En effet, la Grande-Bretange, seule parmi les douze pays membres, a refusé de signer la Charte sociale.

Se sentant désormais impliqués dans la construction européenne, les partenaires sociaux vont influencer de manière décisive les discussions du Conseil Européen de Maastricht (décembre 1991). En effet, les patronats et les syndicats européens se mettent d'accord pour proposer une réforme des dispositions sociales du Traité. Cela, les syndicats britanniques y auront contribué après le changement de leur position sur l'Europe au lendemain du Congrès de Bornemouth. Ce dialogue, il en sera largement tenu compte dans le texte adopté à Maastricht, mais une fois encore par onze pays membres, la Grande-Bretagne ayant refusé son accord. Qu'importe, les onze pays auront la possibilité d'appliquer entre eux les nouvelles règles, à la majorité qualifiée.

Mais la solidarité doit également jouer entre les régions les plus riches et les régions les moins avancées de la Communauté, pour permettre à chacun d'avoir sa chance dans le grand marché. Cette politique – la cohésion économique et sociale dans le jargon de Bruxelles –, Jacques Delors y tient particulièrement. Mais il est un thème auquel il consacre toute son énergie : c'est celui du développement rural. La Commission se battra pour imposer l'objectif du développement rural avec le double souci de lutter contre une inquiétante désertification et de renforcer la compétitivité des agriculteurs communautaires. Si financièrement le résultat n'est pas à la hauteur des espérances, le signal est donné que les paysans ont un avenir fait de production mais aussi d'une certaine forme d'aménagement du territoire. Une idée qui sera amplifiée avec la réforme de la Politique Agricole Commune – présentée au début de 1991 et avec les perspectives financières de 1993 à 1998 – le « paquet Delors 2 » – sur lequel la Commission travaille dès l'automne 1991.

Cette attention aux relations de l'homme à la nature conduit aussi la Commission Européenne à sensibiliser tous les pays membres aux exigences de l'environnement, à la nécessité d'introduire la dimension écologique dans l'action communautaire. Non sans mal : entre les Britanniques qui estiment nécessaire de préserver la compétitivité des entreprises et les Espagnols qui craignent des coûts excessifs pour leur économie, il est bien difficile de progresser et les Etats membres – pour pouvoir bloquer le processus – entendent bien conserver l'unanimité comme mode de décision. Mais, de l'imposition des voitures propres à la lutte contre les émissions de dioxyde de carbone, la Commission s'efforce de préserver l'environnement.

« *Construire l'Europe sociale* »

Au Congrès des Syndicats britanniques
à Bornemouth, le 8 septembre 1988

La situation évolue et, comme le rapport du Trade Union Congress le démontre, elle change vite. Je suis très satisfait de voir que les organisations syndicales à travers l'Europe se saisissent de ce défi « 1992 ».

Aujourd'hui, je voudrais donc me concentrer sur quatre thèmes principaux :

Nous sommes face à un grand défi et nous devons préserver et renforcer notre modèle de société européen unique en son genre.

Nous devons retrouver la maîtrise de notre destin face à des pressions venues de l'extérieur.

La coopération et la solidarité, au même titre que la compétition, sont les conditions pour notre succès commun.

La dimension sociale est un élément essentiel et votre rapport montre que vous êtes disposés à vous engager dans cette direction.

Votre organisation a joué en effet un rôle de pionnier dans l'histoire du mouvement syndical, servant d'exemple et de référence pour les autres syndicats qui allaient se constituer dans les pays voisins pour la conquête des droits des travailleurs et pour la défense de leur dignité. Ce courant historique allait progressivement contribuer à façonner en Europe un modèle de société original, fruit d'un savant équilibre entre la société et l'individu. Bien sûr, il existe, selon les pays, des variantes à ce modèle. Mais partout nous retrouvons en Europe des mêmes méca-

66

nismes de solidarité sociale, de protection des plus faibles, des possibilités d'expression, d'action et de négociation collective.

Le monde européen connaît aujourd'hui de sérieuses difficultés après avoir permis trois décennies d'expansion après la Seconde Guerre mondiale. Une série d'événements vinrent perturber ce développement dans les années 70 et le perturbent encore.

La majeure partie de ces phénomènes avaient et ont une origine externe, traduisant notre vulnérabilité croissante à l'égard d'un monde qui évoluait plus rapidement et dont l'Europe n'était plus le centre.

Les pays européens ont réagi et continuent de réagir à des degrés divers de la même façon. Refusant dans leur grande majorité un abaissement drastique des salaires et des niveaux de protection sociale, ils ont recherché dans l'augmentation de la productivité le moyen de s'adapter à la nouvelle donne mondiale. Ils y réussirent en partie, mais au prix d'un chômage massif.

Ce chômage, c'est le fléau principal que nous subissons, dont souffrent les travailleurs et particulièrement les jeunes. Plusieurs politiques ont été essayées de par l'Europe et si certains points ont été marqués, aucune n'a encore donné des résultats à la hauteur de l'enjeu.

Toutes ces politiques ont buté sur l'ampleur de l'adaptation à réaliser et sur le fait que notre capacité d'intervention s'avère limitée puisque les causes des bouleversements qui nous affectent sont en partie externes.

Il est donc devenu essentiel de retrouver la maîtrise de notre développement économique et social, la maîtrise de notre technologie, la maîtrise de notre capacité monétaire. Nous devons le faire en comptant sur nos propres forces. Nous devons le faire à l'européenne, c'est-à-dire dans le respect de nos valeurs propres de solidarité et dans la concertation de tous ceux qui concourent à la production des richesses. Nous devons le faire ensemble en Europe, en associant nos forces

Puisque nous sommes déjà étroitement dépendants les uns des autres, puisque notre avenir est lié, pourquoi ne pas tirer ensemble les avantages de cette situation ? Pourquoi ne pas donner un cadre élargi à notre action et utiliser les atouts d'une plus étroite coopération entre nous.

Cette volonté nouvelle, ce cadre élargi sont ceux de l'enjeu économique et social européen que nous voulons construire d'ici la fin de 1992. Les gouvernements et les Parlements des douze Etats membres l'ont solennellement décidé, ils ont pour cela signé et ratifié un nouveau traité que l'on appelle l'Acte unique européen. Syndicats et patronats européens ont approuvé cet objectif, en y mettant naturellement des conditions, leurs conditions qui, bien entendu, diffèrent sur certains points. D'où la nécessité d'un dialogue approfondi et concret entre employeurs et syndicalistes, à l'échelon européen.

Dès janvier 1985, j'ai réuni les intéressés afin de relancer le dialogue social. Le mouvement est aujourd'hui lancé, des décisions importantes ont été prises, d'autres sont en voie de l'être. Dressant un premier bilan, les chefs d'Etat et de gouvernement réunis au Conseil Européen de Hanovre, en juin dernier, ont considéré que la réalisation d'une Europe sans frontières internes était devenue un processus irréversible.

Ce processus ne fait pas l'unanimité.

Il y a les sceptiques qui doutent que les bénéfices potentiels soient si importants. Dès à présent d'ailleurs, devant chaque difficulté rencontrée, ils pointent le doigt sur le « grand marché ».

Il y a, à l'inverse, les enthousiastes qui voient dans la construction européenne la solution de tous leurs problèmes, grâce au grand marché. Grâce à la convergence des politiques économiques qu'il entraînera, ce sont des millions d'emplois qui seront créés, tandis que la croissance connaîtra à nouveau des niveaux records.

Pour ma part, c'est le parti des architectes que je vous invite à rejoindre. Il exige de façon continue le travail, l'effort, l'imagination afin que cette grande ambition que l'Europe s'est donnée corresponde bien aux objectifs pour lesquels elle a été formée.

Il n'était pas évident que les douze gouvernements

68

acceptent de doubler d'ici 1992 les crédits communautaires affectés à la construction d'une Europe plus solidaire. C'est pourtant ce qu'ils ont décidé en février dernier au Conseil Européen de Bruxelles pour le développement des régions en retard, l'aide à la conversion des régions ou des villes industrielles en difficulté, la lutte contre le chômage de longue durée, l'insertion professionnelle des jeunes et le développement du monde rural. Les mesures arrêtées vont accroître la solidarité de la Communauté. D'ici 1992, 40 milliards de £ seront consacrés à ces cinq objectifs. Cet effort est indispensable. Il constituera non seulement un facteur de croissance économique supplémentaire, mais il permettra la diffusion des bénéfices du grand marché dans les régions qui connaissent des handicaps structurels de développement. Vous noterez que ces objectifs concernent tous les Etats membres. Certains ont exprimé la crainte qu'un pays comme la Grande-Bretagne pourrait être négligé au niveau européen. Ce n'est pas le cas.

C'est une Europe également fondée sur le respect du droit et donc des règles claires. Alors que nous cherchons à associer nos efforts, on ne comprendrait pas que des pratiques déloyales viennent fausser l'action économique. Alors que nous tentons de retrouver ensemble le chemin de la prospérité et de l'emploi, on ne comprendrait pas que l'EUROPE puisse être une source de régression sociale.

Les chefs d'Etat et de gouvernement ont longuement débattu au dernier Conseil Européen de Hanovre des principes qui devaient inspirer la définition et la mise en œuvre de ces règles. Je les résumerai de la façon suivante :

– Premièrement : les mesures à prendre pour la réalisation du grand marché ne doivent pas réduire le niveau de protection sociale déjà atteint dans les Etats membres.

– Deuxièmement : le marché intérieur doit être conçu de manière à profiter à tous les citoyens de la Communauté. A cette fin, il est nécessaire non seulement d'améliorer les conditions de vie et de travail des salariés, mais aussi d'assurer une meilleure protection de leur santé et de leur sécurité sur le lieu de travail.

– Troisièmement : les initiatives à prendre le seront dans le domaine conventionnel et le domaine législatif.

Cette conception correspond à celle de la Commission et, je le crois, répond aux vœux des partenaires sociaux.

Il reste maintenant à avancer, définir ces règles et pour cela nous avons besoin du concours de tous les architectes. J'ai fait devant le congrès de la Confédération européenne des Syndicats, le 12 mai dernier, trois propositions destinées à bien marquer la dimension sociale de la construction européenne :

– l'établissement d'un socle de droits garantis pour les travailleurs ;

– la création d'une société de droit européen ;

– l'extension à tous les salariés d'un droit à la formation permanente ;

Il ne s'agit que de propositions destinées à être approfondies et discutées. D'autres suggestions venant des partenaires sociaux seront les bienvenues. Car le dialogue social et la négociation collective sont, à mes yeux, les piliers d'une société de démocratie et de progrès social.

L'Europe s'affirme, mais dans sa diversité. Vous, chers amis, resterez pleinement britanniques, avec tout ce qui constitue vos raisons de vivre. Grâce à la coopération et la solidarité entre nous les Européens, nous arriverons – par la richesse de nos diversités – à préserver notre identité, notre culture, notre capacité de décision et d'action.

Je ne suis pas venu ici pour vous promettre des millions d'emplois et le retour rapide à la prospérité générale. Le monde auquel il faut nous adapter est un monde dur, en évolution rapide. Ce que nous entreprenons ensemble est un moyen de faciliter cette adaptation et de trouver une nouvelle jeunesse pour notre Europe. C'est aussi un moyen de démontrer au monde que notre coopération est au service de la paix et du progrès. Oui, le monde nous regarde, il vous regarde vous les Britanniques, il regarde les Allemands, les Italiens, les Français et tous les autres. Il se demande comment ces nations, qui se sont déchirées entre elles pendant des siècles, peuvent trouver les voies d'une étroite coopération pour refuser le déclin économique et la régression sociale.

« *Nourrir le dialogue social* »

au Congrès de la Confédération européenne des syndicats
à Stockholm, le 12 mai 1988

Le dialogue avec le Congrès de la Confédération européenne des syndicats fait partie des rendez-vous essentiels. Cette tradition, j'en suis persuadé, sera maintenue. L'œuvre que nous entreprenons place le mouvement syndical européen devant de nouveaux défis et en fait l'un des acteurs principaux de la construction européenne.

J'ai aujourd'hui un sentiment mêlé d'inquiétude et d'espoir. L'inquiétude devant une certaine incapacité collective à juguler le chômage et à retrouver les chemins d'une croissance qui non seulement nous apporterait des emplois mais desserrerait les contraintes qui pèsent sur l'économie mondiale et oppressent les plus défavorisés.

On peut faire montre des meilleures résolutions, avancer les solutions les plus efficaces, rejeter sur d'autres la responsabilité qu'elles ne soient pas mises en œuvre, le débat serait vain s'il n'y avait la réalité prégnante des dégâts du chômage exigeant le redoublement de nos efforts. Je disais lors de notre dernière rencontre à Milan mon souci de voir préservé notre modèle de société conciliant l'initiative, la responsabilité et la solidarité, dans le dialogue. Je reste persuadé que c'est par l'approfondissement et la rénovation de ce modèle, en y associant toutes nos forces dans un cadre plus large et plus dynamique, que nous trouverons l'issue.

Je concentrerai cette intervention autour de quatre thèmes principaux :

71

1. L'Europe est à nouveau en mouvement et c'est, de toute manière, positif.

2. La réussite ne va pas de soi. Certaines conditions doivent être dès maintenant remplies.

3. Parmi elles, condition et finalité à la fois, la dimension sociale de la construction européenne.

4. Un signal politique est nécessaire. Il doit être donné par le prochain Conseil Européen, à Hanovre. La Commission Européenne prendra ses responsabilités.

L'Europe est à nouveau en mouvement

Vous savez que nous y consacrons l'essentiel de notre énergie et de notre action. Je me souviens de notre rencontre de 1985 où vous aviez approuvé l'objectif 1992 avant même que ne se déclenche le mouvement qui allait remettre l'Europe en marche. Et je mesure le chemin parcouru depuis trois ans.

Ce fut tout d'abord l'élargissement de notre Communauté à deux nouveaux pays, deux jeunes démocraties qui allaient consolider l'ensemble et lui donner de nouveaux horizons. Ce fut ensuite l'adoption par le Parlement et le Conseil européen de l'objectif proposé : la création d'un grand marché unique débarrassé des entraves aux échanges. Je vous avais dit à Milan que cet objectif ne se limiterait pas aux seuls aspects techniques. Il ne s'agissait pas – et il ne s'agit toujours pas – de créer une simple zone de libre échange, mais un espace organisé doté de règles communes cherchant à assurer la cohésion économique et sociale et l'égalité des chances devant les potentialités offertes. Un espace unique dynamique et solidaire où des politiques communes porteraient l'intérêt commun.

L'Acte unique européen – nom singulier donné à la réforme du Traité de Rome – posa ensuite les principes d'organisation de cet espace commun et introduisit, à l'initiative du gouvernement du Danemark, des dispositions novatrices en matière de protection des travailleurs sur leur lieu de travail. Enfin, quatrième étape, la bataille de

Bruxelles longue et âpre vit en février dernier les Douze préciser ces principes et doter la Communauté des moyens politiques et financiers correspondant à ses nouvelles ambitions.

C'est ainsi que la relance de l'Europe s'est développée. Elle nous conduit à progresser parallèlement vers six objectifs liés : la réalisation du marché intérieur, le renforcement de la cohésion économique et sociale incluant tout naturellement la dimension sociale du grand marché, une coopération accrue en matière de recherche, le développement de la coopération monétaire et une meilleure prise en compte de l'environnement.

Ces objectifs sont effectivement liés car la philosophie implicite de la construction européenne est beaucoup plus dialectique qu'on ne le pense généralement. La concurrence se développera au sein du grand marché qui favorisera aussi la coopération. De même que compétition et coopération, libéralisation et harmonisation iront de pair, offrant les conditions d'une nouvelle régulation de l'ensemble créé. L'impulsion communautaire devra être relayée par des pôles décentralisés de pouvoir et de responsabilité.

Cette action, nous la plaçons dans la perspective supérieure de l'union européenne. Mais elle est aussi de façon concrète et indispensable au service de l'emploi. Des succès sur ce front commandent le reste car il ne saurait y avoir d'ambition pour l'Europe sans le concours des travailleurs et ce concours, cette participation ne seront acquis que s'ils ont la certitude que la voie empruntée sera facteur de progrès social.

Une étude récente commandée par la Commission Européenne apporte à cet égard des enseignements intéressants. Cette étude, qui a duré deux ans, qui a associé une quarantaine d'instituts et centres de recherche européens parmi les plus réputés, et en tout plus de 300 chercheurs, qui a interrogé plus de 11 000 entreprises, nous confirme le bien-fondé de notre démarche. Les avantages économiques et sociaux de la réalisation du programme 1992 pourraient consister en un surcroît de croissance de 4,5 % et en une création nette de près de 2 millions d'emplois.

Il faut tout de suite ajouter que si des politiques économiques d'accompagnement étaient mises en œuvre, exploitant au mieux les marges de manœuvre dégagées par la réalisation du grand marché, la Communauté en retirerait un surcroît de croissance de 7 % et 5 millions d'emplois nouveaux pourraient être créés. Je l'ai dit et répété dès que j'ai appris les résultats de cette étude collective, conduite par M. Cecchini, il ne s'agit là que de potentialités; je l'ai dit aussi à d'autres reprises : en aucun cas l'Europe ne saurait constituer une recette miracle aux problèmes que nous connaissons.

Je tirerai cependant de ces travaux deux enseignements majeurs. Le premier est que l'Europe est vraisemblablement le chantier le plus prometteur pour la croissance et l'emploi. Le second est que les avantages dégagés seront d'autant plus importants que les Européens auront compris la nécessité de coopérer, de travailler en commun au retour durable de l'expansion.

Cette coopération, vous en connaissez les termes. C'est ce que nous avons proposé ensemble depuis quelque trois ans sous le nom de « stratégie coopérative de croissance » et que nous rebaptisons sous celui d'« initiative européenne de croissance ». Elle signifie que dans les circonstances que connaît aujourd'hui l'économie mondiale, marquée notamment par les déséquilibres créés par la puissance dominante, l'Europe ne peut compter que sur ses propres forces. C'est cette intitiative qui, si elle était mise en œuvre parallèlement à la réalisation de notre espace commun, optimiserait les gains de croissance et d'emplois.

Mais elle ne serait pas la seule à jouer en ce sens. Les politiques d'accompagnement que nous avons décidées à Bruxelles et dotées de moyens financiers importants – sensiblement supérieurs à ceux du Plan Marshall d'après-guerre, m'a-t-on dit – auront, elles aussi, un impact macro-économique non négligeable. Il s'agit de servir cinq objectifs que la Communauté a jugés indispensables pour renforcer sa cohésion économique et sociale et qui sont : le développement des régions en retard et l'aide à la conversion des régions frappées par le déclin, la lutte contre le chômage de longue durée, l'insertion professionnelle des jeunes, le développement du monde rural.

La mise en application de ces réformes est en cours, le Conseil s'est engagé à adopter le règlement cadre d'ici la fin du mois de mai et la Confédération européenne des Syndicats sera consultée sur les futurs règlements comme elle l'a été sur les principes de la réforme.

Voilà donc le plan de la construction, le chantier, et les premières fondations.

Les conditions de la réussite

J'ai dit les promesses qu'il recèle, je voudrais maintenant exposer les principaux obstacles que nous avons à surmonter ensemble pour réussir. Ces obstacles s'appellent d'abord « diversités ».

Qu'il s'agisse des niveaux de vie et de développement entre les régions, des conditions d'emploi, de travail et de protection sociale ; qu'il s'agisse encore des méthodes de la politique sociale, ou enfin des positions des acteurs en présence, la Communauté est marquée par de profondes diversités dont il faut tenir compte pour écarter les risques de déséquilibres qu'elles comportent, mais surtout pour renforcer sa cohésion économique et sociale.

Je voudrais dire ici avec force qu'il ne s'agit pas, comme le prétendent certains, d'une obsession à introduire le « social » partout, mais bien d'une démonstration que si la cohésion sociale de l'espace commun n'est pas réalisée, alors le grand marché n'existera pas. Pourquoi ? Tout simplement parce que les entreprises comme les travailleurs, selon le lieu où ils se trouvent, ne bénéficieront pas des mêmes chances d'accès à ce marché et que des blocages apparaîtront rapidement ici ou là. Quand nous disons que le grand marché ne doit pas donner lieu à un dumping social, nous défendons aussi bien les conditions d'emploi et de protection des salariés qui pourraient être l'objet de ce dumping, que l'emploi des salariés des entreprises indûment

75

et injustement concurrencées, ou encore le progrès des conditions de vie et de travail des régions en retard.

Cela est très important et doit éclairer la façon dont, ensemble, les institutions et les partenaires sociaux doivent gérer la diversité européenne et assurer, selon les principes du Traité de Rome et de l'Acte unique, la cohésion et la convergence des politiques sociales dans la perspective du marché unique.

La convergence des évolutions et des politiques sociales doit s'effectuer dans le sens du progrès. Telle est la direction et la mission imparties par le Traité. Ce qui signifie que les pays dans lesquels existent des normes sociales plus basses seront invités à les relever progressivement, tandis que les pays où les normes sont plus élevées seront invités à les maintenir, voire les améliorer. Ainsi, au lieu d'arrêter le convoi social pour permettre aux retardataires de le rejoindre, la Communauté les aiderait à accélérer leur course et à acquérir le rythme nécessaire pour intégrer le convoi. L'ajustement social se ferait donc selon une méthode dynamique grâce notamment aux politiques structurelles et non par le recours au dumping social.

Tel est le principe qui doit inspirer notre action. Mais comment la mettre concrètement en œuvre ?

Il conviendrait de distinguer clairement ce qui ressort de la compétence des Institutions européennes, du rôle des Etats membres, du rôle des partenaires sociaux, et ce qui peut résulter d'une action coordonnée.

La dimension sociale

Il nous revient d'abord d'exploiter au maximum les possibilités ouvertes dans le champ social par l'Acte unique européen.

Légiférer

Nous le faisons notamment dans deux domaines :
– Tout d'abord, en prévoyant un volet social pour les

décisions instituant le grand marché qui le justifient. C'est le cas par exemple pour les transports routiers, ou les spécifications à apporter pour la commercialisation et la mise en service de certains biens, comme les machines.

– Nous le faisons aussi dans le domaine de la santé et de la sécurité. C'est le fameux article 118A qui nous a permis de proposer récemment une directive cadre et cinq d'application sur ces questions. Propositions que vous avez approuvées dans leurs grandes lignes.

Sur tous ces sujets – que ce soit les aspects sociaux des textes du grand marché ou les projets de directives santé-sécurité – nous avons, je le crois, amélioré les processus de concertation.

Ces dispositions s'inspirent des principes que je viens d'exposer : elles constituent des prescriptions minimales que chacun doit respecter dans la Communauté, elles n'empêchent pas les Etats membres de promouvoir ou d'accepter des niveaux de protection plus élevés.

Nous avons là une des approches communautaires possibles de cette recherche de convergence indispensable pour la réalisation et le fonctionnement de l'espace économique commun.

Nourrir le dialogue social

Il en est d'autres, et notamment le dialogue social à l'échelle communautaire que nous avions lancé en 1985 et auquel la CES est partie prenante. Je dois reconnaître qu'après un début prometteur ce dialogue a beaucoup déçu. A tel point que je me suis demandé si la Commission devait encourager sa poursuite. Je connais bien les données du problème ; la difficulté pour les organismes qui y participent de disposer d'un mandat de négociation, le fait que les avis communs pris ensemble ne constituent pas un progrès bouleversant pour les pays avancés. Le fait aussi qu'il peut paraître ambitieux et même utopique de lancer un dialogue interprofessionnel au niveau européen alors que ce type de négociations a tendance à régresser aux niveaux national et de branche pour se concentrer sur celui de l'entreprise. Oui, je sais les difficultés et je ne voudrais pour rien au monde que ce dialogue serve de prétexte pour ne pas avancer.

Mais je me dis aussi que l'arrêt du dialogue affaiblirait la position et la place du syndicalisme européen, et jetterait un certain discrédit sur notre volonté de renforcer la cohésion sociale de la Communauté. Et comment donner de façon contractuelle des signes pour orienter et, plus tard, faire converger les négociations qui se déroulent dans chaque pays ? Bien entendu, le dialogue social que nous appelons de « Val Duchesse » ne peut prétendre à lui seul remplir ce rôle d'orientation, et il faudra sans doute prochainement revoir profondément les instruments de concertation qui existent à l'échelle communautaire pour renforcer leur rôle sur ce point essentiel. Je pense en particulier au Comité permanent de l'emploi, mais aussi aux six comités sectoriels qui fonctionnent et dont l'efficacité pourrait être renforcée.

Je pense aussi au dialogue qui pourrait se développer au sein même des sociétés de dimension européenne. Des initiatives positives ont été prises dans certaines d'entre elles et ont débouché sur la création de Comités de groupe à l'échelle européenne.

Pour une relance politique

Ainsi le débat s'engage à plusieurs niveaux autour de la nécessaire cohésion sociale du marché intérieur. Mais pour qu'il puisse s'affermir et conduire à des résultats concrets, je proposerai que trois initiatives soient prises dans les prochains mois.

– Pourquoi par exemple, comme cela a été suggéré par la Présidence belge et prévu dans votre programme social, la Communauté n'adopterait-elle pas un « socle » de droits sociaux garantis qui s'inspirerait de la Charte sociale européenne ? Ce « socle » pourrait être négocié par les partenaires sociaux et traduit ensuite en législation communautaire. Il servirait de base au dialogue social et au renforcement de la cohésion sociale européenne. Il aurait un caractère obligatoire.

– La seconde initiative que nous comptons prendre consisterait à reconnaître à chaque travailleur le droit à la formation permanente. Ainsi chaque salarié en Europe bénéficierait d'un crédit d'heures de formation qu'il utiliserait en tant que besoin lors de sa vie professionnelle. Là encore le dialogue social pourrait enclencher le processus.

– Troisième point : le droit européen des sociétés. La constitution d'entreprises européennes, puissantes et dynamiques, serait un facteur important de la cohésion économique et sociale. Or, il n'existe pas aujourd'hui de règles juridiques qui le permettent. D'où le projet que nous avons de créer un instrument de droit rendant possible l'existence de telles sociétés. Cet instrument comporterait naturellement un dispositif légal assurant la participation des salariés selon plusieurs modalités optionnelles. Et je dois tout de suite souligner que ce nouveau statut ne pourrait réduire les niveaux élevés de participation qui existent dans certains pays. Il conduirait au contraire globalement à renforcer la participation des travailleurs dans la Communauté.

Je proposerai cette relance politique de la dimension sociale au prochain Conseil Européen de Hanovre. Vous nous y aiderez en agissant comme l'a préconisé votre Président Ernst Breit. Il a dit, je cite :

« Il est indispensable que nous, Confédération syndicale des pays de la Communauté, nous fassions constamment pression sur nos gouvernements en ces matières européennes et pas seulement au travers de la Confédération Européenne des Syndicats et de la Commission Européenne. »

Ils trouveraient ainsi conciliés les impératifs de l'économie et de l'approfondissement de la démocratie industrielle, donnant un signal clair à l'orientation que doit emprunter le modèle européen de production.

En parlant principalement des défis auxquels la Communauté Européenne est confrontée, je n'ai pas oublié (et je ne pouvais d'autant moins le faire à Stockholm) les mouvements syndicaux des pays de l'AELE. Mais si, d'ici 1993, la Communauté à Douze doit donner la priorité à son

79

approfondissement interne et reporter à plus tard l'élargissement à d'autres pays, il n'empêche que, de 1988 à 1992, nous comptons renforcer nos liens de coopération avec les pays de l'AELE. Je voudrais leur dire – mais ils le savent bien – que nous n'avons pas le monopole de l'Europe, que nous comptons aussi sur eux pour la défense et le rayonnement du modèle que nous possédons en commun et que nous apprécions leur contribution au dialogue social européen. Nous avons besoin, en effet, de toutes les forces du moment où s'annonce la grande révolution tranquille que constitue l'effacement des frontières entre les Douze. Nous avons besoin d'un mouvement syndical puissant qui fasse partager sa vision sociale de l'objectif 1992 et qui prouve le mouvement en marchant.

« *Pour le développement rural* »

à la Convention nationale pour l'avenir
de l'espace rural français
à Bordeaux, le 1er mars 1991

On peut se demander pourquoi, compte tenu du caractère extrêmement décentralisé des problèmes ruraux, la
Commission Européenne s'y intéresse. Elle s'y intéresse
à de nombreux titres, notamment en ce qui concerne les
politiques européennes de l'agriculture et de l'environnement ; mais bien entendu cette action communautaire a
ses limites, vous le comprendrez. Malgré tout, cette question a une dimension européenne et je voudrais vous
expliquer pourquoi. Lorsqu'il s'est agi de proposer de
nouvelles formes de contributions de la Communauté au
développement régional en 1987, j'ai demandé et obtenu,
non sans mal, que le développement du monde rural soit
considéré comme une priorité et il en a été ainsi lors
d'un Conseil Européen, celui de février 1988, qui reste
pour moi l'élément le plus important des six dernières
années de l'histoire de la construction européenne, puisque
c'est au cours de ce Conseil Européen que l'on a accepté
les propositions de la Commission et que nous avons pu
aider à mettre en œuvre des politiques structurelles dont
je répète qu'elles peuvent vous intéresser mais dont je
dois souligner les limites.

Pourquoi ai-je alors insisté sur le monde rural ? Tout
d'abord parce que la renaissance du monde rural constitue
pour moi un enjeu de civilisation pour les sociétés euro
péennes. Toutes les sociétés européennes, y compris celles
qui n'y attachent guère d'importance parce qu'elles ont

81

d'autres priorités en tête, notamment les pays qui sont en retard de développement.

Et en second lieu, je voudrais dire comment on peut relever ce défi au niveau européen – je le répète une troisième fois, en en connaissant les limites – et enfin expliquer ce que fait la Communauté et ce que vous pouvez attendre d'elle dans l'avenir.

La renaissance du monde rural est donc un enjeu de civilisation pour nos sociétés. Pour s'en convaincre, il faut savoir – mon expérience personnelle me le montre après vingt années de participation sous des formes diverses à la construction européenne – qu'il existe un modèle européen de société, différent des autres, même si surgissent autour de nous des sociétés très efficaces, très attractives pour notre jeunesse ou parfois moins attractives. Le modèle européen de société est une réalité et par exemple, avant de revenir au monde rural, dois-je rappeler que lorsqu'il s'est agi de discuter de la dimension sociale de la construction européenne, il s'est trouvé onze Etats membres sur douze, quelle que soit la forme de leur gouvernement, pour soutenir une Charte des droits sociaux des travailleurs et pour défendre un modèle socio-économique qui fait une part large au marché mais qui tient compte également des interventions des institutions publiques, l'Etat, les banques centrales et les collectivités décentralisées, ainsi que de la concertation entre les partenaires sociaux. Seule la Grande-Bretagne de Mme Thatcher s'y est opposée. Si je rappelle cela, c'est pour vous indiquer combien, quelles que soient les évolutions idéologiques et politiques de ces dernières années, fondamentalement nos représentants politiques sont attachés à ce modèle de société, mais ils oublient sans doute que, dans ce modèle européen de société, le monde rural joue une place essentielle. Est-il utile de rappeler ici la contribution des paysans – je les appellerai comme cela pour un moment – à l'organisation de l'espace et à l'entretien du sol, les marques qu'ils ont imprimées depuis des siècles et des siècles à notre société ? Or, c'est cela qui est menacé actuellement. Même si, je le reconnais, j'ai pu trouver quelque réconfort dans le dernier recensement démographique concernant les petites communes, puisque la population s'y est maintenue. Et donc, parmi les traits de ce modèle européen de société, figure l'apport du monde rural à la continuité des liens sociaux si importants dans tous nos pays et notamment en France. La permanence de certaines structures familiales dans le milieu rural en dépit des évolutions intervenues et que vous connaissez, la spécificité du peuplement européen, et pas simplement français, réparti sur l'ensemble du territoire dans un maillage urbain diversifié et qui nous oppose aux super-concentrations urbaines que l'on voit dans d'autres pays s'accompagnant de zones complètement désertifiées, le désir confirmé par beaucoup d'Européens d'un enracinement dans une terre et la quête parfois difficile aujourd'hui d'un sentiment d'appartenance à une collectivité proche de son histoire, voilà je crois, sans excès de termes, pourquoi on peut parler du monde rural comme d'un enjeu de civilisation.

Nous avons le sentiment que de telles structures sont implicitement menacées par des conceptions trop mécanistes de la croissance économique, voire de l'aménagement du territoire, par la fascination qu'exerce la grande agglomération urbaine comme pôle de développement et aussi par une négligence de plus en plus importante, et j'aurai l'occasion d'y revenir, à l'égard de l'entretien du plus précieux capital qui nous a été légué, je veux parler du capital nature.

Certes, la prise en compte de l'environnement a suscité un regain d'attention pour le monde rural, mais cela n'a pas été suffisant, jusqu'à présent, pour mobiliser les opinions publiques, pour faire en sorte que le problème soit posé d'une manière sereine et ne suscite pas d'un côté ou d'un autre des réactions passionnées qui rendent le dialogue impossible. Certes, on est sensible aux pluies acides, aux pollutions des nappes phréatiques, à la disparition des espèces naturelles, mais l'ampleur des phénomènes, leur gravité, leurs liens entre eux ne sont pas encore suffisamment perçus, et il viendra sans doute d'Europe les signes qu'il faut un débat sur ces sujets.

Pourtant les avertissements ne nous ont pas manqué. Il serait facile ici d'engager une réflexion sur ce qui est intervenu de la conception d'avenir de la croissance, du rôle de la planification de l'aménagement du territoire, mais tel n'est pas le projet.

Simplement, je crois que le problème qui nous occupe nous invite à une réflexion quasi philosophique sur la notion de progrès, à mieux clarifier les finalités de l'action collective et à mieux prendre en charge non seulement les avantages mais les coûts de la croissance, voire à les mesurer autrement. Qu'il s'agisse des coûts liés à la désertification, à la détérioration du milieu forestier, à la friche sauvage, au déséquilibre démographique avec les coûts collectifs qu'il entraîne, à la perte de temps, sans oublier – parce qu'il y a aussi l'autre contrepartie – la concentration dans les villes qui entraîne souvent l'encombrement, la laideur des paysages urbains, la montée de l'anomie sociale et des risques pour la sécurité des personnes.

C'est pourquoi, sans vouloir en faire une question théorique, il me semble que l'avenir du monde rural pose à nouveau la question de ce qu'on appelle les biens collectifs, c'est-à-dire des biens qui ne sont pas spontanément signalés par l'économie de marché, ces biens qui comptent autant dans la qualité et dans notre niveau de vie que les biens privés que l'on peut se procurer sur le marché. Cette notion de biens collectifs, la planification française l'avait mise à l'ordre du jour dans les années 60. On disait à l'époque : « notre niveau de vie ne dépend pas seulement de l'argent que nous avons dans notre porte-monnaie ». Cette réflexion demeure vraie aujourd'hui. Et bien sûr, quand on parle – vous me permettrez d'ajouter : en tant que citoyen – de biens collectifs, on s'alarme de voir l'impôt trop décrié, car l'impôt a aussi ses vertus ; c'est lui qui aide à financer ces biens collectifs qui sont indispensables à notre vie privée comme à l'équilibre de notre vie collective. C'est cette révolution conceptuelle à laquelle tous les Européens sont invités s'ils veulent rester européens et trouver dans leurs traditions les atouts pour affronter la modernité.

Comment relever le défi au niveau européen ? Je dis bien

au niveau européen, n'ayant pas la prétention d'ajouter quoi que ce soit à ce qui a été dit et par votre colloque et aussi par le ministre de l'Aménagement du territoire. Ma vue est donc plus lointaine, elle part de Bruxelles et vise 340 millions d'habitants.

Mais je voudrais quand même dire un mot, pour que l'on comprenne dans quel contexte vit la France, des trois visages de l'espace rural en Europe, des trois principes qui pourraient ordonner une action et enfin des trois réformes qui sont indispensables.

Tout d'abord, les trois visages du rural. Ils rejoignent ceux que M. Cherèque a cités et on les retrouve en Europe. Il y a le rural proche des grandes agglomérations urbaines, le rural classique et ce que l'on appelle aujourd'hui, puisque l'expression est admise, le rural profond.

Le *rural proche* des grandes agglomérations urbaines, ou facilement accessible à partir d'elles, c'est une situation qui prévaut dans certains pays européens à forte densité démographique et que l'on retrouve partout. On y observe que l'agriculture s'y est fortement intensifiée mais aux dépens de l'environnement et des nécessaires espaces d'aération. La vie sociale y est active, les équipements généralement nombreux et d'autres activités industrielles et tertiaires sont venues s'installer. On retrouve par exemple, mais je ne veux pas abuser des énumérations, cette situation dans le Sud-Est de l'Angleterre, dans le triangle Paris-Bruxelles-Bonn, dans les basses terres proches de Cornouaille, comme à l'est du Royaume-Uni, dans la plaine du Pô, aux Pays-Bas, ou dans les Flandres belges, le Nord de l'Allemagne, voire dans certaines régions côtières qui attirent beaucoup de touristes et qui ont en même temps un peuplement assez densifié. Quelles sont les menaces qui pèsent sur ces régions ? La spéculation foncière qui rend de plus en plus difficile à de jeunes agriculteurs de s'installer, la déformation des paysages, la fragilité inquiétante de l'équilibre écologique et aussi la surcharge saisonnière due à l'activité touristique et pour lesquelles je n'ai bien entendu pas de remèdes à proposer.

Le *rural classique* maintenant. Il domine territorialement en Europe. L'exode continue dans ces zones et il a pour conséquences des difficultés dans l'agriculture et l'absence de débouchés professionnels pour les jeunes. On observe un sous-emploi caché et des zones à revenus faibles ; la nature est progressivement délaissée avec ses effets négatifs sur l'environnement. Il manque des ressources locales pour assurer un redémarrage du développement. Et on retrouve là un leitmotiv de notre analyse : on ne peut pas demander aujourd'hui à l'agriculteur, comme il l'a fait pendant des siècles, d'être le seul agent qui porte le développement rural. Il ne peut plus le faire à lui seul, même s'il est indispensable dans chacune de ces zones rurales. Cette situation, on la retrouve dans le Nord-Ouest de l'Espagne, l'Ouest de l'Irlande, l'Irlande du Nord, l'Ouest de l'Ecosse, à la périphérie méridoniale de la Communauté et aussi dans une grande partie du Centre de la France. Mais quand je dis « Centre », c'en est une vision extensible.

Et enfin, on trouve le *rural profond* dans des régions périphériques où ne pénètre pas le flux de la croissance économique mondiale, où le déploiement conduit à la désertification, où il n'existe aucune possibilité d'autodéveloppement dans l'état actuel des choses. On peut comparer le rural profond à la pauvreté. C'est un phénomène cumulatif. La pauvreté, on le sait maintenant, ce n'est pas simplement manque de ressources, ou faible niveau d'éducation, ou mauvaise naissance familiale. C'est un ensemble de phénomènes qui peu à peu vous marginalisent. Ce même élément de cumul est sensible dans ces zones-là. Le rural profond, on le trouve dans les régions de montagne, en France dans les Alpes, les Pyrénées, le Massif Central, dans les montagnes méridionales, dans les Highlands d'Ecosse et dans de nombreuses îles.

Telles sont les trois situations auxquelles nous avons à faire face dans notre effort pour, je dis bien : compléter et non pas nous substituer à ce qui ne peut être fait que d'en bas. Comment l'action d'en haut, venue de la Communauté, et peut-être aussi des Etats nationaux, peut-elle s'harmoniser avec les efforts faits en bas ?

De notre courte expérience, puisqu'elle n'a que quelques

années, j'ai retiré, pour ma part, trois principes qui peuvent aider, me semble-t-il, à l'indispensable « aggiornamento » du développement rural. Tout d'abord, la *sélectivité*. Il faut éviter un saupoudrage coûteux et inefficace. Il convient donc, en premier lieu, de repérer les pôles utiles de développement et de délimiter le territoire pertinent pour l'action. De ce point de vue, il y a en dehors de France des expériences très intéressantes que je vous recommande car ce territoire ne recoupe pas forcément le quadrillage institutionnel tel qu'il existe dans chaque pays. Dans les pays dont j'ai fait mention, on s'est arrangé pour inciter à la coopération entre les responsables des collectivités locales mais on a aussi impliqué fortement les acteurs économiques et sociaux. Et c'est, je crois, ces expériences qui expliquent, par exemple, le succès du développement rural en Bavière, mais ce n'est qu'un exemple parmi d'autres.

Deuxième principe, la *solidarité*. Chacun le sait, les ressources humaines et financières ne vont pas spontanément aux régions les plus délaissées, aux régions rurales. C'est plutôt le contraire. Il faut donc que les autorités d'en haut, la Communauté des Etats nationaux, s'arrangent pour diffuser vers le bas. C'est donc là un principe très important.

Et enfin troisième principe, le *partenariat*. Le monde rural s'est construit autour des agriculteurs, je l'ai dit, à la fois producteurs de biens, créateurs de civilisation et jardiniers de la nature. Ces agriculteurs sont toujours indispensables, mais ils ne peuvent plus à eux seuls supporter le poids de l'activité économique et sociale ; ils doivent pouvoir compter sur d'autres partenaires et aucun d'entre eux ne peut faire défection. Je veux parler des services publics et j'en reviens donc aux dépenses publiques et à l'impôt (mais j'en ai déjà parlé), aux petites et moyennes entreprises, au tourisme, et notamment au tourisme social qui marche si bien et qui a tant de potentialités dans plusieurs des pays européens, et enfin aux associations culturelles.

C'est de la concertation entre tous ces acteurs que

viendra, si une solidarité effective s'exprime, la relance de l'activité du développement rural.

J'ai souligné les trois visages du rural, les trois principes qui peuvent ordonner son action ; cela implique, au niveau européen, trois réformes indispensables : *l'adaptation de la politique agricole commune* pour tenir davantage compte de cette exigence du développement rural, une *organisation fondée sur le territoire* et permettant la conjugaison des forces de développement et enfin une *pluriactivité* réaliste. On ne peut évidemment pas parler du développement rural sans aborder la question de l'agriculture. Mais avant d'en venir à des propositions, il faut rappeler ici que la politique agricole commune est à nouveau au cœur des problèmes et des difficultés de la Communauté. Je le dis avec une certaine gravité car, si nous n'arrivons pas à trouver un accord, je crains qu'une crise politique ne secoue la Communauté et ne paralyse son développement, enraye un dynamisme qui n'a pas manqué de se manifester dans tous les domaines depuis six ans.

Il faut donc adapter la politique agricole commune, à un moment très mal choisi puisque le revenu agricole a baissé en moyenne de 1975 à 1980 et que, dans les années 80, il s'est à peine stabilisé, même s'il y a des différences entre les pays ou entre les catégories de producteurs. Mais il faut la réformer. Tout d'abord parce que c'est une politique commune qui depuis 1962-1965 a réussi dans ses objectifs d'alors. On pourrait même dire que la politique agricole commune est victime de ses succès. Pendant toute cette période, les agriculteurs d'ailleurs ont été l'avant-garde de la construction européenne ; ils en ont même préservé un minimum de cohésion et de solidarité.

Il faut également réformer cette politique parce que nous avons des échéances financières lourdes d'importance pour l'avenir de la Communauté comme pour l'agriculture.

Je rappelais tout à l'heure la décision de février 1988 qui a comporté une réforme financière de l'agriculture et des mesures d'accompagnement, que je n'énumérerai pas ici (ce n'est pas le sujet), mais qui ont été très peu

88

appliquées. C'est donc une source de déceptions et d'aggravations du problème.

Nous sommes surtout à la veille de renouveler des contributions financières qui permettront à la Communauté de se développer pendant les années 1993-1997. On retrouve toujours le même débat entre ceux qui veulent limiter les dépenses agricoles pour faire la place à d'autres politiques – c'est un problème budgétaire classique – et ceux qui, au contraire, considèrent que l'agriculture ne doit pas avoir de limites. La discussion de ce problème, en cette année en 1991, est aggravée par le fait qu'en 1990 les agriculteurs, et notamment les agriculteurs français, ont connu beaucoup d'événements adverses : la sécheresse, la baisse des prix mondiaux, mais aussi les conséquences des relations « Est-Ouest », c'est-à-dire le fait que les pays de l'Europe de l'Est sont sortis du communisme et que nous les avons aidés, notamment en ouvrant nos marchés.

Il faut également réformer cette politique agricole commune parce que du fait du progrès technique – que sans doute les pères de cette politique avaient sous-estimé – la production tend de plus en plus à dépasser la consommation. Je parle de la consommation solvable. Bien sûr, comme quelqu'un l'a dit l'autre jour à la télévision, « c'est un scandale, il y a tellement de gens qui ne mangent pas à leur faim ». Si le problème était aussi simple, il serait réglé. Mais de toute manière s'il devait en être ainsi, dans une vision idéale, encore faudrait-il que les contribuables européens acceptent une augmentation de 20 à 30 % de leurs impôts pour arriver à nourrir le monde entier.

Il faut enfin réformer cette politique parce qu'elle fait l'objet de critiques de la part de nos principaux partenaires commerciaux. Il faut à ce sujet être clair. La politique agricole est dominée dans le monde par deux éléphants qui écrasent tout le monde sur leur passage : les Etats-Unis et la Communauté européenne.

Nous nous battons à coup de subventions dans une surenchère permanente, aux dépens des autres producteurs, mais hélas aussi aux dépens des pays du Sud, des pays sous-développés qui préféreraient exporter plutôt qu'emprunter. Cette situation ne peut pas durer. Elle ne peut pas durer en soi ; elle ne peut pas durer aussi parce que l'Europe a intérêt à ce que le commerce mondial soit libéralisé compte tenu de ses énormes potentialités en matière industrielle comme en matière de services.

N'oublions pas que la Communauté est le principal sujet commercial du monde puisque nous faisons 20 % du commerce international contre 12 % pour les Etats-Unis et 9 % pour le Japon.

On peut donc ramener cela à un slogan simple : nous faisons actuellement 20 % du marché mondial des céréales. Si nous devons passer à 18 ou à 17 % et si c'est pour que les Américains nous remplacent, c'est non. Si c'est pour, au contraire, permettre à des pays en voie de développement d'exporter davantage, ce doit être oui.

Voilà les quatre raisons pour lesquelles il faut réformer la politique agricole commune. Il fallait en parler longuement ici en raison des conséquences que cela a sur le milieu rural. En France 1 410 000 personnes travaillent dans l'agriculture, la plupart dans le rural profond. La question est de savoir comment maintenir le plus grand nombre possible d'agriculteurs à la terre. Or, je prétends, mais c'est un autre sujet, que même si nous avions cet argent, si nous continuions la politique actuelle, trois agriculteurs sur quatre auraient disparu dans les vingt-cinq ans en France et dans d'autres pays.

Donc, il faut réformer la politique agricole commune, il faut une organisation fondée sur le territoire et permettant, comme je l'ai dit tout à l'heure, l'exercice de la solidarité et du partenariat. De ce point de vue, je vous renvoie aux nombreux travaux qui existent sur le développement rural, mais j'en citerai un que je soumettrai à votre réflexion.

Le Professeur Bernard Kayser de Toulouse, qui par ailleurs affiche un bel optimisme en ce qui concerne l'avenir du monde rural, ce qui est à noter, a dit, en parlant de la France : « l'unité spatiale de base de l'aménagement n'a pas pu être définie, la force de l'institution communale et la faiblesse de l'institution cantonale ont interdit les regroupements automatiques. C'est le concept de petites régions, micro-régions ou pays qui a présidé à des rouages aléatoires et discutables». Mais ceci était uniquement pour votre réflexion.

Il faut enfin une pluriactivité réaliste se fondant essentiellement sur l'héritage naturel, culturel et entrepreneurial de chaque région, pluriactivité chez l'agriculteur lui-même. Un tiers des agriculteurs français ont une autre activité, 50 % des agriculteurs allemands, mais pluriactivité en général. De cela, vous êtes convaincus. Je voulais simplement le citer pour que vous compreniez mieux les conditions dans lesquelles nous intervenons en appui des programmes de développement rural définis par l'Etat, les régions et les communes. A ce sujet, et pour ne pas y revenir, je dois vous indiquer qu'il peut exister un partenariat entre la Commission Européenne et les régions. Mais notre règle déontologique essentielle est que ce partenariat doit toujours se faire en présence d'un représentant de l'administration nationale. Tel est en tout cas le vœu exprimé par les douze pays membres de la Communauté et auquel nous ne saurions déroger sans créer des difficultés qui n'arrangeraient rien.

J'en viens maintenant à mon dernier point : que peut faire la Communauté Européenne ? J'en traiterai avec pleine conscience de la diversité des situations – j'y ai assez insisté – et de l'application du principe de subsidiarité. Nos fonctionnaires ne sont pas capables et ne veulent pas définir ce qui est bon pour telle ou telle partie de la France ou d'un autre pays. Mais ils peuvent mieux comprendre ces problèmes, capitaliser une expérience sur le développement rural comme sur d'autres sujets et aider à la résolution de vos problèmes. Cette action communautaire, je l'ai dit aussi, a ses limites.

Que va faire la Communauté qui a et qui aura une incidence directe sur le développement rural ? La contribution de la politique agricole commune, la dimension horizontale de la politique de l'environnement et troisièmement, les programmes structurels que nous avons établis à la suite de la décision de février 1988 et que nous mettons en œuvre dans le cadre des politiques dites structurelles.

Je commencerai donc par la réforme envisagée de la politique agricole commune. Je dis bien envisagée car le chantier est ouvert. La discussion doit avoir lieu avec chaque Etat membre, avec les organisations agricoles. Différentes hypothèses doivent être faites et ensuite la décision appartiendra aux douze chefs d'Etat et de gouvernement.

Pour introduire cette réflexion, je suis parti pour ma part, car je voudrais là m'exprimer à titre personnel, de trois objectifs ou de trois contributions de l'agriculteur : nourrir la population, entretenir le sol et le paysage et contribuer au développement rural et enfin, troisièmement, fournir aux autres activités économiques des sources d'énergie et des matières premières. Je veux parler de l'industrie. Je ne reviendrai pas sur ce point qui nous éloigne trop du sujet de ce séminaire, mais permettez-moi de déplorer qu'en France nos grandes entreprises industrielles ne fassent pas l'effort de recherche que je vois à l'étranger pour faciliter ces débouchés de l'agriculture. Vous devez savoir que si, dans notre production végétale, 5 % pouvaient aller à l'industrie, tous nos problèmes d'équilibre seraient résolus au niveau européen en ce qui concerne l'aspect global des productions végétales. Mais pour l'instant lorsque je veux lancer un projet, je dois faire appel à des chercheurs non français et même parfois à des chercheurs américains. Si la production agricole pour l'industrie peut apporter une grande contribution à l'équilibre global de la politique agricole, pour le reste, la réflexion qui est ouverte a cinq points d'application principaux.

Je ne ferai que les citer :

– Tout d'abord, maintien de la politique du double prix, c'est-à-dire d'une certaine protection communautaire, mais redistribution – je vous inviterai à réfléchir sur la redistribution des soutiens – tout d'abord pour se rapprocher un peu des prix mondiaux et, d'autre part, pour mieux répartir ces soutiens entre les différentes formes d'agricultures. Il vous intéressera peut-être de savoir qu'en matière céréalière, 6 % des exploitations en Europe occupent à elles seules 50 % de la surface et font 60 % de la production ; que dans le domaine du lait, 15 % des exploitations en

Europe font 50 % de la production ; que pour la viande de bœuf, 10 % des fermes détiennent 50 % de l'élevage bovin. Je ne condamne pas cette concentration. Je dis simplement qu'elle nous invite à réfléchir en ce qui concerne les principes du soutien car, dans l'état actuel des choses, 80 % de nos soutiens vont à 20 % des agriculteurs. Ce qui explique, je crois, une des faiblesses des agriculteurs dans le monde rural et un handicap pour le développement rural.

– Deuxième principe : modulation des aides. Nous demandons que l'on réfléchisse à une aide qui irait jusqu'à une certaine taille d'exploitation. Certains ont proposé que l'aide soit diversifiée selon les régions. C'est un système impossible à mettre en place parce que trop bureaucratique et trop arbitraire, compte tenu de la qualité de nos statistiques.

– Troisième principe : ouverture limitée de nos marchés. Je l'ai dit tout à l'heure, il faudra faire un effort pour les pays en voie de développement et pour les pays de l'Europe du Centre et de l'Est.

– Quatrièmement : favoriser, lorsqu'ils le souhaitent, le départ des agriculteurs âgés, mais attention : le départ d'un agriculteur âgé ne veut pas dire que la terre correspondante va tomber en friche. Non, il faut qu'il y ait deux autres possibilités : le regroupement parfois nécessaire avec une exploitation existante ou la prise de ces terres par un jeune.

Ce n'est qu'à ces conditions que, pour ma part, je suis disposé à proposer une mesure favorisant le départ des agriculteurs âgés.

– Et enfin, cinquième élément de proposition : une incitation à la production compatible avec un meilleur environnement, y compris, ce qui est une grande revendication de la France mais tout à fait justifiée, la protection des produits de qualité. Il faut résister à cette tendance que l'on rencontre en Europe selon laquelle le consommateur est roi et est tellement intelligent qu'il fait lui-même la distinction entre les produits. Malheureusement, vingt ans d'expérience ont montré que ce n'était pas le cas et, par conséquent, la défense de la marque et de la qualité doit être un des piliers fondamentaux de la politique agricole nouvelle. Je vous le dis aujourd'hui parce que cela a un lien avec le développement rural et parce que c'est une occasion pour moi de parler devant des responsables locaux et des responsables professionnels qui ont toujours marqué un très grand intérêt, une très grande sensibilité, à l'égard de l'agriculture. Certains d'entre vous voient, souvent avec tristesse partir les derniers agriculteurs de leur commune ou de leur canton.

Deuxième élément de la politique européenne : la politique de l'environnement qui doit avoir une dimension horizontale. Je ne vais pas entrer dans le débat, qui a eu lieu en France, entre Ministre de l'Environnement et Ministre de l'Agriculture. Mais je tiens à souligner cependant que nos études les plus sérieuses montrent que les données actuelles de l'exploitation agricole, le lien entre l'organisation du travail, l'organisation de la production et l'exploitation du sol et des matières premières aboutissent à de nombreux risques pour le capital nature. Que l'on ne vienne pas me faire dire que tous les agriculteurs sont responsables de cela. Que l'on ne vienne pas me faire dire que l'agriculture est le principal agent de détérioration de l'environnement. Non. Le principal agent reste la production industrielle ou même, d'une manière plus générale, le fait que nos citoyens ignorent la nature dans leurs gestes quotidiens.

Mais enfin, il faut que vous soyez conscients et que vous acceptiez qu'il y a une surabondance dans l'utilisation des pesticides, les résidus de nitrates, les métaux toxiques et tout ce qui a une influence sur la santé publique. Il faut que vous soyez alertés sur la disparition des espèces. En France, 55 % des mammifères sont menacés. Vous connaissez également les risques qui pèsent sur la diversité génétique pour la production. La contamination de toutes les sources de l'eau catalysée par une utilisation massive des engrais, des nitrates, phosphates, la désertification et l'érosion du sol, les incendies forestiers et même le fait de délaisser le sol en certains endroits sont une crainte pour l'environnement. J'espère donc que la profession agricole en général et les responsables des milieux ruraux de l'autre côté voudront bien prendre en considération cette réflexion sur l'environnement de façon à ce que nous en fassions un outil, un élément de justification pour le développement rural.

Et enfin, troisièmement, les politiques structurelles menées en faveur du développement rural et qui ne font que commencer puisque, si la décision est de 1988, les programmes ont été adoptés en 1990 et 1991. Ils se placent sous l'égide de la cohésion économique et sociale qui est devenue l'un des objectifs centraux de la Communauté et que les pays les moins riches de la Communauté auraient tendance à tirer à eux. L'idée en est simple : chaque habitant, chaque région de la Communauté doit avoir des chances égales de participer au bien-être collectif. Voilà ce qui explique ces politiques. Mais cela intéresse le développement rural dans deux directions. La première, c'est l'aide que nous apportons aux régions en retard de développement qui couvrent 21 % de la population, 38 % du territoire de la Communauté.

Nous y consacrerons en cinq ans 36 milliards d'écus, c'est-à-dire 250 milliards de francs. L'autre va uniquement aux zones rurales qui n'appartiennent pas à ces régions en développement. Et c'est là où la France est intéressée. Ces politiques du développement rural stricto sensu couvrent 17 % du territoire communautaire, 5 % de la population. Nous y avons alloué en cinq ans 2,6 milliards d'écus, c'est-à-dire 13 milliards de francs, parce que ce n'est qu'un début. Et sur ces 13 milliards de francs, 6 milliards de francs vont à la France : ce qui n'est quand même pas mal. Voilà quels sont les principaux éléments de cette politique qui est fondée sur des programmes pluriannuels de développement. Ceux-ci promeuvent le développement de l'agriculture, l'encouragement à la forêt et à la filière bois, l'incitation à la création de petites et moyennes entreprises industrielles et artisanales, le développement du tourisme, la protection de l'environnement et aussi le renforcement des ressources humaines par la formation professionnelle se situant sur le territoire même du développement rural.

Telles sont les actions que nous menons. Elles seront

développées dans les années à venir, tout au moins je le souhaite. Et je suis encouragé par l'immense succès de cette convention, car il prouve qu'il y aura à la fin de l'année, quand nous en discuterons, autour de la table, de nombreux partisans de cette politique. Nous tirerons les enseignements de ce qui aura été fait pendant ces trois années, mais il faut savoir que les rendez-vous sont là. Entre maintenant et octobre 1991, l'Europe devrait se décider sur l'adaptation de la politique agricole commune, sur la définition d'une politique de l'environnement concernant également les aspects agricoles et sur la révision des politiques structurelles dont je viens de parler concernant notamment le développement rural. Les décisions seront prises inévitablement l'an prochain de façon à avoir le cadre financier nécessaire pour le développement de la Communauté entre 1993 et 1997.

Ces questions seront bien entendu également évoquées par les pays les moins développés de la Communauté lorsqu'on discutera de l'Union politique et de l'Union économique et monétaire. Au surplus, j'ai l'intention personnellement de proposer la création d'une fondation européenne pour la promotion du développement rural. Non pour la défense, qui est un terme passif, mais pour la promotion du développement rural car il y a un grand travail d'observation et de recherche à mener, généralement de caractère scientifique. Ce que j'ai dit, par exemple, sur les liens entre l'exploitation agricole et l'environnement mérite d'être vérifié, contrôlé et il faut aussi revenir à nos sources historiques, savoir quelle est l'importance du sol, des paysages, de la vie sociale, des relations, tout ce qui fait une vie, afin de ne pas être obligé de constater, dans quinze ans, que les budgets de 2 ou 3 000 communes françaises ne comportent comme dépenses que deux rubriques : déjeuners mensuels des personnes âgées et voyages annuels des personnes âgées. C'est pour éviter cela qu'il faut se mobiliser dès maintenant, pas seulement politiquement mais scientifiquement, en essayant de mieux comprendre ce qui se passe sur notre territoire, dans son aménagement, dans son sol mais aussi pour avoir une notion plus large, comme je l'ai dit, du développement. C'est donc une véritable révolution conceptuelle qu'il faut faire. Un grand chantier est ouvert. Il y va, je le répète, de l'avenir de notre modèle de société avec des valeurs auxquelles nous devons tenir par-dessus tout. Puisse la Communauté Européenne poursuivre sur la modeste lancée que j'ai indiquée, puissent les Européens, tous les Européens, opérer la prise de conscience nécessaire avant qu'il ne soit trop tard.

« *Une éthique de l'environnement* »

à la Conférence sur la bio-éthique
à Bruxelles, le 10 mai 1989

Merci tout d'abord d'avoir répondu favorablement à l'invitation de vos chefs d'Etat ou de gouvernement, et d'assurer, par votre présence dans cette enceinte, la haute tenue scientifique de cette 6ᵉ Conférence du sommet économique sur la bio-éthique. Une telle conférence, en effet, ne prend sens que dans la mesure où elle apporte aux débats en cours une contribution de premier plan. Vous aurez à cœur, j'en suis sûr, de faire prévaloir cette exigence d'impact et de rayonnement.

A quels problèmes devons-nous faire face ? La plupart sont désormais bien connus du grand public – même si c'est parfois inexactement, ou sous la pression parfois alarmiste des médias. Nous savons tous cependant que le réchauffement de l'atmosphère et les risques d'altération climatique, l'appauvrissement de la diversité biologique, l'épuisement progressif des ressources, pour ne citer que celles-là, sont aujourd'hui des données irréfutables de l'évolution de la planète. Aucun de ces problèmes ne peut d'ailleurs faire l'objet d'une approche séparée : ils se posent à nous de manière globale, et transcendent nos cadres traditionnels de réflexion et d'action, celui des espaces strictement nationaux ou des générations présentes.

Ce que ces problèmes soulignent d'abord, c'est la dépendance mal formulée jusque-là de l'homme à l'égard de son milieu. Ils mettent en valeur la fragilité soudaine de la relation traditionnellement maîtrisée, faite d'usage et d'ex-

98

ploitation, qui unissait l'homme et la nature. Ce sont donc, au sens large, les conditions mêmes de notre humanité qu'ils invitent à repenser, à reconstruire, dans la mesure où le maintien des modes traditionnels de notre présence au monde entraînerait un nombre toujours plus grand de dommages, et, à brève échéance, menacerait de nous détruire.

D'où la validité de l'approche éthique : elle vise en effet les valeurs qui régissent les comportements sociaux. Elle est aussi au fondement du droit ; elle détermine donc les différents codes au nom desquels nous agissons, ces codes consacrés par la tradition, et dont il faut aujourd'hui rétablir les véritables enjeux. La dégradation continuelle du cadre de vie que l'homme a reçu en héritage aura par nécessité conduit l'homme à s'exprimer, à l'égard de cet héritage, en termes de devoirs et de responsabilités. [...]

La relation de l'homme à la nature dans la tradition occidentale

Pour que la nécessité de cette éthique de l'environnement soit clairement comprise, je crois qu'il faut d'abord retracer la généalogie de la relation de l'homme à la nature telle qu'elle a pris forme dans la tradition occidentale, avant de les confronter à d'autres traditions.

Vos travaux prendront en compte cette approche historique, qui est au fond très proche d'une histoire des croyances et des mentalités, puisqu'elle met l'accent sur la manière dont la nature a été jusqu'à maintenant perçue dans nos civilisations. Je l'évoquerai un instant, surtout pour souligner à quelle inversion de valeurs nous devons aujourd'hui procéder pour rompre la logique de la dégradation dont nous sommes prisonniers.

Nous vivons en effet sous l'influence d'un modèle d'appropriation de la nature par l'homme à ses fins propres, qui suppose entre l'homme et la nature l'existence acceptée d'une hiérarchie. Un tel modèle trouve ses racines surtout dans la vision chrétienne d'un monde dont l'homme figure le centre, parce qu'achèvement de l'œuvre de Dieu. Il est naturel, selon Francis Bacon, que « l'homme soit considéré comme le centre du monde, attendu que si l'homme était retiré du monde, le reste semblerait à l'abandon, sans but ni projet ».

C'est ainsi qu'à l'âge moderne – cet âge dont Bacon est, avec Descartes, l'un des grands inspirateurs – les commentateurs ont pu prendre appui sur l'écriture elle-même pour fonder en droit la suprématie de l'homme sur les autres créatures, et proclamer, comme une conséquence logique, la nécessaire subordination de la nature aux intérêts et aux besoins de l'homme. La grâce n'atteint pas la nature, ni la rédemption. Il suffit de se rappeler les descriptions que les colons anglais ont laissées de leurs premières visions du Nouveau Monde pour mesurer à quel point la nature a longtemps représenté une réalité adverse, et qui devait être soumise par le travail de l'homme.

Non pas que le christianisme se soit figé dans cette interprétation anthropocentrique : on a observé, à partir du XVIIᵉ siècle et dans la totalité de l'Europe, des divergences profondes par rapport à cette vision de la nature et, à la suite des grandes découvertes coperniciennes, se sont élevées les premières contestations de cette interprétation réductrice du commandement divin. Ces divergences témoignent aussi d'une mutation des sensibilités : la nature. A la charnière des XVIIIᵉ et XIXᵉ siècles, a également pu figurer le lieu moins du travail que de la contemplation esthétique. Jamais, cependant, au point de reléguer à l'arrière-plan le sentiment implicite d'une hiérarchie entre homme et nature, confortée par la reconnaissance qu'a permise la révolution française du droit de propriété.

La consécration de cette tradition, on la trouvera sans doute dans l'avènement en Europe de la technique, qu'il faut interpréter comme l'aboutissement de la logique du travail. La technique non seulement prononce la supériorité radicale du technicien – l'homme – sur la matière qu'il transforme – sources d'énergie, matières premières –, mais elle établit pour plusieurs siècles sur la nature un droit d'usage des ressources pratiquement sans restriction. [...]

« Maîtres et possesseurs de la nature » : voilà selon Descartes le statut que le développement moderne des sciences et des techniques en Occident a reconnu aux hommes. Loin d'avoir institué la nature en sujet de droit, nous avons maintenu à son endroit ces activités d'exploitation, dont nous vivons encore. Je crois qu'il faut avoir constamment à l'esprit cette histoire, et aussi cette philosophie particulière du sujet pour qui la nature se réduit à la seule dimension d'un objet appropriable, si l'on veut mesurer toute la portée d'une éthique de l'environnement aujourd'hui. A la fois parce qu'elles soulignent qu'une telle éthique s'inscrit à l'encontre d'une tradition établie de longue date, et parce qu'elles donnent la clé, l'origine même, des problèmes d'épuisement des ressources et de dégradation du patrimoine naturel auxquels nous sommes aujourd'hui confrontés.

La relation de l'homme à la nature dans les autres traditions

Cette tradition anthropocentrique et utilitariste vaut-elle seulement pour la civilisation européenne ? Vous ferez, au cours de cette conférence, la part des traditions orientales, qui lui sont effectivement opposées, parce qu'elles se sont refusées, pour la plupart, à établir des hiérarchies entre les différentes créatures – on pense aux coqs sacrés du Japon shintoïste, aux animaux de l'Inde sur lesquels l'homme ne peut lever la main –, et parce qu'elles n'ont jamais prononcé la même séparation radicale entre l'homme et la nature. Au contraire même, puisque certaines d'entre elles revendiquent la fusion de l'individu et de son identité particulière dans le tout pour qu'il atteigne au bien, en repoussant l'idée de possession et de propriété.

Mais je remarque que ces religions, dites orientales, sans doute parce qu'elles ont perdu peu à peu leurs aspects prescriptifs, n'ont pas empêché en profondeur l'appropriation technique du milieu naturel – le Japon, comme l'Europe, est entré dans l'âge des révolutions industrielles. [...]

L'éthique de l'environnement

Est-ce à cause de cette tradition que nous en sommes venus aujourd'hui à délaisser les biens collectifs, et à proposer comme charte des comportements la satisfaction des besoins ou des désirs de l'individu, à n'importe quel prix ? Nous n'avons cessé d'étendre dans notre société le domaine des droits de l'individu. Ce sont aujourd'hui les biens collectifs, les ressources communes qu'il faut, par un mouvement inverse, protéger et préserver. C'est l'ensemble des rapports de l'homme au milieu naturel que nous devons, sinon reconstruire, du moins réorienter.

Il s'agit bien d'éthique : à des valeurs jusqu'alors acceptées par l'ensemble des sociétés industrielles, et qui faisaient du cadre de vie un simple bien marchand, il faut substituer d'autres valeurs, une autre approche de l'environnement.

Cette autre approche, elle passe, je l'ai dit, par une redéfinition de nos responsabilités et de nos devoirs. Responsabilités à l'égard de la nature mais aussi des générations futures et de nos propres sociétés, développées et en voie de développement.

Responsabilités à l'égard de la nature tout d'abord. La nature ne supporte plus en effet qu'on la pille sans mesure : les ressources qu'elle a mises à la disposition de l'homme, nous en connaissons désormais la rareté, et nous savons qu'il faut en faire un usage raisonné. Mais la nature ne supporte pas non plus qu'on la délaisse : les risques de désertification qui la touchent aujourd'hui témoignent d'une situation également préoccupante. L'exploitation trop rapide des sols conduit à terme à leur ruine. Ou bien encore la disparition du paysan condamne une part de la nature à l'abandon.

C'est un premier point : nous devons apprendre à respecter le milieu naturel pour lui-même, et non simplement pour la satisfaction de nos besoins. Il existe une logique de la nature, qui peut différer de la nôtre. Et, serions-nous dans l'impossibilité de définir cette logique, de dire à quelles fins la nature obéit, il demeure que rien ne nous autorise, par exemple, à réduire toujours plus la diversité biologique, en favorisant la disparition de certaines espèces, ou en mettant en danger les possibilités de leur reproduction. La valeur du patrimoine génétique de la nature est proprement incalculable – et celui-ci suppose aujourd'hui, pour être conservé, l'exercice de la responsabilité humaine. Et celle-ci passe parfois par une attitude de profonde humilité : dans l'absence d'une connaissance établie des conséquences d'une action humaine sur la nature, il est sage de nous abstenir.

Mais cette responsabilité a également une dimension temporelle : ce que nous mettons en danger par notre comportement à l'égard de notre habitat, c'est aussi l'existence des générations appelées à nous succéder, c'est aussi l'existence de notre postérité. Les Anglo-Saxons disent justement que nous n'avons pas hérité la terre de nos ancêtres, mais que nous l'avons empruntée à nos enfants. Mais on pourrait citer aussi le rapport Brundtland, qui évoque « le capital écologique que nous empruntons aux générations à venir, en sachant que nous ne pourrons jamais le rembourser ».

En d'autres termes, l'usage que nous ferons désormais de la nature, de la biosphère, nous devons considérer que nous en sommes comptables au regard du futur. Les dilapidations sont irréversibles : nous nous y sommes livrés par égoïsme concerté, et en fonction d'intérêts immédiats. L'apprentissage de la responsabilité s'impose aussi par considération du long terme, et, comme tel, il doit être aujourd'hui placé au premier rang des préoccupations collectives.

Notre responsabilité doit s'exercer enfin à l'égard de nos sociétés, dans la mesure où il faut assurer à celles-ci le cadre de vie auquel elles aspirent. Il ne s'agit pas de condamner en bloc l'intervention de l'homme dans la nature : la nature est aussi par vocation son lieu d'habitation. D'où la nécessité de prendre en compte l'intérêt commun dans une éthique de l'environnement, et la pluralité souvent discordante des opinions – si l'on songe, par exemple, aux oppositions qui gouvernent, dans les sociétés industrielles, la définition des politiques énergétiques. C'est notre responsabilité envers autrui que nous engageons en effet dès lors que nous recherchons le bien public, qui est la destination même de l'éthique : cette responsabilité est de celles aussi que les problèmes de l'environnement doivent nous aider à réinventer.

Et cela d'autant plus que nos sociétés connaissent aujourd'hui des stades de développement très inégaux, que les richesses sont inéquitablement distribuées. L'environnement est cependant une donnée planétaire, qui ignore les découpages géographiques : il suppose des décisions communes.

La responsabilité des pays les plus industrialisés joue ici à l'égard de ceux qui ont à supporter les coûts très lourds du développement et des ajustements structurels, et à qui nous ne pouvons pas imputer les maux – ainsi la pollution – dont nous avons été les premiers instigateurs.

J'aurai l'occasion d'y revenir. Mais il fallait souligner dès maintenant qu'à l'égard des pays en voie de développement nous avons, dans le domaine de l'environnement, « des obligations particulières d'assistance » (conférence de La Haye, mars 1989). Des politiques communes d'environnement peuvent aider à instaurer cette pratique nouvelle de la responsabilité partagée. A problème de dimension mondiale, il convient, faute de gouvernement mondial, de répondre par l'adoption et le respect de règles universellement appliquées.

Tels sont nos responsabilités et nos devoirs : devoir de protéger notre écosystème, devoir de préserver cet écosystème pour les générations futures, devoir d'assurer à l'homme un environnement viable, devoir d'assistance enfin à l'égard des pays en développement. Telles sont aussi les valeurs au nom desquelles nous devons agir : et c'est pourquoi elles seront, à juste titre, longuement évoquées au cours de cette conférence.

Le droit de l'environnement

Peut-on cependant forger une éthique de l'environnement, définir, comme je l'ai fait, des responsabilités, sans que celles-ci ne fondent en retour un droit nouveau qui en garantirait l'application ? L'éthique de l'environnement rend ainsi compte de l'émergence d'un droit de l'environnement qui pourrait être aussi, au sens large, un droit du vivant. Car l'une des fonctions premières de l'éthique est d'éclairer et de faciliter la prise de décision. Elle permet, en d'autres termes, de légiférer. Il faut donc que les responsabilités et les devoirs que j'ai cités trouvent, à bref délai, le cadre juridique dans lequel ils puissent effectivement se transformer en obligations.

Dans ce domaine, nous ne disposons pratiquement d'aucune jurisprudence. La nature, le milieu naturel doivent recevoir pourtant une existence juridique. Nous avons franchi un premier pas en ce sens avec les traités internationaux qui prononçaient le caractère inappropriable de l'Antarctique, en 1959, de l'espace extra-atmosphérique en 1967, ou bien encore des océans en 1982, préservant ainsi le statut de biens communs à l'humanité tout entière de ces espaces naturels.

D'autres décisions, aux Etats-Unis en particulier, ont aussi permis de rompre avec la tradition d'exploitation utilitaire de la nature. Un seul exemple ici : la décision Zoé en 1980, qui, à la suite du naufrage d'un navire pétrolier, auprès des côtes d'une île de Porto Rico, a fait obligation à l'homme de restaurer le milieu dégradé par accident, indépendamment de toute incidence économique et donc au nom du milieu lui-même.

Mais ces tentatives sont encore dispersées. Nous disposons de la convention de Vienne, du protocole de Montréal. Je retiens aussi que la déclaration de La Haye, en mars dernier, proposait de mettre en œuvre pour l'environnement « de nouveaux principes de droit international » : et c'est en effet un droit universel de l'environnement, un droit non plus national ou fragmenté, qui demande aujourd'hui à se constituer. Il ne m'est pas possible d'en examiner ici les conditions de possibilité, ni même de me demander si la Déclaration universelle des droits de l'homme peut lui offrir un modèle adéquat. Mais, à court terme, l'éthique de l'environnement doit déboucher sur ce droit, sous peine pour elle d'en demeurer au stade de principes inapplicables. A brève échéance aussi, le droit de l'environnement devra se rapprocher d'un droit du vivant. A cet égard, la conférence qui s'ouvre aujourd'hui ne peut pas être séparée de celles qui l'ont précédée et qui touchaient à la question spécifique de la bio-éthique. De l'environnement au vivant, la transition nous est imposée par les faits : l'homme, après s'être approprié la nature comme espace géophysique, est en passe de soumettre à la même exploitation le dynamisme biologique de la nature, et son principe créateur, la reproduction.

L'essor des biotechnologies, dans le domaine médical en particulier, a beau se réclamer de l'impératif thérapeutique, il n'est aujourd'hui compréhensible qu'en fonction de la logique commerciale et industrielle, et donc du droit de propriété. Le vivant peut-il être entièrement appropriable ? C'est une des questions qu'il faut poser à nouveau et que rendent possible nos interrogations sur l'éthique environnementale. Il n'y sera pas répondu, en tout cas, sans que soient clairement fixées les valeurs dont il faut affecter aujourd'hui la nature et son symbiote, l'homme.

Ethique de l'environnement et technologie

Aucune politique de l'environnement, même la plus fondamentaliste, la plus opposée aux valeurs productives, ne peut faire l'économie de l'outil scientifique et technique. Vous le savez mieux que quiconque. Je n'y insisterai donc pas, sinon pour rappeler que nous avons un besoin crucial de cet outil pour évaluer, modéliser, prévoir l'évolution des dommages, et que les efforts de recherches qu'il faut déployer pour cela n'ont pas de sens en dehors de la plus large coopération internationale, gage d'une évaluation scientifique, raisonnée et vérifiée.

La technique, à ce titre, peut produire des instruments de surveillance de l'environnement exemplaires : je cite pour mémoire le rôle fondamental de l'observation par satellites dans le programme international de recherche « biosphère-géosphère ».

Mais la technique peut être employée surtout pour prévenir le mal. Au niveau des techniques industrielles, par exemple, de nombreuses initiatives ont été prises pour substituer les technologies propres aux technologies polluantes. D'où des progrès dans les méthodes – si l'on pense aux techniques favorisant la réduction des déchets –, mais aussi dans les produits eux-mêmes : en témoigne l'effort entrepris pour trouver dans des délais rapides des produits de substitution aux CFC, dont on ne conteste plus aujourd'hui les effets sur la raréfaction de la couche d'ozone.

Au niveau des biotechnologies agricoles d'autre part : en rendant les plantes plus résistantes, on peut réduire ainsi l'emploi des pesticides.

Dans le cas de l'énergie enfin : la technologie met l'accent sur la viabilité économique des énergies renouvelables. De même, le développement du nucléaire est encore aujourd'hui une réponse d'ordre technique apportée aux problèmes de pollution liés à l'emploi des combustibles fossiles dans la production d'énergie.

Je rappelle ici des exemples très connus – mais ils sont opportuns. La technique n'est pas seulement fauteuse de troubles, elle est aussi un instrument au service des politiques environnementales, et elle peut très certainement agir dans le sens des valeurs éthiques et des devoirs que j'ai évoqués. [...]

Les implications politiques et économiques de l'éthique de l'environnement

L'éthique de l'environnement, la reconnaissance de nos responsabilités ne sont pas séparables non plus de leurs implications politiques et économiques. Non seulement parce qu'elles doivent s'accompagner du droit et qu'elles affectent ainsi la vie de la cité, mais aussi parce qu'elles sont susceptibles d'aboutir à la révision des traditionnels modes de faire des sociétés industrielles, et de notre culture par trop empreinte de productivisme.

Les implications économiques de ces valeurs surtout sont immédiatement sensibles dans la mesure où la défense et la production du milieu naturel constituent un secteur d'activités compétitif, et qu'un tel engagement peut avoir des conséquences favorables sur l'emploi. Il y a une économicité véritable de l'environnement, surtout lorsqu'on reconnaît la nécessité de privilégier la prévention par rapport à la réparation.

Mais au-delà de ces perspectives immédiates, l'éthique de l'environnement n'ira pas sans affecter la rationalité économique.

Devons-nous, par exemple, considérer que notre manière d'évaluer la richesse est aujourd'hui encore satisfaisante, dès lors que nous excluons de nos calculs « le capital nature » et sa détérioration ?

Même si l'on commence à définir les coûts sociaux de la production d'énergie, ce qui revient à intégrer des données comme la santé ou la dégradation de l'environnement dans l'appréciation économique, nous sommes loin encore de donner au « capital nature » la place qui lui revient dans le calcul des grands indicateurs de richesse, comme le produit intérieur brut. L'environnement n'a-t-il pas vocation à devenir, par exemple, un cadre intermédiaire des comptabilités nationales, à mi-chemin entre ces grandes mesures et les indicateurs physiques, et qui ferait apparaître de façon claire les dépenses liées à la préservation comme à l'appauvrissement de nos systèmes écologiques ?

Il y a là un impératif que nous ne pouvons plus ignorer. Nul doute aussi que cette appréciation monétaire du « capital-nature » serait, autant que l'approche scientifique, un instrument fondamental d'aide à la décision, aux côtés des indicateurs sociaux dont j'ai préconisé, il y a vingt ans déjà, la prise en compte par le décideur.

Autre modification suggérée par les valeurs environnementales dans nos habitudes économiques : elles invitent à prendre en compte dans le calcul comme dans la décision non plus seulement le court terme, mais aussi le long terme.

Cela devrait aller de soi, et pourtant ! L'engouement présent pour le marché et le profit rapide a fait reculer les approches à long terme qui devraient cependant figurer l'un des paramètres essentiels de nos décisions à court terme. La nécessité en apparaît dans les exemples les plus cités : ainsi, dans le cas de la destruction de la forêt amazonienne, le calcul du profit n'obéit qu'à des considérations à très court terme. A plus long terme, en effet, les coûts liés à la dégradation du cycle du carbone risquent de peser d'un poids beaucoup plus grand – sans que pourtant cette donnée ait été suffisamment prise en compte dans le calcul économique. Ainsi aussi des déchets toxiques.

Cela doit nous conduire, et ce sera mon dernier point, à mieux identifier les interdépendances économiques. J'ai évoqué, il y a un instant, la responsabilité de nos pays industrialisés à l'égard de ceux en développement. Eh bien, la pression de l'endettement que supportent ces pays, et qui a pour conséquence d'y faire passer au second plan les politiques environnementales, obligés qu'ils sont d'exploiter leurs bois tropicaux et leurs sols, cette pression, la responsabilité nous en incombe de la même manière.

Les politiques environnementales dans les pays en voie de développement engagent donc aussi notre responsabilité : nous détenons les moyens de les rendre effectives, ou bien au contraire de les ruiner par avance. L'environnement, donnée globale, est ici synonyme d'interdépendance, phénomène également global. Et c'est donc aussi l'importance et le déséquilibre des liens économiques au sein du dialogue Nord/Sud que la reconnaissance de nos responsabilités à l'égard du patrimoine naturel de toute l'humanité invite en dernière analyse à reconsidérer.

*

Ainsi, la quête d'une éthique de l'environnement ouvre bien des perspectives dans le champ traditionnel de nos activités, de nos comportements, de nos textes de lois. Aucune d'entre elles ne préjuge bien sûr de vos travaux, et des conclusions auxquelles vous parviendrez : elles étaient pour moi plutôt une incitation à la réflexion, elles deviendront peut-être, à la faveur des débats qui vous réunissent ici, un cadre plus rigoureux d'action.

Je souhaite que le Sommet des pays industrialisés ne se contente pas de prendre acte de ces conclusions, mais qu'il engage une réflexion opérationnelle et digne en effet de l'économie politique, puisque ce concept unit le travail de l'homme et sa relation tant avec la nature qu'avec la société, et qu'il doit être éclairé par la connaissance et par une éthique.

Nul doute que vous ayez l'ambition et la capacité de contribuer à ce qui deviendra un réel progrès de l'homme sur lui-même. Que le savant puisse l'y aider, c'est en tout cas ma conviction profonde.

III

L'histoire s'accélère

Décembre 1988. Quatre ans déjà. L'Europe étonne par son dynamisme retrouvé. « En moins d'une décennie, écrit Axel Krause, de l'*International Herald Tribune,* l'atmosphère en Europe aura complètement changé sous l'effet d'une évolution rapide du paysage industriel, économique et financier. Un bouleversement jamais vu depuis le début des années 50. Un sentiment de sursaut, de renouveau, de confiance dans l'avenir pénètre chaque région de la Communauté européenne et se répand sur le globe. Ce phénomène a un nom : 1992. »

Ainsi la perspective d'un grand marché sans frontières intérieures a-t-elle vivifié et accéléré la construction européenne, relancé les investissements, permis la création de millions d'emplois. 1985 avait marqué l'Europe du sceau de la relance, 1989 devra poursuivre dans cette voie mais aussi préparer l'après-1992.

C'est d'ailleurs à Hanovre, le 28 juin 1988, que Jacques Delors a vu son mandat prolongé de quatre ans. Hanovre où les douze chefs d'Etat et de gouvernement ont aussi « décidé d'examiner, lors du Conseil Européen de Madrid, en juin 1989, les moyens de parvenir à une Union économique et monétaire ». A cette fin, mandat est donné à une commission, présidée par Jacques Delors et comprenant notamment tous les gouverneurs des Banques centrales de la Communauté, de fournir le cadre, les bases et les étapes de cette Union.

L'Union économique et monétaire – à terme une monnaie unique gérée par une Banque centrale unique et une coopération accrue en matière de politique économique – c'est l'achèvement du marché intérieur. Celui-ci reste d'ailleurs la priorité des priorités pour la Commission qui s'installe en ce début janvier 1989 avec quelques nouvelles têtes.

L'Union économique et monétaire, c'est le vieux rêve de l'Europe. Déjà à La Haye, en 1969, les chefs d'Etat et de gouvernement avaient demandé un rapport sur le renforcement des liens économiques et monétaires des Six et deux ans plus tard, en mars 1971, le plan Werner – du nom de son auteur, ministre des Finances luxembourgeois – avait proposé les étapes à suivre. Un projet enterré avec le premier choc pétrolier. Déjà lors de l'instauration, en 1979, du Système Monétaire Européen, était prévue, pour 1980, une deuxième phase d'intégration qui fut mise à mal par le second choc pétrolier.

Rendu public le 12 avril 1989, le Rapport de la Commission créée à Hanovre prévoit un plan concret en trois phases. L'Union économique et monétaire est lancée. Elle trouvera forme juridique à Maastricht, le 11 décembre 1991, lorsque sera adopté le traité sur l'Union économique et monétaire [1].

Mais bientôt, à ce nouveau tigre placé dans le moteur communautaire, va s'en ajouter un autre : car le partage de souveraineté monétaire, c'est déjà un acte politique majeur. Mais une telle innovation, sans une contrepartie démocratique et politique, ne risque-t-elle pas de renforcer le caractère technocratique de la construction européenne, d'en éloigner irrésistiblement les citoyens ? Le débat est engagé dès les premières discussions sur l'UEM. Les développements en Europe du Centre et de l'Est se chargeront de le trancher. Déjà en janvier 1989 – dans le discours devant le Parlement européen –, Jacques Delors posait la question : « La Communauté a-t-elle pour autant relevé le défi de l'influence ? A-t-elle retrouvé la capacité d'agir et pas seulement celle de réagir ou de suivre ? » Cette inquiétude deviendra lancinante dès les premiers craquements du bloc de l'Est : sans volonté commune, que peut faire l'Europe ? Que peut-elle espérer ? Il faut que les Douze s'adaptent aux bouleversements du Continent.

Cette architecture, la première pierre en sera posée dès le début 1989 avec la proposition faite aux pays membres de l'Association Européenne du Libre-Echange (Norvège, Suède, Finlande, Islande, Suisse, Autriche et Liechtenstein) d'un pacte

---

1. Onze Etats sur douze ont accepté la création d'une monnaie unique, au plus tôt le 1er janvier 1997 et, au plus tard, le 1er janvier 1999. Seule la Grande-Bretagne – tout en s'engageant à appliquer les dispositions du nouveau traité – a réservé sa position sur l'étape finale.

qui aboutira près de trois ans plus tard à la définition avec ces pays d'un Espace Economique Européen.

Mais l'idée d'une deuxième conférence intergouvernementale pour promouvoir l'Union politique apparaît dès l'automne 1989 (cf. chapitre IV). Ce projet sera formalisé par le président François Mitterrand et le chancelier Helmut Kohl qui, à la veille du Conseil Européen de Dublin, proposeront « d'accélérer la construction politique des Douze » compte tenu des profondes transformations en Europe. Il s'agit d'établir l'amorce d'une politique étrangère et de sécurité commune, de renforcer la légitimité démocratique de l'ensemble ainsi constitué et de rendre plus efficaces les institutions communautaires. L'Union politique est née.

Mais, en s'approfondissant, la Communauté irrite les capitales. La Commission, institution de la permanence et de l'initiative (dont elle a le monopole), est volontiers accusée d'ingérence. Cette relance de la relance, elle doit donc l'ancrer sur le principe de subsidiarité, celui qui assure que ne doit être fait au niveau communautaire que ce qui est strictement nécessaire à ce niveau, gage de démocratie et de respect des diversités. Voilà pourquoi ce chapitre contient un discours sur la subsidiarité – thème qui court tout au long des interventions de Jacques Delors dès 1988 – prononcé à Maastricht, ville où sera approuvé un traité qui fera de la subsidiarité un des éléments clés de l'intégration européenne.

Le traité de Maastricht, à la fois aboutissement de cette relance de la relance et point de départ de l'après-1992, est adopté le 11 décembre 1991. Dès le 12 décembre, la Commission doit prendre position devant le Parlement européen.

« Les perspectives 1989-1992 »

Devant le Parlement Européen
à Strasbourg, le 17 janvier 1989

C'est une heureuse tradition que vous avez instituée et que nous allons assumer pour la deuxième fois avec le vote d'investiture et la présentation de la nouvelle Commission. Je serai un peu long, mais quatre ans, vous en conviendrez, c'est très long.

Voilà quatre ans, je vous présentais les orientations proposées par la nouvelle Commission. Je terminais mon intervention en soulignant que l'Europe devait affronter trois défis majeurs. Il en est toujours de même aujourd'hui.

La méthode, tout d'abord. Nous devons démontrer, vous disais-je, « que l'on peut agir à douze et non pas simplement stagner et vivre à la petite semaine ». La méthode a porté ses fruits au terme des trois étapes de la relance de la construction européenne : l'adoption de l'objectif 1992, l'Acte Unique ou l'amélioration et l'enrichissement du Traité de Rome, la réforme financière ouvrant des possibilités plus larges à l'action communautaire. Cette méthode demeure valable aujourd'hui. Rien ne nous distraira de notre obsession : réussir l'Acte Unique.

Deuxième défi : l'influence de l'Europe. L'impératif demeure. Nous devons démontrer que la Communauté parle d'une seule voix et qu'elle est un acteur et non simplement un sujet de l'histoire contemporaine. Alors même que notre Communauté est de plus en plus prise au sérieux et, signe des temps, accusée par les uns de vouloir se replier sur elle-même, désirée par d'autres qui veulent

116

ou la rejoindre ou coopérer davantage avec elle, nous mesurons le chemin qui reste à parcourir.

L'Europe Partenaire, selon l'expression proposée par la Commission, exige plus de cohésion, plus de sens des responsabilités, plus d'initiatives. L'Histoire frappe à notre porte. Allons-nous faire comme si nous étions sourds ?

Troisième défi, enfin, celui de la civilisation. Je demandais en 1985 que nous affirmions nos valeurs, que nous réalisions les indispensables synthèses entre les contraintes du monde en voie de se faire et les aspirations souvent contradictoires de nos contemporains. Le défi est toujours là, car, pour indispensable que soit notre réussite dans le domaine économique, il ne suffira pas de réaliser un grand marché sans frontières, ni même – ce qu'induit l'Acte Unique – cet espace économique et social commun. Il nous incombe, dès avant 1993, de donner plus de chair à cette Communauté, et pourquoi pas, un supplément d'âme.

Ainsi, tant du point de vue de l'esprit de son action que de la méthode à suivre et des objectifs à réaliser impérativement, la nouvelle Commission se place, sans hésitation, sous le signe de la continuité. On ne se résigne pas au manque de tonus extérieur de la Communauté. On ne désarme pas devant la montée du désordre ou de l'injustice dans le monde. L'Europe doit rester fidèle à ce qu'il y a de meilleur dans sa conception de la vie en société, dans sa considération pour chaque personne humaine. La Communauté en tant que telle doit assumer toutes ses responsabilités.

LES CHEMINS DE l'ACTE UNIQUE

Retrouvons, si vous le voulez bien, pour un moment, les chemins de l'Acte Unique. Que voyons-nous aujourd'hui ? L'Europe est en mouvement, la maison est en ordre et l'économie de la Communauté est en phase avec celles de ses grands partenaires commerciaux. Je peux le dire sans fausse humilité, mais aussi sans forfanterie : les objectifs que nous nous étions fixés, nous sommes en voie de les réaliser pleinement. Qui ne voit que l'Europe vit en fait une période d'intense transition, de métamorphose ? L'absence de drames ne doit pas masquer ce que notre entreprise a de révolutionnaire. Après avoir oublié notre faiblesse, nous sommes en train d'accoucher d'une Europe différente, d'aller d'un pas ferme vers l'Union Européenne, finalité, je le rappelle, de l'Acte Unique.

Par rapport à la date magique et mobilisatrice de 1992, nous voilà à la moitié du chemin et déjà le mouvement est sensible sur tous les fronts, grâce notamment, et non, comme le pensaient certains, malgré le renfort de l'Espagne et du Portugal. L'excellente préparation de ces deux pays avant leur entrée dans la Communauté leur a permis d'être aussitôt de plain-pied dans notre Communauté. Et, comme souvent les derniers convertis, ils ont apporté une force, un enthousiasme, une jeunesse à notre projet. La présidence espagnole, j'en suis sûr, confirmera le bien-fondé et la vigueur de cette transfusion de sang frais.

Je ne vous imposerai pas un bilan exhaustif du travail que nous avons réalisé ensemble depuis quatre ans, ni un programme détaillé pour l'année 1989, puisque tel sera l'objet de notre prochaine période de session. Mais enfin, comment ne pas souligner qu'à mi-parcours, pratiquement la moitié des mesures nécessaires à la réalisation d'un grand marché ont été décidées et que l'itinéraire pour la moitié restante est clairement tracé. Il n'y aura pas de surprise, les agents économiques le savent, la route est balisée. C'est sans doute pourquoi ils paraissent plus allants que les hommes politiques. On ne soulignera jamais assez combien dans un univers aussi aléatoire qu'est le nôtre, le cadre et le programme fixés par 1992 fournissent un atout à tous nos décideurs pour réduire l'incertitude et conforter leurs stratégies.

Prenons d'abord le grand marché sans frontières : au-delà de la comptabilité des décisions, l'évolution qualitative est marquante : l'harmonisation des règles techniques et de la normalisation, à laquelle se substitue parfois la simple reconnaissance mutuelle, a effectué un immense bond en avant ; des progrès importants ont aussi été enregistrés dans nombre de secteurs.

Les marchés publics qui représentent une part si importante de l'activité économique de la Communauté et qui restent trop souvent confinés dans des périmètres nationaux seront, de par nos directives, plus ouverts. Le temps n'est plus où il fallait dix-huit ans pour adopter une directive sur les architectes, ou seize ans pour un texte sur les pharmaciens.

Toutes les mesures qu'exige la libération complète des capitaux ont par ailleurs été adoptées, apportant l'assurance que pourra être créé en Europe un véritable marché des services financiers dont chacun sait l'importance pour la compétitivité et le financement de nos économies. Et selon un engrenage vertueux dont nous ne devons pas perdre le fil, cette même perspective exigera un rapprochement des régimes fiscaux et un renforcement de la coopération monétaire. Ce qui fut fait, à deux reprises, à Palerme en 1985, puis à Nyborg en 1987, pour le plus grand profit d'un Système Monétaire Européen qui a pu ainsi faire la preuve de sa double utilité : comme incitation puissante à la convergence des économies, comme îlot de stabilité relative dans un univers monétaire encore dominé par l'absence de lisibilité et par des oscillations difficilement maîtrisables.

Les biens et services, les capitaux, mais aussi les personnes, la quatrième liberté prévue par le Traité de Rome. La directive sur la reconnaissance des diplômes assurera à terme aux citoyens européens diplômés de pouvoir exercer leur profession sur tout le territoire de la Communauté, symbole s'il en est que notre espace économique et social est en train de changer de dimension. D'où la perspective que j'ai évoquée, jeudi dernier, avec les partenaires sociaux, pour mieux s'y préparer, d'un marché européen du travail.

La dynamique du changement a d'ailleurs gagné l'ensemble des activités communautaires. Il y aura un marché unique pour toutes les activités, y compris les transports, l'énergie, les produits nouveaux générés par la science. Il en résultera, il en résulte déjà des possibilités accrues pour les consommateurs européens. Autre signe évident de saut réalisé, la manière dont la sidérurgie est sortie, après six ans d'encadrement, de l'état de choc où l'avait plongée la pire crise structurelle de son histoire depuis l'avènement de la Communauté européenne du charbon et de l'acier. Pourtant – et je l'ai souvent répété ces derniers mois – on ne tombe pas amoureux d'un grand marché. L'historien Fernand Braudel, spectateur lucide de notre effort au début des années 60, ne disait pas autre chose lorsqu'il s'exclamait : « C'est mal connaître les hommes que de leur donner pour seule pâture ces sages additions qui font si pâle figure à côté des enthousiasmes, des folies non dénuées de sagesse qui ont soulevé l'Europe de jadis ou d'hier. Une conscience européenne peut-elle se construire seulement sur des chiffres ? Ne peut-elle pas au contraire leur échapper, les déborder de façon imprévisible ? »

Voilà pourquoi j'insiste non seulement sur la réalisation d'un espace sans frontières, mais aussi sur les politiques d'accompagnement qui ouvrent des perspectives aux hommes et aux femmes de la Communauté. En un mot, l'Acte Unique, mais tout l'Acte Unique.

C'est l'évidence, nous devons avancer simultanément sur tous les fronts. Sinon...

Comment fera-t-on l'Europe si les hommes et les femmes au travail, salariés, chefs d'entreprises, agriculteurs, industriels, professions libérales n'en sont pas les premiers constructeurs ?

Comment fera-t-on l'Europe si on délaisse – c'est-à-dire si on laisse aux autres, Américains ou Japonais – un instrument si fort de rapprochement, voire de culture tel que la télévision ?

Comment fera-t-on l'Europe si l'on continue, chacun dans son coin, à mener en ordre dispersé la recherche, source des richesses, mais aussi des espoirs pour l'avenir ?

Comment fera-t-on l'Europe si on consent à la banalisation de ses paysages et à la dégradation de son environnement ?

Comment fera-t-on l'Europe si les jeunes ne voient pas en elle un projet collectif et une représentation de leur propre avenir ?

Cohésion et solidarité

D'où la cohésion, d'où la solidarité. Dans le domaine social, j'avais personnellement pris des engagements l'année dernière. Ils ont été tenus et ils seront tenus. En effet, la Commission a mis en chantier une Charte des droits sociaux fondamentaux pour concrétiser et faire vivre notre modèle européen de société. Elle a proposé, pour respecter les traditions et les sensibilités diverses dans notre Communauté, l'option entre trois modes de participation des salariés dans l'entreprise, pour l'élaboration – jugée nécessaire par la grande majorité des industriels – des statuts d'une société de droit européen. Elle a élaboré les textes permettant de faire passer dans la réalité les dispositions de l'article 118 A.

En outre, dès janvier 1985, je le rappelle, et en dépit des risques d'échec ou de faux-semblant, j'avais relancé le dialogue social au niveau européen. Les partenaires sociaux ont débattu, émis des avis communs dont la portée ne doit pas être sous-estimée. Le 12 janvier dernier, alors que certains redoutaient – non sans raison – un dialogue de sourds, les responsables européens et nationaux des organisations patronales et syndicales ont donné un nouvel élan, réaliste et concret, au dialogue social. La Commission s'attachera à nourrir ces discussions et à faire en sorte qu'elles irriguent les relations sociales au niveau national comme au niveau des régions, à l'échelon des branches d'activité comme à l'échelon des entreprises, par une sorte de double mouvement, du haut vers le bas et du bas vers le haut. Chacun pourra ainsi apporter sa contribution au renouveau de l'Europe.

Les solidarités nécessaires doivent aussi s'exprimer entre les diverses régions et autres collectivités décentralisées. Le Parlement a souvent insisté sur ce point. Chacun doit pouvoir jouer sa chance, utiliser au mieux ses avantages comparatifs, ses ressources humaines, naturelles et techniques. D'où l'extrême importance que j'attache à la mise en œuvre des nouvelles politiques communes, proposées par la Commission dans son document « Réussir l'Acte Unique », acceptées par le Conseil Européen en février 1988. Là aussi, c'est un vrai défi lancé à nos manières de penser et d'agir. Le succès ne dépendra pas que du dynamisme et du savoir-faire de la Commission. Il sera fonction de l'esprit d'innovation de chaque région. Il ne sera possible que si les bureaucraties nationales renoncent à vouloir tout contrôler et à raisonner uniquement en termes de transferts financiers. La Commission, quant à elle, s'organisera pour stimuler ces initiatives, encourager la coopération entre les régions. Il lui reviendra également de promouvoir ce grand réseau européen d'infrastructures qui permettra de circuler et d'échanger, plus vite et moins cher, en Europe.

Cette solidarité se manifeste également dans l'interdépendance entre toutes les formes d'activité. Des grandes entreprises aux PME, sans oublier l'important secteur des coopératives et des mutuelles, de la production de biens et services à leur distribution. La Commission s'est organisée pour les aider toutes.

Recherche, éducation, environnement

J'en viens maintenant à la recherche, à l'éducation et à l'environnement. En effet, la recherche et l'éducation sont les deux nerfs de la guerre économique dans une phase de profonde mutation.

Nous avons donc adopté pour 1987-1991 le premier programme-cadre de recherche et de développement fondé sur l'Acte Unique avec un financement obtenu de haute lutte, non sans peine, même s'il nous apparaît encore insuffisant pour relever tous les défis. Et dans le sillage, plusieurs programmes spécifiques ont été proposés et adoptés, pour les technologies de l'information, pour les télécommunications, pour l'introduction des processus les plus avancés dans les secteurs industriels qualifiés de traditionnels. Bien d'autres programmes manifestent la volonté de la Communauté d'assurer une meilleure maîtrise collective des nouvelles découvertes. J'insiste sur l'effet multiplicateur de ces programmes, sur leur aspect créatif, sur leur rôle de pionnier. Le nouveau Commissaire en charge de ce dossier a l'intention de diversifier les modes de faire pour répondre aux besoins nés d'une nouvelle invention ou d'une compétitivité accrue. Dès 1989, vous aurez à en débattre. Toujours au nom de la compétitivité, mais aussi au nom de la défense de notre identité culturelle, la Communauté refuse de laisser le monopole de la technique audiovisuelle aux Japonais et celui des programmes aux Américains. La Commission a donc proposé d'agir sur les trois éléments du triptyque : organiser l'espace audiovisuel européen, mettre en œuvre les technologies les plus avancées, au premier rang desquelles figure la haute définition, stimuler la production de programmes audiovisuels, un effort auquel s'attache, pour sa modeste part, mais efficacement, le programme MEDIA.

J'espère que l'EUREKA audiovisuel, proposé par le président Mitterrand, permettra à nos créateurs, nos artistes, nos intellectuels de se voir offrir les possibilités d'expression dont ils ont besoin pour enrichir le patrimoine culturel de notre Europe.

En ce qui concerne l'éducation, nos premiers pas dans le domaine de l'éducation sont prometteurs, soutenus par le Parlement, ainsi que l'atteste le réel succès de nos échanges de jeunes, soit par la coopération universités-entreprises avec le programme COMETT, soit par les échanges interuniversitaires avec ERASMUS. Ce sont les meilleurs gages de cette osmose européenne en train de se faire. Pour l'avenir, quel réconfort que de constater, comme j'ai pu le faire, à maintes reprises, l'enthousiasme des étudiants, des professeurs et des entrepreneurs : grâce à la multiplication des échanges, ils sont devenus des militants de cette cinquième liberté, peut-être la plus importante, celle de la libre circulation des idées.

En matière d'environnement nous progressons moins vite que je ne le souhaiterais. J'y reviendrai plus tard. Il convient dès maintenant de rappeler les décisions prises pour lutter contre la pollution, qu'il s'agisse d'imposer des voitures propres ou de mettre au point des normes pour les grandes installations de combustibles, une manière de montrer qu'il n'est pas question d'opposer marché intérieur et environnement, mais bien de les intégrer.

Parce que l'Europe doit être celle de tous ses membres, toute sa politique est faite de cohérence, de cohésion et de solidarité.

Cohérence puisque la volonté est exprimée d'avancer sur tous les fronts à la fois, de mener de pair partout libéralisation et harmonisation, qu'il s'agisse des offres publiques d'achat, des assurances ou des banques. Cohésion puisque la Communauté refuse d'être une simple zone de libre-échange assortie de quelques transferts financiers, mais se veut espace économique et social commun, un espace organisé. Solidarité enfin puisque le doublement des fonds structurels, la programmation et la concentration des interventions permettront à la collectivité d'aider les pays qui ont à réaliser le plus grand effort d'adaptation. Je songe – et je voulais le souligner ici – aussi aux territoires qui sont éloignés du centre de la Communauté et pour lesquels des actions particulières sont proposées par la Commission.

L'Europe est en mouvement, ai-je dit, la maison est en ordre, et c'est aussi important. Comme la Commission Européenne s'y était engagée – le Conseil de Bruxelles en est témoin –, la maison est en ordre. En veut-on un exemple ? La réforme de la politique agricole commune est appliquée ; il n'est que de voir, pour s'en convaincre, la diminution des stocks, résultat d'une politique active d'écoulement. Cette réforme de la PAC, vous le savez, est destinée à rendre au marché son rôle qui est d'orienter la production tout en accompagnant cette évolution des mesures qui la rendent supportable aux agriculteurs les moins favorisés. Elle trace un avenir pour nos agriculteurs, piliers de l'Europe « puissance verte » et qui entend le rester. Elle seule permettra – et la Commission y veillera – le maintien si indispensable des agriculteurs dans les campagnes et dans l'esprit du Traité de Rome, le développement des exploitations familiales. Elle apportera une contribution essentielle à cette nouvelle frontière pour laquelle j'ai plaidé inlassablement, le renouveau de nos régions rurales, illustration de notre volonté de lutter contre la désertification et le déséquilibre du territoire.

Mais cette réforme n'a de sens que dans la discipline budgétaire. Celle-ci est et sera respectée. Nous nous y sommes engagés ensemble par l'accord interinstitutionnel. D'ailleurs pour tous ceux qui, chaque année, voyaient la Communauté s'engluer dans un débat budgétaire conflictuel et stérile, l'adoption dans les délais et sans drame d'un budget 1989 en est le meilleur symbole. La maison est en ordre, cela signifie simplement que la Communauté est gérée, qu'il n'y a plus ni laxisme, ni inconséquence.

Une Europe en phase avec les plus dynamiques

Enfin, et sur ces bases, une Europe en phase avec les économies les plus dynamiques. Ce mouvement, cette maîtrise, permettent aujourd'hui à la Communauté d'être en phase avec les économies de ses grands partenaires commerciaux. En 1988, elle aura ainsi enregistré sa meilleure croissance depuis douze ans, réalisé des investissements records sur les vingt et une dernières années, créé 1,6 million d'emplois quand elle en détruisait un million en 1982. En particulier, la situation des jeunes sur le marché du travail, source naguère de notre profonde inquiétude, s'est relativement améliorée pour la troisième année consécutive dans la plupart de nos pays. Je ne suis pas en train de vous dire que la question du chômage est résolue. Trop de prophètes s'y sont brûlé les yeux. Mais, face au problème le plus angoissant de notre société, je veux voir dans ces chiffres une lueur d'espoir, un encouragement à poursuivre dans la même voie.

Bien sûr, les sceptiques – et j'en rencontre! – ne verront dans cette amélioration de la situation économique qu'un effet de la bonne conjoncture internationale. Et de fait, les grands pays industrialisés sont en train de connaître leur meilleur cycle depuis le début des années 70. La surprise est pour certains d'autant plus grande qu'au lendemain du krach d'octobre 1987, les économistes avaient décrit les mécanismes qui pouvaient conduire à une récession mondiale. Je voulais vous le répéter ici : ils ne se sont pas trompés, comme on l'a trop dit ; ils ont pour une fois été écoutés. Une politique monétaire adaptée à la nécessité d'amortir les chocs consécutifs au krach, la stabilisation du dollar quand certains voulaient le voir reprendre sa chute, l'amélioration aussi des termes de l'échange du fait de la baisse des cours du pétrole, tout cela a permis à la machine économique mondiale d'être alimentée et à la croissance de se poursuivre.

Bien sûr, ce constat positif ne doit pas nous plonger, en rien, diminuer notre lucidité et notre vigilance. Bien des facteurs subsistent, vous les connaissez, ils peuvent remettre en cause ce mouvement d'expansion. Raison de plus pour que la Communauté − en tant que telle et avec tout son poids − accepte de prendre sa part de responsabilité dans la construction d'un ordre économique mondial plus stable, plus efficace et plus juste. C'est donc un message d'espoir dont vous et nous, dont le Conseil des ministres aussi, sommes porteurs aujourd'hui.

Un message d'espoir

Mais pour en rester à l'Europe, croit-on qu'une Communauté doutant d'elle-même, étriquée, querelleuse − celle de naguère − aurait su saisir les opportunités qui s'offraient à elle ? Pensez-vous que l'on doive négliger les aspects structurels de ce redressement spectaculaire qui expliquent pour l'essentiel que l'inflation soit sous contrôle dans la majorité des pays européens. Je le sais parce que la plupart des chefs d'entreprises que je rencontre m'expliquent que l'échéance de 1992 a joué pour eux comme un accélérateur d'investissement. Nous savons aussi à quel point la confiance retrouvée peut changer l'attitude et les anticipations des agents économiques. Et comme tout cela intervient à partir de bases plus saines − une désinflation structurelle, une réduction des rigidités, une compétitivité en partie retrouvée, une plus grande transparence –, l'Europe du grand marché naissant a pu profiter pleinement des vents dominants de la conjoncture internationale, quand on disait certains de ses membres durablement condamnés à jouer les tortues économiques.

Si j'ai fait ce long passage sur la situation économique, c'est parce que, lorsqu'on parle de dimension sociale, on avance le problème de l'emploi. Nous avons fait des progrès sur l'emploi. Lorsqu'on parle de 1992, on nous accuse de vendre des rêves, mais le rêve est déjà en partie réalité. Excès d'optimisme que ces propos ? Je ne le crois pas. Non, nous pouvons dire enfin : « l'Europe ça marche ». Bien sûr, je ne saurais cacher les difficultés qui nous attendent. Elles sont à la fois politiques et techniques, sur les politiques de l'immigration, sur la fiscalité de l'épargne ou le rapprochement des taxes indirectes, sur les conditions de coopération en matière de drogue, de criminalité ou de terrorisme pour pouvoir supprimer les frontières physiques. Mais ces difficultés sont aussi psychologiques et c'est sans doute la grande différence par rapport à 1985. Car dès lors que la conscience des exigences de l'Acte Unique est plus grande, les résistances, n'en doutez pas, s'accroissent d'autant dans chacun de vos pays.

Voilà sans doute pourquoi certains méprisent nos succès et ne mettent l'accent que sur nos difficultés. Ah la tentation d'être original, de bouder le bonheur de voir notre Europe exister à nouveau. Les mauvais bergers, vous les connaissez, nous les connaissons. Nous n'avons jamais dit, pour notre part, que le grand marché exonérerait les Etats membres des efforts considérables d'adaptation qu'impliquent la concurrence et la nécessaire compétitivité sur un marché désormais mondial. Mais mesuré à l'aune des concessions – puisque hélas tel est le mot qu'on utilise – que chaque pays devra faire pour surmonter ces difficultés, qui peut raisonnablement affirmer que les inconvénients dépasseront les avantages qui sont attendus de la réalisation de l'Acte Unique sur le plan économique et social ?

Je suis donc tenté de reprendre l'exclamation célèbre d'un homme politique français : « Enfin les difficultés commencent », car je suis sûr que leurs solutions révéleront à quel point l'Union de l'Europe est plus réelle qu'elle ne paraît.

La force des institutions

Et pour cela, nous devons compter avant tout sur la force de nos institutions. Cette marche en avant aurait-elle pu être réalisée sans un renforcement de l'efficacité de nos institutions ? J'en doute. Je me souviens encore du débat institutionnel qui a, dans cet hémicycle, précédé l'adoption de l'Acte Unique. Si nous étions, vous comme moi, convaincus de la nécessité d'améliorer le processus de décision, certains rêvaient d'un grand chambardement. Il n'a pas eu lieu, mais l'extension du vote à la majorité qualifiée nous a grandement facilité la tâche.

Je ne peux, pour ma part, que me féliciter aussi de l'association alors décidée de votre Parlement au processus de décision. Ceux qui y voyaient un facteur de ralentissement de nos activités se sont trompés, la Commission peut en témoigner. L'Assemblée de Strasbourg a joué depuis quatre ans le rôle extrêmement positif que nous attendions d'elle. Mais attention : il ne faut pas qu'un déséquilibre apparaisse entre votre assemblée et les Parlements nationaux. Je tiens à réaffirmer ici l'importance que j'attache à l'implication croissante des Parlements nationaux, pour la prise en compte de nos activités. A vous députés européens, me semble-t-il, d'accentuer vos initiatives vis-à-vis de vos collègues nationaux.

Si le Parlement européen a rempli pleinement son rôle dans le cadre de la coopération, on doit, en revanche, s'interroger sur les retards du Conseil, sur les difficultés classiques qui perturbent la bonne avancée de notre projet commun. Comme le rappelait Lord Cockfield dans sa *Mid Term Review* : « bien que quatre ans nous séparent du 31 décembre 1992, il faut que les Etats membres aient le temps d'intégrer les mesures communautaires dans leur législation nationale [...]. En réalité, cela signifie que le

Conseil doit achever l'essentiel de ses travaux dans les deux prochaines années. Il devra accélérer considérablement sa cadence». Il est d'ailleurs un domaine, je le dis entre parenthèses, où cette attitude du Conseil nous préoccupe particulièrement depuis deux, trois mois seulement, c'est celui de l'agriculture. On peut en effet se demander pourquoi, même si l'on en connaît les raisons historiques, les questions agricoles ne sont pas traitées dans le même cadre et avec la même rigueur que les matières passant par le filtre du COREPER [1].

L'EUROPE PARTENAIRE

J'en viens à la place de l'Europe dans le monde, à l'Europe partenaire. La Communauté a-t-elle pour autant relevé le défi de l'influence? A-t-elle retrouvé la capacité d'agir et pas seulement celle de réagir ou de suivre? A voir fleurir aux Etats-Unis ou au Japon la campagne sur l'Europe forteresse, on pourrait le penser. Car c'est là un mauvais procès qui est d'abord révélateur de notre dynamisme retrouvé.

C'est un mauvais procès. Toutes les données économiques prouvent qu'il serait absurde pour le plus grand exportateur mondial de biens, c'est-à-dire la Communauté Européenne, de fermer ses frontières aux produits étrangers. Les échanges de la Communauté Européenne représentent 20 % du Commerce international (38 % si l'on y ajoute les échanges intracommunautaires) contre 15 % aux Etats-Unis et 9 % au Japon. Qui ne voit dans ces chiffres que l'Europe serait la première victime d'un protectionnisme montant, d'autant qu'elle est, plus que ses partenaires, dépendante du commerce international dans sa production.

Si cet argument de bon sens ne suffit pas, la Communauté peut aussi mettre en avant les efforts qu'elle a accomplis

---

1. Comité des Représentants Permanents, ambassadeurs des Douze auprès de la Commission Européenne.

ces dernières années dans le domaine si contesté des subventions agricoles. Vous savez le débat qui nous oppose aux Etats-Unis dans le cadre de l'Uruguay Round. Mais entre ceux qui – comme nous – réforment leur politique agricole dans le sens des recommandations internationales et qui réduisent le montant de leurs subventions de 20 % et ceux qui, tout en affichant de grandes ambitions pour l'avenir, pratiquent jour après jour une politique qui va dans le sens de la confrontation sur les marchés mondiaux, je pose la question : où est la raison ? Qui a raison ?

Mais parce que l'Europe manifeste son dynamisme, parce que ce marché de 320 millions d'habitants au niveau de vie élevé suscite bien des convoitises, on n'hésite pas à nous dépeindre en train d'ériger murailles et tours d'angle. Ne soyons pas dupes. Ceux qui nous décrivent ainsi sont ceux qui veulent voir l'Europe ouverte, sans politique commune, sans réaction, sans volonté politique. Ce sont ceux qui chez eux votent des lois commerciales protectionnistes ou ralentissent par toutes sortes de faux semblants une timide ouverture de leur propre marché. A ceux-là nous disons clairement : l'Europe sera ouverte mais pas offerte. Elle sera ferme – et elle l'a déjà montré – vis-à-vis des pratiques commerciales déloyales. Elle continuera de recourir au GATT en cas de différend. Elle répliquera de manière déterminée aux actions illégales et discriminatoires des pays tiers. Bref, l'Europe ne se laissera pas intimider, mais, bien entendu, elle maintiendra, comme elle l'a fait depuis le début de l'Uruguay Round, son attitude d'ouverture et de proposition, afin de contribuer à l'extension si vitale du commerce multilatéral.

Soyons clairs et francs, comme il sied entre amis. Ce n'est pas sur les bases actuelles, me semble-t-il, que nous pourrons, Américains et Européens, c'est-à-dire les deux plus grands producteurs agricoles du monde, trouver les voies d'une entente et cesser ainsi de perturber les marchés mondiaux, dans une guerre sans merci de subventions croissantes. Ce n'est pas le climat qui devrait présider à un partenariat fructueux, seul digne de l'amitié profonde qui existe entre nos peuples. Il est encore temps de revenir à cette compréhension confiante et réciproque qui a marqué souvent l'histoire des relations entre les Etats-Unis et l'Europe. Nous, les Européens, y sommes prêts, mais à condition que les Européens soient respectés. Parce que notre destin est lié en tant que membres du monde libre, parce que c'est notre intérêt commun, j'espère que nous pourrons rapidement, et dans tous les domaines, nous engager dans une coopération renouvelée à la fois dans son esprit et dans ses méthodes.

Nous n'en oublions pas pour autant notre autre grand partenaire, le Japon, avec lequel nous entendons poursuivre, sur la base d'une réelle réciprocité, le renforcement de nos relations commerciales et financières et, je l'espère aussi, culturelles. N'en doutons pas, il y a beaucoup, vraiment beaucoup à faire.

Pour en revenir à notre Europe, dans son concept le plus large, un relief particulier doit être donné aux relations avec les pays de l'Association Européenne de Libre-Echange, à la fois sur le plan multilatéral et sur le plan bilatéral. Des progrès substantiels ont été accomplis. L'ont-ils été à un rythme suffisant ? J'aurai l'occasion de répondre plus loin à cette question.

Enfin, la séduction nouvelle de la Communauté : on peut aussi en voir l'expression dans la percée historique menée depuis quatre ans dans les relations Est-Ouest, qu'il s'agisse de l'établissement de relations diplomatiques avec l'Union Soviétique et cinq autres pays, de l'instauration parallèle de relations officielles avec le COMECON, ou de la conclusion d'accords commerciaux avec la Hongrie et la Tchécoslovaquie.

Au total, la Communauté voit ses voisins se tourner de plus en plus vers elle. Elle doit s'en féliciter et concevoir ce que l'on pourrait appeler « des politiques de proximité évolutives », adaptées à des situations très différentes et qui devraient être proposées aussi aux pays d'Afrique du Nord. L'un d'entre eux, je vous le rappelle, le Maroc, a exprimé un intérêt particulier pour la Communauté Européenne. Ne l'oublions pas, même s'il est engagé, maintenant et prioritairement – c'est lui-même qui l'affirme – dans les discussions avec ses proches partenaires dans la perspective d'un Grand Maghreb. Nous suivons leurs efforts avec d'autant plus de sympathie et d'intérêt que nous avons approfondi, dans des accords bilatéraux, notre coopération avec l'Algérie, le Maroc et la Tunisie.

L'impératif de la coopération politique

Mais je ne voudrais pas, en me limitant au secteur économique et commercial, peindre une situation plus idyllique qu'elle n'est. Si la Communauté suscite appétits ou intérêts, je me demande parfois si elle fait en toutes circonstances preuve d'une dignité retrouvée. J'ai déjà eu l'occasion de regretter devant vous, après le Conseil Européen de Rhodes, que la coopération politique progresse moins vite que la construction économique et que les Douze n'aient pas cru devoir prendre des positions communes, puis des initiatives dans le dialogue entre l'Est et l'Ouest.

On a répondu que les pays européens sont présents et actifs à la Conférence CSCE de Vienne. Bien entendu, nous ne pouvons tous que nous réjouir de voir se poursuivre le processus lancé, par trente-cinq pays, à Helsinki en 1975.

Les accords conclus à Vienne vont ouvrir de nouveaux horizons pour le désarmement équilibré, une coopération élargie en matière économique, scientifique et culturelle, la suppression de certaines entraves à l'exercice des droits de l'homme. La Communauté est partie prenante. Elle doit s'y affirmer davantage en tant que telle.

Toutefois, répétons-le, les citoyens européens ont-ils vraiment conscience qu'ils sont un des enjeux principaux des relations entre les deux Grands ? C'est quand même sur leur territoire que se trouvent de formidables arsenaux militaires. C'est leur territoire qui peut être, demain, la cible d'une confrontation atomique et, même si on écarte cette épouvantable éventualité, certains savent en jouer pour impressionner nos populations. C'est pourquoi je persiste à penser que dans le cadre de la coopération politique, les Douze doivent renforcer leur unité et leur force de proposition.

Ces quelques réflexions ne sauraient être interprétées comme si la Commission était tentée par la confusion des genres. Elle sait la limite de ses compétences, tout en participant pleinement aux réunions de la coopération politique. Mais le destin de la Communauté est indivisible. Le souci d'une Europe forte doit être notre obsession. Par conséquent, si l'écart s'accroissait encore entre les progrès de l'Europe économique et les hésitations de l'Europe de la politique étrangère, il pourrait en résulter un affaiblissement de notre dynamisme et de notre volonté.

La relance du dialogue Nord-Sud

Ces observations sur la timidité ou sur une certaine timidité de l'Europe valent, me semble-t-il, pour l'ensemble de l'action extérieure de la Communauté. Au-delà de son rôle dans les affaires commerciales, l'Europe veut être vraiment partenaire loyal mais vigilant et ambitieux, désireux de construire un ordre économique plus juste et plus efficace.

Partenaire pour un ordre plus juste, cela signifie qu'il faut ranimer le dialogue Nord-Sud, interrompu par la crise et par le sentiment, devant la richesse soudaine de quelques pays pétroliers et l'émergence de nouveaux pays industrialisés, que l'ordre des choses était en train de changer. Or, pour une partie du monde, il n'en est rien, vous le savez comme moi. Sans doute le spectre d'une crise financière majeure s'est-il éloigné. Mais au prix d'efforts de la part des pays endettés qui y rongent parfois un système démocratique d'autant plus fragile qu'il est jeune. La réponse à l'endettement ne peut se résumer à ce que l'on appelle pratiquement l'ajustement structurel – la démocratie y risque trop gros !

Voyons les chiffres : l'ajustement a entraîné une baisse continue du niveau de vie de 2 % par an entre 1980 et 1986 pour les pays à revenu intermédiaire, et encore de

1/2 point en 1988. Dans l'Afrique subsaharienne, le revenu par tête est inférieur de 25 % à celui des années 70.

Pour autant, le potentiel de croissance des pays endettés a-t-il été accru ? Je crains que non en raison du fait qu'une politique d'ajustement myope fait que vous guérissez parfois, mais avec un état général si affaibli que tout progrès futur vous est interdit.

Certes, la période récente a vu quelques améliorations. D'abord les orientations du Sommet de Toronto pour les pays les plus pauvres et, si vous me permettez cette parenthèse, nous avons été heureux de voir les Européens s'y exprimer d'une seule voix. Ensuite le marché lui-même commence à admettre des techniques de réduction de la dette. Mais il n'en demeure pas moins que même dans une année de forte croissance et d'expansion soutenue du commerce international comme 1988, le transfert financier net des pays pauvres vers les pays riches a encore été de 40 milliards de $, qui s'ajoutent aux 100 milliards des quatre années précédentes.

Les bases d'une solution valable sont connues : une combinaison d'efforts structurels des pays endettés, augmentation des financements privés et publics et une ouverture plus grande des marchés des pays industrialisés, de nos marchés.

La Communauté doit-elle et peut-elle y apporter sa pierre ? Elle le doit, elle le peut. Elle le doit : la démocratie et l'équilibre social sont menacés et cela concerne tous les Européens et nos relations, comme le disait ce matin le président du Conseil, notamment avec l'Amérique latine et l'Amérique centrale. Elle le peut, car le maillon commercial du lien finance-commerce-monnaie est en partie entre les mains de la Communauté. C'est en tant que partenaire commercial, capable de donner, mais aussi de demander et d'obtenir, que la Communauté peut prendre les initiatives qui permettront de stimuler, par des importations accrues de ces pays, les potentialités de croissance de ces derniers, ce qui allégera d'autant les charges financières et donnera des marges de manœuvre pour préparer l'avenir par des programmes suffisants d'investissement. En d'autres termes, la Communauté peut, en donnant l'exemple, susciter une nouvelle orientation qui permettrait de concilier l'assainissement à court terme et le développement à moyen terme. Elle aura l'occasion de mettre au point ses propositions tant dans le cadre multilatéral que dans la préparation de Lomé IV avec les pays d'Afrique, des Caraïbes et du Pacifique ou encore dans le dialogue qui s'annonce sous de bons augures avec les pays d'Amérique Latine et d'Amérique Centrale.

Notre priorité : l'environnement et le cadre de vie

Une autre de nos priorités, c'est l'environnement et le cadre de vie car, être partenaire d'un ordre économique mondial plus juste et plus efficace, c'est aussi ne plus délaisser la question de l'environnement. N'est-ce d'ailleurs pas là l'un des thèmes que nous pouvons partager avec les « autres Europe ». De Tchernobyl au Danube, elles savent ce qu'il en coûte d'agresser la nature ou de la délaisser. L'enjeu, vous le connaissez. C'est celui du rapport quotidien de l'homme à son cadre de vie comme celui, millénaire, de la société à la nature. Or, dans ce combat devenu planétaire pour la préservation de l'environnement, l'Europe est en première ligne.

D'abord parce qu'elle est riche et que, de ce fait, elle est aux prises avec un progrès accéléré de la science qui modifie en permanence son cadre de vie. Si nos pays n'ont plus, hélas, le privilège des pollutions industrielles, ils paient les premiers, dans les ravages des pluies acides et dans la dégradation des réserves naturelles d'eau potable, le prix d'une efficacité agricole et industrielle poussée aux limites du productivisme.

Mais aussi parce que l'histoire même de son développement a été marquée, depuis des siècles, par un équilibre particulier entre la société et la nature.

Il est bon de rappeler que cette spécificité a marqué profondément la situation de la famille dans la société, la conception de l'organisation économique et sociale, la place et la structure des villes et du monde rural. C'est tout cela, n'en déplaise à certains, la personnalité européenne dans ce qu'elle a de plus particulier, et qu'il faut préserver.

Or, ces équilibres sont en cause avec la menace qui pèse d'une désertification rurale dans plusieurs pays de la Communauté et avec les difficultés croissantes d'aménagement et de gestion que connaissent les plus grandes de nos cités.

Face à ce défi, que pouvons-nous faire ? En premier lieu, reconnaître franchement que la Communauté européenne n'a pas tiré les leçons de son expérience, ni mobilisé pleinement ses moyens.

Ensuite – je suis tenté de dire d'abord – appliquer ses propres principes, ceux que définit l'Acte Unique qui lui a donné une compétence en la matière. Je peux les énumérer, ils sont de bon sens : la prévention doit primer sur la réparation, la charge de la réparation revient aux responsables des nuisances, ou, dit plus trivialement, le pollueur doit être le payeur, enfin l'environnement est une composante essentielle des autres politiques.

Mais il faut donner vie à ces principes. Là aussi le mouvement est perceptible, les esprits sont en train de changer : il est rassurant que le respect de l'environnement n'apparaisse plus comme un handicap pour la compétitivité, mais parfois comme un atout. En effet, la recherche de technologies alternatives prouve la rentabilité économique et les conséquences, positives pour l'emploi, de la défense de la nature. Il faut changer d'esprit dans ce domaine.

De plus, la Communauté dispose grâce à l'Acte Unique de deux leviers législatifs importants : l'article 130 R établit une compétence communautaire chaque fois qu'il est nécessaire d'élaborer une règle visant directement la gestion du patrimoine naturel ; d'autre part, l'article 100 A lui donne les moyens de rechercher des standards élevés d'environnement dans tous les domaines liés à la réalisation du marché intérieur.

Forte de ces principes et de ses moyens – qui seraient plus efficaces, il est vrai, si l'on pouvait, dans ce domaine comme dans d'autres, décider à la majorité qualifiée –

l'Europe peut orienter et coordonner les politiques ayant un impact direct sur la qualité des ressources naturelles. Cet ambitieux programme, je l'ai confié à un Commissaire enthousiaste et compétent qui n'aura que ce dossier en charge. Mais quel dossier, en raison des implications internationales de toute politique de l'environnement !

Quelques lignes d'action peuvent, d'ores et déjà, être tracées. La Commission proposera la création d'un système européen de mesure et de vérification de l'environnement qui pourra préfigurer la mise sur pied d'une agence européenne pour l'environnement. Il s'agira de relier entre eux et, si nécessaire, de créer les instruments régionaux ou nationaux, publics et privés, de manière à disposer d'un réseau assurant la mesure, la vérification, la certification, l'information et l'alerte. Cette initiative sera, bien entendu, ouverte à nos voisins, et pourra être mise en relation avec d'autres cadres ou structures de même type au plan mondial.

La mise sur pied de cet instrument sera un pas en droite ligne du rapport Brundtland dont nous sommes très loin d'avoir tiré tous les enseignements. Dans une première phase, la Communauté mènera une action plus déterminée que par le passé dans quatre domaines en particulier – je les cite : la préservation de la couche d'ozone, l'effet de serre, la réglementation des déchets toxiques, enfin la lutte contre la déforestation tropicale. La Commission proposera de prendre et de soutenir, dans les instances internationales compétentes, les initiatives nécessaires.

L'Europe doit clairement aller de l'avant dans ce combat. Mais attention, elle ne sera le partenaire espéré que si elle regroupe ses forces, que si ses opinions publiques, aujourd'hui encore divergentes, se rapprochent sur ce défi majeur. D'où la nécessité, me semble-t-il, d'une vaste campagne d'information, de l'insertion des problèmes d'environnement dans les programmes scolaires. Notre jeunesse doit se préparer à gérer les immenses ressources d'une nature à la fois accueillante et dangereuse, généreuse et avare.

Je le répète, en matière extérieure comme en matière

intérieure, cohérence, cohésion, solidarité, sont les principes qui doivent prévaloir dans l'action d'une Europe partenaire.

L'HISTOIRE N'ATTEND PAS

Une Commission vient de terminer son mandat, une autre lui succède pour mener à bien l'œuvre entreprise; l'Europe ne peut, à l'évidence, ignorer les mouvements du monde. Si des opportunités se présentent, elle doit les saisir. Si des défis lui sont lancés, elle doit les relever. Car l'Histoire n'attend pas. Elle vient parfois vous déranger, alors que vous souhaiteriez vous concentrer sur votre ouvrage : tisser tous les fils de l'Acte Unique.

Des opportunités à saisir

Quelles sont donc ces opportunités à saisir ? Faire avancer l'Europe des citoyens et lancer l'Union économique et monétaire.

Vous mesurez bien la chance exceptionnelle que représente l'élection du Parlement européen au suffrage universel au printemps 1989. La Commission est pleinement concernée par cette élection qui va permettre aux citoyens des douze pays de mieux participer aux débats, de manifester clairement leur double appartenance à leur patrie et à l'Europe.

Sans doute la Commission a-t-elle privilégié, dans sa politique de relance, l'homme au travail sur le citoyen. Mais, dans l'attente de la suppression des frontières, elle n'a pas pour autant totalement délaissé ce dernier : l'augmentation des franchises fiscales, la suppression bientôt complète du contrôle des changes, l'élimination de la double imposition de TVA, le bénéfice des mêmes droits sociaux dans le pays de résidence, la progression régulière de la reconnaissance des qualifications professionnelles, toutes ces mesures sont autant de preuves concrètes que la Communauté n'est pas une machinerie technocratique, mais bien une aventure humaine. Elles sont la démonstration jusqu'à présent modeste que notre espace est aussi fait – je serais tenté de dire d'abord fait – pour les femmes et les hommes dans toutes les dimensions de leurs activités, leur vie professionnelle, mais aussi leur vie dans la cité. Je me réfère particulièrement à la proposition faite, à votre demande, du droit de vote de tous les ressortissants communautaires aux élections locales et au jumelage des villes pour lequel vous venez de voter une résolution à l'unanimité.

Le débat, je l'espère élargi, qui va précéder les élections de juin constitue donc une chance sans pareille de faire prendre conscience aux citoyens que l'aventure européenne les concerne. Telle est, Mesdames et Messieurs les Députés, votre responsabilité. Et vous savez pouvoir compter sur la Commission pour vous y aider.

Cette élection pose évidemment aussi la question des pouvoirs de votre Parlement. Comment ne pas constater le paradoxe qu'il y a à faire élire au suffrage universel des parlementaires que l'Acte Unique a certes fait sortir d'un simple rôle consultatif pour leur assurer un droit d'amendement, mais qui n'ont de pouvoir véritable de décision qu'en matière budgétaire et pour de nouvelles associations ou adhésions ? N'y a-t-il pas là un risque de désaffection des citoyens vis-à-vis d'une élection dont, dès lors, ils ne perçoivent pas clairement l'enjeu ?

Personnellement, je ne le crois pas, parce que, et vous le prouvez tous les jours, l'influence réelle de votre Assemblée sur le processus de décision va déjà au-delà de ce que disent les textes mais surtout parce que – et tout le monde en a conscience – le Parlement européen est l'institution de l'avenir. Je suis persuadé que, de même que l'Acte Unique a introduit la procédure de coopération, de même un nouveau développement des politiques communes se traduira vraisemblablement par un renforcement des pouvoirs de votre Assemblée. C'est d'ailleurs l'avis qu'a exprimé très nettement le Chancelier Kohl lors du débat général au Conseil Européen de Rhodes.

Voilà qui m'amène tout naturellement, car il sera ques-

139

tion de changements institutionnels, à l'Union économique et monétaire.

La Communauté ne recueillera tous les bénéfices de la réalisation de l'Acte Unique que si, parallèlement, les Etats membres améliorent leur coopération dans leurs politiques macroéconomiques et monétaires.

L'étude menée sous la direction de Monsieur Cecchini le démontre d'une manière convaincante, notamment en ce qui concerne les potentialités de créations d'emplois : 2 millions sans politiques communes, 5 millions avec des politiques communes.

C'est pourquoi la Commission avait proposé, dès 1985, le renforcement du Système Monétaire Européen et une stratégie coopérative de croissance. Des pas furent franchis dans le domaine monétaire, mais en revanche la Commission ne réussit pas à convaincre les gouvernements de la pertinence de ses propositions en matière macroéconomique. La conjoncture économique s'est certes améliorée – j'y ai fait allusion auparavant – mais les Douze sont loin d'avoir tiré tout le parti souhaitable d'une utilisation combinée de leurs marges de manœuvre en matière de croissance et d'emploi.

Nos propositions restent donc valables. Elles seront actualisées en fonction de l'évolution de l'environnement international. Au 1er juillet 1990, lorsque entrera en vigueur la libération totale des mouvements de capitaux, un pas devra être franchi vers plus de coopération, si la Communauté veut tirer tout le profit de l'espace financier commun ainsi créé. Ce qui nous permettra d'utiliser au mieux l'épargne des Européens, d'attirer des capitaux extérieurs et d'accroître la puissance de nos places financières.

Un renforcement de la coopération économique et monétaire est donc indispensable au 1er juillet 1990. C'est indispensable. Est-ce suffisant ? Non, a pensé le Conseil Européen de Hanovre qui a décidé d'examiner, à Madrid, en juin prochain, les moyens de parvenir progressivement à l'Union économique et monétaire.

Ne nous y trompons pas. Il s'agira d'un authentique bond en avant, d'un double point de vue. En effet, dans le cadre de l'Union économique et monétaire, ce sont de nouvelles possibilités de prospérité économique et de création d'emplois qui nous seront offertes, en plus des promesses liées à la réussite de l'Acte Unique. Mais cette Union ne sera possible qu'au prix d'une nouvelle mutation de nos institutions, afin de créer, d'une part, un Système Européen de Banques centrales et, d'autre part, le cadre permettant d'assurer une cohérence et une efficacité plus grandes des politiques économiques nationales. Le Comité ad hoc créé par le Conseil Européen soumettra son rapport dans les délais prévus. Ainsi, les chefs d'Etat et de gouvernement pourront réfléchir et débattre sur ce que représenterait, à son stade final, l'Union économique et monétaire. Mais ils seront également saisis d'un schéma permettant, pas à pas, à un rythme réaliste et raisonnable, de constituer cette Union.

Il y a de bonnes raisons de penser, l'expérience aidant, que l'évolution progressive vers l'Union serait grandement facilitée par la création d'un cadre institutionnel adéquat. Si tel est bien le cas, il sera nécessaire, comme en 1985, d'ouvrir la voie à une nouvelle conférence intergouvernementale chargée d'élaborer les dispositions destinées, comme l'Acte Unique, à compléter le Traité de Rome.

Nul doute que le Parlement européen, par ses travaux déjà en cours au sein de la commission économique et monétaire – je pense au rapport Franz –, puis par sa délibération sur le rapport du Comité ad hoc, contribuera, comme il l'a fait pour l'Acte Unique, à cette nouvelle étape décisive, je dis bien décisive, pour définir le cadre politique et institutionnel d'une Europe économique, monétaire et sociale.

Des défis à relever

Il y a donc les opportunités à saisir, certes, mais aussi des défis à relever. L'histoire n'attend pas et 1992 est désormais trop proche pour ne pas commencer à penser à l'après-1992. Deux perspectives doivent dès maintenant nous mobiliser. Tout d'abord, donner à la Communauté la nécessaire dimension pour l'éducation, la culture et les problèmes de société, apporter une réponse à l'appel des autres Europe.

Au premier défi correspond cette question que nous nous posons tous : de quoi est encore capable la civilisation européenne, comment revivifier les forces qui l'ont faite et ranimer ses humanismes vivants ? La réponse repose évidemment sur le triptyque éducation, culture, société. La formation tiendra forcément dans nos politiques communes un rôle central à l'avenir. Alors que depuis des siècles les hommes avaient vécu au rythme des saisons, avaient répété les mêmes gestes, se les étaient transmis, le rythme aujourd'hui a changé : la vie est plus longue, on doit changer d'activité, la mobilité géographique devient une inévitable contrainte et la technologie modifie les instruments de notre vie quotidienne. La secrétaire délaisse sa machine à écrire pour le traitement de texte et partout l'homme doit s'adapter à de nouvelles méthodes et à de nouveaux instruments. Dix ans après l'école ou l'université, l'acquis éducatif et professionnel est menacé d'obsolescence.

Pas plus tard que jeudi dernier, patrons et syndicats ont eu conscience de ce défi, eux qui ont accepté la semaine passée à Bruxelles de faire de l'éducation et de la formation les thèmes majeurs du dialogue social. Même si – et nous le savons – les compétences de la Commission sont, dans ce domaine, limitées, même si la Communauté devra compléter, par la reconnaissance mutuelle des qualifications, ce qui a déjà été fait avec les diplômes, le temps est venu, me semble-t-il, pour les gouvernements de confronter leurs expériences, de comparer leurs choix. D'ailleurs, les ministres compétents sont demandeurs d'une réflexion d'ensemble sur ce que devrait être la politique de l'éducation dans la société d'aujourd'hui et de demain.

Faut-il aussi dans le développement des échanges non plus seulement des biens et des services, mais aussi des idées – cette cinquième liberté non prévue par le Traité mais indispensable pour donner de la chair à notre projet – trouver de nouveaux objectifs sur le modèle déjà éprouvé d'ERASMUS et de COMETT, promouvoir des échanges entre lycéens, écoliers ?

Pourquoi ne pas systématiser des échanges entre classes des écoles des Etats membres pour que chaque élève du secondaire ait passé au moins un mois dans un établissement d'un autre Etat membre ? Il y a des classes de neige, il y a des classes de mer, pourquoi pas des classes 1992 ? Elles peuvent voir le jour dès cette année.

Education, culture, société : le chantier est immense. L'Europe, en tant que telle, ne fait que l'aborder. Nous devons avoir, au-delà de ces premiers pas, la vive conscience de ce qui aujourd'hui peut mettre en danger l'équilibre de notre société et l'autonomie des personnes. Nous rêvons d'une Europe exemplaire, plus démonstrative pour prendre la tête du combat pour les droits de l'homme, partout où ils sont bafoués.

Qu'on ne se le cache pas, nous ne ferons face à ces risques nouveaux qui nous menacent que par une coopération accrue à l'échelon européen. Cela vaut pour la télévision à haute définition tout autant que, par exemple, pour le vaccin anti-SIDA pour lequel nous devrions nous mobiliser afin de coordonner, et même prendre la décision de rapprocher les efforts de recherche qui se déploient actuellement dans certains pays membres. Ce que nous avons réalisé pour le cancer, nous sommes en mesure de le faire pour cet autre terrible fléau.

Une Europe ou des Europe ?

Pour les « autres Europe », la question qui se pose est simple : comment concilier la réussite de l'intégration des Douze tout en ne repoussant pas ceux qui ont autant le droit que nous de se dire Européens ? Vous le savez, la Commission a déjà pris une position de principe : priorité à l'approfondissement sur l'élargissement. Rien en effet ne doit nous distraire de notre devoir : réaliser l'Acte Unique. Ceci étant, cela ne nous a nullement empêchés de renforcer les accords aussi bien avec les pays membres de l'Associa-

143

tion Européenne de Libre-Echange qu'avec certains pays de l'Est, voire avec ceux que j'appelle les orphelins de l'Europe – Chypre, Malte, la Yougoslavie – et aussi avec la Turquie qui a d'ailleurs déposé une demande d'adhésion pour laquelle la Commission remettra un premier rapport au Conseil des ministres avant la fin de cette année.

Mais d'autres pays européens nous sollicitent. Faut-il aller plus loin ? Sous quelle forme ?

Je pense d'abord à nos très proches amis de l'Association Européenne de Libre-Echange. Nous avons jusqu'à présent cheminé avec eux sur la voie ouverte par la Déclaration de Luxembourg de 1984, celle du renforcement continu d'une coopération pragmatique. Au fur et à mesure que nous avançons, la pente devient plus raide. Nous approchons du moment où le grimpeur songe à souffler et à s'arrêter pour se demander : est-ce la bonne direction, sommes-nous bien outillés pour continuer sur ce sentier ?

Sur le cadre institutionnel de cette coopération, il est prématuré d'aller dans les détails. J'ai mes propres idées, mais elles doivent tout d'abord être discutées par la nouvelle Commission, puis de manière informelle et sans engagement avec les pays intéressés.

Observons cependant que les solutions possibles ne seront pas les mêmes, selon que l'Association Européenne de Libre-Echange décidera ou non de renforcer ses propres structures. Dans l'affirmative, le cadre de notre coopération reposerait sur deux piliers constitués par nos deux organisations. Dans la négative, il ne pourrait s'agir que d'un schéma se fondant sur les règles communautaires.

Mais si l'on écarte, l'espace d'un instant de réflexion, l'aspect institutionnel d'une telle initiative pour se concentrer sur le contenu de cette coopération élargie, plusieurs questions délicates se posent. On observe, en effet, que nos partenaires de l'Association Européenne de Libre-Echange sont intéressés essentiellement, encore que les motivations soient nuancées selon les pays, par le fait de bénéficier des formidables potentialités d'un grand marché sans frontières. Mais chacun le sait déjà, celui-ci forme un tout avec ses avantages et ses coûts, ses possibilités et ses contraintes.

Peut-on en prendre et en laisser ? J'ai, à ce sujet, quelques doutes qu'il est facile d'illustrer.

Le marché intérieur, c'est d'abord une union douanière. Nos partenaires sont-ils prêts à adhérer à la politique commerciale commune que toute entité de cette nature doit pratiquer avec les pays tiers ? Ont-ils les mêmes conceptions de base que nous ? Le grand marché, c'est aussi l'harmonisation. Nos partenaires sont-ils disposés à transposer, dans leurs législations nationales, les règles communes indispensables à la libre circulation des produits et, par voie de conséquence, à accepter le contrôle de la Cour de Justice qui a fait la preuve de sa haute compétence et de son impartialité ? De même pour les principes qui régissent les aides d'Etat, sous leurs diverses formes ? Ou encore pour les conditions sociales d'une concurrence loyale et orientée vers le progrès des conditions de vie et de travail ? Telles sont les questions qui se posent et que nous leur posons.

Mais la Communauté, ce n'est pas qu'un grand marché. C'est un espace économique et social sans frontières ayant vocation à se transformer en une union politique comportant une coopération croissante en matière de politique étrangère et de sécurité. Ce contrat de mariage est, en quelque sorte, indivisible, même si toutes ses stipulations ne sont pas encore mises en œuvre. Seule cette affectio societatis qui nous unit nous permet de transcender difficultés et contradictions, bref d'avancer dans tous les domaines de l'activité collective. Dès lors, il est extrêmement délicat de vouloir établir, au sein de cette union qui se veut exhaustive, des menus à options.

Ces quelques remarques ne sont là que pour faire avancer la réflexion déjà engagée au sein de chaque pays membre de l'AELE. Nul doute que lors de la prochaine réunion de cette organisation, en mars prochain, sous présidence norvégienne, ces questions ne soient à nouveau à l'ordre du jour.

Mon sentiment est que la Communauté des Douze doit être disponible pour une discussion approfondie sur les possibilités d'une coopération renforcée, voire élargie, avec ces pays.

Je n'en oublie pas pour autant ceux qui, chacun à leur manière, frappent à notre porte. Je les ai déjà évoqués. Mais je ne voudrais pas clore ce chapitre sans faire référence au concept de la Maison Europe tel que l'a évoqué Monsieur Gorbatchev. Bien sûr, nous connaissons les exactes dimensions géographiques de l'Europe, bien sûr nous voulons, de toutes nos forces, que la paix, l'échange et la coopération soient les traits de l'Europe de demain. Mais gardons-nous de tout lyrisme ou de tout effet d'annonce. Et je dirais, pour mieux me faire comprendre, que nous rêvons d'un village Europe où l'entente régnerait, où les activités économiques et culturelles se développeraient dans la confiance mutuelle. Mais si j'avais à dessiner aujourd'hui ce village, j'y verrais bien une Maison appelée « Communauté européenne » dont nous serions les seuls architectes et dont nous conserverions soigneusement les clés, quitte à ouvrir nos portes pour un échange avec nos voisins.

Il me semble que dans le nouvel élan de la construction européenne, nous avons réussi à concilier vision et pragmatisme. Je n'ai rien caché des insuffisances ou des contradictions, telles qu'elles m'apparaissent, de la construction européenne. Mais il était utile de bien marquer les progrès réalisés depuis quatre ans, grâce au concours de tous. Il était bon de souligner le changement radical de climat dans notre Europe, même s'il y a bien des inquiétudes à dissiper, bien des efforts à faire pour nous préparer aux prochaines échéances. Quand le chemin devient escarpé et plein d'embûches, quand le découragement nous guette, il faut en revenir à deux notions simples : l'impérieuse nécessité de nous unir pour affronter les défis de l'Histoire, l'extraordinaire stimulant que constitue la perspective d'une Europe unie, telle que l'avait imaginée, avec prémonition, Jean Monnet.

Il disait :

« Créer progressivement entre les hommes et les femmes d'Europe le plus vaste intérêt commun géré par des institutions communes démocratiques auxquelles est déléguée la souveraineté nécessaire. Telle est la dynamique qui n'a cessé de fonctionner depuis les débuts de la Communauté Européenne, brisant les préjugés, effaçant les frontières, élargissant en quelques années à la dimension d'un continent le processus qui avait au cours du siècle formé nos vieux pays. »

La force des institutions est vitale pour notre réussite. Toutefois, la méthode ne l'est pas moins, et j'y reviens pour dissiper toute ambiguïté et pour éviter à l'avenir tout conflit de doctrine inutile. L'Europe revit, nos activités économiques sont stimulées.

Toutefois la compétition entre nous doit être complétée, corrigée, humanisée par la coopération entre les Etats, les régions, les entreprises, les partenaires sociaux. La suppression de toutes les entraves aux échanges stimule nos énergies, mais il n'existe pas de marché qui puisse fonctionner sans un minimum de règles, qu'il s'agisse de veiller à une concurrence loyale ou d'éviter le dumping social. Toutes nos économies nationales sont d'ailleurs fondées sur la combinaison du jeu du marché, du dialogue social et de l'action des institutions publiques, politique macroéconomique de l'Etat et politique monétaire de la Banque centrale. Qui pourrait contester cela ? Comment, sans cela, imaginer un espace européen doté d'une volonté politique capable d'assumer des finalités délibérément choisies ? Et cela dans le respect du principe de subsidiarité, afin d'éviter une centralisation excessive et inutile. La Commission y veille pour sa part, mais elle n'est pas la seule institution en cause.

Cette insistance sur la subsidiarité, nous la retrouvons dans votre projet de Traité d'Union Européenne élaboré sous l'inspiration d'Altiero Spinelli. C'est que ce principe a une autre justification, plus profonde. L'Europe menaçait d'être malade de ses divisions, mais elle est formidablement riche de ses diversités. Il convient de les préserver, mieux : de les faire fructifier pour le bien commun. Et en fin de compte, notre sentiment de partager cette aventure collective – l'Europe en voie de se faire – ne peut que fortifier notre sentiment d'appartenance à l'une de nos vieilles nations. Oui, je le répète, nos fiertés nationales n'ont pas à s'effacer, pas plus que nos préférences philosophiques ou politiques. Après tout, ne voulons-nous pas être les champions de la démocratie renovée ? Champions des droits de l'homme, champions du pluralisme ?

Ainsi, je vous le répète, l'Europe sera pluraliste ou ne sera pas ; l'Europe sera européenne ou ne sera rien.

« La dynamique de la construction européenne »

au Colloque du « Center for European Studies »
à Bruxelles, le 30 novembre 1989

Gouverner l'Europe ?
Il s'agira d'abord d'interpréter la dynamique, le mouvement même de l'intégration européenne en train de s'accomplir. Je le ferai en m'attachant à ses deux composantes principales :
– l'engagement politique pris au travers de la ratification de l'Acte Unique européen ;
– les conséquences spontanées, autonomes, qui naissent de cet engagement à partir du comportement des acteurs. Ce que les spécialistes désignent dans la théorie de l'intégration par *spill-over effect* ou « effet d'engrenage ».
Sur cette base, la question « comment gouverner l'Europe » peut être posée dans son sens plein : quelle forme d'organisation des pouvoirs au niveau de l'Europe peut être utile au regard de l'objectif recherché en commun ?

1. *Acte Unique européen : la portée d'un engagement politique*

Les philosophes qui fondèrent en Europe les disciplines de l'étude de l'ordre international mirent l'accent d'entrée de jeu sur l'importance du droit. Pour le grand juriste hollandais Grotius, le père du droit international, le développement des relations entre les pays était, plus encore qu'au plan interne de la nation, soumis à un progrès de

149

droit. Il récusait ainsi à l'avance le caractère exclusif de la théorie des « monstres froids ».

L'Acte Unique européen approuvé par les chefs d'Etat et de gouvernement à Luxembourg en décembre 1985, ratifié 18 mois plus tard par les douze Parlements nationaux, se situe dans cette ligne de pensée. Nouveau traité de la Communauté, il consacre à nouveau le principe fondamental d'un engagement mutuel entre les Douze, fondé sur l'égalité en droit des nations contractantes. Parce qu'il lie les Etats signataires, la portée de cet engagement doit d'abord être pleinement mesurée, quant à l'objectif, aux principes et à la méthode dès lors que l'on veut examiner la question : comment gouverner l'Europe ?

L'objectif d'abord. Il est politique. C'est celui de l'Union européenne, telle qu'elle est évoquée d'entrée de jeu par les pères de la Communauté, puis réaffirmée solennellement dans le Préambule de l'Acte Unique. Et lorsque celui-ci désigne l'objectif de 1992 comme étant la réalisation d'un espace économique et social commun, il établit en quelque sorte une des fondations du futur ensemble politique.

Désormais, le processus très large de la coopération politique se trouve, en vertu du titre III de l'Acte Unique, articulé explicitement avec celui de l'intégration économique. La Communauté Européenne et la coopération politique ont désormais pour objet de contribuer ensemble à faire progresser concrètement l'Union Européenne.

Je me permettrais ici d'ouvrir une rapide parenthèse. N'a-t-on pas assisté, à Paris, ce samedi 11 novembre 1989, lors de la rencontre informelle du Conseil Européen, à une application exemplaire de cette articulation nouvelle ? Les chefs d'Etat ont construit sous l'ombrelle de la coopération politique les bases d'une analyse et de principes d'action communs à l'égard de la situation des pays d'Europe de l'Est. En cohérence avec cette analyse, agissant en tant que Conseil Européen de la Communauté, ils ont donné l'impulsion nécessaire au lancement de plusieurs initiatives concrètes en matières économique, financière et sociale.

En souscrivant à l'Acte Unique européen, les Douze

n'ont pas seulement confirmé solennellement la visée finale de l'Union Européenne.

Ils ont aussi souscrit à des principes d'organisation, à un modus operandi qui renouvelle la force institutionnelle du traité. Pour certains observateurs, ce renouvellement n'est qu'un retour aux sources. C'est ce qui apparaît lors des travaux du colloque organisé par les amis de Jean Monnet l'an dernier [1]. Selon ces travaux, le premier traité de la Communauté Européenne du Charbon et de l'Acier contenait déjà l'essentiel des principes du gouvernement communautaire qui inspirent l'Acte Unique. Une filiation politique qui se lit dans trois caractères communs aux deux traités :

– l'importance donnée à la désignation d'objectifs bien définis pour la marche de la Communauté. En ce sens, on peut parler de l'Acte Unique comme d'un traité-loi avec des objectifs précis, et non d'un traité-cadre à l'image du traité de Rome ;

– la confirmation des possibilités d'action de la Commission européenne dans ses fonctions d'application des décisions prises par le Conseil des Ministres;

– la synergie entre les trois institutions majeures de la Communauté, qui est peut-être l'élément le plus singulier et le plus positif du gouvernement communautaire actuel. Ainsi la dynamique communautaire peut-elle à nouveau fonctionner sur la base d'un triptyque indispensable :

• mieux décider ;

• agir plus efficacement ;

• démocratiser le processus de décision et de contrôle.

Enfin, s'inspirant de la méthode et non plus seulement des principes du traité de la CECA, les Douze se sont engagés, au travers de l'Acte Unique européen, à faire de la Communauté beaucoup plus qu'une simple zone de libre-échange.

Si la suppression des multiples obstacles aux échanges à l'intérieur de la Communauté constitue le premier pilier

---

1. Actes du Colloque organisé par la Commission européenne à l'occasion du centenaire de la naissance de Jean Monnet (interventions de François Duchêne, Emile Noël).

de l'Acte Unique (notamment au travers des dispositions des articles 8A et 100A), celui-ci ne peut être dissocié des cinq autres objectifs qui lui sont, au sens fort du mot politique, indissolublement liés :
- la cohésion économique et sociale ;
- la dimension sociale ;
- la coopération en matière de recherche et de technologie ;
- la coopération monétaire ;
- les actions communes dans le domaine de l'environnement.

Comme le remarque le professeur Roger Morgan, la portée politique du Traité des Communautés s'en trouve significativement transformée [1].

L'esprit et la lettre de l'Acte Unique sont donc animés par l'idée que la libre circulation effective des personnes, des biens, des services et des capitaux dans des économies aussi diversifiées que celles des Douze ne saurait s'accomplir par la seule suppression des « frontières ». Elle nécessite aussi des actions définies et appliquées à l'échelle de la Communauté qui accompagnent, en quelque sorte, le grand marché et le transforment en un espace économique et social organisé. C'est le balancement entre l'« intégration négative » et l'« intégration positive » déjà annoncé par John Pinder [2].

Ce qui nous intéresse ici, c'est que l'engagement de l'Acte Unique étant pris, la notion de solidarité communautaire n'est plus une expression de convenance sans portée politique et pratique. Elle reçoit, en février 1988, par décision du Conseil Européen, les moyens nécessaires à son exécution sous la forme d'un doublement en termes réels des fonds structurels de la Communauté, à l'horizon de 1993. La Communauté s'est dotée, au terme d'un compromis politique dynamique, de l'instrument opération-

---

1. Roger Morgan : « The Institutions of a Would be Policy ». Colloque « 1992 et l'Héritage de l'Histoire » de l'Institut Universitaire Européen de Florence et de la Commission européenne à Bruxelles, juillet 1989.
2. Pinder : « Positive and negative integration. Some problems of economic union in the EEC ». *The World Today*, 1968.

nel et financier à la hauteur des ambitions affichées par l'Acte Unique.

2. La théorie de l'effet de « spill-over » revisitée

L'existence d'un engagement politique fort des douze Etats membres de la Communauté, au travers de l'Acte Unique européen, ne suffit pas pour rendre compte de sa dynamique actuelle.

Il faut y adjoindre ce que Ernst Haas [1], père de la théorie néo-fonctionnaliste, désignait sous le nom d'effet de spill-over, en français l'effet d'engrenage, résultant, selon sa définition, des « concessions mutuelles entre une multiple variété de secteurs d'activités ».

Par spill-over effect, il faut entendre cette propriété endogène d'une union économique de se perfectionner avec le temps. Au fur et à mesure que se développent les échanges, la libéralisation appelle une harmonisation dont le respect nécessite une constante surveillance. Et aussi des coopérations sans lesquelles il ne serait pas possible de tirer tous les avantages du grand espace économique commun. Doivent également se renforcer les règles de concurrence ainsi que les politiques destinées à prévenir les situations de déséquilibre social ou macroéconomique, à pallier la perte d'influence des actions menées au seul niveau national. Cette perte d'influence étant due – il n'est pas inutile de le rappeler – à l'interdépendance croissante des phénomènes économiques et à la montée en puissance d'autres nations ou d'autres blocs économiques.

Précisément, l'une des interrogations des politologues concernant le mouvement de la Communauté européenne au cours des années 70 et jusqu'en 1984 portait sur l'absence ou la faiblesse du mécanisme de spill-over.

En effet, la principale manifestation probante d'un effet de spill-over au cours des années 70 a consisté dans l'instauration des règles du Système monétaire européen en

---

1. E. Haas : *In a New Europe?*, Boston, 1964.

1978. Encore ces règles n'ont-elles pu être adoptées qu'en dehors du cadre communautaire proprement dit.

Pour Robert Keohane et Stanley Hoffmann, deux chercheurs du Center for European Studies de l'Université de Harvard, l'effet de spill-over existe bel et bien, mais sa théorie mérite d'être revisitée.

Selon ces chercheurs, le déclenchement des mécanismes de spill-over n'est pas automatique. Il est subordonné à la confirmation périodique par les partenaires de l'Union, de leurs objectifs communs et à l'actualisation des engagements fondamentaux qui en découlent. Ce qu'ils désignent sous le nom de théorie néo-réaliste [1].

Au sens de cette théorie, l'Acte Unique ne doit pas être seulement considéré comme l'acte d'aboutissement d'une négociation. Il aura servi aussi d'initiateur à un ensemble de mouvements qui, en retour, élargissent la capacité d'agir et de s'exprimer en commun. D'où le sentiment d'une accélération, en quelques années, de l'intégration communautaire. D'où aussi la question pratique de la responsabilité et des pouvoirs du gouvernement de la Communauté, illustrée par quelques exemples.

En juillet 1986, les Douze s'accordent sur un programme complet de libération des mouvements de capitaux. Un an plus tard, ils décident que la dernière étape de ce programme sera accomplie, pour huit d'entre eux, dès le 1er juillet 1990. Il est remarquable de constater que ces décisions ont été prises pour le seul mérite de la libre circulation des capitaux, sans aucune condition préalable exprimée en termes politiques. Mais en pratique, pour assurer le bon fonctionnement du marché financier européen ainsi instauré, les Douze devront resserrer leurs liens dans trois domaines : la coopération des administrations fiscales chargées de contrôler les abus ou les fraudes ; l'harmonisation de la fiscalité directe assise sur les bénéfices des entreprises, et au travers d'elle, les politiques d'incitation à l'investissement et à la recherche ; enfin, la définition

---

1. R. Keohane et S. Hoffmann : *European integration and neo-functional theory : Community policy and institutional change,* Harvard, 1989.

d'un corpus de règles prudentielles, commun aux diverses autorités monétaires chargées de la surveillance des opérateurs, afin de garantir une concurrence équitable et d'assurer un haut niveau de protection à l'épargne investie en Europe. Ainsi doit-on parler désormais non plus seulement d'un marché financier européen, mais d'un véritable espace financier, doté de ses règles de fonctionnement propres.

De même une coordination monétaire renforcée à l'échelle de la Communauté Européenne s'inscrit dans le prolongement naturel de l'espace financier européen ; comme l'illustrent les travaux du Professeur Thygesen. Sa mise en œuvre ne relève pas cependant de l'effet de spill-over : elle n'est pas strictement nécessaire à l'accomplissement de la libération des mouvements de capitaux. Le dynamisme économique et la cohérence politique supplémentaires qui en découleront pour la Communauté en font cependant l'enjeu d'une de ces « confirmations globales » que j'évoquais à l'instant.

Le domaine social est un autre exemple d'application de l'effet du spill-over, alors même que les bases juridiques de l'Acte Unique n'ont ici qu'une portée relativement modeste. En raison même des nécessités créées par la libre circulation, une politique sociale de la Communauté s'élabore, trop lentement aux yeux de certains, mais prouvant son efficacité et sa complémentarité au regard des dispositions nationales :

– dès 1986, la directive cadre sur la libre circulation des machines comportait une liste d'exigences essentielles en matière de sécurité pour les travailleurs qui sert désormais de référence aux normes professionnelles dans l'ensemble de la Communauté ;

– depuis 1987, les partenaires sociaux, le Conseil et le Parlement européen sont consultés sur un projet de statut de société anonyme européenne. Destiné en premier lieu à faciliter la coopération des entreprises au niveau du grand marché, ce projet comporte ipso facto des dispositions relatives à l'information et à la consultation des salariés, inspirées des exemples en vigueur dans les législations nationales, plusieurs options étant offertes pour respecter les principes de subsidiarité et de diversité.

Enfin, l'exemple de la télévision sans frontières est trop connu pour que je ne l'évoque pas ici comme illustration actuelle de l'effet de spill-over.

Dès les premiers temps de l'élaboration de cette perspective, il est apparu clair à Lord Cockfield que la libre circulation des images sur un réseau européen de la télévision n'engageait pas seulement des choix communs de technologies et de normes. Elle appelait aussi une vision commune de l'industrie audiovisuelle européenne. Inévitablement, la question de l'importance à donner au développement, par l'audiovisuel, des cultures qui font la singularité européenne était posée. Car tel est bien, en définitive, le véritable choix politique qui renvoie à notre quête d'identité et à notre besoin d'expression en tant que peuples et en tant que nations.

Ces quelques exemples suffisent à nous montrer à la fois l'importance et les limites de l'effet de spill-over. Sa portée effective est en réalité soumise à la vérification périodique de l'engagement mutuel à se diriger vers l'objectif commun. Nous verrons, en nous interrogeant sur les vertus nécessaires du gouvernement de l'Europe, que le mécanisme de l'engrenage doit être prévu et encadré.

3. *Quelles hypothèses pour l'avenir*

Pour les politologues qui nous observent, le secret du triangle institutionnel original qui gouverne aujourd'hui la Communauté des Douze tient dans sa capacité à gérer cette dialectique : d'un côté la force des engagements fondamentaux. De l'autre, le développement spontané des multiples effets d'engrenage.

Mais peut-on davantage encore approfondir ce secret ? Peut-on dire les vertus politiques qui ont permis jusqu'à présent à ce triangle institutionnel de maîtriser le changement, vertus qu'il devra développer, en toute hypothèse, pour faire face aux nouvelles étapes ?

Ici encore, en me rapportant aux travaux des spécialistes, je mettrai en relief cinq conditions critiques pour satisfaire à l'impératif incontournable : comment gouverner utilement la Communauté ?

– En premier lieu, la prise en charge complète, ce qui veut dire sans excès ni défaut, de la nécessité où se trouve la Communauté de faire face, avec succès, aux défis internes comme aux défis externes ; d'où une exigence continuelle d'adaptation, dont les événements en cours dans les pays de l'Est fournissent une éclatante illustration.

– En second lieu, l'identification claire des actions complémentaires qui découlent de la réponse à cette question. La complémentarité des objectifs principaux et secondaires de la Communauté, entre l'initiative communautaire et celle des Etats membres, a pour objet de rendre clair, transparent en quelque sorte, le processus de l'engrenage. Ainsi la politique commune de la recherche a-t-elle été approuvée par les chefs d'Etat et de gouvernement, dans le cadre de l'Acte Unique ; elle apparaissait à la fois complémentaire de leurs initiatives nationales et propres à accélérer – par sa synergie propre – la modernisation de certains secteurs d'activité confrontés à une compétition farouche.

– Le respect des diversités qui n'est pas simple tolérance passive des différences, mais reconnaissance active de la multiplicité des usages, traditions, systèmes d'organisation propres aux divers pôles nationaux ou régionaux qui composent le réseau interactif de la Communauté. C'est une source d'échanges et de synergies au bénéfice de l'ensemble. Comme l'a montré Helen Wallace[1], c'est en usant des multiples ressources de la différenciation positive inscrites dans l'Acte Unique que le processus de libéralisation-harmonisation a pu se dérouler aussi rapidement depuis trois ans, sans qu'aucun des objectifs majeurs du livre blanc ait dû être abandonné.

– De même – mais j'ose à peine l'évoquer tant il risque

---

1. H. Wallace : *Making multilateralism work : negotiations in the European Community*, Royal Institute of International Affairs, London, août 1988.

d'être galvaudé – le principe fondamental de la subsidiarité entre les différents niveaux de pouvoir, communautaire, national et régional dans la Communauté. Ceci mérite que l'on s'y arrête quelques instants.

Rappelons que dans tout système d'inspiration fédérale, tel que la Communauté Européenne, le principe de subsidiarité apporte un contrepoids permanent aux mécanismes du spill-over qui tendent, dans un monde complexe, à charger excessivement l'échelon du pouvoir central. Celui-ci, d'après le principe de subsidiarité, n'est fondé à assumer une compétence que si celle-ci ne peut être exercée avec la même efficacité aux échelons décentralisés. On imagine aisément l'importance de ce principe aux yeux des Etats membres de la Communauté qui acceptent, par elle, la nécessité d'un exercice en commun de la souveraineté ; à fortiori pour ceux d'entre eux qui appliquent déjà ce principe pour leur propre compte, dans le cadre d'une répartition décentralisée des pouvoirs.

Mon opinion est que le principe de subsidiarité est appelé à jouer, quelles que soient les hypothèses de travail, un rôle nouveau et primordial dans l'organisation du gouvernement de la Communauté. Au point qu'il deviendra nécessaire d'en préciser les principes et les modalités dans tout nouveau traité. Il serait, par exemple, aisé de montrer l'utilité de telles dispositions pour la définition et la mise en œuvre de l'Union économique et monétaire.

– Enfin, dans le même esprit, tout nouveau traité devrait accomplir un progrès en vue d'améliorer le processus de décision et de combler ce qu'il est convenu d'appeler « déficit démocratique » de la Communauté. Les exigences seront encore plus fortes lorsqu'il s'agira de mettre en œuvre l'Union économique et monétaire. Dès maintenant, il importe d'associer davantage les Parlements nationaux aux processus de la construction européenne.

Telle est la grille d'analyse que je vous propose pour traiter les problèmes politiques et institutionnels de demain.

Quelle sera l'étendue du domaine de compétences de la Communauté ? Quelle sera l'ampleur de ses responsabilités au regard des Etats dont elle recevra délégation de pouvoirs ? Pour approfondir les réponses à ces deux questions, on ne peut échapper au choix d'hypothèses théoriques de travail ; celles-ci portent sur les objectifs que l'on s'assigne et sur l'étendue de la Communauté.

On supposera d'abord, car il faut une base claire au raisonnement, que la Communauté à douze est parvenue à accomplir l'objectif de l'Acte Unique : un espace économique et social sans frontières en 1993.

Dès lors, deux hypothèses sont à considérer :

– Dans le premier cas, on suppose que les Douze consentent seuls à assumer l'objectif de l'Union européenne dans sa plénitude. Cette hypothèse n'exclut pas, au contraire, que les autres Etats d'Europe veuillent établir entre eux et avec la Communauté des relations étroites et d'un type nouveau. Nous en testons la possibilité dans nos discussions présentes avec les pays de l'AELE.

– Dans une seconde hypothèse, l'objectif de l'Union Européenne est partagé par un nombre beaucoup plus important d'Etats-nations européens. Leur appartenance simultanée à la même Communauté européenne résout alors de manière radicale la question de leurs relations ; elle signifie en effet que tous ces Etats partagent avec les Douze les disciplines communes de la politique économique et sociale, de la politique commerciale et de la coopération politique.

Comment dès lors concevoir un gouvernement de l'Europe utile, approprié à la réalisation des objectifs communs ou partiels ?

Il me semble personnellement que les caractéristiques du gouvernement de l'Europe correspondant à ces deux hypothèses de référence sont fort différentes :

• Dans le premier cas, la Communauté à douze, le défi demeure d'incorporer à la Communauté la dimension de sa sécurité dans ses trois aspects : économique, militaire et idéologique.

Parallèlement, la relation entre la Communauté et les autres Etats d'Europe s'approfondirait sous l'égide d'une coopération pluridimensionnelle et aux modalités adaptées aux diverses situations.

• Si l'on envisage à l'inverse la seconde hypothèse, il apparaît que l'enjeu majeur d'un gouvernement de la Communauté élargie à la plus grande partie de l'Europe sera de disposer d'une capacité de décision et d'arbitrage propre à assurer l'efficacité du nouvel ensemble.

La théorie comme la pratique justifient ce raisonnement.

La théorie des unions politiques nous rappelle que l'augmentation du nombre des pays participants n'est possible qu'au prix d'un accroissement de la capacité de décision au niveau central, faute de quoi la complexité des règles de concertation – destinées à préserver les intérêts des nations composantes – condamne à la paralysie. Par ce raisonnement, Stanley Hoffmann et Robert Keohane[1] soutenaient déjà que les adhésions de la Grèce, de l'Espagne et du Portugal impliquaient par elles-mêmes un renforcement du processus décisionnel de la Communauté, même en l'absence de l'objectif de 1992. Ce qui fut fait dans l'Acte Unique.

La théorie des jeux en second lieu nous enseigne que le risque de coalitions partielles visant à optimiser les gains d'une coalition minoritaire s'accroissent avec le nombre de participants au jeu. L'ambassadeur De Schouteete[2] a démontré que jusqu'à présent les mécanismes institutionnels de la Communauté à six, puis à douze, avaient empêché la constitution de coalitions visant à bloquer son fonctionnement. En serait-il de même dans un groupe deux fois plus nombreux ? On ne peut l'assurer, à moins d'accroître le degré de supra-nationalité de l'ensemble.

Enfin, la pratique de la Communauté montre que la gestion de la diversité n'est supportable que si les règles d'exception ne concernent qu'une minorité de participants. C'est ainsi qu'ont pu être gérés sans trop de difficultés les processus de transition ménageant l'entrée progressive des nouveaux arrivants ; ou encore la participation incomplète

---

1. Cf. note p. 121.
2. Ph. De Schouteete : *The European Community and its sub-systems,* Bruxelles, septembre 1988.

des Etats membres de la Communauté à l'accord de change du SME. Mais qu'en serait-il si un nombre significatif d'Etats devait bénéficier d'exceptions par ailleurs plus nombreuses ? Les tensions à l'intérieur de la Communauté liées à l'inégalité des engagements ne pourraient être supportées que par une hiérarchisation de la participation aux processus décisionnels. Une telle hiérarchisation suppose encore une fois, au sommet de la pyramide communautaire, un exécutif doté de pouvoirs suffisants, mais démocratiquement responsable.

La marche vers l'Union Européenne dans une Communauté sensiblement plus nombreuse qu'elle ne l'est aujourd'hui n'est nullement inconcevable. Elle serait seulement plus difficile et sans doute plus lente.

Plus difficile, car les modalités d'exercice de la subsidiarité devraient s'accommoder d'une délégation de plus en plus importante au profit de l'échelon central, afin de lui permettre de gérer la complexité et de faire échec aux coalitions.

Plus lente, car l'énergie politique devrait dans un premier temps être consacrée à l'affermissement de l'échelon central, en vue d'obtenir une convergence effective de l'ensemble de la Communauté sur les objectifs intermédiaires, d'ordre économique et social.

On peut certes considérer des variantes à cette seconde hypothèse, comportant une progression à plusieurs vitesses pour des sous-groupes différenciés. L'Europe à géométrie variable. Mais sans oublier que toute complexification de la Communauté, par une différenciation des objectifs poursuivis, se traduira inévitablement par un renforcement du centre. Ce dernier, pour être efficace, doit à la fois gérer les objectifs du sous-groupe le plus ambitieux et exécuter les politiques ou les tâches de coordination communes à l'ensemble.

Gouverner, c'est choisir.

Pour en revenir à la Communauté à douze, l'extension de ses compétences conduira à poser deux problèmes :
- celui de l'efficacité de son exécutif et quel exécutif ?
- celui du contrôle démocratique en tenant compte de la

coexistence des Parlements nationaux et du Parlement européen.

L'élargissement significatif de la Communauté rendrait encore plus impératif le souci de prescrire un processus de décision efficace, au prix d'une hiérarchie des compétences et de transferts de souveraineté. Il obligerait, de même, si l'on veut maintenir l'esprit communautaire, à inventer des formes originales de contrôle démocratique. Sinon, ce serait la fin de l'idéal défini par les pères de la construction européenne et le retour aux embarras d'une organisation intergouvernementale classique.

Il n'est pas trop tôt pour y réfléchir sérieusement, avant même de se lancer dans des prospectives hasardeuses sur le futur de la grande Europe.

« *Le principe de subsidiarité* »

au Colloque de l'Institut Européen d'Administration Publique à Maastricht, le 21 mars 1991

Au fur et à mesure que progressait, ces dernières années, l'intégration communautaire, un débat difficile s'est engagé où le principe de subsidiarité était constamment évoqué. Il est donc temps d'y voir clair, alors que les Etats membres débattent, dans deux conférences intergouvernementales, du devenir de la Communauté et de ses finalités, en même temps que de la répartition des pouvoirs entre la Communauté, les Etats membres et les collectivités locales, mais aussi entre les Institutions européennes.

C'est le grand mérite de ce Colloque de nous aider à poser le problème en des termes qui facilitent la recherche d'une voie acceptable par tous les Etats membres. Je voudrais m'exprimer à titre personnel et en toute franchise.

Nous sommes plusieurs qui avons insisté sur la nécessité de prendre mieux en compte ce principe dans la construction communautaire, dans la définition des pouvoirs autant que dans les modalités de son exercice.

Partons de l'idée, reconnue par tous, que la subsidiarité s'applique à deux ordres différents : d'une part, la délimitation entre la sphère privée et celle de l'Etat, entendue au sens large du terme ; d'autre part, la répartition des tâches entre les différents niveaux de la puissance politique.

Je reviendrai, pour terminer cet exposé, sur le premier aspect, trop souvent négligé, mais si important pour choisir les critères d'attribution de pouvoirs à la puissance publique, en fonction d'une finalité essentielle : l'épanouissement de

163

chaque individu. Mais, comme nous le verrons, aller dans cette direction suppose des hommes et des femmes capables d'assumer des responsabilités en vue de réaliser le bien commun.

Quant au deuxième aspect, il occupe actuellement tous les esprits. Mais il n'a de sens que si on le situe dans une approche fédérale, du point de vue de la philosophie comme de la science politique.

I. SUBSIDIARITÉ ET APPROCHE FÉDÉRALE

Cette approche fédérale ne doit pas être placée – si l'on veut éviter tout affrontement inutile – sous le drapeau du fédéralisme que certains brandissent, à tout propos, avec pour seul résultat de susciter une polémique sans issue avec ceux qui le rejettent, au nom d'une certaine conception de l'Etat-nation. Essayons de sortir de cette dichotomie stérile.

La grille de lecture fédérale est, du point de vue de la méthode, la seule qui permette d'ordonner le débat sur la répartition des tâches et les transferts de souveraineté. Avec cette méthode, je ne prétends pas imposer un choix politique, mais plus simplement l'éclairer.

A partir de là, il est, somme toute, secondaire que les modalités d'application de ce principe soient différentes pour la répartition des compétences entre le pouvoir central et les unités constitutives (selon les systèmes fédéraux). Que la subsidiarité s'incarne dans des formules lapidaires, telles que la « necessary and proper clause », comme aux Etats-Unis, ou qu'elle se traduise à travers des listes, comme au Canada, en Australie ou en Allemagne, par une répartition fonctionnelle des compétences, de sorte que l'on octroie à chaque niveau ce qu'il peut le mieux faire.

Dois-je rappeler que la subsidiarité, heureusement formulée dans deux projets inspirés par A. Spinelli (le Rapport de 1975 de la Commission sur l'Union Européenne et le projet de Traité du même nom, adopté par le Parlement Européen en 1984), est un concept déjà consacré dans la

Communauté. La subsidiarité s'exprime, dans le Traité de Rome, avec l'instrument de la directive – j'aurai l'occasion d'y revenir avec la hiérarchie des normes –, l'article 235 et, surtout, dans l'Acte Unique, mais seulement, hélas, en son article 130 R pour l'environnement.

Qu'il me soit permis, pour mieux en faire comprendre la portée, de rappeler que la subsidiarité procède d'une exigence morale, qui fait du respect de la dignité et de la responsabilité des personnes, qui la composent, la finalité de toute société.

La subsidiarité, ce n'est pas seulement une limite à l'intervention d'une autorité supérieure vis-à-vis d'une personne ou d'une collectivité qui est en mesure d'agir elle-même, c'est aussi une obligation, pour cette autorité, d'agir vis-à-vis de cette personne ou de cette collectivité pour lui offrir les moyens de s'accomplir.

La subsidiarité, parce qu'elle suppose l'organisation de la société en groupes et non son atomisation en individus, repose sur une relation, à proprement parler, dialectique : la priorité d'action à l'unité la plus restreinte joue dans la mesure, et seulement dans la mesure (ce que l'on oublie trop vite) où elle peut agir séparément, mieux qu'une grande unité, pour la réalisation des buts poursuivis.

Si l'on transpose cette dialectique au niveau européen, et si l'on compare les nombreuses tentatives de définition de la subsidiarité, celle d'Altiero Spinelli, parce qu'il avait repris le double sens de ce concept, est la plus satisfaisante :

« L'Union n'agit que pour mener les tâches qui peuvent être entreprises en commun de manière plus efficace que par les Etats membres œuvrant séparément. »

Pour ma part, je serais tenté de compléter en précisant : ...en particulier, parce que les dimensions ou les effets de l'action ne permettent pas aux autorités nationales ou régionales de mieux réaliser ces objectifs.

Mais la subsidiarité est une notion qui ne peut non plus se ramener à un simple principe de répartition des compétences. C'est aussi – comme les Länder allemands me l'ont rappelé récemment, et comme la Commission en a retenu la leçon dans son avis du 21 octobre sur l'Union politique

– une contrainte permanente dans l'exercice effectif de celles des compétences qui ont été transférées au centre. Mais, d'un autre côté, l'exercice quotidien des compétences ne doit pas se traduire par des excès de pouvoirs qui laisseraient les Etats ou les régions désarmés. Autant la subsidiarité, en tant que principe d'attribution des compétences, est une décision politique dont l'opportunité n'a pas à être appréciée par le juge, autant le contrôle du juge se justifie, pour vérifier que les modalités concrètes de l'action commune ne violent pas la subsidiarité. Il s'agit, au niveau de l'exécution, d'éviter des réglementations trop disproportionnées dans les moyens requis par rapport à l'objectif poursuivi.

Il y a un bon usage de la subsidiarité quotidienne, sur lequel j'insisterai tout d'abord. Mais la subsidiarité ne peut être seulement un état d'esprit, une ardente obligation ; il convient de lui donner corps. C'est ce que la Commission vient de suggérer dans le cadre d'une nouvelle hiérarchie des normes, qui est de nature à laisser aux autorités nationales et régionales une large marge de manœuvre dans le choix des moyens de mise en œuvre des orientations communes.

II. DU BON USAGE DE LA SUBSIDIARITÉ

J'ai souvent le sentiment que la subsidiarité est malheureusement un principe que l'on applique aux autres et pas à soi-même.

Ce reproche peut être adressé aux Institutions de la Communauté et – pourquoi le cacher ? – également à la Commission.

Mais cette critique peut aussi concerner le Conseil des ministres, au sein duquel la subsidiarité est parfois invoquée pour enfermer toute décision prise dans un réseau de conditions qui nuisent, à la fois, à l'efficacité et à la clarté de l'entreprise communautaire.

La Commission a-t-elle suffisamment balayé devant sa

porte ? On peut en douter au regard de cet élément essentiel de la subsidiarité, qui est de ne pas succomber à l'excès de ses pouvoirs. Le problème se pose moins dans ses compétences d'exécution, parce que le Conseil les lui dispute chichement, que dans son droit d'initiative. La Commission ne cède-t-elle pas à la facilité de la surréglementation ?

Un de mes prédécesseurs, Roy Jenkins, s'était ému de la prolifération de propositions détaillées sur des réglementations secondaires, au détriment d'une mobilisation sur les problèmes essentiels de la politique européenne. Il le fit publiquement à propos d'une célèbre directive sur les tondeuses à gazon : sous prétexte de libre circulation, la Commission avait-elle un quelconque titre à vouloir réglementer dans le détail l'utilisation de ces engins le soir ou le dimanche ? Il y a chaque fois, m'explique-t-on, une bonne raison pour présenter des textes trop compliqués : éviter les fraudes, garantir la concurrence, obtenir l'appui d'un nombre suffisant de délégations au Conseil, de groupes politiques au Parlement.

Mais, plus fondamentalement, c'est souvent l'opportunité même d'un texte et pas seulement son contenu qui peut relever un excès de pouvoir. Je partage les craintes de ceux qui, s'ils sont prêts à reconnaître à la Communauté des compétences pour favoriser les échanges d'étudiants, de scientifiques, promouvoir l'apprentissage des langues étrangères, entendent préserver leur autonomie – reconnue par les dispositions institutionnelles – en matière, par exemple, de culture et d'éducation.

Et même lorsqu'un objectif est inscrit dans les traités européens, on doit se poser la question de savoir si les moyens les plus adaptés pour réaliser cet objectif ne seraient pas ceux de l'Etat national ou des autorités régionales.

En réalité, cet abus du principe de subsidiarité trouve, en partie, son explication dans la genèse de la Communauté. En effet, la construction européenne n'a pas commencé par un énoncé clair de ce qui serait, en fin de processus, la répartition des pouvoirs. Cela n'aurait été ni réaliste, ni politiquement acceptable. Le Traité a transféré à la

Communauté des compétences limitées, dans des domaines bien précis : réaliser un marché commun, développer certaines politiques communes (agriculture, politique commerciale, politiques structurelles). Mais il n'était pas question, à l'époque, de lui confier des responsabilités générales en matière de politique étrangère, de sécurité ou de monnaie. Cet agencement était d'autant plus paradoxal que le projet était politique dans son inspiration, et pas seulement économique. Il en est résulté des déséquilibres dans l'exercice des compétences, qui se sont souvent exacerbés dans des questions qui paraissent maintenant secondaires.

Demain, si la révision en cours du Traité aboutit, l'extension des compétences de l'Union aux domaines par nature « fédéraux » devrait impliquer un recentrage de la construction européenne vers un équilibre réel entre le niveau communautaire, le niveau national et le niveau local. J'oserais même ajouter le niveau international, parce que dans certains domaines – je pense à la couche d'ozone ou à la lutte contre certains fléaux – c'est au niveau mondial que l'action commune est seule efficace, si l'on retient ce critère comme l'un des éléments essentiels de la subsidiarité.

Pourtant, l'expérience l'enseigne, des antidotes peuvent être mis en place pour lutter contre les risques de la surréglementation.

C'est ce que la Commission a fait, à partir de 1985, par l'application systématique de principes simples, comme celui de la reconnaissance mutuelle, qui a permis, en matière de normes et de diplômes, de faire l'économie de dizaines de réglementations détaillées. De même, en matière d'ouverture des marchés publics, nous fondons de grands espoirs dans une décentralisation de leur contrôle par le juge national, au besoin par voie de référés, plutôt que par la multiplication des procédures d'infraction.

Le deuxième remède, c'est le recours systématique au vote à la majorité qualifiée, qui prive les administrations nationales de la possibilité d'imposer, dans le texte communautaire, tous les détails de leur réglementation interne pour ne pas avoir vraiment à la modifier et à la simplifier.

Mais, si la subsidiarité reste encore souvent factice – et il y a là une responsabilité propre de la Commission, que je n'ai pas cherché à éluder – il existe aussi, de la part du Conseil et des Etats membres, une référence abusive à la notion de subsidiarité, pour refuser un progrès relevant de l'action communautaire ou pour réduire la portée d'une décision prise.

Cette pratique se développe dans des domaines d'action communautaire prévus expressément dans les traités, sous prétexte que seules des solutions nationales permettraient de réaliser de façon satisfaisante l'objectif commun.

Or, il est évident que lorsque les Etats décident politiquement et sans ambiguïté de partager leurs souverainetés et de les exercer ensemble dans le cadre de la Communauté et au moyen d'Institutions communes, ils ne peuvent, plus tard, refuser aux instances communautaires de se prononcer et d'engager des actions, selon des modalités à déterminer.

Autrement dit, une fois que la répartition des compétences est déterminée, librement acceptée, il faut la respecter.

En contrepartie – et je voudrais insister sur ce point – la Communauté doit prendre acte de la liberté complète des Etats membres de déterminer leurs structures internes et, en particulier, le nombre et la délimitation des régions. C'est sur cette base que nous devons nous efforcer de dégager les procédures nécessaires pour l'association des régions à la vie communautaire. Ce devrait être un thème central de la Conférence Intergouvernementale sur l'Union Politique.

Mais, sous cette réserve, on ne peut pas, au nom de la subsidiarité, refuser dans la pratique de tirer les conséquences, pour les politiques communes, des engagements souscrits solennellement dans le Traité.

Quelques exemples, pris parmi d'autres, illustrent ce recours fallacieux à la subsidiarité pour ne pas avancer. Si la Communauté décide d'harmoniser les conditions de santé et de sécurité des travailleurs et donc de les protéger, on voit mal comment les solutions pourraient être profondément différentes d'un Etat à un autre, au regard du risque

169

d'exposition à l'amiante ou du nombre d'extincteurs d'incendie par entreprise.

Dans le passé, la subsidiarité a été vainement – mais trop longuement – évoquée pour bloquer des politiques communes expressément voulues par les auteurs du Traité. Je pense, en particulier, à la politique des transports, jusqu'à ce que les écarts des pratiques nationales – sur le plan, par exemple, de la fiscalité sur le carburant – en arrivent à paralyser le fonctionnement du marché commun.

Peut-on concevoir la réalisation d'un marché commun de l'énergie, qui doit être un élément essentiel de l'objectif 1992, si, dans le même temps, on invoque la sécurité nationale des approvisionnements au titre de la subsidiarité, pour contester toute mesure de libération ou d'harmonisation, alors qu'en réalité, cette sécurité serait mieux assurée, au niveau communautaire, grâce à la mise en commun de nos ressources et de nos moyens?

J'ai souvent l'impression que la subsidiarité est une feuille de vigne qui cache l'absence de volonté d'appliquer des engagements déjà souscrits.

III. HIÉRARCHIE DES NORMES ET SUBSIDIARITÉ

Si la subsidiarité ne veut pas dire moins d'intégration ou moins de solidarité, elle nous met cependant au défi de mieux organiser le processus de décision au sein de la Communauté, de sorte que la mise en œuvre des principes ou orientations arrêtés en commun laisse aux Etats – et, en premier lieu, à leurs Parlements nationaux – l'autonomie la plus large possible.

Les auteurs du Traité avaient expressément prévu, avec l'instrument de la directive, la nécessité d'une authentique subsidiarité. La directive fixe une obligation de résultat, mais confie aux Etats le choix des moyens pour l'atteindre. Elle se différencie du règlement qui, lui, s'applique directement dans tous ses éléments aux Etats, aux entreprises et aux individus, en se substituant, au besoin, aux législations nationales.

En pratique, cette distinction s'est évanouie. Certaines directives ressemblent, dans leur contenu, à des règlements. Elles sont aussi détaillées et ne laissent guère de marge de manœuvre pour leur transposition en droit interne. Ce sont souvent les Etats eux-mêmes qui, pour des raisons louables de sécurité juridique, mais aussi dans le souci plus contestable d'éviter le détour d'une procédure parlementaire, s'emploient à surcharger les directives de dispositions qui ne laissent aucun choix des moyens de mise en œuvre. L'exemple de la 6e directive TVA, qui a harmonisé l'assiette de cet impôt, est encore présent dans bien des mémoires : elle avait permis aux experts de certains Ministères des Finances d'obtenir du Conseil des Ministres de la Communauté ce qui leur avait été refusé par leurs Parlements nationaux.

Trop souvent, la complexité des textes – dont il est trop facile de tenir la Commission pour responsable – est le fruit de laborieux compromis au sein du Conseil des Ministres. Cette absence de clarté est d'autant plus regrettable qu'elle nuit à la qualité du débat démocratique et à l'efficacité de l'action. C'est souvent le résultat de l'action obstinée des administrations nationales, pour amoindrir la portée d'un texte et ramener au niveau national de perpétuelles querelles sur les conditions de sa correcte exécution. Au total, personne n'y gagne, ni les citoyens, ni les Etats membres, ni l'efficacité, ni la cause européenne.

La Commission, à l'occasion de la conférence intergouvernementale sur l'Union politique, vient de proposer d'introduire une véritable hiérarchie des normes – support indispensable à une codécision du Parlement – qui vise tout à la fois à renforcer la démocratie et à améliorer l'efficacité.

En quoi la proposition de la Commission, en matière de hiérarchie des normes, peut-elle faire avancer le débat sur la subsidiarité ?

Ramenée à l'essentiel, cette proposition peut être ainsi résumée :

Introduction dans le Traité, au-dessus du règlement qui demeure, d'un nouvel acte – la loi – adopté par le Parlement et le Conseil ; la directive disparaît pour être réincarnée dans la loi.

La loi serait définie à la fois par ce critère formel de la codécision et par son contenu :

– principes de base de toute matière relevant d'une compétence communautaire ;

– mais aussi l'ensemble des règles dans certains domaines, où l'intervention du législateur communautaire constitue une garantie nécessaire (par exemple, droits et obligations des particuliers ou des entreprises).

Mais – et j'en viens à la subsidiarité – la loi serait mise en œuvre :

– soit directement par les autorités nationales – le plus souvent les Parlements ; il s'agit en cela de reprendre la fonction essentielle de la directive, de lui rendre son sens original, en laissant le choix des moyens pour atteindre l'objectif ; dans ce cas, les Parlements nationaux sont réellement insérés dans le processus communautaire, au lieu d'être, comme trop souvent à l'heure actuelle, de simples chambres d'enregistrement ;

– soit la loi est mise en œuvre par un règlement de la Commission, mais seulement pour ceux de ses aspects qui exigent une intervention de règles uniformes ; et encore, cette exécution par la Commission est-elle subordonnée à une possibilité d'évocation par le législateur communautaire, ayant pour effet de transformer le règlement contesté en proposition de la Commission soumise à la procédure législative.

La proposition de la Commission à la Conférence intergouvernementale vise à restituer aux autorités nationales, Parlement ou gouvernement selon le cas, dans la mise en œuvre de la loi, les marges de manœuvre permettant d'adapter la réglementation aux exigences locales et de tenir compte, ce faisant, des sensibilités politiques des citoyens.

On conviendra que cette méthode est à la fois plus claire et plus simple que le processus actuel, qui consiste à compliquer à l'extrême la législation de base, sous prétexte de prendre de multiples précautions vis-à-vis des données nationales.

Toutes les fois que la libre circulation des personnes, des marchandises, des services ou des capitaux n'est pas en jeu et que les conditions de concurrence égale ne sont pas en cause, on pourrait laisser une marge d'autonomie non négligeable aux Parlements nationaux. C'est ainsi, par exemple, que les actes visant à la mise en œuvre du principe d'égalité entre les hommes et les femmes au travail peuvent, une fois posées les règles essentielles, en confier – comme cela est déjà d'ailleurs le cas pour les directives existantes – la mise en œuvre aux autorités nationales. De même, la loi se bornerait-elle à indiquer les critères de la qualité des eaux destinées à la consommation humaine, en conférant à la Commission la définition des différents paramètres à respecter, et aux autorités nationales les mesures de contrôle d'assainissement sur les opérateurs économiques.

Notre proposition n'a pas pour objet – contrairement à ce que laissent entrevoir certaines réactions à notre proposition – de renforcer les pouvoirs de la Commission, mais bien de clarifier le débat, souvent confus, entre la logique de la subsidiarité et la logique de la séparation des pouvoirs.

Le Parlement européen, de son côté, a bien compris que l'accroissement en qualité de son pouvoir législatif était inévitablement lié à une réduction du champ actuel de son intervention en quantité.

Comme le souligne fort justement le rapport que M. Bourlanges a consacré, au Parlement européen, à la nécessité d'une hiérarchie des normes, « la redistribution de la fonction normative... doit conduire à un dessaisissement simultané des deux branches du pouvoir législatif, au bénéfice de l'autorité exécutive, c'est-à-dire, selon le cas, la Commission ou les Etats membres ».

En privilégiant la mise en œuvre de la loi par les Parlements nationaux ou par les autorités régionales, la Commission veut rompre avec un centralisme souvent inefficace, afin que les décisions de mise en œuvre soient prises le plus près possible de ceux auxquels elle s'adresse.

IV. LA SUBSIDIARITÉ ET LA DÉLIMITATION
ENTRE LE PUBLIC ET LE PRIVÉ

De même qu'il peut y avoir avec la « subsidiarité alibi » un abus de cette notion nuisant au bon équilibre de la répartition des pouvoirs, de même comment ne pas constater le risque de détournement de la subsidiarité pour cantonner la puissance publique hors du champ économique et social?

Je pense personnellement que la subsidiarité n'est un nouvel avatar ni du libéralisme, ni d'ailleurs du socialisme démocratique. Elle n'est l'apanage d'aucune doctrine politique ou économique. Il ne faut pas la laisser devenir l'arme de dissuasion utilisée par les intégristes du « tout marché » ou du « tout laisser-faire ».

La Communauté – devrais-je le répéter encore une fois –, parce qu'elle est un projet politique, a pour vocation, avant même d'être enfin dotée d'une politique commune étrangère et de sécurité, d'organiser un espace commun sur le plan économique et social. Le niveau communautaire constitue, comme le sont les niveaux nationaux et locaux, un échelon approprié de l'intervention publique, si celle-ci s'avère nécessaire.

Je voudrais illustrer mon propos par quelques exemples :

Le marché – que nous réalisons pleinement avec l'objectif 1992 – n'est pourtant pas un système parfait exempt de défaillances. Il ignore l'existence d'importantes externalités, le caractère de bien public de certains produits ou ressources, les abus de positions dominantes, des considérations stratégiques telles que, pour citer l'Acte Unique, le renforcement « des bases scientifiques et technologiques de l'industrie européenne ».

La régulation macroéconomique est insuffisante pour rencontrer ce type de problèmes et peut même créer des effets pervers. C'est au niveau communautaire, en particulier face aux conditions de la concurrence internationale, que l'intervention publique est à même d'encourager la productivité, de mobiliser d'importantes ressources, d'organiser des coopérations à long terme, en d'autres termes, de créer un environnement favorable à une meilleure compétitivité de nos entreprises. Pouvons-nous, au nom de la subsidiarité, de la priorité à l'échelon le moins élevé possible, laisser notre industrie de haute technologie (informatique, aérospatiale, biotechnologie) désarmée, sans secours, alors que l'on connaît la part décisive des actions publiques – je pense en particulier à la recherche – aux Etats-Unis et au Japon ?

Je terminerai avec l'exemple de la politique sociale. La Charte, solennellement adoptée par onze chefs d'Etat et de gouvernement, n'était pas seulement un geste politique. Elle illustre l'idée que la réalisation d'un espace sans frontières doit s'accompagner, par souci de cohérence et de solidarité, du développement d'une véritable politique sociale, dont j'espère que la révision du Traité nous fournira tous les moyens institutionnels.

En ce domaine, je voudrais d'ailleurs mentionner que la question de la subsidiarité ne se limite pas au choix entre la législation communautaire et la législation nationale. Elle ouvre aussi l'option entre législation et accord conclu entre partenaires sociaux. Le Traité, là encore, devra sortir le dialogue social du rôle trop étroit dans lequel l'a confiné l'Acte Unique. Il devra prévoir expressément la place de la négociation et de la convention collective européennes.

A travers ces exemples, j'ai voulu illustrer que la subsidiarité comprend bien deux aspects indissociables :
• le droit pour chacun d'exercer ses responsabilités là où il peut le mieux s'accomplir ;
• le devoir des pouvoirs publics de donner à chacun les moyens de s'accomplir pleinement.

Il ne saurait être question de s'écarter de cette double signification de la subsidiarité. La réalisation d'une personnalité politique de l'Europe suppose que son fondement économique et social soit celui d'un espace commun organisé selon des principes identiques à ceux de toute collectivité. A charge, ensuite, de prendre pleinement en compte le respect des diversités et la mise en œuvre de la décentralisation, dans l'esprit même de la subsidiarité.

Conçue ainsi, la subsidiarité est bien une pédagogie de l'approche fédérale : il importe que le citoyen puisse globalement comprendre ce qui ressort de chacun des niveaux d'autorité, sans quoi la démocratie est affectée. Une part du fameux « déficit démocratique » dans la Communauté provient de ce manque de visibilité, alors que la claire détermination des responsabilités réciproques du citoyen et des différents niveaux du pouvoir faisait l'admiration de Tocqueville dans *La Démocratie en Amérique*. La subsidiarité n'est pas seulement un débat philosophique ou juridique, mais bien politique.

Grâce aux travaux de votre colloque, j'espère que tous les acteurs de la vie communautaire pourront mieux comprendre la complexité de ce principe, mais aussi sa richesse. La subsidiarité constitue la clé de voûte, sur le plan politique, de l'organisation de la vie en commun et, sur le plan institutionnel, de l'exercice partagé des souverainetés dans les domaines – et seulement dans les domaines – où un tel partage a été décidé.

« *Les leçons de Maastricht* »

Devant le Parlement Européen
à Strasbourg, le 12 décembre 1991

Tout de suite après le Conseil Européen, la Commission a délibéré, hier, sur les résultats de Maastricht. Les nouveaux traités mériteront, bien entendu, un examen plus approfondi, plus détaillé de la part de la Commission, comme, je le pense, de la part du Parlement européen. Mais la Commission m'a chargé de vous dire que, pour elle, et sans ambiguïté, le bilan était globalement positif. Je dois, à cet égard, saluer et remercier le président Lubbers, la présidence néerlandaise, pour le travail qu'ils ont accompli, pour la patience et l'ingéniosité avec lesquelles ont été menés le Conseil Européen, ses travaux, surtout pendant les dernières heures qui étaient, je dois le dire, particulièrement pénibles.

La présente réaction de la Commission, ai-je dit, est sans ambiguïté. Par rapport aux derniers débats que nous avons eus au mois de novembre, je vous rappelle que la Commission avait publié un court texte, le 27 novembre, et que c'est à la lumière de ce texte que je voudrais analyser les résultats du Conseil Européen, puisque dans ce texte nous avions exprimé à la fois nos espoirs et nos craintes.

Je voudrais à cet égard vous relire, pour bien comprendre notre position, l'avant-dernier paragraphe de cette déclaration. Nous disions, après avoir été sévères ou très stricts sur quelques points : « La Commission comprend les problèmes qui se posent à tel ou tel pays pour accepter l'ensemble des dispositions. Mais des solutions de compro-

177

mis existent qui, tout en rencontrant les sensibilités de certains Etats membres, évitent les risques mentionnés et assurent la crédibilité politique de la construction européenne. » Et nous ajoutions, c'est important pour le jugement que vous porterez sur l'action de la Commission : « Celle-ci fera, de son côté, tout son possible pour contribuer à la réalisation du consensus et du plein succès du prochain Conseil Européen. »

Les zones de lumière l'emportent donc nettement sur les zones d'ombre. Je voudrais tenter de l'expliquer à travers trois questions : quelle dynamique pour le projet européen ? Quelle force pour nos institutions ? Et, enfin, quel équilibre entre nos différents objectifs politiques, entre nos différents objectifs de société ?

Tout d'abord, quelle dynamique pour le projet européen ? La relance est forte si l'on se place dans une perspective historique. Elle se fonde sur deux éléments moteurs : la monnaie unique et la défense. Elle est fondée aussi sur une idée-force, garante de la démocratie et de la diversité, je veux parler des dispositions du Traité sur la subsidiarité, dont on ne soulignera jamais assez l'importance. Et, enfin, il y a une démarche que je continue – que nous continuons – à considérer comme plus incertaine en ce qui concerne la politique étrangère. Je vous rappelle que c'était là la principale critique que j'avais formulée devant vous au mois de novembre.

Voyons rapidement ces deux éléments moteurs. Pour l'Union économique et monétaire, c'est un engagement irréversible, progressif et rigoureux. Un engagement irréversible parce qu'il n'y a pas d'*opting-out* généralisé et que par conséquent les entrepreneurs, les banquiers, les marchés savent qu'au plus tôt le 1er janvier 1997, au plus tard le 1er janvier 1999, nos pays entreront dans une troisième phase et adopteront cette véritable révolution qu'est une monnaie unique, avec une banque centrale pleinement indépendante.

Mais cela selon une progressivité raisonnable. On ne soulignera jamais assez les efforts qui devront être faits, qui doivent être faits dès maintenant, pour aller vers une plus grande convergence économique et aussi le rôle que devra jouer l'Institut monétaire européen, sans empiéter sur les compétences des banques centrales pour, si vous me permettez cette expression, livrer « clés en main » la Banque centrale européenne le jour où elle devra commencer à fonctionner.

Enfin il faut aussi une rigueur, car la qualité de la nouvelle monnaie en dépend et ce serait une grave erreur que de penser qu'il suffit de décider politiquement et institutionnellement d'avoir cette nouvelle monnaie si nous n'avons pas les fondements économiques, les fondements de stabilité qui permettent à cette monnaie de garantir la stabilité, le progrès du pouvoir d'achat, une croissance équilibrée et la création d'emplois.

Je dois rappeler ici qu'il y a eu une longue préparation de trois ans, depuis le Comité des experts jusqu'au travail dont on ne parle jamais mais qui a été extrêmement important du Comité des gouverneurs, en passant par les différentes contributions du Parlement européen, qui, je crois, se reconnaîtra bien dans les décisions qui ont été prises.

Deuxième élément moteur : la défense commune. C'est véritablement un grand progrès lorsqu'on se rappelle les discussions qui ont eu lieu – et M. van den Broek s'en souvient aussi – à un moment où il y avait des positions dogmatiques et, derrière ces positions dogmatiques, souvent des procès d'intention. C'est donc un grand pas en avant qui a été franchi. A long terme, il est indiqué que nous allons vers une politique de défense commune qui aboutira à une défense commune, et je vous rappelle que les dispositions du Traité pourront être revues à cet effet en 1996. En attendant, et pour reprendre un mot français qui n'est pas très joli, on « instrumentalisera » l'Union de l'Europe Occidentale, d'une part, en conformité avec les engagements des pays européens au sein de l'Alliance Atlantique, la situation s'étant clarifiée après le Sommet des chefs d'Etat et de gouvernement de l'Alliance à Rome, mais aussi, d'autre part, en compatibilité avec la politique de sécurité et de défense menée par l'Union européenne. Je crois qu'il y a là un bon équilibre et j'espère que nous trouverons le dynamisme nécessaire pour l'appliquer.

J'en viens maintenant à la politique extérieure, là où je continue à avoir des inquiétudes. Des inquiétudes sur le processus de décision, et des inquiétudes sur la manière dont les dispositions du Traité nous permettront d'assurer la cohérence entre, d'une part, la politique étrangère stricto sensu et, d'autre part, les relations économiques extérieures et la coopération au développement.

Certes, toutes ces dispositions sont mentionnées dans le Traité, mais il faudra que dans l'articulation des pouvoirs, donc la coopération entre les institutions, on prenne garde d'avoir une cohérence, sinon une unité qui aujourd'hui n'est pas accessible. Mais surtout j'avais exprimé des réserves quant à l'efficacité du processus de décision mis en place. Je les maintiens, tout en souhaitant que les Etats membres utilisent au mieux les possibilités offertes, d'abord pour prendre rapidement des décisions et, ensuite, pour agir efficacement et en temps utile.

Vous me comprendrez d'autant mieux que l'instabilité qui règne et qui menace autour de la Communauté exige que l'Union européenne puisse faire face, rapidement, à la situation. Je pense non seulement au flanc Est, mais également à notre flanc Sud. En dépit des efforts renouvelés de la présidence néerlandaise et de quelques Etats membres, dont notamment la France et la République Fédérale d'Allemagne, il n'a pas été possible d'améliorer le processus de décision. Comme l'a dit le président Lubbers, il n'y avait pas d'unanimité. Il fallait donc en rester à la formule que je vous ai citée l'autre fois et qui demeure dans le traité, non sans difficulté puisque certains voulaient aller en deçà. Ce qui est en cause, par conséquent, c'est de savoir si les pays ont vraiment conscience d'avoir des intérêts en commun, qu'ils défendront mieux ensemble. J'aurais préféré, pour ma part, un schéma plus clair à partir d'une décision unanime du Conseil Européen sur les champs d'intérêt commun et sur les orientations à donner, les politiques étant ensuite menées à la majorité qualifiée par le Conseil. Mais, je le répète, il n'y avait pas de consensus sur cette approche.

Les optimistes, à partir de là, parleront d'un indispensable *learning process*. Les pessimistes s'inquiéteront de l'existence réelle d'un consensus de base entre nos pays membres. Quant à la force de nos institutions, permettez-moi d'en parler tout d'abord à propos des dispositions sur la subsidiarité. C'est un élément de clarté pour savoir qui fait quoi, alors que se multiplient dans nos pays les controverses sur l'envahissement bureaucratique ou politique pratiqué par la Communauté. C'est un facteur de démocratie, et notamment de démocratie à portée de la main, pour les capacités d'action qui sont réservées ou qui sont maintenues fortement au niveau national ou régional. Il faut, à cet égard, saluer la création d'un Comité des régions porteurs, me semble-t-il, de structures d'avenir pour la Communauté. Enfin, cette subsidiarité, c'est une garantie contre les empiétements de l'action communautaire et contre les inquiétudes sur un envahissement bureaucratique.

Des dispositions existent. Mais, dois-je ajouter, en engageant la Commission, toutes les institutions communautaires doivent s'appliquer une discipline rigoureuse pour faire vivre la subsidiarité. La Commission devra le faire aussi...

Pour traiter des autres aspects de la force de nos institutions, je reprendrai les trois éléments que le Parlement européen a toujours mis en avant comme étant essentiels : l'extension de la majorité qualifiée, l'investiture et le contrôle de la Commission, enfin la codécision.

Pour ce qui concerne la majorité qualifiée, malgré une dure bataille menée par la Commission et les Etats membres, il n'a pas été possible d'obtenir satisfaction. Nous voulions obtenir satisfaction, non pas pour renforcer les pouvoirs de tel ou tel Etat membre, mais au nom de l'efficacité. C'est ainsi que l'on a maintenu l'unanimité pour les actions destinées à renforcer la compétitivité de nos industries – même s'il y a un chapitre nouveau consacré précisément à ce sujet – et pour la recherche-développement, ce qui est à mon sens un facteur de complications et une source de

181

compromis boiteux. Il aurait mieux valu décider à la majorité qualifiée. Pour l'environnement, il y a la majorité qualifiée, mais avec des limites. Il y aura donc des obstacles. Toutefois la Commission s'est engagée devant le Conseil Européen à tirer le meilleur parti des dispositions du Traité dans le respect, bien entendu, là aussi, de la subsidiarité. Enfin, l'unanimité a été maintenue pour la culture, là aussi pour des raisons de subsidiarité que je peux comprendre. La majorité qualifiée a donc seulement été étendue aux grands réseaux, à la protection des consommateurs, que la Commission a pu faire réintroduire dans le Traité comme un élément inhérent à l'existence du grand marché, pour l'éducation et la formation, pour la santé, et aussi pour la politique sociale, même si celle-ci sera menée à onze.

Pour ce qui est de l'investiture et du contrôle de la Commission, je crois que le Parlement européen a amplement eu satisfaction. L'investiture : le Parlement pourra donner ou refuser son accord sur le président désigné et, ensuite, il pourra investir le collège tout entier après la présentation de son programme. On y a ajouté, c'est très important, la simultanéité des mandats. C'est une conquête intéressante pour le Parlement européen, le fonctionnement de nos institutions et pour, je crois, l'influence du Parlement européen sur la Commission.

Enfin, vous disposerez dans le Traité de moyens accrus de contrôle sur la Commission. J'espère que vous n'en abuserez pas de façon à ce que les Commissaires, tout en consacrant un temps raisonnable aux commissions parlementaires, puissent travailler à la maison.

J'en viens maintenant à la codécision. Le schéma à trois lectures l'a emporté malgré les réserves de certains. Je continue à le regretter, mais je pense quand même que si le Parlement européen se concentre fortement sur la deuxième lecture, on peut parvenir à de bons résultats. Vous connaissez la formule : tout cela se termine par un comité de conciliation dans lequel la Commission renonce à ses prérogatives habituelles pour permettre un face-à-face entre le Conseil et le Parlement européen. Le champ de la codécision est d'ailleurs large. Tout ce qui touche au marché interne entre dans ce processus, y compris le droit d'établissement et la libre circulation des travailleurs. Les politiques communes en matière de recherche et de développement, de grands réseaux et de formation y sont aussi, même si nous ne sommes pas très favorables – du point de vue de la pureté institutionnelle – à la coexistence de l'unanimité et de la codécision. Enfin, cette codécision est étendue aux actions à mener dans les domaines de l'éducation, de la culture et de la santé. Il s'agit là de préoccupations constamment exprimées par le Parlement européen et, globalement, de votre effort constant en faveur de l'Europe des citoyens.

Quant à l'avis conforme, vous l'avez pour les accords internationaux. Vous l'avez conquis pour les règlements sur tous les Fonds structurels, y compris le nouveau Fonds de cohésion et, enfin, pour la modification des conditions de séjour et de circulation des personnes. Mais il y a les nouvelles compétences et, là non plus, le Parlement européen n'a pas été oublié ; vous devez apprécier cela dans la tradition qui existe pour les Parlements nationaux. Pour l'Union économique et monétaire, les règlements pris pour la surveillance multilatérale des économies donneront lieu à l'approbation du Parlement dans le cadre de la procédure de coopération. Vous serez consultés pour la nomination des membres du conseil de la Banque centrale européenne, pour la conclusion des accords de change et, enfin, vous serez informés régulièrement ex ante et ex post sur les orientations de la politique économique.

Enfin, pour la politique extérieure et de sécurité commune, là aussi il est prévu une information régulière du Parlement, une consultation sur les aspects principaux de cette politique. Vous tiendrez un débat annuel dans lequel vous pourrez faire connaître votre opinion sur la politique extérieure commune telle qu'elle est menée au niveau de l'Union. Ce sont les mêmes dispositions qui s'imposent pour les affaires intérieures et judiciaires.

Vous me pardonnerez d'avoir été un peu long, mais je pense que tout ceci devait être dit pour que vous puissiez d'ores et déjà apprécier ce qui a été fait pour renforcer les pouvoirs du Parlement européen, car ce renforcement est, avec la citoyenneté, l'élément essentiel de la démocratisation. Il ne faut pas oublier les dispositions du Traité qui lui sont consacrées, sur une initiative espagnole, et aussi la déclaration sur les partis européens. Mais, dois-je l'avouer, je demeure quand même soucieux de la complexité des processus. Il dépendra de nous, du Parlement, du Conseil, de la Commission d'essayer de les utiliser au mieux, de ne pas en rajouter sur la complexité. Car je crois que la clarté est indispensable pour que les citoyens comprennent ce que vous faites dans le cadre de vos mandats, et ce que font les autres institutions. Autrement dit, il faudra que nous soyons ensemble inventeurs de simplicité.

Quel équilibre, enfin, entre nos objectifs ? Il ne peut pas y avoir d'intégration économique et monétaire sans une double contrepartie politique et démocratique. Je suis certain, même si aujourd'hui il y a un déséquilibre, que la monnaie unique appellera cette contrepartie politique. Comment envisager, en effet, une Banque centrale indépendante, puissante, émettant une monnaie pour 340 millions d'habitants, sans une contrepartie politique et démocratique, sans une personnalité politique européenne ?

Ce devrait être la tâche de la révision du Traité en 1996 que de consacrer cela, à la lumière des progrès concrets qui auront été faits, bien entendu !

Deuxième élément de cet équilibre : nous ne concevons pas l'espace économique sans, à côté de la compétition si salutaire pour nos entreprises, plus de coopération et plus de solidarité. C'était l'un des points clés de la déclaration de la Commission du 27 novembre.

Pour ce qui concerne la coopération, nous considérons positive l'inclusion d'un chapitre sur l'industrie qui devrait nous permettre d'accompagner les mutations industrielles et de renforcer la compétitivité de nos entreprises. Dans le même esprit, il y a la recherche et le développement, la formation professionnelle, qui sont deux atouts, deux leviers, les deux seuls que nous possédions pour aller dans la direction indiquée. Il y a, d'autre part, les grands réseaux qui permettront de circuler plus vite et moins cher, donc de tirer le maximum d'avantages du grand marché et aussi, ne l'oublions jamais, d'aider les régions périphériques. C'est dans ce sens qu'il faut comprendre la création d'un Fonds de cohésion.

Enfin, même si on n'en a pas parlé à Maastricht, il faut une politique agricole commune adaptée aux problèmes d'aujourd'hui, adaptée à la solidarité que nous devons aux pays du tiers monde, une politique agricole commune plus compétitive, mais aussi mieux à même d'aider au développement rural qui demeure un grand objectif de civilisation pour tous les pays européens.

Donc, compétition, coopération, solidarité. C'est par la solidarité que je terminerai. Il me semble que nous avons fait deux avancées importantes au terme de discussions difficiles et d'une bataille menée par la Commission. Je veux parler de la cohésion économique et sociale, d'une part, de la politique sociale, d'autre part.

Les Douze ont donc accepté un protocole engageant, qui préfigure bien la réunion que nous aurons sous présidence portugaise à l'occasion de l'établissement des perspectives financières 1993-1998. Ce protocole est engageant, car il vise à renforcer les moyens pour la cohésion économique et sociale, il vise à accroître l'efficacité des politiques structurelles – plus de flexibilité, plus de modulation comme vous l'avez demandé dans chacun de vos rapports. Il vise aussi à obtenir un système plus équitable de ressources. Enfin, la création d'un Fonds de cohésion est consacrée dans le Traité. Ce Fonds de cohésion sera aux relations entre Etats membres ce que les Fonds structurels sont aux relations entre les régions.

Quant à la politique sociale, elle demeure un grand souci pour nous tous car, deux ans après l'adoption de la Charte sociale, il n'a pas été possible d'adopter un seul texte significatif dans l'esprit de cette Charte...

Je sais, cette Charte sociale n'avait été adoptée qu'à onze. Alors, que fallait-il faire? Fallait-il diminuer nos ambitions pour obtenir un accord à douze? Nous revenions à la case départ et nous perdions toute la substance de la Charte sociale. C'est pourquoi, sans en ignorer le risque institutionnel, j'ai proposé un accord à onze faute d'obtenir un accord à douze. Mais un accord à onze qui, avec l'agrément des Douze, permet d'utiliser les institutions communautaires pour appliquer ce que j'appellerai cette « politique sociale complémentaire » de celle qui existe déjà dans le Traité et qui, elle, continue de s'appliquer à douze. Nous le faisons donc dans le cadre strict des compétences communautaires, en coopération pleine avec le Parlement européen. Il s'agit d'un texte ambitieux dans son contenu. Puis-je vous rappeler les dispositions qui pourront faire l'objet d'un vote à la majorité qualifiée, adaptée aux onze : l'amélioration du milieu de travail, les conditions de travail, l'information et la consultation des travailleurs, l'égalité entre hommes et femmes, l'intégration des personnes exclues du marché du travail. Donc, la substance est bonne...

C'est un texte également ambitieux dans son mode de décision, puisque l'on décidera à la majorité qualifiée, non pas 54 sur 76, mais 44 sur 66. Ce qui permettra, quand même, de fonctionner d'une manière correcte et avec le dynamisme voulu. C'est aussi un texte ambitieux dans sa philosophie du dialogue social, puisque nous laissons un large champ d'initiative aux partenaires sociaux, comme ils nous l'avaient demandé. Depuis hier, vous pouvez constater avec plaisir que de nombreuses organisations patronales et syndicales se sont félicitées du dénouement de Maastricht sur ce point. Et puis, pourquoi ne pas rêver, j'espère que la Grande-Bretagne nous rejoindra, là comme ailleurs, et comme elle l'a toujours fait jusqu'à présent.

Ainsi, une forte impulsion est donnée. Elle n'aurait pas été possible, rappelez-le-vous – sans les progrès réalisés depuis 1985. L'objectif 1992, l'Acte Unique, tant sous-estimé à l'époque, ont redonné du dynamisme à la construction européenne et nous ont redonné confiance en nous.

Aujourd'hui, la monnaie et la défense prennent le relais. La Communauté peut se construire sur la base d'un espace économique et social mieux équilibré. Certes, il y a trois piliers, avec un début de communautarisation pour les affaires intérieures et judiciaires ; mais des passerelles ont été acceptées, en fin de discussion, entre le domaine communautaire et les deux autres piliers. Je me réfère ici explicitement à la phrase clé des dispositions communes, c'est-à-dire à l'article B de celles-ci introduit grâce à une proposition de la Belgique. Il faut rendre justice à ce pays qui s'est constamment battu pour obtenir ces passerelles. Qu'est-il dit dans cet article ? Que les Douze s'engagent à maintenir et à développer l'acquis communautaire. Il dépend maintenant de nous de maintenir le cap vers une Communauté ouverte. Cette idée sera la base de l'étude que le Conseil Européen a confiée à la Commission dans le cadre d'une large fresque sur l'élargissement. Ainsi pourrons-nous concilier, je l'espère, l'approfondissement indispensable et l'élargissement souhaitable.

IV

Les contours de la grande Europe

1989. Les murs tombent. Celui de Berlin, bien sûr, mais aussi celui des idéologies et de l'incompréhension. Dès lors, la fin de la guerre froide portée par les changements en cours en Union soviétique, les pressions que cette évolution a créées dans les autres pays du bloc de l'Est et la diminution des menaces et contre-menaces mises en place depuis quarante ans sur le continent amènent inéluctablement la Communauté à se préoccuper de la nouvelle architecture de l'Europe. Car ce pôle de prospérité apparaît bien vite comme la référence. Il suffit, pour s'en convaincre, de voir se multiplier les rencontres de la Commission européenne avec Lech Walesa, Tadeusz Mazowiecky, Jozsef Antall, Vaclav Havel ou Lothar de Maizière.

En fait, la Communauté n'a jamais pensé avoir le monopole de l'Europe. Dès 1963, elle propose dans un mémoire à l'URSS de normaliser leurs relations. Mais ses rapports avec les pays de l'Europe du Centre et de l'Est seront longtemps marqués par le refus de l'Union soviétique – suivie bon gré mal gré par les autres membres du CAEM – de reconnaître le fait communautaire. Il faut attendre 1970 pour que les premiers contacts soient établis, 1980 pour qu'un accord de commerce et de coopération soit signé avec la Roumanie et 1988 pour que le CAEM [1] accepte que ses membres (URSS, Bulgarie, Hongrie, Pologne, Tchécoslovaquie, Roumanie, Cuba, Mongolie et Vietnam) discutent individuellement avec la Communauté. Voilà pourquoi se succèdent alors une série d'accords de commerce et de coopération avec la

---

1. Le CAEM est l'organisation de coopération économique et commerciale qui associait l'URSS et les autres pays communistes. Il a été dissous en juin 1991.

Hongrie (septembre 1988), la Pologne (septembre 1989), la Tchécoslovaquie, la RDA et la Bulgarie (mai 1990) et même l'Union soviétique (décembre 1989).

Bientôt pourtant, l'unification allemande et la chute des régimes est-européens vont obliger les Douze à donner une dimension politique à leurs relations avec ces pays, à accompagner le processus qui doit les mener à la démocratie politique et à la liberté économique. Et cette vocation sera internationalement reconnue lorsque le Sommet des pays industrialisés de l'Arche confiera le 16 juillet 1989 à la Commission européenne la coordination de l'aide à la Pologne et à la Hongrie. Ouverture des marchés, aide alimentaire, prêts à la balance des paiements, assistance technique : quarante milliards d'écus seront ainsi mobilisés en moins de deux ans en faveur de ces pays, pour l'essentiel par la Communauté. Le 18 novembre, lors d'un dîner à l'Elysée, les treize membres du Conseil Européen (ils sont toujours treize avec le président de la Commission) soutiennent les changements en cours à l'Est et apportent leur appui au projet français d'une Banque Européenne pour la Reconstruction et le Développement, une idée de Jacques Attali qui deviendra d'ailleurs le premier président de cette Banque.

Mais quelques jours auparavant a été ouverte la Porte de Brandebourg. Dès lors, l'unification allemande va être la première préoccupation de la Communauté et nécessiter un travail sans relâche de la Commission pour que soient prêts à temps pour cette unification – juridiquement équivalente en fait à une adhésion – tous les règlements et textes nécessaires. Ce sera chose faite le 21 août 1990. Les services de la Commission y auront travaillé tout l'été. Rien d'étonnant donc que Jacques Delors – qui aura milité sans relâche pour l'unification sous un toit communautaire – soit, avec le président du Parlement Européen Enrique Baron, la seule personnalité non allemande invitée le 3 octobre aux festivités données avec une joie grave par l'Allemagne enfin réconciliée à Berlin.

Elargissement ou approfondissement ? La question sera alors posée. Car les pays de l'Est le disent tous, leur objectif c'est de rejoindre la Communauté et déjà certains pays de l'AELE ont déposé formellement leur demande d'adhésion, l'Autriche (en juillet 1989) et bientôt la Suède (en juillet 1990).

Voilà pourquoi les Douze vont négocier avec l'AELE un accord sur l'Espace Economique Européen qui étend à ces pays les avantages du marché intérieur, créant ainsi un vaste marché de

400 millions de consommateurs. Avec les pays de l'Est et du Centre les plus avancés sur le chemin de la démocratie, des accords européens sont signés qui donnent aux relations que ces Etats ont avec l'Europe un cadre politique, économique, commercial et culturel. Ces deux projets aboutiront à la fin de 1991, au moment même où se désagrège l'Union soviétique et où le rôle stabilisateur de la Communauté apparaît plus indispensable que jamais. Cette désagrégation de l'URSS, la Commission va d'ailleurs s'en préoccuper. Elle a préparé pour le Conseil Européen de Rome de décembre 1990 un rapport sur l'économie soviétique qui amènera les Douze à décider d'une aide alimentaire d'urgence et d'une assistance financière et technique. Un programme d'ailleurs difficile à mettre en œuvre tant les interlocuteurs changent.

Cet Est, cependant, ne doit pas obnubiler la Communauté. Dans les premiers mois de 1991, les signaux se multiplient dans le Maghreb, dans l'Afrique subsaharienne, que ces pays qui ont toujours bénéficié de la générosité de l'Europe commencent à s'inquiéter. Ce ne sont plus les Américains ou les Japonais qui craignent une Europe forteresse, ce sont les déshérités de la planète. Jacques Delors profitera de son premier voyage officiel en Afrique noire à Dakar pour s'efforcer de rassurer et rappeler l'engagement de la Communauté, premier donneur d'aide du monde, envers ses partenaires traditionnels – non sans souligner que le concept même de développement est en train de changer.

La Communauté face à ses responsabilités internationales

Parlement Européen
Strasbourg, le 17 janvier 1990

Que d'événements se sont produits, pratiquement à notre porte, depuis qu'il y a un an, je rappelais les défis majeurs qui attendaient la Communauté et que, faisant écho à l'idée de Maison commune chère à M. Gorbatchev, je proposais une esquisse un peu différente sous la forme d'un village Europe avec, en son sein, une solide maison communautaire.

Depuis lors, la Communauté a progressé à pas vif et son économie s'est encore affermie grâce à une croissance tirée par les investissements et plus créatrice d'emplois. Sait-on, par exemple, qu'avec la poursuite de ce cycle la production a augmenté dans l'Europe des Douze de quelque 20 % depuis 1984, que 8,5 millions d'emplois ont été créés et que désormais les entreprises européennes font montre à l'intérieur comme à l'extérieur des frontières d'une agressivité retrouvée bien qu'encore insuffisante ? Aussi l'influence de la Communauté s'est-elle étendue économiquement et politiquement. Désormais elle est respectée, courtisée ou crainte.

Et pourtant comment ne pas s'interroger face à ces événements récents de l'Europe du Centre et de l'Est ? Il nous a fallu plus de trente ans pour répondre d'une manière embryonnaire, avec la perspective de l'Union Economique et Monétaire, à l'objectif des pères fondateurs du Traité d'une Europe politique, alors qu'il aura suffi de quelques semaines aux Allemands de l'Est pour rouvrir la Porte de Brandebourg, symbole de l'unité à venir du peuple allemand.

Il nous aura fallu huit ans, à pas que nous croyions forcé, pour créer un marché unique et un espace économique et social organisé ; il aura suffi de quelques mois aux peuples de l'autre Europe pour trouver les ferments de la liberté et de la démocratie.

Contraste des rythmes, formidable accélération de l'histoire quand il s'agit, pour les peuples, de passer d'anciens régimes à une époque nouvelle sous le signe de la paix, de la démocratie pluraliste et du progrès économique et social.

Pour la Communauté Européenne, les défis plus que jamais demeurent : ceux de la finalité, de la stratégie, de la méthode des Douze face à leurs responsabilités internationales à l'Est mais aussi dans les autres Europe, vis-à-vis de la Méditerranée ou des pays du Sud ; le défi enfin de l'affirmation de nos valeurs à travers nos actions quotidiennes, cette mise en œuvre de tout l'Acte Unique qui reste notre premier devoir et dont le programme de travail annuel est la traduction temporelle.

Mais auparavant, dans ce contexte changé et changeant, comment ne pas ressentir avec inquiétude, que le temps nous est compté et que le mouvement en Europe interpelle la Communauté ?

Le mouvement en Europe interpelle la Communauté

C'est au nom de la liberté que des millions d'hommes et de femmes, loin d'avoir pris leur parti de leur servitude, sont descendus dans la rue, réveillés de leur ankylose par le déclin des régimes qui les gouvernaient et par le relâchement parfois volontaire de la tutelle qui leur était imposée.

Mais, ne nous y trompons pas, c'est aussi notre prospérité, notre liberté, notre communauté de droit non hégémonique, où le plus petit des Etats a son mot à dire, qui a servi de pôle d'attraction et de référence, pour l'idéal comme pour l'action. Plus que l'ambition des hommes politiques, c'est donc la volonté des peuples qui a fait l'histoire ces derniers mois, dans la joie grave ici, dans l'amertume et le drame là, avec une force collective qui nous paraît d'autant plus belle qu'elle semble parfois défaillante à l'Ouest nanti du Continent où certaines de nos querelles, fondées sur la nostalgie d'un passé révolu, apparaissent dérisoires et retardent notre avancée commune.

L'admiration que nous portons à ces peuples du Centre et de l'Est de l'Europe ne saurait cependant nous masquer la réalité. Le mouvement en cours, s'il est porteur d'espoirs, l'est aussi de multiples dangers en soi. Si, comme l'écrivait Tocqueville au lendemain des événements de 1848, « la révolution a cessé d'être une aventure pour prendre la dimension d'une ère nouvelle », il y a encore des retours en arrière ou bien des déviations possibles. Il suffit pour s'en convaincre de suivre les mouvements divergents des peuples et de leurs dirigeants à Leipzig comme à Bucarest, sans omettre les soubresauts internes en Union soviétique. Comment d'ailleurs ne pas ressentir le hiatus entre la force des peuples et la fragilité des situations, entre la manifestation claire des désirs et l'incertitude des scénarios possibles ?

Dangers économiques bien sûr, alors que, dans la plupart de ces pays, la croissance stagne, le niveau d'investissement est faible et l'endettement élevé, surtout si on le compare aux recettes d'exportations réalisées avec l'extérieur de ce qui fut le monde communiste. Sans doute ne faut-il pas généraliser, chacun de ces pays faisant parfois bande à part, la Bulgarie en matière d'investissement, la Tchécoslovaquie pour la croissance et la Roumanie pour l'endettement, leur niveau de développement étant fort divers ; et les différences sont encore plus fortes si l'on songe aux traditions et aux structures politiques. Mais partout la situation est difficile et exige une nouvelle structure politique et des réformes économiques profondes. Le Vice-Président Andriessen vous livrera à ce sujet, cet après-midi, les impressions qu'il tire de son récent voyage dans ces pays.

Mais aussi risques politiques; d'où l'importance de ne pas sous-estimer les dangers politiques qui menacent ces pays et donc nous concernent aussi, dans ces eaux incertaines qui mèneront aux élections libres et pluralistes prévues au printemps et qui, même ensuite, pourront toujours

196

naître de la non-réalisation des réformes politiques, de l'échec économique ou des poussées vers une sorte de balkanisation.

Oui, les risques sont énormes pour la Communauté elle-même, tant l'accélération des événements a réveillé le débat sur la construction européenne. J'entends d'un côté les voix de ceux qui clament que, née de la guerre froide, l'Union des Douze doit disparaître avec elle, et ce, au mépris de l'expérience accumulée depuis quarante ans sur le chemin difficile et stimulant de l'apprentissage de la souveraineté exercée en commun. J'y vois ressurgir pour les uns les commodités de la facilité et d'un nationalisme primaire, pour les autres la tentation de jouer une carte à la Metter-nich. Comme si l'évolution du monde donnait une chance à ceux qui se laissent guider par la vanité ou à ceux qui veulent jouer les grands avec les atouts qu'hier ils possédaient.

Je vois aussi tous ceux qui parlent déjà d'une adhésion immédiate de ces pays du Centre et de l'Est à la Communauté, comme si ceux-ci étaient déjà prêts politiquement et économiquement à l'exercice de la démocratie pluraliste et de l'économie de marché. Comme si cela ne devait poser aucun problème ni financier ni institutionnel. Faut-il rappeler à ceux-là que l'Espagne et le Portugal se sont préparés pendant sept ans à leur entrée dans la Communauté, ce qui explique grandement leurs succès actuels et leur éminente contribution au renforcement de l'esprit communautaire?

Je cite cet exemple à dessein, car il souligne que la Communauté constitue un laboratoire unique de la démo-cratie plurielle, c'est-à-dire exercée par un concert de Nations. Mais méfions-nous des espoirs suscités qui ne pourraient être suivis d'effets. Certes le principe est clair pour nous : tout pays européen remplissant les conditions politiques de la démocratie peut demander son adhésion à la Communauté. Mais, outre que celle-ci a donné priorité à l'approfondissement sur l'élargissement, tout est fonction des modalités et celles-ci peuvent varier dans le temps comme dans le contenu, à condition de rester fidèles à notre méthode de l'intégration. La question posée à chaque pays candidat est simple : acceptez-vous le contrat de mariage des Douze dans son intégralité et dans ses perspectives d'avenir ? Oui ou non ?

Mais revenons à nos frères de l'Europe du Centre et de l'Est. Le devoir commande : comment soutenir ces pays qui tentent l'expérience unique d'aller du communisme vers l'économie de marché, soit le schéma inverse de celui sur lequel on a tant réfléchi et tant écrit, aveuglés que beaucoup étaient par l'assimilation du capitalisme à l'économie de marché ? Comment les aider sans paternalisme, comment les étayer sans les gêner ? Sans doute est-ce d'abord l'affaire de ces peuples, mais la Communauté, pour ce qui la concerne, doit s'engager à être solidaire à l'intérieur d'un nouveau cadre de coopération, que nous allons nous employer à définir rapidement.

Cette solidarité, elle a été visible dès la première heure, après que le Sommet de l'Arche nous eut confié à la mi-juillet la coordination de l'aide occidentale à la Pologne et à la Hongrie. Moins de quinze jours plus tard, les experts de 24 pays étaient réunis à Bruxelles pour évaluer les besoins et commencer de définir une ligne d'action ; ces réunions se sont répétées à trois reprises, dont la dernière au niveau ministériel. Dans le même temps, la Communauté décidait d'une aide alimentaire d'urgence qui était acheminée vers la Pologne dès les premiers jours de septembre. La coopération s'organise, où la Commission s'efforce d'ajouter ses innovations propres aux initiatives de chacun des pays, afin que la coordination se traduise par un plus d'efficacité qualitative et quantitative.

Vous le voyez, là où il y avait urgence – aide alimentaire, médicaments –, là où les questions étaient relativement circonscrites – support financier, ouverture des marchés, extension des préférences généralisées – les réponses ont été rapides. Plus difficiles, il est vrai, sont les interventions qui doivent concourir à la reconstruction de ces économies, alors que les structures d'Etat y sont en pleine décomposition et que les initiatives individuelles n'y sont qu'embryonnaires. Cela prendra du temps. Il y aura des avancées, il y aura des reculs. Il faut que nous soyons prêts à faire face à toutes ces circonstances.

Avec la décision du Sommet de l'Arche, il s'agissait

d'aider deux pays. L'évolution des événements depuis lors rend la tâche infiniment plus ambitieuse, comme l'ont reconnu les ministres des Affaires étrangères des 24. Cela ne manquera pas de poser aux Douze la question des instruments communautaires disponibles et des ressources nécessaires, ce dont, je le sais, votre Parlement est parfaitement conscient.

Pour ce qui est des instruments, nous avons déjà signé ou sommes en train de négocier avec tous ces pays des accords de commerce et de coopération. Mais ces accords ne sont sans doute pas adaptés au niveau d'exigence qui peut être le nôtre, comme celui de ces pays pris individuellement et collectivement. Il faut donc les dépasser pour intégrer les formes nouvelles de coopération.

Tel pourrait être l'objet de contrats d'association « revisités ». Voilà qui permettrait, si ces pays le voulaient, d'inclure, dans le volet institutionnel de ces accords, une véritable instance de dialogue et de concertation politique et économique, d'étendre la coopération aux domaines technique, scientifique, culturel, environnemental, commercial, financier, sans la centrer forcément sur un marché commun qui ne saurait être accessible avant plusieurs années à des économies non compétitives.

Cela soulignerait aussi le caractère nécessairement évolutif de cette coopération alors que les accords commerciaux, pour utiles qu'ils soient, ne font que figer à un moment donné un équilibre d'intérêts.

Voilà qui suppose la mise en place de nouveaux instruments : pour la formation ou les échanges de jeunes, deux décisions arrêtées par les chefs d'Etat et de gouvernement des Douze et pour lesquels les travaux de la Commission sont déjà avancés ; ainsi la Commission proposera-t-elle au Conseil des Affaires Générales du 5 février la création d'une fondation européenne pour la formation, structure légère d'échanges, de collecte d'information et de mise en place de réseaux. Mais aussi pour la garantie des prêts, l'assurance crédit et le financement, domaines dans lesquels la nouvelle Banque Européenne pour la Reconstruction et le Développement est appelée à jouer le rôle central.

Mais surtout, à ambition nouvelle, moyens supplémentaires. Cela nécessitera inéluctablement une révision de nos perspectives budgétaires, sans revenir sur une discipline qui doit demeurer notre règle. Pour vous donner un ordre de grandeur, j'aimerais vous livrer quelques chiffres. S'il s'agissait d'étendre notre solidarité interne aux régions en retard de développement – ce que l'on appelle dans notre jargon les régions de l'objectif 1 – aux six pays en voie de démocratisation, il nous faudrait 14 milliards d'Ecus supplémentaires par an. Et si l'on voulait y ajouter les interventions de la Banque Européenne d'Investissement dans ces régions, il faudrait 5 milliards de plus par an. Enfin, compte tenu du degré de capacité d'absorption de cette aide financière par des économies en plein bouleversement, notre action devrait porter sur cinq à dix ans. Voilà. Je laisse ces éléments à votre sagacité. Ils nous seront utiles dans les mois à venir, puisque la Commission fera de nouvelles propositions, conformément à l'accord interinstitutionnel sur le budget, pour adapter les ressources et les instruments communautaires à la nouvelle situation, d'où une proposition à laquelle la Commission attache une très grande importance. En février 1988, le Conseil Européen, dans une décision historique, s'est mis d'accord pour assurer la solidarité interne et le développement de la Communauté. Un nouveau « février 1988 », tout aussi solennel, tout aussi historique, s'impose pour affirmer et concrétiser notre solidarité à l'égard de l'Europe et du monde.

Je voudrais enfin souligner que, quelle que soit la solution retenue pour aider ces pays, il est désormais impossible de dissocier le rôle économique de la Communauté de son rôle politique. C'est une des leçons fortes à retenir des mois passés.

La Communauté doit assumer toutes ses responsabilités internationales

Face au mouvement à l'Est, à la détente retrouvée, à la mise en place d'un monde multipolaire, la Communauté et ses Etats membres – individuellement ou collectivement – doivent avoir la capacité d'influencer, de manière effective et conforme à leurs intérêts et à leurs valeurs, le cours des choses et l'architecture à venir de la Grande Europe. Tel est un des chantiers prioritaires pour notre réflexion comme pour le débat politique dès cette année. Engageons-le sans crainte et sans fard.

Cela pose en premier lieu la question allemande. Soyons clairs : le rapprochement, voire l'unification du peuple allemand, c'est d'abord l'affaire des Allemands eux-mêmes. Mais c'est aussi celle de la Communauté. La Loi fondamentale allemande du 23 mai 1949 (c'est dire la sagesse des dirigeants de ce pays puisque c'était là neuf ans avant la signature du Traité de Rome) lie, en effet, dans son Préambule, le principe de l'unité allemande, sur la base de l'autodétermination des Allemands eux-mêmes, à celui de l'Europe unifiée.

D'autre part le Traité de Rome lui-même en porte la marque : protocole sur le commerce intra-allemand, déclarations sur la nationalité allemande et sur le statut de Berlin, déclaration des négociateurs de Bonn du 28 février 1957.

L'Allemagne de l'Est constitue donc un cas spécifique. Comme je l'ai déjà dit, mais je dois le répéter clairement aujourd'hui, elle a sa place dans la Communauté, si elle le demande, pour peu que ce processus se réalise, comme l'a rappelé le Conseil Européen de Strasbourg, à travers une libre autodétermination, pacifiquement et démocratiquement, dans le respect des principes de l'Acte final d'Helsinki, dans un contexte de dialogue Est-Ouest et dans la perspective de l'intégration européenne. Quant à la forme que cela prendra, c'est d'abord l'affaire des Allemands eux-mêmes.

Mais vous voyez bien qu'une fois cette question ainsi précisée, bien des arrière-pensées peuvent être chassées, tout s'éclaire des relations extérieures de la Communauté, de l'architecture future du continent. Sans établir la moindre hiérarchie, commençons par l'Association européenne de libre-échange.

Voilà un an, dans cet hémicycle, je proposais à ces pays une relation mieux structurée et plus globale que ne l'est l'association actuelle, fondée sur une coopération pragmatique réussie certes, mais limitée. Depuis lors, les discussions ont porté sur la conception d'ensemble des négociations que nous allons entreprendre – pour ce qui touche notamment les quatre libertés et l'acquis communautaire – comme sur leur contenu. Nous dirons donc que c'est une idée qui va son chemin et qui pourrait trouver une conclusion dès cette année.

Mais je voudrais être franc avec ces pays, comme il sied entre amis, puisque le débat porte aujourd'hui sur le processus de décision. Il faut assurer une osmose entre le pilier de la Communauté et celui qui devrait être constitué par l'AELE telle que les intérêts de celle-ci soient pris en considération lors de l'élaboration des principales décisions communautaires. Mais on ne saurait aller jusqu'à une codécision qui ne peut en effet résulter que de l'adhésion pleine et entière et donc de l'acceptation de l'ensemble du contrat de mariage. Cela ne servirait donc ni l'intégration communautaire ni l'association avec l'AELE. Telle est la ligne de crête sur laquelle nous devrons nous tenir dans la négociation qui s'ouvrira.

Il y a aussi les pays du Centre et de l'Est de l'Europe, dont nous avons déjà parlé, et ceux que j'ai appelés, sans connotation péjorative, les orphelins de l'Europe et dont il faut se préoccuper.

Que donnera, à terme, l'ensemble de ce processus ? S'agira-t-il, comme l'a suggéré le Président François Mitterrand, d'une grande confédération européenne ? C'est une perspective enthousiasmante pour tous ceux qui croient à l'identité européenne et à son fond commun de valeurs et de traditions. Ma conviction c'est qu'une telle confédération ne pourra voir le jour qu'une fois réalisée l'Union politique de la Communauté. Chacun se décidera le moment venu.

Mais nos responsabilités ne s'arrêtent pas là. Toujours à notre porte, mais au Sud, doivent se développer les relations avec les pays de la Méditerranée, « Mare Nostrum », pour soutenir tout à la fois les progrès que l'on peut y enregistrer

vers la démocratie mais aussi, par les réformes économiques, vers la croissance et la création d'emplois. De tout
temps, cette sorte de mer intérieure a été un lieu de
rencontre entre chrétiens, juifs et musulmans, entre civilisations européenne et islamique. Il faut donc s'en préoccuper au nom des courants traditionnels d'échanges, des
liens culturels et historiques, mais aussi parce que la
Communauté ne saurait se désintéresser des problèmes
posés alentour, de l'impératif de développement pour des
pays dont la population croît fortement, des contraintes qui
pèsent sur l'environnement de cette mer commune et des
tensions sociales et religieuses qui, ici et là, constituent un
lourd facteur d'instabilité. Le Conseil Européen de Strasbourg nous a demandé d'approfondir notre politique de
voisinage, avec une mention toute particulière pour l'Union
du Maghreb Arabe. A la Commission d'innover pour stimuler une coopération et pour en faire la preuve visible
que les préoccupations continentales de la Communauté ne
sauraient se faire au détriment de ses responsabilités ailleurs dans le monde.

Cette preuve, il est vrai, la Communauté l'a déjà apportée, le 15 décembre dernier, lorsqu'elle a mené à bien, avec
soixante-six pays d'Afrique, des Caraïbes et du Pacifique,
le troisième renouvellement de la Convention de Lomé.
Traduction de liens séculaires, cette coopération sûre,
durable et prévisible, puisqu'elle est fondée sur des engagements juridiques contraignants, a fait l'objet d'un effort
tout particulier. C'est ainsi que les moyens financiers mis
en œuvre sont en augmentation nominale de 46 % et réelle
de 25 %. Sans doute ces 12 milliards d'Ecus prévus pour
les cinq prochaines années peuvent-ils paraître insuffisants
au regard des immenses besoins à satisfaire ; sans doute
n'est-on jamais assez généreux, nos économies ne sont-elles
pas assez ouvertes à l'égard des pays déshérités de la
planète. Nous en sommes nous aussi conscients. Mais encore
faut-il souligner qu'aucun budget d'aide publique au développement, national ou international, n'a connu récemment
une telle augmentation.

Ce sens des responsabilités internationales, on en voit le

signe aussi bien en Amérique Latine, où, pour ne prendre qu'un exemple, la Commission vient de recevoir mandat de négocier un accord de coopération commerciale et économique avec l'Argentine, que dans les pays du Golfe avec lesquels nous allons créer une zone de libre-échange, sans pour autant mettre à mal nos industries pétrochimiques. Sans oublier – mais comment l'oublier? – la grande région d'Asie et du Pacifique où se réalisent d'extraordinaires progrès économiques ; la Communauté doit y jouer un rôle plus important et trouver sa place dans les nouveaux schémas de coopération régionale qui s'y dessinent. Mais on en voit aussi l'expression dans l'intérêt nouveau que nous portent deux autres grandes puissances.

Dès le 21 mai, le Président George Bush proposait en effet à la Communauté et à ses Etats membres d'être partenaires dans la conduite des affaires du monde par une globalisation des relations euro-américaines et grâce à de nouveaux mécanismes. Cette offre était réitérée et approfondie, à la lumière des événements, par James Baker à Berlin le 12 décembre.

Sans doute y a-t-il quelque ambiguïté à lier, comme le fait le secrétaire d'Etat américain, partenariat transatlantique et intégration européenne. Certains Etats membres pourraient y voir une volonté d'ingérence inacceptable entre deux partenaires égaux, les deux piliers de l'Alliance Atlantique. Mais comment ne pas se réjouir des nouvelles dispositions d'esprit que l'on ressent de part et d'autre de l'Atlantique, de cette volonté commune d'une coopération approfondie qui éviterait que le cours profond des relations entre les deux premières puissances du monde soit ramené à des querelles sur les pâtes ou sur les hormones. Nos liens avec les Etats-Unis méritent mieux. Il reste à mettre en place, sans naïveté et sans ambiguïté, le cadre de cette relation transatlantique rénovée. Nous y travaillons et nous ferons des propositions en temps utile, c'est-à-dire au cours de cette année.

La semaine passée, le Premier ministre Kaifu nous a lui aussi proposé de revivifier les liens euro-japonais. Il a réitéré la volonté japonaise de prendre désormais pleinement sa part du fardeau tant économique que politique de la planète – notamment vis-à-vis des pays de l'Est –, tant l'évolution des événements dans ces pays pèsera sur les grands équilibres du monde. De cela, on peut se féliciter, comme on peut espérer que les nouvelles structures de concertation à haut niveau entre le Japon et l'Europe seront plus efficaces que les enceintes de naguère. Je répète à cet égard ce que j'ai dit à M. Kaifu. C'est un sentiment de déception qui nous habite.

Nous souhaitons donc que les Japonais tirent toutes les conséquences de la nouvelle disposition d'esprit qu'ils affichent : ils ne pourront indéfiniment demander à l'Occident l'application de principes d'ouverture et de libre-échange qui sont refusés chez eux aux entreprises occidentales. Disons-le clairement. Il ne peut y avoir de Communauté véritable des démocraties, entre l'Europe, le Japon et les Etats-Unis, que si nous acceptons et appliquons les mêmes principes qui font une économie ouverte et confortent le commerce multilatéral, si vital pour les pays en voie de développement.

Ces questions commerciales devraient d'ailleurs trouver une forme d'aboutissement avec le parachèvement, à Bruxelles, cette année de l'Uruguay Round. Si j'en parle, c'est parce que cette négociation occupera une grande part des préoccupations et du travail de la Commission cette année. Je voudrais résumer la position de la Commission, dans cette négociation essentielle, par trois mots : efficacité, globalité et équité. Efficacité car on ne peut se permettre l'échec ; le commerce international est un moteur essentiel d'une croissance plus équilibrée et plus forte de l'économie mondiale. Globalité car on ne saurait isoler, comme veulent le faire certains, l'un ou l'autre dossier ; il faut faire avancer l'ensemble. Equité enfin car on doit tenir compte aussi bien des intérêts légitimes des pays en voie de développement que des responsabilités nouvelles – et qui doivent être prises en compte – des nouveaux pays industrialisés.

Ces trois exigences qui sont les nôtres, elles ne seront réalisées que dans un cadre multilatéral. C'est dire qu'il faut renoncer à toutes les menaces qui pèsent sur ce système. Telle est bien la volonté de la Communauté, mais ce doit être une volonté forte et exemplaire. Nous devons maintenir le lien entre monnaie, commerce et finances, le triangle de base pour un ordre économique mondial plus juste et plus efficace.

La Communauté, un pôle d'attraction à renforcer

Mais toutes ces responsabilités internationales auxquelles les événements m'ont obligé à consacrer une grande part de mon intervention, étant entendu qu'une seconde en février portera davantage et en détail sur le programme de travail, je les ai soulignées pour vous indiquer que, selon la Commission, la Communauté ne demeurera un pôle d'attraction que si nous accélérons la construction européenne.

Vous l'aurez compris, les Douze n'ont pas le choix. Ils doivent demeurer ce pôle d'attraction qu'ils sont devenus, non par legs de l'histoire mais par l'esprit qui les anime – celui des pionniers de la construction européenne – et par leur action sans relâche.

Certes la Communauté n'est pas la seule enceinte européenne en cause. Dans le domaine économique, outre l'AELE, il y a le Comecon qui, profondément réformé, pourrait confirmer ses raisons d'être, ne serait-ce que celle de maintenir un courant d'échanges de produits qualitativement peu préparés à affronter le marché mondial. C'est, semble-t-il, ce qu'ont compris les responsables réunis à Sofia, malgré les fortes réticences que certains ont manifestées à l'égard de cet organisme. Si ces pays décidaient effectivement de choisir la voie des réformes, et s'ils en exprimaient le désir, il est clair que la Communauté serait prête à mettre à leur disposition son expérience en matière de coopération économique.

Il y a aussi les pactes que les deux Grands sont sans doute fermement décidés à maintenir comme instruments de stabilité, voire de régulation, et auxquels ils envisagent de donner des compétences, si j'en crois certains discours, autres que de sécurité. Il y a enfin une autre institution qui offre de larges perspectives : il s'agit du Conseil de l'Europe qui doit poursuivre sa tâche en matière de culture, de droits de l'homme et d'éducation tout en permettant aux pays de l'Europe du Centre et de l'Est de retrouver, en même temps que leurs racines culturelles, toutes les voies de la démocratie pluraliste.

Mais on voit bien que c'est au sein de la Communauté que la pratique de l'« affectio societatis » est la plus profonde. Or il faut être fort à l'intérieur pour être généreux au-dehors, il faut être puissant pour espérer surmonter les antagonismes nationaux qui risquent de se faire jour en Europe.

Ce renforcement de la Communauté implique d'aller de l'avant dans la mise en œuvre de tout l'Acte Unique. J'y reviendrai. Mais cela ne suffit plus. Comme je le disais déjà à Bruges, en octobre dernier : « L'Histoire s'accélère. Nous aussi devons accélérer. » « Seule une Communauté forte et sûre d'elle-même, plus homogène et plus résolue, peut véritablement tenir les deux bouts de la chaîne. » « Je souhaite, pour l'honneur de nos générations, que nous puissions reprendre, dans les deux années qui viennent, les paroles mêmes que prononçaient un grand Européen, Paul-Henri Spaak, lors de la signature du Traité de Rome : " Cette fois les hommes d'Occident n'ont pas manqué d'audace et n'ont pas agi trop tard ". »

Deux directions s'imposent à nous : l'Union Economique et Monétaire et la coopération politique.

A Strasbourg, le 9 décembre, les Douze chefs d'Etat et de gouvernement ont montré la voie. La décision de convoquer avant la fin de 1990 une conférence intergouvernementale devrait susciter le dynamisme nécessaire à la réussite du processus. Mais, si la volonté politique est manifeste, il faudra du temps pour surmonter bien des difficultés concrètes.

Aussi devons-nous d'abord nous concentrer sur la première phase de l'Union Economique et Monétaire, faite du renforcement de la coopération en matière de politique monétaire et d'une convergence accrue de nos économies ;

elle représente un préalable aussi important que celui constitué par une préparation pleine et adéquate de la Conférence intergouvernementale. J'y insiste. La réussite de la phase 1 est la meilleure arme pour convaincre les réticents. Nous avons une obligation de résultats.

Pour aider à cette préparation, la Commission soumettra dès le printemps un premier document sur le dessein final de l'Union Economique et Monétaire, puis un second sur les modifications institutionnelles que l'UEM implique. La Commission participera de tout son poids aux travaux nécessaires à la Conférence intergouvernementale.

Nous y traiterons – et ma liste n'est pas limitative – des questions qui devront être résolues par la conférence : quel parallélisme entre économique et monétaire ? Quelles règles volontaires acceptées en commun ou quel champ ? Quel degré de centralisation de la politique monétaire ? Quelle répartition des compétences économiques et politiques entre l'institution centrale et les institutions nationales ? Quel rapport entre la Banque Centrale indépendante et les autorités politiques chargées de la politique économique générale ? Quelles contreparties démocratiques et en premier lieu quel rôle pour le Parlement Européen ?

L'autre voie d'accélération, c'est la coopération politique. Son style et son rythme doivent changer. Encore doit-on se féliciter des initiatives prises dans ce domaine depuis maintenant un an par la présidence espagnole d'abord – sur le Moyen-Orient – puis par la présidence française sur le Liban, les relations avec l'Est et le dialogue euro-arabe. Compte tenu du retard pris par la coopération en matière de politique extérieure par rapport à la coopération économique, ces initiatives sont encourageantes, mais franchement pas suffisantes.

Car on voit bien que l'attraction économique du Grand Marché sur les pays situés à la périphérie de la Communauté risque de se faire au détriment de la consistance politique des pays signataires de l'Acte Unique, engagés par le Traité « à transformer l'ensemble des relations entre leurs Etats en une Union Européenne ». Cela implique que l'on s'interroge sur cette coopération politique.

Sur le plan de la méthode, cette coopération se présente d'abord, presque systématiquement, comme une réaction face aux événements du monde. Ne vaudrait-il pas mieux définir d'abord ce que j'appellerais *les intérêts communs essentiels* des Etats membres pour mieux éclairer leur route et faciliter leur prise d'initiatives ?

Cette proposition rappellera bien des souvenirs à M. Tindemans : définir les intérêts communs essentiels et, à partir de là, ouvrir les voies, non à une politique extérieure complètement commune, mais à des actions correspondant à ces intérêts essentiels. Je propose donc, comme première manifestation de cette volonté nouvelle, que les Douze prennent en commun l'offensive à la CSCE, l'autre matrice importante de l'avenir européen, sur les deux corbeilles de l'économie et des droits de l'homme. Qu'ils y défendent une position commune, qu'ils fassent preuve d'innovation, qu'ils constituent une force d'entraînement d'une manière encore plus significative.

L'occasion se présentera cette année, si est retenue la proposition de M. Gorbatchev de réunir, au plus haut niveau, les participants de la CSCE pour faire le point des travaux sur les trois corbeilles et pour ouvrir les perspectives de la Grande Europe. Ce sera là une occasion et un défi. Une occasion car la CSCE peut offrir le cadre du village européen que j'ai dessiné devant vous ; un défi car, l'inter-gouvernemental à 35, en institutionnalisant un cadre de paix, n'est pas forcément complémentaire de l'intégration à 12. Mais dès la prochaine conférence de Bonn sur l'économie, en mars, la Communauté aura la possibilité d'affirmer son identité et de contribuer en tant que telle au processus de la CSCE. Ce sera un premier test.

Sur ces sujets, la position de la Communauté sera d'autant plus forte qu'elle aura adhéré à la Convention des Droits de l'Homme de Strasbourg. C'est aussi une de nos propositions pour cette année.

UEM ou coopération politique, tout renvoie en fait à l'institutionnel, car seul il peut renforcer l'autorité et les moyens d'action de la Communauté. Je l'avoue, jusqu'à présent, tant dans la préparation de l'Acte Unique que dans l'élaboration des travaux sur l'UEM, j'ai toujours choisi la voie pragmatique qui consiste à proposer un objectif et une stratégie, puis à cerner le terrain des compétences sur lequel le processus institutionnel de décision est ensuite adapté.

Mais l'urgence oblige à être plus audacieux. Face au degré d'engagement demandé à la Communauté, aux risques de dilution – ne serait-ce que par la tentation de certains pays, effrayés par l'évolution de Continent, de jouer une carte plus nationale – il nous faut une armature institutionnelle qui résiste à toute épreuve. Et puisque votre Assemblée, fidèle à la pensée d'Altiero Spinelli, doit, elle-même, prendre une initiative importante dans ce domaine, je ne résiste pas à la tentation d'apporter quelques idées au débat que vous allez avoir et auquel, je l'espère, participeront les Parlements nationaux et les gouvernements. Vous pouvez compter sur la Commission pour y être présente et je souhaite que ce que vous décidiez alors devienne le cœur d'une immense réflexion politique qui nous permette d'aboutir, d'informer les citoyens et d'exercer les pressions politiques nécessaires.

Sur le fond, trois questions se posent :
– quel exécutif ?
– quel contrôle démocratique ?
– enfin quelles compétences ?

Il faut, c'est une évidence, un exécutif à même de remplir pleinement sa tâche. J'ai toujours, vous le savez, présenté deux solutions : soit la désignation par chaque gouvernement de vice-Premiers ministres ou de vice-Présidents du Conseil qui se réuniraient une fois par semaine à Bruxelles pour faire les arbitrages nécessaires ; soit la transformation de la Commission en un véritable exécutif responsable. La logique des pères du Traité de Rome comme l'efficacité et les défis du monde extérieur commandent de parier sur cette seconde solution.

L'exécutif devrait être responsable bien entendu devant les institutions démocratiques de la future Fédération, car qui exerce davantage de pouvoir doit s'engager personnellement. Et la Commission devrait être désignée démocratiquement, à charge pour les deux instances précitées de définir, dans une première étape, les modalités de nomination du Président de la Commission qui devrait disposer d'une réelle influence sur le choix des autres membres du collège.

Pour combler le déficit démocratique, réponse à la deuxième question, les pouvoirs du Parlement devront être renforcés. Mais il vaut mieux organiser le contrôle démocratique par la reconnaissance d'un partenariat entre les deux expressions de la volonté populaire, celle de la représentation européenne et celles des représentations nationales. Ce doit être pour nous tous un grave sujet de réflexion.

Son traitement exige une concertation entre les élus européens et les élus nationaux, de même qu'une clarification de la notion de subsidiarité qu'il faudra traduire en termes institutionnels et juridiques. Telle est l'exigence de notre Communauté de droit ; tel serait le garant de l'approfondissement de son caractère démocratique.

Pour ce qui est des compétences enfin, la notion de subsidiarité – je viens de le dire – devrait être au centre de notre projet pour réguler la répartition des responsabilités entre les différents niveaux de pouvoir, communautaire, national et régional. Et dans la Fédération des Douze – profondément originale tant le pouvoir central aura surtout un rôle d'impulsion – elle devra apporter le contrepoids permanent à la tendance naturelle au renforcement de l'exécutif central. Au risque de me répéter, j'insiste pour que ce nouveau pas en avant se fasse dans la transparence et dans la claire définition de qui fait quoi.

Mais, dans votre important débat de novembre, votre Parlement a posé d'autres questions sur l'introduction, dans la prochaine conférence intergouvernementale, du social, de l'environnement, voire de l'éducation et de la culture. Pour ma part, et ma réflexion a évolué sur ce point, je pense que cette conférence devrait, sous une présidence unique, engager deux réflexions parallèles, l'une sur l'Union économique et monétaire et ses aspects institutionnels spécifiques et l'autre sur les autres questions, y compris l'extension des compétences, y compris la coopération politique, afin de dessiner pleinement, même s'il faut quelques années pour y parvenir, le visage de la Communauté de demain. Le débat est de toute façon ouvert et je n'en ignore pas les risques. Mais je ne vois pas de meilleur moyen de se doter d'un grand espace d'échanges, de paix et de coopération, de mener à bien, sans précipiter les choses, ce jeu de patience permettant à la Communauté de tisser les liens qui devraient correspondre à sa capacité politique et au niveau d'exigence de ses responsabilités internationales.

La Communauté doit réussir l'Acte Unique

Toutes ces préoccupations, même si elles sont vitales, ne sauraient nous détourner de ce qui est le cœur de notre action, l'abord de toute ambition affirmée : réussir l'Acte Unique, tout l'Acte Unique. Car de cela dépend notre prospérité, notre rôle dans le monde. Telle est donc notre priorité dans le programme de travail, elle est parfaitement compatible avec les exigences d'innovation politique que je viens d'expliciter.

Vous avez décidé d'ouvrir deux débats successifs sur le programme de travail de l'année 1990. Je m'en réjouis, car cela devrait permettre d'améliorer nos relations de travail – je parle des relations de travail entre le Parlement européen et la Commission. Ainsi, je l'espère, dans le travail de vos commissions, dans la venue des membres de la Commission devant vos commissions, nous pourrons largement tenir compte de vos remarques et accroître l'efficacité de notre action commune, une action commune sans laquelle, vous le savez, l'histoire l'a montré, la Communauté ne peut pas avancer.

A trois ans de l'échéance 1992, une bonne part du chemin a été faite. Le Conseil a déjà approuvé quelque 60 % des 279 dispositions prévues par le Livre blanc et la Commission a formulé la quasi-totalité de ses propositions. L'émulation des présidences successives, le sens des responsabilités des institutions concernées sont tels que certains considèrent l'espace économique et social sans frontières comme pratiquement acquis. Sans doute l'itinéraire est-il balisé et le voyage irréversible, mais il faudra encore beaucoup de volonté politique pour réussir. Aussi comprendrez-vous que la Commission s'arrête particulièrement, dans la mise en œuvre du marché intérieur, sur deux dossiers.

D'abord la libre circulation des personnes, preuve nécessaire et tangible pour les citoyens européens, au moment où d'autres murs tombent, de la disparition des frontières et de l'appartenance à une entité géographique et culturelle commune. Cela passe par une collaboration accrue des ministres de l'immigration mais aussi, comme l'a demandé le Conseil Européen, par la finalisation des conventions sur le droit d'asile et sur le franchissement des frontières externes. D'autre part, la Commission souhaite que soit surmonté le retard apporté à la mise en œuvre de l'accord de Schengen car cette décision de cinq Etats membres aurait valeur d'exemple et d'anticipation pour la Communauté dans son ensemble. Vous l'avez compris, il nous faut hâter le pas.

Mais il y a aussi l'abolition des frontières fiscales, tant les progrès enregistrés sont décevants au regard des ambitions de l'Acte Unique. Il me semble qu'il manque encore au dispositif un moteur. Ce moteur, ce serait le rapprochement des taux de TVA et la suppression des limitations aux achats des particuliers lorsqu'ils se déplacent dans la Communauté. Tel est l'objectif minimum, si l'on ne veut pas être obligé de maintenir les frontières fiscales.

Je n'entrerai pas dans le détail des mesures qui, cette année, devraient contribuer à parachever le marché intérieur. Mais je voudrais faire litière des accusations que l'on nous porte parfois d'être obsédés par la dérégulation de l'économie, au moment même où les plus ardents défenseurs de cette doctrine commencent à reconnaître les excès d'une économie comparable à la fable du renard dans le poulailler.

Est-ce déréglementer que de fixer des règles communautaires pour les OPA, les concentrations d'entreprises, le statut de la Société de droit européen, ou bien encore d'interdire les délits d'initiés ?

213

Est-ce déréglementer que d'harmoniser les essais et la certification, le marquage des produits ou l'autorisation de mise en vente des médicaments, tout cela dans une conception réaliste de l'information et donc de la défense des consommateurs ?

Est-ce déréglementer que d'harmoniser le temps de vol des pilotes, le temps de conduite et de repos des chauffeurs de poids lourds, afin d'éviter le dumping social et les distorsions de concurrence qui lui seraient liées ?

Dans la démarche de la Commission, libération et harmonisation sont toujours allées de pair. Car si l'ouverture des marchés à la concurrence est la condition d'une allocation efficace des ressources, il n'y a de marché harmonieux qu'organisé. La libération au niveau national n'a donc souvent pour but que de mieux harmoniser à l'échelle communautaire.

L'Acte Unique c'est un tout indissociable. C'est un marché intérieur mais aussi l'expression d'une solidarité par la cohésion économique et sociale, la dimension sociale, l'environnement et par les atouts de la compétition que sont la recherche et la coopération monétaire. C'est l'organisation d'un espace économique et social commun sans lequel la Communauté ne serait qu'un beau mot vide de sens, un ensemble sans âme et, en fait, sans volonté politique.

1990 sera la première année de pleine mise en œuvre de la réforme des politiques structurelles visant à soutenir le développement et l'adaptation des régions défavorisées. La Commission, les Etats membres et les régions, par un nouveau partenariat, appuyés par le Parlement Européen, ont fait un grand effort de concentration et de cohérence dans la mise en œuvre des programmes opérationnels. Il faudra juger, à l'aune des résultats, la pertinence de la démarche proposée par la Commission et adoptée par le Conseil Européen de février 1988. Les conditions du succès sont entre les mains des autorités nationales et régionales, des acteurs économiques et sociaux, mais aussi de la Commission dans sa capacité de concevoir et d'innover.

La dimension sociale, préoccupation légitime de votre Parlement (au point qu'il juge parfois la Commission trop timide), est, quoi qu'en pensent certains, au cœur de notre activité. Sans revenir inutilement sur ce que j'ai eu l'occasion de vous dire lors de notre débat de septembre dernier, je voudrais souligner que c'est affaire de projet (il existe : la Commission a adopté à la fin de l'année dernière un programme d'action visant à la mise en œuvre de la Charte) mais c'est aussi affaire de méthode ; et à cet égard, subsidiarité, partenariat et gradualisme sont à la base même de sa réalisation.

Notre ambition a toujours été une société plus accessible à tous et plus harmonieuse et, pour ce faire, le pacte de base c'est de bâtir une Europe solidaire, pas seulement dans l'interdépendance gérée, mais dans l'interdépendance maîtrisée, pour prévenir les risques de déséquilibres.

Mais, de même que l'on ne saurait concevoir de croissance durable sans cohésion sociale, de même il serait erroné de croire que le social se fera sans l'économie. Le retour de la compétitivité, la coopération de nos politiques macroéconomiques doivent aller à l'unisson. C'est le retour de la prospérité, de taux de croissance toniques qui aura permis la création de plus de cinq millions d'emplois entre 1988 et 1990 et fait tomber le chômage à la fin de 1989 en dessous de 9 % de la population active pour la première fois depuis 1982. C'est encore beaucoup trop, je vous l'accorde, mais la tendance est encourageante.

Encore une fois, nous n'avons pas attendu 1990 pour faire vivre la dimension sociale. Je voudrais inviter les sceptiques à mesurer concrètement le chemin parcouru, ne serait-ce qu'en 1989. Charte sociale et programme d'action mis à part, nous avons pu enregistrer des progrès substantiels dans des champs aussi différents que la sécurité et la santé sur le lieu de travail (avec l'adoption de quatre directives, dont la directive-cadre), la formation professionnelle (avec, entre autres, l'adoption du programme Euro-Tecnet), l'éducation (Lingua, Erasmus II), la santé (cancer, sida), la lutte contre la pauvreté.

Le cap est donné. Mais, dans notre route vers une Europe solidaire, il nous faut veiller à éviter deux récifs : le dumping social aux dépens des pays les plus prospères ou bien l'étranglement qui empêcherait les économies en retard de jouer de leurs avantages comparatifs, accablées qu'elles seraient par des charges qu'elles ne pourraient supporter.

C'est dans le souci de permettre à une solidarité effective de s'exercer, dans le respect des formes propres à chaque tradition nationale, que la Commission, comme l'y invitait d'ailleurs le Conseil Européen, a élaboré son programme d'action triennal. Pour 1990, les options sont ambitieuses et je me bornerai à indiquer les propositions les plus importantes : le travail atypique, l'aménagement du temps de travail, l'information et la consultation des travailleurs.

L'esprit en est clair. Il s'agit de proposer des dispositions-cadres sur ces différents thèmes en évitant de rentrer dans un détail qui serait inacceptable tout simplement parce qu'inadapté et inapplicable et en respectant des impératifs à bien des égards liés : promouvoir l'amélioration des conditions de vie et de travail, en référence aux principes fondamentaux de la Charte, tout en améliorant l'efficacité des entreprises. Ces deux objectifs ne sont pas contradictoires. On en a la preuve, par exemple, dans l'édiction de dispositions communes sur le travail atypique qui permettront entre autres de lutter contre des distorsions de concurrence.

Quant à la méthode, elle ne vous étonnera pas. C'est celle d'une consultation large des partenaires sociaux. Je n'ai jamais agi différemment depuis qu'en 1985 j'ai relancé le dialogue social au niveau communautaire.

Enfin beaucoup de parlementaires estiment que, quelles que soient les limites du Traité, il n'est pas acceptable qu'en matière de processus de décision, l'efficacité soit moindre sur la dimension sociale que pour l'espace économique. Comme je vous l'ai dit dès le mois de septembre dernier, la Commission, pour sa part, entend utiliser pleinement mais rigoureusement toutes les potentialités du Traité, en particulier les articles 100 A et 118 A. Et puisqu'il y a quelque scepticisme, j'insiste sur le 118 A, dont les potentialités, toutes les potentialités, seront examinées en concertation avec les commissions compétentes et les experts du Parlement européen de manière à ce que disparaisse cette ambiguïté entre nous et que l'on puisse se mettre d'accord ensemble sur l'interprétation la plus large possible de ces articles, conformément, je crois, aux vœux de la majorité de ce Parlement.

La solidarité, elle, joue aussi pour la politique de l'environnement par la nécessité d'améliorer le cadre de vie et d'assurer la viabilité de la croissance économique. Quand bien même la mode de l'environnement passerait-elle, la Communauté devrait poursuivre son action, car cet équilibre à retrouver en permanence entre l'homme et la nature doit être un des fondements de l'éthique européenne. Voilà pourquoi l'Agence Européenne de l'Environnement, dont je vous avais annoncé la création il y a un an, va être mise en place en 1990 afin d'accroître notre capacité de surveillance et d'identification prospective des impacts. Mais nous devons auparavant prendre connaissance de l'avis que doit délivrer le Parlement Européen. Voilà encore pourquoi la Commission, continuant de privilégier l'approche normative, engagera, avec l'aide d'experts nationaux, l'étude des mesures nécessaires à une harmonisation correcte des instruments environnementaux.

Mais dans ce domaine aussi, les récifs existent et l'équilibre entre l'homme et la nature ne saurait se faire au détriment de l'équilibre entre l'environnement et l'économie. Or, nous n'avons pas encore trouvé, il convient de le dire, la synthèse qui ouvrirait la voie à un nouveau modèle de développement, tout aussi compétitif, mais plus respectueux des temps de l'homme et des rythmes de la nature.

Il faut être fort pour être généreux, il faut être compétitif pour être solidaire. Mais l'inverse est aussi vrai. Pas de réussite économique durable sans égalité des chances, justice sociale et participation de tous, les travailleurs comme les chefs d'entreprises, les savants comme les techniciens engagés dans la recherche et le développement. C'est ce qui donne tout son prix à la politique de recherche et de technologie définie, le 15 décembre dernier, pour la période 1990-1994.

Elle doit apporter à l'industrie européenne un surplus de compétitivité qui contribuera à en faire une puissance économique majeure. Sait-on par exemple que dans l'automobile les industriels japonais investissent deux fois plus dans la recherche que les Européens ?

C'est la raison pour laquelle, à partir d'une stratégie commune, nous avons décidé de concentrer nos efforts sur les technologies diffusantes, la gestion des ressources naturelles et la valorisation des ressources intellectuelles. Et parce que, comme nous l'ont montré les Etats-Unis et le Japon, la recherche pré-compétitive est le meilleur instrument de politique industrielle – une expression qui, je le sais, en fera frémir quelques-uns – la Commission a décidé d'étudier les moyens d'assurer à l'industrie communautaire la meilleure efficacité dans des secteurs vitaux tels que l'automobile, l'aérospatiale, l'électronique ou les biotechnologies. La Commission ne proposera en aucun cas au Parlement et au Conseil une approche naïve de la politique commerciale. Une plus large ouverture de notre économie dépendra aussi de nos partenaires, comme de nos efforts pour rattraper, là où il existe, notre retard. Là comme ailleurs, la Communauté ne doit pas baisser sa garde.

Enfin, il n'y a pas de puissance économique sans stabilité monétaire. La coopération des Douze l'assure et comment ne pas souligner ici le bon fonctionnement du Système monétaire européen qui a, sans problème, accueilli en septembre la peseta et qui n'aura connu qu'un léger réalignement en trois ans, à l'occasion du retour de l'Italie dans les pratiques communes des marges de fluctuation? Il faut saluer les décisions courageuses de ces deux pays, comme leur plein engagement à participer à l'Union Economique et Monétaire. Dans un monde dominé par l'instabilité monétaire, les résultats sont là, à même d'encourager certaine monnaie, dont la Commission espère qu'elle intégrera le système en 1990.

*

Solidarité à l'extérieur des frontières, solidarité interne : l'ambition de la Communauté pour l'Europe et ses responsabilités vis-à-vis du reste du monde sont grandes.

Alors que les citoyens d'Europe centrale et orientale prennent leur destin en main, faisant tomber les chaînes de Yalta et de Potsdam, comment ne pas souhaiter une adhésion plus grande des citoyens de la Communauté au projet de l'Europe ? Ils pourraient méditer cette réflexion de Václav Havel, qui prend aujourd'hui tout son relief : « les programmes politiques ne peuvent prendre forme [...] exercer une influence réelle sur la situation que sur la base du civisme ».

Or, une fois encore c'est le moteur de la nécessité qui pousse les Douze à accroître leur intégration, à aller au bout de leurs exigences. Car au moment où les grandes puissances présentent leur doctrine pour l'avenir de notre continent, la question est posée : l'Europe sera-t-elle le sujet ou l'objet de ce futur proche ?

Pour que la Communauté soit vraiment le sujet de son histoire, la présente année ne doit pas s'achever sans que soient portés au plus haut niveau de la réflexion intellectuelle et du débat politique la recherche et la volonté de définir les finalités, les structures, les modes de décision et de contrôle démocratique de l'Union Européenne. Une Communauté, porteuse d'un projet, qui accède à la pleine existence politique, dans le monde comme en Europe, au Sud comme au Nord de notre planète.

L'Histoire nous presse, elle nous pose la question : « Voulez-vous exister, c'est-à-dire endosser toutes vos responsabilités internes ou externes ? » La réponse de la Commission européenne est connue. C'est un oui enthousiaste et actif. A vous gouvernements, Parlement Européen, Comité économique et social, Parlements nationaux, de vous déterminer nettement. Vous serez jugés à la clarté et à la force de votre engagement. Pour ma part, je ne doute pas de la réponse positive du Parlement Européen et de sa capacité politique à faire avancer l'Europe.

« La communauté et l'unification allemande »

Discours prononcé
à Bonn, le 5 octobre 1989

C'est d'abord comme un ami de la République fédérale d'Allemagne que je suis ici, comme un ami du peuple allemand.

N'avons-nous pas déjà en effet beaucoup fait ensemble, République fédérale d'Allemagne et Communauté Européenne, ne sommes-nous pas devenus, au fil de ces quarante années, comme les membres d'une même famille, à force d'échanges, de patience et de mutuelle reconnaissance?

L'image de la famille s'applique aujourd'hui à la République fédérale d'Allemagne dans la Communauté Européenne. Lorsqu'un membre de la famille éprouve une grande émotion, la famille entière la partage.

Aujourd'hui précisément, vous éprouvez cette émotion. Vous vivez un grand espoir. Ne sont-elles pas émouvantes, les images de ces jeunes réfugiés qui nous rappellent le vrai prix de la liberté? Quel choc pour nos raisons et pour nos cœurs que ces dizaines de milliers d'Européens, d'Allemands, arrivant dans votre pays. L'opinion publique allemande voit dans ce renouveau qui vient de l'Est une chance nouvelle pour que se retrouvent les deux parties séparées du peuple allemand.

Je suis d'abord venu vous exprimer la sympathie de votre famille, la Communauté Européenne, « Ihre Gemeinschaft », pour cette émotion et pour cet espoir que nous partageons.

Mais à partir de ce sentiment partagé, il faut bâtir : la

220

Communauté Européenne peut y contribuer de manière décisive. C'est ce que je voudrais tenter de vous rappeler aujourd'hui. Tout d'abord, en m'efforçant de vous faire comprendre le degré auquel la Communauté des Douze est vôtre aujourd'hui, au travers de ce que la République fédérale d'Allemagne lui a apporté, dans ses idées, comme dans ses structures, puis, en vous invitant à réaliser ce que cette communauté, votre communauté, représente déjà pour les pays d'Europe de l'Est, quel modèle éclairant pour leur avenir et le nôtre, déjà, cette communauté constitue.

Pour ces deux raisons que je viens de mentionner, le renforcement de l'Europe communautaire est absolument nécessaire, car qui dit « chance » dit « urgence ». Le chemin qui reste à parcourir est en effet difficile ; c'est à décrire plus précisément cette urgence et la part qui vous revient, que je m'attacherai finalement. Oui, il s'agit de cette Communauté Européenne que nous avons construite avec vous.

N'avons-nous pas en effet, depuis quarante ans, beaucoup appris et construit ensemble ? Nous avons définitivement scellé la paix, nous avons été ensemble les artisans d'une impensable, et pourtant complète réconciliation des peuples, et en même temps, nous nous sommes transformés mutuellement dans ce travail de paix, dans cette œuvre de réconciliation.

Non seulement la République fédérale s'est reconstruite mais elle a aussi beaucoup contribué à façonner la Communauté Européenne. Sur cette contribution de la République fédérale à la structure actuelle de la Communauté, je voudrais d'abord insister.

Trop souvent dans le passé, nous nous sommes querellés sur le bilan des avantages et des échanges matériels retirés par la République fédérale de sa présence au sein de la Communauté. Souvenons-nous du slogan : « Deutschland Zahlmeister Europas ». Ces temps sont, tout au moins je l'espère, heureusement dépassés. L'adoption de ce que l'on appelle le « paquet Delors », en février 1988, sous la présidence du Chancelier Kohl, en est la preuve. Une mesure plus large et plus juste a été prise en République fédérale, de l'apport de la Communauté, y compris sous l'angle de sa prospérité économique et des nouvelles potentialités offertes à vos entreprises dans ce qui est, et sera, le plus grand marché du monde.

Mais ces réalités tangibles ne doivent pas nous masquer les apports fondamentaux de la culture allemande et de l'expérience de la République fédérale à l'esprit et au mode de fonctionnement de la Communauté.

Je devrai d'abord évoquer deux idées-forces *(Leitbilder)* : elles imprègnent à son origine la République fédérale d'Allemagne. Dès cette époque, les deux grands principes de concurrence et de stabilité étaient bien autre chose qu'une recette pour faire de la bonne politique économique. Ces principes étaient les fondements de la cohésion politique d'un peuple, tout entier mobilisé par l'effort de sa reconstruction.

Reconnaître que ces principes n'étaient pas également partagés dans l'Europe des Six, puis des Neuf, est un euphémisme. Qui ne se souvient des débats qui opposèrent, dans nos multiples fora, tenants du marché d'un côté, planificateurs de l'autre, partisans du tout économique d'un côté, partisans du tout monétaire de l'autre? Eh bien aujourd'hui, la création du Système Monétaire Européen, puis l'adaptation du Livre blanc sur le grand Marché intérieur ont consacré l'émergence d'un consensus sur des principes qui vous sont à juste titre très chers.

Au-delà des principes, il y a bien des exemples de cette contagion des idées transmises par la République fédérale à ses partenaires.

Pour ne prendre que quelques exemples :
– ainsi du programme-cadre communautaire de recherche et développement, si utile à nos entreprises, et qui correspond à un mode de stimulation économique très utilisé dans votre pays ;
– ainsi de la réforme de la politique agricole commune : elle met l'accent désormais sur la nécessité plus large du développement rural et renoue, selon l'inspiration allemande, avec la tradition de la jachère, et plus fondamen-

talement avec le souci d'un bon usage des ressources naturelles, d'un bon aménagement du territoire ;

– ainsi enfin de l'environnement : longtemps, l'environnement passait pour une singularité de la République fédérale d'Allemagne. Ses voisins, notamment au Sud de l'Europe, regardaient cet attachement comme un luxe ou comme la manifestation d'un romantisme singulier. Il n'en est plus de même aujourd'hui : non seulement la préoccupation de l'environnement n'est considérée nulle part comme un luxe inutile, pas plus à Athènes qu'à Marseille, Lisbonne ou Glasgow, mais cette préoccupation apparaît riche de nouvelles potentialités de développement. Ici encore, le sérieux de la démonstration allemande a fait école, au point que l'introduction dans l'Acte unique européen des bases juridiques d'une politique communautaire de l'environnement est l'une des innovations majeures de ces dernières années.

Mais il n'y pas seulement la force des idées. Il faut aussi compter avec le dynamisme des institutions. La République fédérale d'Allemagne, pour sa part, a sans nul doute aidé à conférer aux institutions actuelles de la Communauté deux de leurs traits les plus remarquables : la primauté de l'Etat de droit et le principe de décentralisation du fédéralisme.

La *Rechtsstaatlichkeit* d'abord, la primauté de l'Etat de droit : elle découle, par principe, de l'existence d'un ordre juridique supérieur, avec ses droits fondamentaux garantis par une Cour de justice européenne.

Si les textes initiaux qui la régissent sont d'inspiration française, sa jurisprudence a largement été influencée par le droit allemand : protection des droits fondamentaux, souvent non écrits, qualification des compétences communautaires, principe de proportionnalité familier aux juristes allemands. Tels sont les mots clés qui viennent à l'esprit lorsqu'on évoque le travail de la Cour de justice européenne. Souvent animée par d'éminentes personnalités allemandes, la Cour de justice joue un rôle essentiel d'arbitrage final, contribuant à cimenter la construction européenne et à conforter ce qui est essentiel pour moi : la communauté de droit.

Le fédéralisme ensuite : dans son essence, il signifie que les pouvoirs du gouvernement central sont partagés avec ceux de collectivités territoriales préexistantes, en s'assurant que chaque décision soit prise au niveau le plus proche possible des citoyens. Au fil du temps, à l'épreuve de la vie en commun, la Communauté européenne n'a cessé d'accroître ses emprunts au modèle fédéral allemand. Ainsi, la mise en œuvre de l'Acte unique européen, adopté en 1985, ratifié en 1987, s'inspire-t-elle du principe fédéral de la subsidiarité.

Dans sa lettre tout d'abord : ce principe figure pour la première fois dans l'article 130 du Traité au titre de la politique communautaire. Dans son esprit surtout : ce principe imprègne désormais toute l'élaboration de la législation communautaire. J'ai eu l'occasion de le dire déjà l'an dernier, à Bonn, devant la Conférence des Présidents des Länder : il ne suffit pas que les textes du Traité fondent notre compétence pour nous donner le droit d'agir. Non, il faut aussi que cette action soit indispensable, sinon il vaut mieux la laisser aux collectivités décentralisées.

De même, pour prendre un exemple plus récent, le projet de système européen de Banque centrale, que le comité d'experts a décrit dans le cadre de son Rapport sur l'Union économique et monétaire, ce projet de système s'inspire-t-il directement du principe fédéral et plus précisément encore de l'ensemble couronné par la Bundesbank.

Enfin, je devrais souligner l'importance que la législation communautaire accorde au rôle des partenaires sociaux, bien qu'en toute rigueur, ce trait du modèle allemand relève plus du principe de décentralisation que du principe du fédéralisme. Mais cette importance accordée aux partenaires sociaux se voit dans ce que nous devons à la *Mitbestimmung,* pour ce qui est de la consultation des partenaires sociaux. Dans le souci par exemple d'une qualité élevée des règles d'hygiène et de sécurité dans le milieu de travail. La Communauté reconnaît aujourd'hui l'autonomie et la contribution propre des partenaires sociaux à la croissance globale et à la stabilité. C'est la raison pour laquelle, dès 1985, j'avais pris l'initiative de relancer et de stimuler le dialogue social au niveau communautaire, entre les représentants des organisations patronales et ceux des organisations syndicales.

Ainsi, non par une volonté hégémonique de puissance mais par la simple force des idées et par le dynamisme des institutions, les partenaires de l'Allemagne fédérale sont-ils venus à sa rencontre, au sein de la Communauté. Sans se confondre avec la République fédérale d'Allemagne, ses partenaires lui sont beaucoup plus proches qu'il y a quarante ans, et sans doute plus que jamais au cours des deux millénaires de l'histoire de l'Europe. J'espère que cet apport ne sera jamais oublié.

Et cette Communauté, telle que je viens d'en décrire certains traits, pourrait être le modèle pour l'Europe de demain. Regardons, en embrassant un large horizon, l'Europe de 1989 par rapport à la fin des années 60. Qu'est-ce qui a changé ? Ce n'est sûrement pas encore l'émergence de la grande Europe ; déjà en 1960, on discutait de ce que l'on appelait la « petite Europe » et de ce que l'on appelait la « grande Europe ». Aujourd'hui, on y revient : petite Europe, à douze, ou grande Europe ; pourrais-je vous rappeler ce que disait à ce moment-là Walter Hallstein, le premier président de la Commission : « aucune des deux, la petite ou la grande Europe, ne peut être posée sans l'autre, l'une conditionne l'autre, et l'autre met l'une en mouvement » ?

Je crois que ces paroles demeurent d'une brûlante actualité. On ne peut mieux dire en effet, il n'y a rien à ajouter à cette vision dialectique de l'Europe : aujourd'hui, comme hier, la Communauté européenne doit se faire attentive et ouverte à la grande Europe.

La nouveauté est ailleurs, par rapport aux années 60. Elle réside en deux événements majeurs au regard de l'Histoire, que les responsables politiques de l'Allemagne fédérale répètent en ce moment. L'un de ces événements est l'évolution bouleversante de l'Est, l'autre est le spectaculaire renouveau de la Communauté.

L'évolution bouleversante de l'Est, les choix et les inspirations des responsables politiques en Union soviétique et en Europe de l'Est, ouvrent la voix à des relations neuves entre les pays d'Europe, entre les peuples d'Europe. Dès lors, on peut espérer que prenne fin le temps des blocs irréductibles. Je dis bien : on peut espérer, car ce temps ne s'achèvera, et les travaux de la Conférence sur la Sécurité et la Coopération Européennes, CSCE, nous le montrent, que si nous sommes ouverts, sans cesser d'être vigilants, et si nous, Européens, agissons dans le bon sens, tous ensemble.

Le deuxième trait nouveau, c'est le spectaculaire renouveau de la Communauté. La Communauté à douze a désormais acquis en quelques années non seulement une puissance économique, mais une stature politique. Il suffit d'abord pour s'en convaincre de lire la presse américaine ou japonaise. Il ne se passe un jour sans qu'en bien ou en mal, l'Europe de 1992 n'y soit évoquée comme le symbole de temps nouveaux, comme l'émergence d'un nouveau paramètre de l'Histoire.

Mais au-delà des querelles sur l'Europe forteresse, qui tendent d'ailleurs à s'estomper, je voudrais vous rendre attentifs à un phénomène beaucoup plus profond : la Communauté européenne ne suscite pas tant d'espoirs aujourd'hui en Amérique Latine, en Amérique centrale, en Asie du Sud-Est, dans les pays du Maghreb et par-dessus tout en Europe de l'Est, sur la base de ses seuls succès économiques, non : il y va de bien autre chose. La Communauté n'a pas fait que résister au déclin qui la menaçait économiquement, elle est en train d'administrer la preuve que des nations libres peuvent, dans des domaines essentiels, exercer avec succès, en commun, ce que l'on appelle la souveraineté, sans hégémonie aucune, grâce au respect entre elles des règles de l'Etat de droit, sans cesser d'être elles-mêmes, grâce aux principes du modèle fédéral.

Comme le disait à Brême, il y a quelques jours, le Chancelier Kohl, « ce sont nos idées qui se répandent maintenant sur l'ensemble du continent européen. Pourquoi l'Union soviétique, sous la présidence allemande, a-t-elle normalisé ses relations avec la Communauté Européenne, au bout de trente années, pourquoi la plupart des Etats du Pacte de Varsovie négocient-ils avec la Communauté Européenne ces traités de commerce et de coopération toujours plus étendus ? Pourquoi Mikhail Gorbatchev a-t-il fait la route du Conseil de l'Europe jusqu'à Strasbourg ? Tous, ils ont compris notre chance ». Et notre chance, et je reprends à nouveau une formule du Chancelier Kohl, « c'est ce joyau de la Communauté », c'est le mot qu'il a employé.

Si la relance de la Communauté Européenne suscite à l'Est de l'Europe un tel espoir, c'est parce que les structures mêmes de l'organisation communautaire offrent les *voies d'une solution* pour l'organisation de l'Europe de demain. Ne pratiquons-nous pas, au moins en partie à douze, cette *Zusammenführung* qui lie nos destins sans que nous cessions d'être divers ?

En effet, on peut dire, avec Monsieur Genscher, aujourd'hui, que « la politique étrangère de l'Allemagne fédérale est d'autant plus nationale qu'elle est européenne ». Mais cette intuition forte ne prend son sens plein que si l'on identifie le rôle *propre* de la Communauté européenne dans ce mouvement. Modèle possible pour l'avenir des pays de l'Est, la Communauté est ainsi devenue l'irremplaçable support d'une relation de coopération entre l'Est et l'Ouest.

De même, la démonstration du dynamisme de la Communauté à douze l'a désignée pour être le principal mandataire des vingt-quatre pays de l'OCDE. La Commission européenne, agissant pour le compte de la Communauté, exprime et coordonne en leur nom la solidarité économique et financière que les Vingt-Quatre entendent exprimer à l'égard de la Pologne et de la Hongrie. Ce cadre, souple et flexible, non bureaucratique, facilite, j'en suis sûr, l'action importante que mène, et que mènera la République fédérale, dans un souci de solidarité avec la Pologne et avec la Hongrie.

Ainsi, le rôle *propre* de la Communauté européenne, votre communauté, ne doit-il pas être sous-estimé dans ses novations parfois spectaculaires, parfois inquiétantes. Je crois pour ma part irremplaçable ce rôle de la Communauté européenne, au regard de cette évidence, exprimée par votre ministre des Affaires étrangères : « ce qui rapproche l'Europe rapproche aussi l'Allemagne, car les Allemands sont le seul peuple que la séparation de l'Europe a divisé ».

Ne doit-on pas prévoir en effet que, le moment venu, c'est-à-dire lorsqu'elle aura suffisamment consolidé sa force, sa cohésion et son autonomie, la Communauté aujourd'hui, forte de ses fondateurs, pourrait jouer un rôle irremplaçable par l'exercice du droit de tous les Européens à l'autodé-termination ? Oui, je fais mienne cette déclaration du président Richard von Weizsäcker, dont je suis sûr que vous vous souvenez : « la question allemande demeurera ouverte aussi longtemps que la Porte de Brandebourg restera fermée ».

Mais, pour que la Communauté prenne vraiment sa part à l'ouverture de la Porte de Brandebourg, encore faut-il qu'elle soit forte et assurée d'elle-même. Forte pour elle-même d'abord : nous verrons que l'objectif de 1992 ne sera pas atteint sans efforts ; forte pour répondre aux attentes de ses voisins les plus immédiats, les plus pressants (je veux parler des pays membres de l'Association Européenne de Libre-Echange, l'AELE).

Si ces pays s'accordent à leur tour pour constituer un ensemble cohérent, alors, ils formeront avec la Commu-nauté les deux piliers d'un ensemble puissant, mais respec-tueux de nos diversités. C'est la proposition que je leur ai faite au début de cette année. Si l'on arrive à cet accord, la Communauté n'aura pas à payer d'un renoncement à l'un de ses objectifs fondamentaux le prix de l'ouverture à d'autres, nous pourrons concilier les deux : renforcement et ouverture. Mes chers amis, de grâce, restons nous-mêmes et gardons en mémoire les idéaux et les orientations fixés par les pères fondateurs de la Communauté. Car c'est en restant nous-mêmes, c'est en faisant vivre des institutions d'inspiration fédéraliste que nous pourrons, que vous pour-rez, trouver la bonne solution aux problèmes qui sont au cœur du destin commun de tous les Allemands.

Oui, c'est une chance historique pour l'Allemagne fédé-rale, une chance historique pour l'Europe, à condition de consolider la force, la cohésion et l'autonomie de la Communauté européenne. Cette chance se présente dans l'espoir inspiré aux pays de l'Europe centrale et de l'Europe de l'Est par le modèle de la Communauté. Elle se trouve aussi dans l'élan donné à ses Etats membres, non seulement par l'objectif de 1992, mais aussi par l'Acte unique dont on découvre tous les jours, et certains Premiers ministres avec nous, le caractère quasiment révolutionnaire.

Mais ni cet espoir ni cet élan ne sont assurés de durer. La route qui nous sépare de la suppression des frontières à l'horizon de 1992 est encore semée d'obstacles. Cette route comporte pour chacun des Etats membres de la Communauté des efforts importants. Puisque je suis au milieu de vous, chers amis allemands, je ne peux omettre plusieurs difficultés qu'il vous faudra surmonter ; ainsi par exemple l'ouverture des marchés publics, qui n'est pas sans heurter les habitudes de vos collectivités locales, la libéralisation des secteurs des transports et de l'énergie ou des assurances, la poursuite opiniâtre de la rationalisation des productions agricoles. Je sais qu'il vous tient à cœur d'accomplir dans ces domaines et dans d'autres les ajustements structurels nécessaires.

Mais, plus largement, comment, sans attendre, renforcer la Communauté aujourd'hui ? Le moyen reste celui qui a fait son succès : accroître *simultanément,* j'y insiste, la force économique et la cohésion sociale des Douze. Sans cet équilibre entre l'efficacité et la solidarité, emprunté à l'essence même de la *soziale Marktwirtschaft,* la Communauté ne serait pas ce qu'elle est aujourd'hui : un ensemble de nations unies par un même idéal démocratique, pays riches et pays moins riches, pays du Nord et pays du Sud.

Sans doute, la mise en œuvre du projet d'Union économique et monétaire constitue-t-elle sur ce chemin l'épreuve la plus immédiate et la plus difficile, car elle n'engage pas au même degré tous les pays membres de la Communauté. Elle comporte, à n'en pas douter, une contribution spécifique et essentielle de la République fédérale d'Allemagne. Même si, je le répète, le système fédéral européen de Banques centrales s'inspire dans sa construction et dans ses prérogatives de la Bundesbank, il ne sera pas la Bundesbank, il sera autre chose. Les partenaires de la République fédérale attendent d'elle non seulement qu'elle continue de montrer la voie de la stabilité monétaire et de la rigueur, mais aussi qu'elle accepte une gestion commune de la discipline ainsi consentie.

L'objectif de stabilité – dois-je le répéter ? – fait désormais partie de notre patrimoine commun, il sera la base de la réussite économique et sociale de la Communauté.

Je viens de faire une référence voulue à la dimension sociale. L'Union économique et monétaire est sans doute au carrefour de notre destin, mais le progrès social, et au premier plan la lutte contre le chômage, doit être également placé au centre de nos préoccupations. Il y va de l'avenir du projet de société original et riche qui constitue l'essentiel de notre commun patrimoine.

Quel modèle serions-nous demain pour les pays de l'Est, si nous devions nous résigner à l'exclusion sociale, au chômage de longue durée, au sous-emploi des jeunes ? A l'inverse, quel retentissement à Prague, à Varsovie, à Budapest, à Berlin-Est et à Leipzig, lorsque la Communauté européenne exprimera solennellement, au moyen d'une Charte des droits sociaux, qu'elle n'entend pas subordonner les droits fondamentaux du travail à l'efficacité économique, mais bien mieux concilier les deux. C'est pourquoi le projet d'une telle charte doit être vigoureusement soutenu par la République fédérale d'Allemagne et notamment par ceux de vos compatriotes qui craignent une sorte de dumping social à leurs dépens. Le dynamisme de la Commission européenne dans le domaine social devrait les rassurer et les encourager.

Ici, sans doute, devrais-je m'adresser personnellement à mes amis syndicalistes allemands. Je leur dis : ne rejetez pas cette charte, sous prétexte qu'elle ne serait pas suffisamment contraignante. Considérez bien sa portée politique, dans la Communauté, et au-delà de la Communauté. Mesurez l'importance concrète des dispositions qui figureront dans notre programme de politique sociale, dont la

Commission européenne souhaite discuter au préalable avec les partenaires sociaux, donc avec vous.

Votre ambition sociale ne doit pas s'arrêter à la porte de vos entreprises et de vos frontières. Vous devez reconnaître le mouvement social suscité dans d'autres pays de la Communauté par votre exemple même. Je crois que vous pouvez faciliter sa prise en compte dans des pays différents, ayant leurs propres traditions, dans le respect de leur diversité.

Car c'est cela, au fond, qu'implique la mise en commun de nos destins, pas seulement la reconnaissance passive de nos diversités, au sens de la tolérance mutuelle, mais bien davantage, et c'est ma conviction, une reconnaissance active, qui rend possible l'enrichissement mutuel entre nos peuples, entre nos pays.

Nous n'y parviendrons pas sans de nouveaux changements institutionnels. Il faudra, le moment venu, les considérer avec lucidité, et bien entendu, il n'y aura pas de solution aux problèmes de l'Union économique et monétaire sans, parallèlement dans le même temps, des changements institutionnels assurant l'équilibre démocratique et politique de la Communauté. Car il s'agit de réduire aussi le déficit démocratique de nos institutions. Il se creuse à mesure que l'exécutif communautaire devient plus efficace et plus fort. Ce déficit ne peut se combler uniquement par la simple extension des pouvoirs du Parlement Européen. Aussi importante soit-elle, il faut, je le crois, et beaucoup reste à faire, mobiliser l'enthousiasme et le civisme des citoyens.

Il s'agit enfin, après avoir parlé de l'Union économique et monétaire, de la dimension sociale et de la réforme institutionnelle, d'accomplir les progrès indispensables de la coopération en matière de politique étrangère, pour que se concrétise une autonomie plus réelle de la Communauté, pour que se manifeste une capacité d'agir à l'extérieur, en harmonie avec la force économique et la cohésion sociale intérieures. Cela aussi est indispensable, pour répondre à une ambition qui doit être commune à tous les pays d'Europe : être debout, maître de son destin, capable d'apporter

231

sa contribution à l'épanouissement des libertés et à la consolidation de la paix et ainsi, sur ces bases, s'ouvrir aux autres, sans crainte et sans complexes.

Il y a quelques jours, devant le Bundestag, le Chancelier Willy Brandt nous rappelait que « l'espace européen futur ne fera pas de place à des Etats sur des béquilles. Il exclura les persécutions, il ne tolérera pas les murs qui séparent les citoyens d'une même nation ». Il ajoutait : « Qui regarde l'Europe dans son entier ne peut contourner la question allemande. »

Certes, la Communauté européenne offre le cadre le plus réaliste à cette perspective, à la condition, je n'y insisterai jamais assez, d'affirmer son essor et de renforcer son attrait. Ainsi, notre communauté, votre communauté, a rendez-vous avec tous les Allemands. N'a-t-elle pas déjà accompli pour vous rencontrer un chemin irréversible ?

Mais la force de la Communauté doit encore grandir, ce qui requiert de nouveau, jour après jour, un effort obstiné et patient, auquel je vous invite, avec insistance, à prendre votre part. Hâtons dès aujourd'hui la construction de l'Europe communautaire. Une place essentielle revient à la République fédérale d'Allemagne. Et c'est, j'en suis sûr, la voie la plus certaine pour combler vos espoirs et réaliser en commun, avec les autres Européens, les légitimes ambitions d'une Europe enfin débarrassée des chaînes de Yalta.

« Le monde nous bouscule »

A la conférence de l'Association Luxembourg-Harvard
à Luxembourg, le 28 mai 1990

Parler de la Communauté au-delà de 1993, c'est d'abord
s'interroger sur le panorama du monde. Autant vous l'avouer
tout de suite, puisqu'il y a ici des étudiants américains, et
me référant à un article qui a eu beaucoup de célébrité,
de Francis Fukuyama, je ne crois pas à la fin de l'histoire,
ni au triomphe de l'économisme dans la politique, même
si, en Europe, ces vingt dernières années, il était difficile
de réussir en politique sans réussir en économie, sans aider
son pays à sortir de ce qu'on appelait la crise. Mais, sans
être pessimiste, je crois plutôt à la permanence des tensions
et conflits dans l'histoire. Et je me référerai, par exemple,
à ce que dit Samuel P. Humtington, lorsqu'il parle des
prédictions faites après guerre :
« Les sociologues faisaient valoir, dans les décennies qui
ont suivi immédiatement la Deuxième Guerre mondiale,
que la religion, la conscience éthique et le nationalisme
allaient être supprimés par l'effet du développement économique et de la modernisation. Or, au cours des années
80, ces facteurs ont été les ressorts dominants de l'action
politique dans la plupart des sociétés. »
Par conséquent, c'est avec vigilance et un certain pessi-
misme – qui contraste peut-être avec les béatitudes actuelles
nées de la perspective de la fin de la guerre froide – que
je voudrais avec vous, en modeste introduction à ce colloque, parler des rapports de forces et des menaces, du
panorama de ce monde, essayer de vous convaincre que la

Communauté ne peut pas refuser de faire face aux responsabilités. Pour ce faire, elle doit continuer à s'organiser, mais aussi se conforter.

L'ÉMERGENCE PROGRESSIVE
D'UN NOUVEAU MONDE

De nouveaux rapports de forces

J'ai quelques hésitations à parler de nouveaux rapports de forces ou de nouvelles menaces, même si le monde change rapidement. Mais, parmi ces rapports de forces, je voudrais en souligner trois :
– les relations Est/Ouest ;
– la perte d'influence des pays dits non alignés ;
– et enfin, la puissance croissante du Japon – banalité, mais enfin banalité qui débouche sur une série d'interrogations : jusqu'où ira le Japon, non seulement du point de vue économique, mais aussi du point de vue politique et expansionniste ?

Les relations Est/Ouest

Je me garderai donc bien de pronostiquer la fin de la guerre froide, même si c'est la perspective la plus probable. Mais lorsqu'on observe les déclarations des dirigeants des douze pays membres de la Communauté et aussi les interventions des dirigeants des deux plus grandes puissances militaires, les Etats-Unis et l'Union soviétique, on voit bien que tous ces dirigeants sont hantés littéralement par la recherche d'un nouveau concept de sécurité. Quel est le système de sécurité qui peut, demain, accompagner le désarmement, consolider les révolutions démocratiques, tout en permettant à chacun d'être vigilant, de prendre des mesures de confiance (pour reprendre la formule de la

CSCE), et de faire en sorte que ce processus se déroule sans mauvaise surprise ?

Il peut y avoir bien des rebondissements. La faiblesse, par exemple, d'un des partenaires peut avoir des conséquences aussi dramatiques que sa trop grande force. Le désarmement ne fait que commencer. Le Président Gorbatchev est aux prises avec mille difficultés... Bref, il faut se garder aujourd'hui de construire prématurément un système. Soyons vigilants, progressifs, prudents dans nos analyses. Je préfère cette attitude à celle qui consisterait à crier victoire ou à proposer un système qui ferait fi de ces expériences historiques.

La perte d'influence des pays non alignés

Deuxième élément, qui passe peut-être inaperçu (mais quand on regarde la différence avec les années 50-60, quel contraste !), c'est la perte d'influence des pays non alignés. Il y a eu un grand mouvement des pays non alignés, avec des figures politiques célèbres à leur tête. Ce mouvement a joué un rôle aux Nations Unies, mais aussi dans le processus de décolonisation, pour la prise de conscience du sous-développement. Or, il semble aujourd'hui que, même si aux Nations Unies les non-alignés – les « 77 », comme on disait à l'époque – prennent encore des positions communes, il s'agit plus de routine que d'une force réelle. Il s'est produit une sorte d'éclatement du tiers monde ; on ne peut plus dire aujourd'hui « le » tiers monde, on doit dire « les » tiers mondes. Quelle différence entre les pays pauvres d'Asie, les pays endettés d'Amérique Latine et ce continent oublié du développement qu'est l'Afrique ! On ne peut pas apporter une solution globale à des problèmes si différents. Et ces pays – ainsi que le montrent les rencontres internationales – ont bien des difficultés à adopter des positions communes.

Ceci dit, les problèmes demeurent. Les non-alignés pèsent d'un poids politique moins fort, mais le sous-développement est toujours là et vous me permettrez d'ajouter que la

235

Communauté y est directement intéressée. Elle y est directement confrontée, en raison de ses liens historiques et de sa proximité, notamment avec les pays de la Méditerranée et avec l'Afrique.

La puissance croissante du Japon

Le troisième élément que je voudrais souligner, sans vouloir bien entendu être agressif (encore que l'agressivité fasse partie de la manière de s'exprimer), est la puissance croissante du Japon, et aussi de certains de ses voisins.

C'est, me semble-t-il, un grand point d'interrogation pour les trente années qui viennent. Plusieurs thèses existent – je ne vais pas les développer – depuis ceux qui pensent que la société japonaise finira par s'imprégner de plus en plus des valeurs et des modes de conduite du monde occidental, des Etats-Unis et de l'Europe, jusqu'à ceux qui, au contraire et dans le même temps, disent que les Japonais demeurent très japonais, qu'ils vont construire un modèle à eux et ce modèle ne sera pas sans puiser ses traditions et ses comportements dans une histoire mouvementée.

Or, de ce point de vue, la Communauté est aussi intéressée. Pourquoi ? Parce que, si les investissements japonais dans la Communauté sont relativement importants, la réciproque n'est pas vraie : les investissements européens au Japon restent faibles.

Il n'est pas facile d'investir au Japon. Mais surtout, les relations entre le Japon et la Communauté demeurent trop faibles dans les domaines politique et culturel. Dans le triangle Etats-Unis/Japon/Communauté, les traits pleins sont entre les Etats-Unis et la Communauté d'un côté, les Etats-Unis et le Japon de l'autre, mais certainement pas entre le Japon et la Communauté.

D'une manière plus générale, la Communauté, ses Etats membres, ses entreprises sont insuffisamment présents en Asie et dans le Pacifique. Et mes collègues, membres de la Commission, le constatent d'ailleurs avec regret. Alors que, parallèlement à la puissance croissante du Japon, vous observerez une tentative d'organisation du monde pacifique, notamment à l'instigation de l'Australie, dont la politique extérieure est très dynamique.

On a donc trois rapports de forces avec lesquels la Communauté doit compter, si elle veut se projeter au-delà de 1992. Mais elle doit aussi s'inquiéter des menaces qui pèsent sur le monde. Elle ne peut pas se satisfaire de sa puissance économique, extérieure et intérieure, et refuser en même temps de voir ses responsabilités politiques.

De nouvelles menaces

Ces menaces, vous les connaissez :
– c'est, d'une part, la persistance des conflits locaux dans le monde, qu'on aurait tendance à oublier parce que notre vue du paysage est occultée par le désarmement et l'amélioration des rapports Est/Ouest ;
– c'est la prolifération des armes de destruction massive ;
– et c'est, enfin, la montée des idéologies que j'appellerais d'exclusion.

La persistance de conflits sociaux

Certains conflits locaux existent, je ne vais pas en faire l'énumération. Mais d'autres pourraient surgir, comme conséquence de la fin de la tutelle bipolaire ou même des alliances. Certains auteurs américains soutiennent, par exemple, que s'il n'y avait pas eu la guerre froide et l'Alliance Atlantique, il y aurait peut-être eu un conflit militaire entre la Grèce et la Turquie. Par conséquent, sans même parler de l'explosion des nationalités, il faut bien voir que tous ces conflits locaux, même si les deux grandes puissances nucléaires s'abstiennent d'intervenir, peuvent être générateurs de déséquilibres importants dans le monde et de contagions. Dans le même ordre d'idée, on oppose souvent la démocratie au totalitarisme. Et l'on dit, c'est juste, que la démocratie a gagné du terrain sur le totalitarisme. Mais, en Europe de l'Est et en Amérique Latine, la démocratie est loin d'avoir gagné dans tous les pays. Entre les dictatures implacables et les démocraties vivantes, il y a une vaste zone grise où le sort hésite. Les membres de la Communauté ne peuvent pas parler constamment d'humanisme et ignorer cette situation qui affecte plus d'un milliard d'hommes.

La prolifération des armes de destruction massive

Deuxième menace, la prolifération des armes de destruction massive, les armes chimiques, dont la production et la détention sont si difficiles à contrôler, les armes atomiques. Or, malgré les efforts tentés par les organisations internationales (comme la Conférence de Paris sur les armes chimiques), dans l'esprit de ceux qui détiennent ces armes, ce ne sont pas – comme c'était la règle du jeu entre les Etats-Unis et l'Union soviétique – simplement des armes de dissuasion, ce sont des armes d'utilisation, ainsi d'ailleurs que l'a montré le conflit Irak/Iran. Il y a donc une conception stratégique, une conception de la défense ou de l'attaque qui est tout à fait différente. Et d'ailleurs, si vous avez devant les yeux une carte de ces proliférations, il y a de quoi être effrayé !

La montée des idéologies d'exclusion

Enfin, troisième menace, sans doute la plus insidieuse, celle vis-à-vis de laquelle l'Occident s'est révélé pour l'instant impuissant, aussi bien les Etats-Unis que la Communauté européenne, c'est la montée des idéologies d'exclusion, qui sont, comme le dit Pierre Hassner, fondées sur le ressentiment, la peur et la haine. Mais attention ! Il ne suffit pas de les dénoncer dans des articles courageux. Pourquoi ces idéologies d'exclusion progressent-elles ? C'est cela la vraie question. A mon sens, elles se nourrissent des injustices sociales, notamment dans les pays du Moyen-

Orient et de l'Afrique, et peut-être demain dans certaines Républiques d'URSS. Ce lien est indiscutable entre les injustices sociales, les sociétés bloquées, les élites condamnées au chômage d'un côté, et le progrès de l'intégrisme musulman de l'autre. Mais ces idéologies se nourrissent aussi – et là, je pense que tout le monde n'est pas d'accord, mais il faut le dire – du matérialisme excessif qui marque les sociétés occidentales, et qui explique d'ailleurs le retour en force des religions, vraies ou fausses, historiques ou nouvelles.

Quand on regarde ces trois éléments – conflits locaux, armes de destruction massive, mais surtout idéologies d'exclusion –, on peut une nouvelle fois vérifier et affirmer que la notion de sécurité n'est pas que militaire. Elle englobe l'idéologie et les valeurs, et les systèmes socio-économiques. Et, par conséquent, lorsque, comme je l'espère, la Communauté va vouloir renforcer sa coopération en matière de politique étrangère, elle sera automatiquement amenée à parler de sécurité au sens large. Elle le fait déjà, d'ailleurs, lorsqu'elle est confrontée au terrorisme. Elle ne doit jamais oublier que, ce qui est en cause dans la sécurité, c'est aussi l'idéologie, les valeurs, la prospérité, la santé de nos démocraties et, enfin, le système socio-économique. En sommes-nous assez conscients ? Telle est, pour moi, la question la plus inquiétante...

LA COMMUNAUTÉ
FACE À SES RESPONSABILITÉS MONDIALES

Face à ces rapports de forces, face à ces menaces, la Communauté doit se situer. Nous avons réussi notre renouveau économique. Ce n'est pas suffisant. Et, comme je le disais en introduction, ce retour à la prospérité économique nous confère de nouveaux devoirs. C'est pourquoi, devant de telles perspectives, la Communauté ne peut ni limiter ses horizons ni ignorer ses responsabilités.

Ni limiter ses horizons

Ce serait limiter nos horizons que de nous concentrer uniquement sur l'Europe, quelle que soit la puissance historique de ce qui s'y passe. Ce serait limiter nos horizons que de se montrer satisfaits de la Convention de Lomé qui nous unit actuellement aux pays d'Afrique, des Caraïbes et du Pacifique. Nous devons aussi considérer nos responsabilités au Moyen-Orient, car là, les pays du Moyen-Orient nous assignent une tâche historique. Ils n'oublient pas que nous avons été présents dans ces pays et ils s'étonnent – en premier lieu ce malheureux Liban déchiré – de notre absence ou de notre passivité. Sans doute également l'aggravation de ce qui se passe en Israël sollicitera directement les Européens. Sans parler de l'Amérique Latine, de l'Asie et du Pacifique.

Oui, mais voilà, il ne suffit pas de dire que la Communauté ne limitera pas ses horizons, il faut tout de suite lui poser la question : en a-t-elle la volonté politique ? Peut-elle agir d'une manière cohérente et unie et est-elle prête à y consacrer les ressources humaines, financières et économiques nécessaires ?

...ni ignorer ses responsabilités

La Communauté peut très bien emprunter un autre chemin, qui consisterait à renforcer son voisinage, c'est-à-dire se concentrer sur l'Europe et les pays de la Méditerranée. Mais l'histoire est implacable ; si nous sommes riches, de plus en plus riches, de plus en plus attrayants, et que nous passons à côté de nos responsabilités, le drame nous rattrapera un jour.

Il faut donc une politique extérieure plus cohérente et plus engagée. Il faut que la Communauté réfléchisse à la manière dont elle pourrait aider, premièrement, à la solution de certains de ces conflits locaux. S'agit-il d'inventer des modes nouveaux de médiation internationale ? De conforter l'Organisation des Nations Unies, dont le rôle est plus positif depuis quelques années et qui ne mérite plus les critiques qu'on lui adressait dans les années 60 ou 70 ? Ou bien doit-elle, en tant que Communauté, essayer de mettre d'accord les belligérants, se compromettre ? Ces questions lui sont posées dès aujourd'hui. Face au sous-développement qui s'aggrave, quoi qu'on en dise, alors que notre richesse augmente, pouvons-nous nous contenter de ce que nous faisons ? Devons-nous aller plus loin ? Devons-nous accepter, par exemple, que l'an dernier les quinze pays du plan Baker, les pays les plus endettés du monde, aient versé net 30 milliards de dollars aux pays riches, alors que l'on attendrait normalement un transfert inverse ?

C'est l'ensemble des relations économiques, commerciales, financières et monétaires du monde qui est en cause : un milliard d'hommes et de femmes relativement privilégiés d'un côté, quatre, cinq, six milliards demain qui resteront dans le sous-développement. Est-ce supportable à terme ? Je ne le crois pas.

Enfin, nos responsabilités, c'est aussi la défense et l'illustration de la démocratie. Nous en avons un bon test devant nous dans nos relations avec les autres Europe. Et les Allemands de l'Ouest eux-mêmes sont confrontés à ce défi : vont-ils réussir un nouveau miracle allemand, à force de générosité, de dépassement d'eux-mêmes ? Ou vont-ils supporter plutôt qu'accompagner, aider, stimuler l'unification allemande ?

C'est la qualité de notre démocratie, la qualité de nos valeurs qui sont en question. Le défi est bien entendu politique, mais il est aussi moral et spirituel, et c'est cela qui attend la Communauté après 1992-1993. Pour y répondre, il y aura aussi, parmi d'autres tâches, deux points que vous allez étudier au cours de ce colloque et qui méritent qu'on s'y attarde un instant :

D'une part, il faut réfléchir à l'avenir de l'Alliance Atlantique. James Baker, en décembre dernier à Berlin, a posé les bonnes questions. Il attend toujours des réponses articulées de la Communauté. Bien sûr, nos relations se sont intensifiées, mais nous devons réfléchir à ce que pourrait être, demain, un partnership avec les Etats-Unis, en nous gardant des facilités qui sont les nôtres, ce qui permettrait peut-être aux Américains du Nord eux-mêmes d'échapper aux facilités qui sont les leurs. Mais nous n'avons jamais posé la question d'une manière globale. Et tout cela parce que, parmi les douze pays membres, il y en a qui rêvent d'agir seuls, la nostalgie étant toujours ce qu'elle était.

Il me semble qu'une telle attitude correspond à une surestimation des marges de manœuvre mêmes des grands pays. Seule la Communauté unifiée peut avoir les marges de manœuvre, la capacité de réflexion, d'influence et d'action lui permettant de jouer un rôle dans ce nouveau monde en train de se faire.

Cette réflexion urgente à mener sur l'Alliance Atlantique ou, si l'on préfère, sur la relation entre les Etats-Unis et la Communauté, ne doit pas nous dispenser d'une autre réflexion, beaucoup plus difficile encore, qui est de définir la place que nous accordons à l'Union soviétique dans ce schéma. Car, s'il faut être vigilant, pour les raisons que j'ai déjà indiquées, il faut faire attention à une donnée de l'histoire : la Russie – je parle bien de la Russie, c'est-à-dire les trois quarts de la population de l'Union soviétique – a toujours craint d'être marginalisée dans la politique mondiale. Et lorsqu'elle l'a été, cela n'a été bon pour personne.

C'est sans doute, je le répète, une des questions les plus délicates. Et c'est, sans doute, ce qui explique, par exemple, que le Président de la République française, ayant ouvert la perspective d'une grande confédération européenne, quand on lui a posé la question : « avec ou sans l'Union soviétique ? », ait répondu « avec l'Union soviétique », justement pour éviter cette marginalisation. Mais si on dit « oui », alors se pose la question de l'équilibre entre cette Communauté de 325 millions d'habitants et une Union soviétique qui a 280 millions d'habitants à elle toute seule, sans compter les 120 millions d'habitants des pays de l'Est.

Voilà, je crois, deux questions importantes qui n'attendront pas une nouvelle réforme institutionnelle de la Communauté. C'est dès maintenant qu'il faut y réfléchir, et je crois que les exercices pratiques sont aussi importants pour l'avenir de la Communauté qu'une réflexion sur ces nouvelles institutions. Vous l'avez compris : face à cette accélération de l'histoire, la Communauté doit aussi accélérer et son travail et ses réformes.

RÉPONDRE À L'ACCÉLÉRATION DE L'HISTOIRE

Maison commune européenne ? Confédération ? Communauté élargie ? Comment s'y retrouver, surtout lorsqu'on est étudiant américain de Harvard !

Je propose deux critères, deux boussoles. Et je crois qu'à partir de ces deux éléments, on arrêtera de construire des schémas théoriques et que l'on mettra chacun devant ses responsabilités. Ces deux critères sont les suivants :

– Comment définir aujourd'hui le champ des intérêts essentiels communs à tous les pays européens ?

– Quel est le niveau des ambitions que s'assignent ensemble les pays européens ?

Si l'on pose ces deux questions simultanément, et si la Communauté répond « oui, je suis ambitieuse », alors beaucoup de questions théoriques, ou de demandes d'adhésion hypothétiques, se régleront d'elles-mêmes.

Le champ des intérêts communs essentiels

Les Douze n'ont progressé que lorsqu'ils ont reconnu un intérêt commun essentiel. Pour ne prendre que l'histoire récente, le grand marché de 1992 était fondé sur cet intérêt commun essentiel. Il s'agissait d'un sursaut face au déclin économique qui nous menaçait, à notre incapacité de sortir de ce qu'on appelait « la crise ». Le marché unique, c'était aussi un stimulant dans un monde économiquement très compétitif.

243

Ensuite, ce furent l'Acte Unique et les politiques communes, revues et corrigées, renforcées, comme contribution à un espace harmonisé. On imaginait difficilement qu'il suffisait de supprimer les frontières entre nous, d'assurer la libération complète de la circulation des hommes, des biens, des services et des capitaux pour réussir. Il fallait aussi des politiques d'accompagnement. Et ces politiques communes, elles correspondaient à l'intérêt commun essentiel : l'intérêt des pays en retard, qui y voyaient un support, un soutien dans leur effort ; l'intérêt des pays en avance, qui pouvaient ainsi espérer développer leur commerce et leur économie.

Puis vint le temps de l'Union économique et monétaire. Pourquoi l'Union économique et monétaire ? Parce qu'il s'agit de maximiser les avantages de la grande dimension, mais aussi de contribuer de façon essentielle à l'Europe politique. Cela avait été vu par M. Werner dans son rapport, il y a vingt ans. Mais personne n'y avait reconnu cet intérêt commun essentiel. Un autre effort avait été fait par le SME, mais ce SME restait une réponse – qui d'ailleurs a été extrêmement positive – à l'instabilité des marchés des changes. Or, il se trouve qu'à un moment donné, cette Union économique et monétaire – le Rapport Werner revu et corrigé, pas plus – est apparue comme une évidence. On ne peut pas libérer les mouvements de capitaux, on ne peut pas faire face à l'instabilité que suscitera peut-être cette libération, sans avoir une politique monétaire commune. Et les citoyens, de leur côté, se disent : vous voulez faire une Europe politique et vous n'auriez pas une monnaie unique ? C'est la réponse politique.

Donc, à un moment donné, l'intérêt commun a surgi. Demain, il faudra trouver ces intérêts communs essentiels pour le renforcement de la coopération en matière de politique extérieure, en surmontant les contradictions inhérentes à des traditions et à des situations géopolitiques ressenties comme très diverses. Et il faudra – je l'ai indiqué tout à l'heure –, par une sorte de pente naturelle, parce que notre intérêt commun sera là, penser à la sécurité en termes larges et, peut-être aussi, un jour, en termes militaires.

Voilà donc le premier critère : qui partage ces intérêts communs essentiels ? D'autres pays, extérieurs à la Communauté, diront : nous ! Sauf ceux qui refusent une politique étrangère concertée et, à fortiori, une politique de défense, parce qu'ils sont neutres ou qu'ils occupent des positions diverses.

Le niveau des ambitions

Le deuxième critère de sélection sera le niveau des ambitions. C'est sans doute le point essentiel sur lequel on peut répondre valablement à des amis d'autres pays, qui voudraient adhérer à la Communauté mais qui voudraient, ce faisant, la modeler à leur façon. Nous pouvons leur répondre : est-il inconvenant que certains pays, tout en coopérant avec vous, veuillent aller plus loin ? Pourquoi leur refuser, si c'est cela qui doit constituer l'affectio societatis, le pacte de société entre eux ?

Ce niveau des ambitions est donc associé à deux idées essentielles, très fortes :

– la première, c'est la perception que l'on a des responsabilités mondiales de la Communauté et, par conséquent, le sentiment ou l'appréciation que l'on a des marges de manœuvre que l'on peut conquérir en parlant d'une seule voix et en agissant ensemble ;

– la seconde, qui nous divise déjà (mais onze contre un et pas sept contre cinq...), c'est la conception que l'on a de la démocratie politique et de l'organisation sociale.

Voilà, me semble-t-il, les deux points qui élèvent le niveau d'ambition et qui expliquent que la Communauté n'entende pas – en tout cas, pour ma part, je ne l'entends pas, mais beaucoup d'autres avec moi – être diluée dans un ensemble mou qui aurait renoncé à ses responsabilités. Et sur ce second point, qui est essentiel, il y a une affirmation que l'on peut faire sans risque de se tromper : il existe un modèle européen de société. Ce modèle européen de société,

245

il est différent – je ne le qualifie pas de supérieur, mais différent – du modèle américain de société, du modèle japonais. Il se trouve que nos citoyens y tiennent. Dans les efforts et les sacrifices qu'ils ont consentis pour adapter nos économies, ils ont toujours mis l'accent sur cela, sur ce que, par exemple, les Allemands appellent la « Sozialmarktwirtschaft », l'économie sociale de marché.

Voilà donc deux éléments qui doivent nous servir, me semble-t-il, de fil pour l'avenir : les intérêts communs essentiels, le niveau des ambitions.

Et chaque fois que l'on me parle d'une grande construction de l'Europe pour demain, je pose ces questions dont je tire une idée simple, qui va vous paraître banale, mais qu'il faut répéter sans cesse : la Communauté européenne n'est pas seulement le fruit de la guerre froide, donc elle ne doit pas mourir avec la guerre froide. Elle est le fruit d'un idéal porté, dès avant la dernière guerre mondiale, par une minorité de personnalités politiques, conforté après la guerre, et qui est vivant ! Car, si cet idéal n'était pas vivant, nous n'aurions pas fait les progrès que nous avons accomplis, en dépit de pronostics pessimistes.

La coexistence de plusieurs modes de coopération

Il existe plusieurs modes de coopération possibles entre les pays européens, entre ceux qui ne partagent pas le même niveau d'ambitions, entre ceux qui ne veulent pas se livrer à cette quête des intérêts communs essentiels. Il existe plusieurs modes de coopération en Europe même et avec les autres sous-ensembles mondiaux : l'accord entre les Etats-Unis et le Canada (même si ce n'est qu'un accord de libre-échange), peut-être demain avec le Mexique, le renouveau des organisations de coopération en Amérique Latine, les deux organisations qui existent dans le Sud-Est asiatique. Bref, tout cela montre que le monde est en train de s'organiser en sous-ensembles et que ces sous-ensembles essayent de traiter, à l'intérieur d'eux-mêmes, les questions les plus importantes.

Pour en arriver là, il faut dire qu'il n'y a pas de solution possible, ni d'influence possible pour la Communauté sans partage du fardeau. Cela passe en premier lieu, je l'ai dit, par l'organisation économique, monétaire et financière du monde. Tant que les pays membres de la Communauté ne seront pas d'accord sur ce point, il n'y aura pas de progrès. Or, quels que soient les progrès réalisés ces dernières années, le système économique, monétaire et financier mondial est injuste et, par là même, inefficace.

Il n'y a pas de solution à certains problèmes sans l'émergence de modes de coopération à l'échelon mondial et pas simplement européen. Je veux parler de l'environnement, avec ses aspects éthiques – sans doute les plus importants – et la nécessité d'une action planétaire. Si la Communauté doit se renforcer elle-même, elle ne doit pas hésiter à proposer des multi-coopérations à l'échelon mondial, ou à l'échelon des sous-ensembles. Et ces multi-coopérations, elle les propose en Europe même.

Il a été fait allusion aux nouveaux rapports que nous tentons de lier avec les pays de l'AELE, à des contrats d'association avec un fort contenu politique avec les pays de l'Est, et aussi aux actions communes que nous pourrions mener dans le cadre de la CSCE. Les interactions, les interdépendances, les multi-coopérations sont à notre portée. Mais cela ne doit pas nous empêcher de penser à l'avenir de la Communauté en tant que telle, ne serait-ce que comme instrument pour gérer la mondialisation des problèmes. C'est pourquoi l'organisation de la Communauté demeure une idée porteuse d'avenir et, notamment, son organisation fédérale.

L'organisation fédérale de la Communauté : une idée porteuse d'avenir

L'organisation fédérale n'est pas une idée du passé, c'est une idée d'avenir. C'est une idée parfaitement compatible avec la prise en compte des responsabilités mondiales dont j'ai parlé.

247

Autrement dit, cette idée n'est pas historiquement dépassée. Pourquoi ? Parce que la création de la Communauté n'a pas été un seul produit de la guerre froide ; parce que l'approche fédérale a fait ses preuves, ainsi que le montre l'efficacité de l'organisation communautaire, comparée à celle des organisations qui sont uniquement établies sur une base intergouvernementale ; parce que, l'expérience aidant, la Communauté a montré – et ceci est particulièrement important – qu'elle pouvait concilier l'union des peuples et l'association plus étroite entre les nations. Jean Monnet disait : « il s'agit avant tout d'unifier les peuples ». Il faut ajouter aujourd'hui, le réalisme aidant : « et associer les nations ».

Ces deux éléments, l'approche fédérale a permis jusqu'à présent de les concilier dans un équilibre institutionnel subtil qu'il convient absolument de préserver, pour assurer la permanence et le dégagement des intérêts communs, pour respecter les patriotismes et les intérêts nationaux, lorsqu'ils sont absolument indépassables, et aussi pour surmonter la querelle de prééminence entre l'intergouvernemental et le supranational.

Là, je m'égare un peu. Voilà que je parle de l'intérieur de la Communauté. Mais, jusqu'à présent, il a été possible de concilier l'intergouvernemental qui tient à nos passés, à nos racines, et le supranational. Jusqu'à présent, oui. Mais demain ? La question demeure posée. Et c'est ce qui explique mon plaidoyer en faveur de l'approche fédérale, qui a le mérite de la transparence et de la clarté. On sait ce que chacun doit faire, jusqu'où il ne peut pas aller trop loin.

Cette approche fédérale, elle est essentielle comme inspiration. C'est toute la difficulté de l'exercice sur l'Union politique, exercice qui vient au bon moment, puisqu'il faut accélérer, mais à une période où les sensibilités entre les pays, les sensibilités entre les écoles de pensée demeurent parfois très éloignées. Mais nous n'en sortirons que si nous savons ce que nous devons au passé, si nous savons en tirer les leçons et si nous acceptons cette approche fédérale comme un élément de succès et de clarté.

Autrement dit, la Communauté est à nouveau – et ce

sera ma conclusion, devant les mêmes choix que dans les années 50 ou dans les années 80 : progresser rapidement, ou bien se dissoudre lentement. Si l'on choisit la deuxième voie, la dissolution sera tellement lente que l'on ne s'apercevra pas que nous sommes entrés à nouveau dans le déclin et dans le refus d'assumer nos responsabilités mondiales. Tout homme politique vivant, qui ne pense qu'à lui-même, y trouvera matière à satisfaction. Mais quid dans vingt ans ? Quid peut-être même dans dix ans ?

Je vous le répète : on entend trop de discours d'autosatisfaction sur ce qui se passe dans la Communauté ou en Europe. Or, l'autosatisfaction trop utilisée conduit à la quiétude et au sommeil. Ce n'est pas de ça dont nous avons besoin. Nous avons besoin de lucidité, de vigilance et d'audace à la mesure des nouveaux défis de l'histoire.

« *La communauté et l'Afrique* »

Devant l'Assemblée Nationale du Sénégal
à Dakar, le 2 mai 1991

Au terme de ces deux journées si intenses, je ne suis déjà plus, par la vertu de votre hospitalité, un visiteur lointain. Croyez-le, je ne pourrai oublier tant de visages fraternels ; ils resteront pour moi le symbole d'une société africaine accueillante et chaleureuse.

Ma reconnaissance s'adresse tout particulièrement au Président de la République, qui incarne si fortement aux yeux du monde votre nation sénégalaise. Recevant du Président Léopold Senghor l'héritage de la démocratie, il a continué de lui faire porter son fruit ; par son action, au sein de l'Organisation pour l'Unité Africaine, par ses initiatives au plan des Nations Unies, il n'a cessé de rappeler la vocation de votre continent à tenir sa place au sein de la communauté internationale.

Mais en tout cela, on ne peut dissocier la personne du Président de la République, l'Assemblée ici présente et le Sénégal tout entier.

La nation, dont vous êtes les représentants, a démontré qu'il était possible de construire la cité en respectant ses diversités. La capitale, où nous nous rencontrons, garde pour toujours la mémoire de notre passé commun ; rien ne doit en être effacé. Cette pointe extrême-occidentale de l'Afrique où elle s'enracine évoque un des carrefours de l'humanité. Ainsi, au confluent de trois continents, on réalise comment le monde nous réunit. Oui, c'est, avant toute autre chose, de cette interdépendance mondiale que je veux vous entretenir.

250

Européens et Africains, mais aussi Asiatiques et Américains, elle nous englobe désormais, que nous le voulions ou non. Elle scelle en quelque sorte irrévocablement nos destins, en celui, désormais commun, de l'humanité. Mieux vaut donc en prendre pleinement conscience ; mieux vaut regarder, les yeux grands ouverts, la force et le poids de cette interdépendance qui nous lie. Il faut d'abord en prendre la mesure ; on comprend mieux alors la source de cette nouvelle conscience du développement qui se fait jour désormais en Afrique et ailleurs, elle doit ainsi former la base d'un partenariat entièrement renouvelé entre l'Europe et l'Afrique.

LA MUTATION PRÉSENTE DU MONDE
IMPLIQUE ADAPTATION ET SOLIDARITÉ

Pour comprendre notre situation commune aujourd'hui, il faut se hisser à la hauteur de la planète. Comme si nous prenions place à bord d'un de ces satellites d'où les cosmonautes nous envoient ces images si belles, et parfois si effrayantes, de la terre. Ces images reflètent une réalité neuve, mais fondamentale, désormais, y compris pour la société humaine : la terre est une.

LE DÉFI DE L'INTERDÉPENDANCE

La grande mutation qui s'est opérée depuis quarante ans réside dans ce formidable décloisonnement. Il est tissé d'innombrables liens qui relativisent, de fait, nos frontières. Ce furent d'abord les liens commerciaux portant sur les échanges de marchandises ; depuis vingt-cinq ans, la production mondiale est multipliée par trois, mais le commerce international par six. Pour ne prendre qu'un exemple, les composants électroniques les plus avancés sont désormais produits partout dans le monde à destination de toutes les

251

régions du monde. Cette transformation a été rendue possible par la mondialisation des capitaux et des services, dans le sillage d'une nouvelle révolution industrielle. Le développement des transports et des télécommunications, le décloisonnement des marchés, l'accroissement des échanges entre les hommes conduisent enfin à d'amples mouvements de population à l'échelle des continents.

Telle est la réalité nouvelle, incontournable, de l'interdépendance mondiale. Ce que les philosophes et les sages désignaient dans l'absolu comme une idée abstraite, le genre humain, est devenu une donnée sociale tangible, la société humaine en voie de réalisation.

L'INTERDÉPENDANCE EXIGE COOPÉRATION ET SOLIDARITÉ

Cette situation marquera profondément notre époque. Elle impose déjà à nos manières de voir et d'agir deux données de fait.

La première est celle de l'*adaptation*. Il n'est pas possible de se tenir à l'écart du mouvement du monde. Aucune frontière, aucune protection, aucun modèle spécifique ne peut nous dispenser des efforts requis par la prise en compte de la mondialisation des échanges. Même l'Union Soviétique a dû s'y résoudre, pour amorcer sa propre modernisation. Même les Etats-Unis d'Amérique sont confrontés à l'épreuve d'une revitalisation en profondeur de leur économie.

La seconde donnée est celle de la *solidarité*. Désormais, la conscience n'est plus facultative. L'interdépendance signifie aussi que rien de ce qui bouleverse ou secoue telle ou telle région du monde ne peut nous laisser indifférents. Car ces bouleversements ou ces souffrances, aussi loin que nous soyons, nous touchent directement au travers de leurs répercussions politiques, économiques, sociales et désormais écologiques.

Ce constat appelle à l'action. Pas seulement les gouver-

252

nements africains et européens ; mais toutes les autorités publiques qui détiennent la capacité d'influencer l'ordre international. Pour être « soutenable », l'interdépendance appelle, au plan mondial, un approfondissement majeur des institutions en charge d'organiser la coopération et la solidarité des nations. A défaut d'un *gouvernement mondial,* on voit se multiplier les signes de la nécessité d'une coopération plus étroite entre les nations sur les grands sujets de l'aventure humaine.

Ne voyons-nous pas, depuis plusieurs années, la stabilité de l'économie mondiale menacée par l'incohérence des décisions prises séparément au titre de l'ordre monétaire, de la libéralisation du commerce, et de la redistribution des ressources financières ?

Que dire de l'échec grave des organisations chargées de la régulation des marchés de matières premières ? Pour le motif que ces marchés portent la marque de tendances structurelles mondiales profondes, certains voudraient que la communauté internationale ignore les défaillances de leur fonctionnement, les manipulations dont ils sont l'objet. Ici encore, l'interdépendance mondiale devrait déboucher sur un effort renouvelé de surveillance, de transparence et de coopération.

On se prend enfin à espérer que les événements dramatiques issus de la crise du Golfe permettront à l'Organisation des Nations Unies de répondre pleinement à sa vocation, qui est de faire respecter le droit international.

L'interdépendance mondiale nous sollicite donc profondément. Elle nous invite à nous dépasser nous-mêmes.

LA COMMUNAUTÉ EUROPÉENNE S'ORGANISE
EN RÉPONSE À L'INTERDÉPENDANCE

C'est là qu'il faut trouver, à mon avis, la principale justification des transformations qu'a connues depuis cinq années la Communauté Européenne.

Je ne dis pas cela pour la donner *en* exemple, mais pour

la citer *comme* un exemple d'une évolution beaucoup plus vaste qui la dépasse.

Qu'était, en 1985, la perspective du grand marché unique européen à l'horizon de 1992 ? Rien d'autre qu'une volonté d'adaptation collective, dictée par la nécessité de renforcer la compétitivité des industries européennes excessivement cloisonnées face à la mondialisation des technologies, des financements et des marchés, face à l'émergence de nouveaux et rudes concurrents.

L'Acte Unique européen, ratifié en 1987, était la traduction institutionnelle de cette nécessité ; il a provoqué entre nous un surcroît de coopération et de solidarité, sans lesquelles l'ouverture accrue des douze Etats membres de la Communauté n'aurait pas été possible, sans lesquelles la dynamique économique n'aurait pu s'affirmer en soi et au profit de tous.

En ce moment même, les gouvernements des douze Etats membres et la Commission Européenne travaillent à un nouvel approfondissement de la Communauté au travers de l'Union économique et monétaire et de l'Union politique. L'une et l'autre se laissent encore interpréter à la lumière de cette dialectique entre ouverture et solidarité.

La Communauté est ouverte par nécessité, solidaire par tradition et par idéal. Dans ce double mouvement, elle se prépare en fait à mieux assumer l'interdépendance mondiale. L'Union économique et monétaire renforce l'attractivité et la puissance de l'économie européenne ; mais elle nous donne aussi les moyens de contribuer à un ordre économique mondial plus juste et plus efficace. L'Union politique fait franchir un pas nouveau à la démocratie comme à la citoyenneté européenne ; mais c'est aussi le moyen de permettre à la Communauté de prendre toutes ses responsabilités sur la scène internationale, à la mesure de son poids économique.

LA NAISSANCE D'UNE NOUVELLE CONSCIENCE
DU DÉVELOPPEMENT

La prise en *compte,* la prise en *charge* de l'interdépendance mondiale sont aujourd'hui un moteur, sinon le moteur de l'intégration européenne. J'aimerais vous faire partager la conviction qu'elles sont aussi à l'origine d'une nouvelle conscience du développement.

J'ai en effet tenté de me mettre à l'écoute de ce que les Africains disaient d'eux-mêmes. Et j'ai été frappé par ce mouvement de la conscience apparu au cours des années 80. Il n'a pas attendu les bouleversements en Europe de l'Est. Ce mouvement rompt, me semble-t-il, doublement avec le passé :

– d'une part, il rejette les visions romantiques, inspirant des politiques excessivement volontaristes et reposant principalement sur la détermination des pouvoirs publics centraux ;

– d'autre part, il dénonce aussi bien le recours exclusif à l'assistance, qui constitue un obstacle à une prise en charge, par les peuples, de leur propre destin.

Il faut en effet remonter aux visions et aux attitudes pour comprendre les politiques. La nouvelle conscience du développement est d'abord celle de l'insuffisance politique pratiquée jusqu'à présent, face aux défis structurels.

LES GRANDS DÉFIS STRUCTURELS

Rappeler ces défis, c'est porter avec l'Afrique un regard lucide sur l'avenir, mesurer l'importance des adaptations nécessaires dans un contexte de solidarité accrue entre partenaires égaux en droit.

Les nombreux rapports internationaux disponibles nous montrent d'abord des défis qui ne sont pas propres à l'Afrique, même s'ils la marquent d'une ampleur particulière.

Il s'agit en premier lieu des tendances longues de l'évolution des cours des matières premières, reflétant une surcapacité mondiale compte tenu de la transformation des structures industrielles, du progrès technique et des habitudes de consommation.

Pour les économies africaines, restées principalement dépendantes des exportations correspondantes, le choc a été d'une extrême sévérité, conduisant à une diminution de moitié de la part des produits africains dans le commerce international en vingt ans.

En second lieu, comment oublier la question lancinante de la dette ? Elle illustre mieux que tout autre le poids de notre responsabilité collective face aux générations futures. Aujourd'hui, malgré les différents accords d'allégement et de rééchelonnement, la dette africaine reste équivalente au PNB africain. Cette proportion est la plus lourde au monde. Elle porte le service de la dette au voisinage de 50 % de la valeur des exportations.

A ces deux défis globaux s'ajoutent d'autres défis de longue haleine, qui concernent fortement l'Afrique.

Le défi démographique d'abord. Il est vrai que « la valeur du potentiel humain et naturel fait du continent africain une des réserves de développement les plus importantes de la planète ». Mais, aujourd'hui, ce potentiel est encore en friche et la rapidité de sa croissance défie le courage des bâtisseurs. Au rythme actuel de sa croissance économique, inférieur à celui de sa croissance démographique, l'Afrique diminue ses possibilités de promouvoir le « développement humain », selon la seule expression du dernier rapport publié par le programme des Nations Unies pour le développement. Or près de 400 millions de jeunes Africains accéderont à l'âge adulte au cours des trente prochaines années.

Le défi de l'environnement enfin revêt au cœur de l'Afrique sahélienne sa plus grande acuité. Il n'est plus temps de discerner ce qui du climat ou du mal-développement porte la responsabilité de la désertification. Ses conséquences se mesurent jusque dans votre capitale et touchent l'ensemble de la planète. Il est urgent en revanche de briser, en Afrique, avec la coopération du monde entier, ce cercle vicieux de la pauvreté et de la destruction du milieu naturel. Venant de visiter la région de Podor, j'ai pu me convaincre qu'il est possible de le vaincre grâce à la diffusion des initiatives, à la qualité du savoir-faire, à l'engagement lucide et déterminé de toute une population. La Communauté Européenne se félicite de pouvoir contribuer à la réussite de telles expériences. Elle poursuivra son effort.

Méditant sur la nouvelle conscience du développement, j'ai aussi le ferme espoir que nos efforts communs auront l'ampleur et la profondeur requises par ces défis structurels. Permettez-moi, Mesdames et Messieurs, de le souligner en approfondissant les trois dimensions inséparables qui me paraissent constitutives d'un possible renouveau de la pensée africaine sur le développement :

– la prise en compte globale des problèmes structurels,
– l'affirmation du principe démocratique comme moteur du changement,
– enfin, et encore, l'animation de l'interdépendance.

LA PRISE EN COMPTE
DES PROBLÈMES STRUCTURELS

Face aux défis, la nouvelle conscience du développement reconnaît les limites du volontarisme ; elle se préoccupe non seulement des projets et programmes, mais aussi des conditions structurelles de leur succès, c'est-à-dire en définitive de la motivation et de la responsabilisation de tous les acteurs.

Au-delà de leur fonction conjoncturelle destinée à résorber des déséquilibres immédiats, les programmes dits d'ajustement structurel obéissent en réalité à cette finalité plus profonde. L'assainissement des finances publiques, l'application de méthodes rigoureuses de gestion aux grands opérateurs publics trouvent leur sens dans une redéfinition des rôles dont le développement de l'initiative privée est un aboutissement essentiel, mais que l'on ne confond pas pour autant avec l'abolition de l'Etat.

Bien au contraire, on admet aujourd'hui que l'ajustement structurel doit présenter les fonctions essentielles du « développement humain », touchant en particulier aux services de l'éducation et de la santé ; la continuité et l'amélioration de ces services doivent être préservées par les autorités publiques, même si elles en partagent la charge avec des communautés de base, familiales, villageoises ou de quartier.

De même, l'ouverture accrue des économies aux échanges extérieurs, la diminution des contrôles aux importations et aux exportations ont pour but de faciliter l'adaptation des acteurs économiques. Mais elles ne constituent plus une fin poursuivie dogmatiquement, au mépris par exemple de la sécurité alimentaire, ou de la recherche d'une spécialisation adéquate aux besoins des marchés locaux et régionaux.

Mais cette responsabilité accrue ne peut porter ses fruits que dans la voie d'une plus grande démocratisation de nos sociétés.

LA DÉMOCRATIE COMME NÉCESSITÉ

La démocratisation ne s'impose pas, répétons-le, en vertu des événements survenus à l'Est de l'Europe ou d'une nouvelle conditionnalité politique venue du dehors.

La démocratisation voulue et recherchée sur le continent africain tient d'abord à ce qu'aucune réforme de structure ne peut se poursuivre dans la durée sans le secours des mécanismes de la démocratie. Sans un minimum de transparence et de débats publics, comment imposer rigueur et sacrifices et surtout, comment mobiliser toutes les énergies ? Sans les contrôles et les vérifications parlementaires, comment assurer une réorganisation profonde des services publics ? En un mot, si l'on ne veut pas que les réformes de structure débouchent sur de nouvelles formes d'arbitraire ou sur de nouvelles frustrations, il faut des contrepoids, il y faut la participation de tous, des responsables politiques jusqu'aux simples citoyens.

Voici pourquoi, venues de l'Afrique elle-même et depuis plusieurs années, se sont multipliées les aspirations à la démocratie et les signes de sa maturation, au Sénégal bien sûr, mais aussi, depuis moins longtemps, dans un nombre croissant de pays.

Ces aspirations s'enracinent dans une ancienne tradition africaine. Mais elles recherchent moins de modèles de démocratie dans le passé ou au-dehors qu'elles ne s'emploient à mettre en place les conditions pratiques de leur exercice, adaptées aux spécificités et aux situations africaines.

Comme le soulignait le Président Diouf dans un entretien récent avec un journal français :

« En somme, il faut démontrer que la démocratie pluraliste n'est pas synonyme de convulsions, mais, au contraire, qu'elle peut s'accompagner d'une grande unité des différentes composantes de la nation pour aller vers l'essentiel. »

L'ORGANISATION CONCRÈTE
DE L'INTERDÉPENDANCE

L'exercice pratique de la démocratie nous renvoie à l'organisation concrète de l'interdépendance, troisième dimension de la conscience nouvelle du développement.

L'organisation concrète de l'interdépendance, c'est d'abord, bien entendu, une responsabilité des pays du Nord de notre planète.

Dans deux mois se tiendra à Londres un nouveau Sommet des principaux pays industriels, sur le thème du nouvel ordre mondial. Comment dans ce contexte ne pas se souvenir du devoir de coopération et de solidarité attaché à l'interdépendance mondiale ? J'en prendrai seulement quelques exemples.

On débattra certainement à Londres de l'avancement des négociations de l'Uruguay Round, y compris dans le domaine agricole. Comment oublier que le sort de l'agriculture mondiale ne peut se jouer seulement entre deux gros éléphants, les Etats-Unis et la Communauté Européenne ? Si la Commission Européenne a proposé aux agriculteurs une réforme profonde des ressorts de la Politique Agricole Commune, c'est en mettant d'abord en avant les exigences du développement des pays du Sud – dont en premier lieu l'Afrique – et des pays de l'Est de l'Europe.

Pays du Sud, pays de l'Est ; on oppose souvent les exigences de la solidarité à leur égard. L'interdépendance oblige à voir les choses autrement. Elle n'implique pas seulement d'ouvrir la Communauté Européenne aux économies de l'Est, mais plus largement d'insérer ces dernières dans le commerce mondial, en particulier de les ouvrir aux produits et services des pays du Sud. La Communauté Européenne et l'Afrique doivent, dans ce domaine comme dans d'autres, agir de concert.

Dernier exemple enfin, la forêt tropicale, patrimoine mondial, dont une bonne partie se trouve en Afrique Centrale. Les pays les plus riches du monde sont unanimes pour souhaiter l'arrêt ou la modération de son exploitation. Mais il faudra – interdépendance oblige – tenir compte des conséquences qui en résulteront pour les pays qui seraient ainsi privés d'une partie importante de leurs recettes extérieures et fiscales. Il faudra aussi – et c'est une tâche pour les dirigeants africains – fournir à leurs populations des moyens de vivre et de travailler sans avoir à détruire le patrimoine forestier.

L'interdépendance requiert un effort nouveau de coopération au plan mondial. Mais c'est peut-être au plan régional qu'une telle coopération trouve aujourd'hui ses justifications les plus fortes. L'exemple africain me semble encore particulièrement fort, en ce sens que, sans un effort réussi de coopération régionale, il sera difficile aux pays africains de résoudre les problèmes nés de cette interdépendance croissante.

L'étroitesse des marchés nationaux, la continuité naturelle des grands bassins géographiques de développement font échec désormais aux stratégies de développement exclusivement nationales.

Tirons la leçon des échecs passés de la coopération régionale. Sachons renouveler les bases de cette coopération. Quitte à réunir des ensembles moins nombreux et moins ambitieux, concentrons-nous sur des objectifs concrets d'intérêt commun.

Ceux-ci ne manquent pas. Qu'il s'agisse de la valorisation des filières agricoles, ou de l'organisation des marchés céréaliers ; ou encore de veiller à la complémentarité des spécialisations manufacturières. La coopération régionale peut aussi se concentrer, avec fruit, sur de grands projets d'ensemble, tels que la lutte contre la désertification ; le succès du CILSS est un réconfort à cet égard. Il nous invite à considérer d'autres grands projets, comme ceux de la valorisation des hautes vallées tropicales, qui irriguent de leurs eaux l'Afrique entière, ou encore de la cohérence et de la valeur des infrastructures de transport et de communication.

C'est pourquoi je tiens à saluer les efforts de Monsieur le Président de la République en vue d'une meilleure organisation des filières et des marchés agricoles en Afrique de l'Ouest, comme ceux entrepris par les pays de l'Afrique de l'Est dans le cadre de la Zone d'Echanges Préférentiels (ZEP), ou encore de la concertation entreprise par les pays de l'UDEAC pour assumer collectivement les implications des politiques nationales d'ajustement.

Parmi les préoccupations de la coopération régionale, le problème des migrants et celui des réfugiés politiques et économiques méritent sans doute de retenir toute votre attention. N'oublions pas que l'Afrique compte un nombre de réfugiés qui croît de manière inquiétante. Ici encore, rien ne sera possible sans la détermination des Africains à coopérer ensemble. Mais encore faut-il que cet esprit de coopération, cette nouvelle conscience du développement, trouve appui auprès de partenaires mondiaux pleinement engagés.

AFRIQUE ET COMMUNAUTÉ EUROPÉENNE :
LES BASES D'UN NOUVEAU PARTENARIAT

Il y a longtemps que le mot de partenaire sert à définir la relation entre l'Afrique et la Communauté Européenne. Je suis venu d'abord redire cette vocation de partenaire de la part de la Communauté Européenne.

Mais, trente ans plus tard, face à notre destin commun dans l'interdépendance mondiale, il faut désormais construire ce partenariat sur de toutes nouvelles bases.

Nous en avons les *moyens*. Je le rappellerai en soulignant quel outil pourrait être la dernière Convention de Lomé.

Nous en avons aussi la *vision commune*. Comment la démocratie, conçue cette fois comme idéal et non seulement comme nécessité, peut-elle inspirer notre action et notre coopération en vue du développement de l'initiative ?

Nous pouvons aussi nous en donner le *projet,* ensemble, dans le monde, au travers de l'impératif du développement solidaire.

LA CONVENTION DE LOMÉ,
UN OUTIL EN PERPÉTUELLE ADAPTATION

Nous avons les moyens d'un nouveau partenariat.

Ancien signataire des conventions de Yaoundé, le Sénégal a été l'un des fondateurs des accords de Lomé. Il partage avec nous les mérites de ce modèle de coopération fondé sur le contrat, le respect mutuel des parties et sur la durée. Celle-ci ne vient-elle pas d'être portée, pour Lomé IV, à l'horizon de l'an 2000 ?

Mais considérons surtout la souplesse de ce dispositif qui permet aujourd'hui de construire une géométrie fine du partenariat à partir d'une grande diversité d'instruments :
– un régime privilégié d'échanges commerciaux ;

– un ensemble de ressources programmables, en fonction des objectifs que se donne chaque pays, au plan national ou dans le cadre d'accords régionaux de coopération ;

– des mécanismes d'assurance mobilisables face aux risques imprévisibles : le Stabex, le Sysmin, les aides d'urgence, les aides aux réfugiés ;

– enfin, innovation de Lomé IV, la facilité d'appui à l'ajustement structurel ; elle permet de contribuer aux politiques de réformes entreprises par les Etats ACP, avec le concours des institutions internationales de financement, en recherchant une synergie avec les programmes de développement à long terme. Autrement dit, concilier l'exigence de l'assainissement à court terme sera l'impératif du développement à moyen terme. Ne pas sacrifier le second à la première.

Ce fut la tâche de mon ami Lorenzo Natali d'avoir engagé la négociation de Lomé IV.

C'est le mérite personnel de Manuel Marin, présent aujourd'hui à mes côtés, de l'avoir conduite au succès. C'est en très large partie à ses efforts que l'on doit l'accroissement sensible de 8,5 à 12 milliards d'écus de la dotation consacrée par les Douze de Lomé III à Lomé IV. C'est lui qui a su démontrer à nos Etats membres que l'efficacité de nos aides impliquerait qu'elles soient désormais versées, pour la plus grande part, sous forme de subventions.

Pour l'avenir, la Communauté, dotée d'une personnalité politique et agissant comme telle, devra confirmer la priorité qu'elle attache à un partenariat fructueux avec l'Afrique, sa compagne naturelle.

LE DÉVELOPPEMENT DES INITIATIVES

Mais au-delà de ces progrès qualitatifs et quantitatifs, la Convention de Lomé comporte une novation majeure. Le Vice-Président Marin, je le sais, y est particulièrement attaché. Je crois pour ma part qu'elle établit le fil conducteur de notre nouveau partenariat, en posant les Droits de l'Homme et la finalité humaine comme ultimes fondements de notre processus de coopération.

Permettez-moi de citer, justement, un extrait du texte du programme indicatif national qui vient d'être signé par le Président de la République du Sénégal et le Vice-Président Marin, en application de Lomé IV :

– « Les parties sont convenues que, dans le contexte de l'Article 5 de la Convention de Lomé, la coopération vise un développement centré sur l'homme, son acteur et bénéficiaire principal ; elle postule donc le respect et la promotion de l'ensemble des Droits de l'Homme. Les parties confirment l'importance particulière qu'elles attachent à la participation des populations au processus de développement, notamment dans le cadre de la coopération décentralisée, ce qui implique que soient encouragées les initiatives de développement des individus et des groupes. »

Voici le texte qui a été signé entre nous. Ce ne sont pas là, pour moi, paroles de rhétorique.

Je crois d'abord que ces principes constituent la seule manière de rompre avec le vieux fonds colonial dont la spécificité même était d'imprégner d'autoritarisme et de paternalisme la relation entre les êtres. Sommes-nous capables de l'abolir définitivement au fond de nous-mêmes ? Je vous pose à tous la question, Européens et Africains.

Je crois ensuite que cette vision constitue l'essence même de la démocratie. La démocratie qui nous réunit est d'essence civique, j'allais dire d'essence morale. Elle ne fait pas qu'affirmer des droits : le droit à la liberté, le droit à la dignité. Elle fait aussi obligation à tout citoyen, à toute collectivité, de faire en sorte que ces droits soient accessibles à tous. Que les plus humbles puissent accéder à l'initiative, être responsables, pour une part, de leur vie, tel est le sens profond de la diffusion des initiatives que nous encourageons, que nous devons accroître, dans le cadre de notre partenariat.

En d'autres termes, il est clair, désormais, que l'approfondissement de la démocratie et le développement économique et social sont indissociables.

LE DÉVELOPPEMENT SOLIDAIRE, UN IMPÉRATIF

Après tant d'espoirs déçus, on éprouve quelque hésitation à proposer une vision optimiste de l'avenir. Et pourtant, qui pourrait contester la nécessité de retrouver, au milieu de tant de drames et de tant d'échecs, des raisons de croire en un avenir meilleur ?

Je sais les ravages de la famine, la diffusion inquiétante des grands fléaux, la persistance de l'intolérance, le refus de l'autre. L'Afrique connaît tous ces malheurs, l'Afrique – ce continent oublié du développement, selon une formule désormais classique.

Mais, d'un autre côté, que voyons-nous ?

Cette jeunesse africaine, si impatiente et si enthousiaste, en dépit de tragiques difficultés. Ces responsables africains qui, inlassablement, sur le métier remettent l'ouvrage. Tous ces Africains qui se lancent dans des initiatives locales couronnées de succès.

Quel formidable contraste entre tant de malheurs et tant de bonnes volontés.

D'où cette idée de développement solidaire, qui constituerait la chaîne de toutes ces initiatives, qui les rassemblerait dans une philosophie commune, qui questionnerait fortement les pays développés et, en premier lieu, la Communauté Européenne.

Solidarité venue d'en bas, avec toutes ces petites communautés qui bâtissent les murs du progrès. Solidarité entre les pays africains, qui doivent transformer une interdépendance subie en des projets communs – c'est leur propre responsabilité. Solidarité entre l'Afrique et la Communauté Européenne, grâce à un perfectionnement et à un approfondissement de la Convention de Lomé. Solidarité mondiale par une approche nouvelle, de la part des organisations internationales, des problèmes à court terme mais aussi à long terme du développement économique et social.

En ayant la sagesse de tirer les leçons de nos échecs

communs, comme de faire fructifier tout ce qui réussit, donnons un nouvel élan à notre dialogue et à notre coopération.

Ici, au Sénégal, déjà le grain se lève et doit nous redonner, vous redonner, courage et espoir.

« La communauté au défi »

Article publié par la revue Belvédère
Paris, le 15 octobre 1991

Nous voici à deux mois du Conseil Européen de décembre, une échéance vitale, puisque, en dessinant la Communauté de l'an 2000, les chefs d'Etat et de gouvernement vont orienter le destin de l'Europe tout entière. La réforme de nos institutions a été confiée à deux conférences intergouvernementales menées en parallèle, car il ne peut y avoir d'Union économique et monétaire sans Union politique. Mais, dans cet exercice solitaire, la Communauté ne peut ignorer ce qui se passe autour d'elle, historiquement plus important encore, et qui tient en deux mots : la faillite du communisme et la fin espérée de la guerre froide.

Le moment est fascinant, mais périlleux. Nous sommes entrés dans une période plus riche en opportunités et en enthousiasmes que la précédente – la liberté gagne du terrain – mais plus aléatoire. Les risques y sont intellectuels autant que politiques : les événements et leur accélération soulèvent des problèmes d'analyse, tandis que nos dirigeants ne peuvent plus prendre leurs décisions à l'abri du paratonnerre forgé par les deux Grands dans le moule de la guerre froide.

Dans ces circonstances, qu'attendre de la Communauté ? A l'intérieur, espérons que les Douze sont d'accord pour qu'elle s'affirme davantage sur la scène mondiale. A l'extérieur, constatons qu'on lui demande d'ouvrir ses portes. Mais ajoutons tout de suite que, contrairement au débat qui a été amorcé en France, le choix n'est pas entre l'ouverture immédiate et le refus de nouvelles adhésions. La bonne voie, à mon sens la seule, c'est la solidarité affirmée et l'adhésion en temps utile. Ce langage est d'ailleurs celui de M. John Major, qui ne figure pas, que je sache, parmi les partisans des projets les plus fédéralistes, ce qui devrait faire réfléchir certains hommes politiques français.

Comment répondre à l'attente d'élargissement ? En augmentant l'effort de solidarité sur les plans technique, commercial et financier, mais aussi en lançant un signal politique fort. L'un et l'autre sont inséparables. Les pays d'Europe centrale et orientale attendent que nous leur disions, sans ambiguïté, qu'ils font partie de la même Europe que nous et qu'ils peuvent compter sur notre appui, dès à présent, en cas d'événement grave. Ce besoin d'un signal politique fort, on l'a bien vu pendant le putsch de Moscou qui menaçait leur sécurité et la renaissance de la démocratie chez eux. Il n'y a pas de « peuple européen », mais des peuples européens et un destin européen commun qu'on peut mesurer à l'appel de tous ces pays qui revendiquent leur appartenance à l'Europe pour des raisons plus profondes que l'appétit de richesses matérielles ou de niveau de vie, car ce sont des raisons qui tiennent à l'histoire. Pour en être convaincus, il suffit d'écouter les présidents Václav Havel et Lech Walesa ou le Premier ministre Antall. Ce ne sont pas seulement des aides et de l'assistance, des investissements ou l'ouverture de nos marchés qu'ils nous demandent. Ce qu'ils revendiquent, c'est leur appartenance historique et spirituelle à l'Europe.

Ce signal politique fort que j'appelle de mes vœux, il est destiné à tous ceux qui auraient des tentations meurtrières ou déstabilisatrices, mais aussi aux populations à qui on demande des sacrifices alors que sur leurs écrans de télévision miroitent les tentations de la société de consommation. Il est indispensable également aux investisseurs privés, qui n'iront pas à l'Est sans une garantie que seule la Communauté peut donner grâce à l'appui qu'elle apporte à la modernisation économique de ces pays. Ces accords d'association, ou accords « européens », pour reprendre la formule de M. Andriessen, postulent que nous nous engagions à aller avec ces pays, dans des conditions de sage progressivité, vers un système de libre-échange, et que nous leur consentions non seulement des aides financières, mais aussi des concessions commerciales dans les rares secteurs où leur production peut entrer dans la compétition mondiale : produits agricoles et textiles, charbon et acier. Et cela sans négliger pour autant le flanc sud de la Communauté, la Méditerranée, avec les pays du Maghreb et ceux du Proche et Moyen-Orient, en faveur desquels nous avons décidé de multiplier par 2,5 nos contributions financières. Sans négliger non plus l'aide aux pays en voie de développement, qui est, depuis toujours, l'une de nos missions prioritaires.

Que les Européens n'oublient pas que le développement passe par le commerce et les échanges, plutôt que par la tutelle ou par le prêt, c'est-à-dire par le succès des négociations de l'Uruguay Round. Si nous entrons à nouveau dans une ère de protectionnisme rampant, personne n'y gagnera, ni les riches ni les pauvres. Qu'ils n'oublient pas non plus que le Grand Marché sera réalisé dans les délais et sera, de plus, un formidable stimulant pour la croissance et pour l'emploi. Malgré le ralentissement de l'économie mondiale, l'économie des Douze a créé, depuis 1985, 5 millions d'emplois, alors qu'elle en perdait 600 000 par an auparavant. Quant aux politiques de solidarité à l'intérieur de la Communauté, elles ont représenté, en cinq ans, l'équivalent de 450 milliards de francs, plus que le plan Marshall ! Bref, la Communauté est en train de se dessiner comme un espace économique organisé, même si je déplore que les Douze ne se mobilisent guère pour créer un environnement favorable à nos entreprises, comme les Etats-Unis et le Japon le font pour les leurs. Mais la Commission Européenne s'y emploie, sans se décourager, dans les secteurs de l'électronique, de l'automobile, des industries maritimes...

Déjà au premier rang pour l'aide aux pays en voie de développement, la Communauté assume désormais aussi 78 % de l'aide aux pays d'Europe centrale et orientale, les autres Européens de l'AELE, 6 %, et le reste du monde, avec les Etats-Unis, le Canada, le Japon et l'Australie, 16 %. A l'égard de l'Union soviétique, nous avons pris les décisions politiques et économiques dès l'an dernier. C'est dire que, sous l'angle de la précocité et de la générosité, la Communauté n'a de leçons à recevoir de personne.

Aller plus loin ? Soit. Pour ma part, j'y suis prêt. Mais sachons que nous ne le ferons pas sans dépasser nos limites économiques et institutionnelles actuelles, car nous n'avons pas encore atteint le degré de puissance qui nous permette plus de générosité. Au Sommet de Maastricht, nous allons mesurer ces limites aux réponses que donneront les participants à trois questions. A la première – avons-nous des intérêts essentiels en commun ? – la réponse ne peut être qu'affirmative. A la seconde – estimons-nous que, nos marges de manœuvre nationales étant ce qu'elles sont, nous devons promouvoir et défendre ensemble ces intérêts essentiels que nous avons en commun ? – l'expérience de ces dernières années commande, me semble-t-il, de répondre positivement.

Avec la troisième question – quel est le niveau de nos ambitions ? – nous voici au cœur du sujet, car, depuis la guerre de 14-18, notre continent est en perte de vitesse par rapport à l'ensemble géopolitique que constitue le monde. L'histoire est sévère pour les peuples dont les dirigeants, tous partis confondus, affirment leur vocation à l'universel mais tolèrent l'absence d'une ambition forte qui impliquerait puissance économique, voire militaire, en même temps que générosité. Et que dire de ceux qui font de la politique en jouant les vedettes du moment comme d'un ballon de football, et ne se saisissent d'Eltsine que pour mieux rejeter Gorbatchev dans les bras des autres !

Certes, les changements géopolitiques que nous vivons peuvent conduire à une restauration de l'Europe sur la scène mondiale, mais, en amenant plus de décomposition, ils peuvent aussi bien nous laisser dans l'arrière-cour et faire renaître l'Europe d'autrefois, celle des rivalités entre puissances, l'Europe des instabilités et des guerres dont le chaudron a toujours été le centre de notre continent.

Après quarante années de guerre froide, l'histoire et la géographie reviennent en force. On les avait un peu oubliées. De même qu'un être humain porte en lui les gènes et les comportements de ses arrière-grands-parents, les peuples qui se libèrent portent en eux les gènes de leur histoire.

La lucidité m'oblige à dire que ce qui s'est passé chez nous, dans la partie occidentale de l'Europe, ne doit pas être regardé comme l'évolution naturelle des choses : la Communauté a été le fruit combiné de l'histoire – qui avait coupé l'Europe en deux – et de la nécessité – celle d'en finir avec des rivalités suicidaires, notamment franco-anglo-allemande – et surtout le fruit de la volonté – celle d'une minorité, qui était forte d'une vision politique sortant du commun et toujours actuelle.

Mais pourquoi l'exemple de ce que nous avons fait à l'Ouest, au sortir de la Seconde Guerre mondiale, ne servirait-il pas de modèle à l'Est, au sortir de la guerre froide ? Tout simplement parce que l'histoire n'a rien à voir avec le triomphe de la raison. L'histoire est tragique – nous le voyons sur le territoire de l'ex-Yougoslavie. Et l'économie n'est pas toute l'histoire ni toute la politique. La Communauté possède des instruments économiques forts et elle a une certaine influence politique. Mais ce n'est pas suffisant pour faire de l'histoire européenne un long fleuve tranquille. Alors, que veut-on faire croire à l'opinion publique ? Que les recettes de la société de consommation s'appliquent à la gestion des affaires internationales et de leurs drames ? Qu'on trouvera réponse à tout sans bousculer personne ? Quelle énorme mystification et quelle gigantesque erreur !

Nous devons mettre la Communauté à la hauteur de ces événements, politiquement, socialement et économiquement. Mais sans égarer l'opinion en lui laissant croire, comme le font certains donneurs de leçons, qu'on peut le réaliser sans coût pour nous, sans sacrifices et sans concessions commerciales.

Politiquement, la Communauté n'a pas encore atteint l'âge adulte. Mais elle tente de faire appliquer les quatre grands principes de la charte d'Helsinki : autodétermination, droits de l'homme et des minorités, respect des frontières, démocratisation interne. Mais comment les concilier et les appliquer, aujourd'hui dans le cas de la Yougoslavie, demain ailleurs, si la guerre civile se développe et si, aucune minorité ne pouvant plus se sentir en sécurité où elle se trouve, la décomposition gagne du terrain et se répand comme une épidémie dans toute l'Europe – hypothèse qu'il est, malheureusement, impossible d'exclure ?

La toile de fond est sombre et si la Communauté, qui reste le seul facteur de recomposition, doit faire davantage, qu'on sache qu'elle ne le fera pas en se défaisant. Dominés par leurs émotions ou par leur légèreté, quand ce n'est pas par leur hostilité de toujours à la construction communautaire, certains voudraient faire la « Grande Europe » en détruisant la Communauté, oubliant qu'en termes de réussite économique, de règne de droit, de capacité de vivre ensemble ou de respect du plus petit par le plus grand il n'y a pas d'autre référence que la nôtre ! Folie ! Ce serait la plus grave erreur intellectuelle et politique que l'on puisse commettre, car il ne resterait plus rien. Alors que faire ? D'abord, et aussi banale que soit la formule, se serrer à table pour que ceux qui n'ont pas à manger puissent se nourrir, et puis consolider la maison, tout en sachant qu'il faudra rapidement l'agrandir.

Pour moi, le choix est fait : la Communauté telle qu'elle est n'est pas suffisamment armée pour répondre au défi de la Grande Europe. Elle ne pourra le faire et se donner la capacité de s'ouvrir plus largement à l'extérieur qu'en s'approfondissant à l'intérieur. Pas de Grande Europe sans Communauté, mais pas d'avenir pour la Communauté sans approfondissement. Sans vouloir placer toute la politique étrangère, moins encore toute la politique de défense, dans le panier communautaire, j'espère que les chefs d'Etat et gouvernement définiront à Maastricht le champ des intérêts communs et dresseront l'inventaire des domaines où les Douze décideront désormais à la majorité qualifiée. Par précaution, qu'ils la renforcent s'ils le jugent bon, avec une clause prévoyant que huit pays au moins devraient figurer dans cette majorité.

Nous étant assurés d'institutions qui nous donnent, à douze, la personnalité politique qui nous manque – plus de cohérence, plus de rapidité de décision et plus d'efficacité dans l'action – il faudra multiplier les passerelles et fixer, au lendemain même de Maastricht, un nouveau rendez-vous politique et institutionnel pour préparer une structure à 24 ou à 30 pays, à laquelle nous avons d'ailleurs déjà commencé à réfléchir dans les séminaires de la Commission. Dans ces conditions, direz-vous, pourquoi ne pas brûler les étapes, en finir rapidement avec les deux conférences intergouvernementales, en se contentant au besoin d'un résultat modeste, et nous tourner vers le vrai problème, celui de la Grande Europe ? Au minimum, pourquoi ne pas faire figurer dans les conclusions de Maastricht le prochain rendez-vous institutionnel ? Ce serait un bon signal, qui viendrait s'ajouter aux autres, en direction du reste de l'Europe, mais aussi – prenons-y garde – une excuse pour les Douze de ne pas aller aussi loin qu'ils doivent le faire maintenant. Pour moi, c'est l'erreur à ne pas commettre si nous voulons nous renforcer suffisamment pour donner l'exemple et constituer demain, entre notre Communauté et d'autres ensembles – Association Européenne de libre-échange, Communauté des pays Baltes, Communauté des pays yougoslaves, s'ils en décident ainsi –, la Grande Europe fondée sur la paix, le respect mutuel, la coopération et l'entraide.

La Communauté est la première institution de l'ère postnationale, ce qui ne veut pas dire que les nations disparaissent. L'ère postnationale signifie que nous sommes dans un contexte d'interdépendance tel que les nations doivent trouver des modes de coopération entre elles plus intégrés, mais elle n'implique pas la disparition de la nation. La Communauté est une discipline politique que s'imposent ses membres pour atteindre un certain nombre d'objectifs, parmi lesquels celui de satisfaire aux exigences de notre époque en matière de production et de circulation des richesses. Elle n'est pas uniquement fille de l'air du temps, car elle est engendrée par la volonté des peuples et de leurs dirigeants. C'est vrai aujourd'hui à l'Est comme à l'Ouest et cela vaut pour les Russes ou les autres peuples de l'Union soviétique, comme pour les Baltes, les Tchécoslovaques ou les Yougoslaves. Dans l'ancien empire des Soviets, tout va dépendre de ce que les peuples décideront eux-mêmes. Vont-ils se laisser aller sur la voie de l'anarchie, incapables qu'ils seraient de concilier les quatre principes d'Helsinki ? Ou prendront-ils acte qu'ils sont tous indépendants, mais doivent, pour des raisons économiques, peut-être même politiques, travailler

273

ensemble dans une sorte de confédération, ou de fédération, calquée sur la Communauté, puisque c'est l'exemple qu'ils citent de plus en plus volontiers ? Ou bien encore, se souvenant d'une époque antérieure au communisme, la Russie réunira-t-elle ses forces pour agréger l'ensemble et en être le tuteur ou le moniteur ? Difficulté supplémentaire : où placer cette Russie ou cette Union postsoviétique, qui appartient à la fois à l'Europe et à un autre monde ? Si, pour aller à l'essentiel, les peuples de l'ex-Union reconstituent un ensemble avec une défense et une monnaie communes, ils resteront une puissance de premier ordre qui entretiendra des relations étroites avec la confédération européenne, dans laquelle je vois, pour ma part, une transition vers une Communauté élargie. Mais mettre dès à présent les Russes dans une confédération européenne, c'est susciter l'inquiétude des Etats-Unis, voire du Japon...

On l'a bien vu à l'occasion de la réunion de Prague convoquée, en juillet dernier, par les Présidents Mitterrand et Havel. Les Américains, qui sont pour l'Europe de San Francisco à Vladivostok, mais contre l'Europe de Brest à Vladivostok, étaient hostiles à un projet de cette nature. Ce fut l'une des raisons de l'échec. Mais ce n'est pas une raison pour ne pas reprendre cette idée de confédération lancée par le Président de la République française le 31 décembre 1989.

Sur ce fond d'incertitudes, notre acquis communautaire, même modeste, n'en est que plus précieux. Vouloir vivre ensemble et accepter le règne du droit, la responsabilité démocratique et l'égalité entre les Etats, n'est-ce pas une mine d'or dans une Europe hantée par ses vieux démons ? Et nous irions jeter tout cela dans les corbeilles de l'Histoire ! Non, chassons ce mauvais rêve et donnons-nous avant la fin de l'année les institutions de nos ambitions. Pour l'Europe, celle des Douze et celle qui lui succédera, trouvons les moyens d'être politiquement efficaces, démocratiquement comptables et ouverts sur l'avenir.

V

L'Europe fidèle à son histoire

Quelle sécurité pour l'Europe ? L'unification allemande, l'émancipation de l'Est du continent consacrent la fin d'une époque – celle du choc des Alliances et de la confrontation des armées dans la stabilité – et le début d'une autre, entièrement à concevoir et à construire. Il faut donc, les murs tombés, réfléchir à un nouvel ordre de sécurité en Europe.

Le premier, James Baker, le 12 décembre 1989 dans un discours prononcé à Berlin sur « la nouvelle architecture de l'Europe », définit les principes auxquels s'attachent les Américains : « Cette nouvelle architecture doit avoir une place pour de vieilles fondations et structures qui restent utiles – comme l'OTAN – tout en reconnaissant qu'elles peuvent aussi servir de nouveaux objectifs communs. La nouvelle architecture doit poursuivre la construction d'institutions – comme la Communauté européenne – qui peuvent aider à réunir l'Ouest tout en laissant une porte ouverte à l'Est. Et elle doit inventer des structures – comme le processus de la CSCE – qui pourront surmonter la division de l'Europe et faire un pont au-dessus de l'océan Atlantique. » Bref, « les Etats-Unis sont et resteront une puissance européenne ».

Entre ce discours de Berlin et le discours de Jacques Delors à Londres, plusieurs événements majeurs se sont produits :

– Le 19 avril 1990, MM. Mitterrand et Kohl ont prôné l'accélération de la construction politique de l'Europe en faisant de la sécurité commune un des objectifs essentiels de celle-ci, un objectif qu'a repris le Conseil Européen réuni à Dublin le 28 avril pour donner son feu vert à l'unification allemande.

– Le 21 juin, à l'occasion de la ratification du Traité d'Etat

277

entre la RFA et la RDA, les deux Parlements ont réaffirmé l'intangibilité de la frontière Oder-Neisse.

– Début juillet, les pays membres de l'OTAN, réunis à Londres, sont convenus de modifier la stratégie de l'Alliance et ont demandé à l'URSS d'accepter l'Allemagne unifiée dans l'OTAN, ce que fait Mikhaïl Gorbatchev le 16 juillet dans une rencontre à Moscou et Stravropol avec Helmut Kohl. Un accord qui comporte le retrait en quatre ou cinq ans des forces soviétiques de RDA et une importante aide économique allemande.

– Le 2 août, nouvelle conflagration au Moyen-Orient : l'Irak envahit le Koweit.

– Le 21 août, la Commission a adopté les règlements qui permettent aux Länder de l'Est d'adhérer à la Communauté, ce qui sera chose faite avec l'unification allemande le 3 octobre.

– Le 6 novembre, la Hongrie a été le premier pays de l'Est à adhérer au Conseil de l'Europe.

– Du 19 au 21 novembre, réunie au centre Kleber, la Conférence au sommet sur la coopération et la sécurité en Europe a adopté la Charte de Paris qui règle les principes sur lesquels seront fondées les relations en Europe.

– Le 23 novembre a été signée une déclaration transatlantique régissant la coopération entre les Etats-Unis et la Communauté européenne.

– Enfin, le 17 janvier 1991 a été déclenchée l'offensive « tempête du désert » contre l'Irak, rappelant à l'Europe le poids déterminant des Etats-Unis dans la sécurité du monde. De plus, il est annoncé que les troupes américaines qui étaient stationnées en Europe et qui ont été envoyées dans le Golfe rentreront aux Etats-Unis. L'Europe se vide de ses forces militaires étrangères, mais la présence américaine est confirmée dans le cadre des engagements de l'Alliance Atlantique.

Peut-il, dès lors, y avoir un pilier européen de l'Alliance Atlantique, une Europe qui prenne en main son destin sans renier pour autant ses alliances ? Cette discussion sur la possibilité d'une sécurité autonome, à vrai dire, n'est pas nouvelle. Elle ne s'est jamais tarie, même après l'échec de la Communauté européenne de défense en 1954. Mais la création de l'UEO et l'adhésion de la République fédérale d'Allemagne au traité de l'Atlantique Nord avaient engagé le débat sur une voie où l'interpénétration de la sécurité européenne et de la sécurité américaine par une intégration militaire au sein de l'Alliance avait occupé l'avant-scène.

Ces dernières années pourtant, des progrès ont été enregistrés sur le front européen : les membres européens de l'Alliance Atlantique se sont dotés d'instruments de coordination et l'appareil de la CSCE a trouvé, par la conférence sur les mesures de confiance et de sécurité et sur le désarmement en Europe (MCSD), une dimension spécifiquement axée sur la défense de l'Europe. L'Acte Unique européen a organisé la coopération pour les aspects économiques de la sécurité. Et la Communauté en tant que telle a signé la Charte de Paris.

Mais l'asymétrie qui existe, au sein de l'Alliance, entre les Etats-Unis et leurs alliés en matière de décision relance le débat au moment même où le Pacte de Varsovie se désagrège et où la construction européenne prend un nouvel essor. Quelle meilleure audience pour un plaidoyer en faveur d'une Europe européenne que l'Institut international d'études stratégiques de Londres ? Il est alors question de développer un concept de la sécurité qui est global et de faire de l'UEO non un pont avec l'Alliance Atlantique mais bien « le creuset d'une défense européenne inscrite dans la Communauté et devenant le second pilier de l'Alliance Atlantique, à côté du pilier américain ».

A noter qu'un mois plus tard, le 17 avril 1991, à Luxembourg, James Baker rappellera l'importance de l'OTAN comme seule instance de sécurité de l'Europe.

Ce débat sur les rôles respectifs de l'Alliance Atlantique, de l'Union Européenne et de l'UEO courra tout au long de la préparation du Traité de Maastricht. Et il est loin d'être terminé !

Enfin, comme les leçons de l'histoire sont utiles lorsque les défis sont grands, ce chapitre est introduit par un court discours, prononcé devant des historiens, sur ce que nous ont enseigné les échecs des tentatives d'intégration passées.

« 1992 et l'héritage de l'histoire »

à un Colloque d'historiens
à Bruxelles, le 7 juillet 1989

La construction européenne est aujourd'hui dans une phase dynamique. Son histoire récente montre qu'elle a cessé de douter d'elle-même, et qu'elle a préféré l'initiative au repli. La proposition de l'échéance 1992, la signature de l'Acte Unique, la réforme financière en février 1988 ont été les moments forts d'un processus de relance qui permet à la Communauté d'exister à nouveau.

Nous devons veiller à ce que ce mouvement appelle d'autres mouvements, nourrisse d'autres dynamismes. Il faut que l'objectif fixé par le traité, l'Union européenne, trouve dans l'extension de ce « cercle vertueux » les impulsions nécessaires à sa réalisation progressive.

Mais les institutions de la Communauté n'ont pas le monopole de ce projet. Elles favorisent sa transcription dans l'ordre du droit, elles en assurent la gestion. Elles n'offrent pourtant pas seules le moyen de comprendre cette ambition, ni de la justifier.

Pour définir ce projet, pour évaluer nos acquis – mais aussi nos erreurs –, nous avons besoin de ceux qui, ayant pour méthode de tenir l'événement à distance, réinscrivent le présent dans une durée longue et établissent des filiations : les historiens.

Aux historiens, en effet, de mettre en perspective un processus d'intégration que les préoccupations de court terme aveuglent parfois sur lui-même. Pour être correctement lue, pour être appréhendée dans la totalité de ses implications, notre entreprise demande à être resituée dans la profondeur du temps.

Car il n'y a pas de progrès sans mémoire. En choisissant le thème des unions économiques et monétaires en Europe depuis le début du XIXᵉ siècle – un thème que vous avez traité de manière exhaustive –, l'Institut Européen de Florence nous invite ainsi à identifier, dans une somme inégalée d'expériences, la matière d'un enseignement. D'abord parce qu'il permet de dégager certaines des constantes des mouvements d'intégration que nous devrons retenir. Mais aussi parce qu'il donne à comprendre les raisons de plusieurs échecs.

Ce sont autant d'incitations à réexaminer les composantes et les ambitions de notre projet propre.

L'enjeu de la survie au principe des mouvements d'intégration

Le premier enseignement que j'aimerais tirer de vos travaux se rapporte à la permanence d'un enjeu de survie dans les mouvements d'intégration. Les expériences que vous avez évoquées n'ont pas les mêmes origines ; chacune d'entre elles répond à sa logique particulière. Elles ont souvent en commun, cependant, de constituer une réaction donnée à une pression extérieure qui menace l'intégrité, politique ou économique, des éléments dont elles favorisent le rapprochement.

Dans cet esprit, l'intégration serait la dynamique, contrainte ou librement consentie, qui a conduit plusieurs entités – provinces, nations ou Etats – à se regrouper en un ensemble unique. Deux précisions : tout d'abord, l'intégration, lorsqu'elle est conduite à son terme, revêt toujours une dimension politique. Elle suppose, d'autre part, la pleine compatibilité et la pleine reconnaissance entre eux des éléments qui la constituent. Elle suppose également, pour lier entre eux ces éléments, l'exercice en commun de certains pouvoirs, qui incarnent et approfondissent une unité institutionnelle, économique, sociale ou culturelle.

Les unions douanières, les unions monétaires, que vous avez privilégiées, sont des étapes dans ce processus global. A ce titre, et en raison de leur inachèvement même – puisque toutes n'ont pas débouché sur l'Union politique –, elles doivent retenir doublement notre attention.

Si je mets à part les tentatives hégémoniques, je remarque que vos contributions ont mis en valeur la contrainte de la nécessité et l'existence d'un enjeu vital à l'origine de ces processus d'intégration économique.

Je n'oublie pas que cet enjeu peut lui-même avoir une résonance politique. On montrerait facilement qu'il a souvent, dans l'histoire, précipité le processus d'union. L'unification de l'espace économique italien au XIXe siècle est pour une part provoquée par le rejet d'une situation de dépendance, domination napoléonienne ou occupation autrichienne.

Vous avez étudié l'exemple du Benelux. Le Royaume-Uni des Pays-Bas, entre 1815 et 1830, définit lui aussi un espace économique destiné à s'opposer à l'expansionnisme français, qu'on croit toujours menaçant après la chute de l'Empire.

Quant à la constitution du Benelux, entre 1943 et 1944, elle est également une réponse à une situation d'infériorité virtuelle. Trois Etats choisissent de se constituer en union douanière pour s'assurer un plus grand poids – diplomatique et pas seulement économique –, dans un monde que l'après-guerre réserve à la domination des grandes puissances.

Mais cet enjeu de la survie répond plus spécifiquement à la nécessité de donner une cohésion accrue à des réseaux d'échanges commerciaux entretenus jusqu'alors par la logique de proximité entre plusieurs Etats ou provinces. Parce qu'ils sont vitaux, ces échanges demandent un cadre formel. Il s'agit de consolider un acquis et de préserver la dynamique des échanges au nom même de la nécessité économique.

Vos travaux ont ainsi rappelé qu'une fois assurée son indépendance en 1839, le Luxembourg a dû rechercher, pour survivre économiquement, une union douanière avec ses proches voisins : d'où son entrée dans le Zollverein, trois années plus tard. D'où aussi, dans le contexte très différent des années 1920, la naissance de l'Union Economique Belgo-Luxembourgeoise.

Cette nécessité économique, qui souligne le caractère vital des flux commerciaux, prend souvent au XIXᵉ siècle la forme de la complémentarité. Vous avez ainsi mentionné les liens étroits qui justifièrent le rapprochement de la Hongrie et de certaines provinces comme la Bohême ou la Moravie dans l'Union Douanière des Habsbourg, parce que leurs échanges, de matières premières contre des biens manufacturés par exemple, jouaient sur cette complémentarité.

Par contraste, la dynamique des échanges s'insère, aujourd'hui, dans un système d'interdépendances multiples, plus difficilement maîtrisables. Le processus d'intégration est donc aussi une réponse à la nécessité de gérer ces interdépendances. Un seul exemple a contrario : la méconnaissance de cette nécessité, qui s'est traduite par une gestion très insuffisante des flux, explique, parmi d'autres facteurs, « la désintégration économique de l'Europe » dans les années 1930. Le professeur Griffiths vous en a parlé. Une meilleure perception des interdépendances aurait dû, en d'autres circonstances, entraîner un processus d'intense coopération comme réponse à la crise.

Je m'en tiendrai à ces exemples. Ils montrent qu'à travers l'histoire, les mouvements d'intégration économique et monétaire ont plus ou moins explicitement laissé affleurer l'enjeu de la survie : qu'ils répondent à une menace politique ou qu'ils représentent la formalisation la plus efficace d'une nécessité d'ordre économique et commercial.

Les différentes recherches que vous avez conduites nous offrent ainsi une grille de lecture de la dynamique d'intégration : on l'appliquera aussi bien aux commencements – aux préoccupations dont naît cette dynamique elle-même – qu'aux moments où le processus s'achève ou au contraire s'interrompt. Car si l'on écarte les intégrations nationales durables, les unions économiques que vous avez étudiées nous intéressent aussi en raison de leurs échecs.

La leçon des échecs

Second enseignement, en effet, que vous nous invitez à dégager du passé : les raisons pour lesquelles un processus d'union douanière ou monétaire, à un moment donné, se dégrade ou s'affaiblit durablement.

Pour interroger ces échecs ou ces difficultés, je mettrai en avant trois éclairages surtout. D'autres pourraient naturellement les compléter.

Premier type d'explication : certains processus d'intégration ont été condamnés avant terme faute d'avoir corrigé les déséquilibres structurels dont ils étaient porteurs – ou faute de les avoir correctement identifiés. Conséquence première de ce phénomène : lorsque l'intégration économique n'est pas un jeu à somme positive, il ne permet pas à chacune des parties d'obtenir plus que le produit de son investissement de départ.

Dans le cas de l'Autriche/Hongrie, on verrait que l'Empire est affaibli par de profondes disparités régionales. Elles se traduisent par des inégalités de croissance, comme en témoigne le retard chronique de la Galicie ou de la Dalmatie. Non que la permanence de ces déséquilibres puisse expliquer à elle seule l'éclatement de l'Empire. Mais ces déséquilibres ont grevé d'une hypothèque durable le développement harmonieux de l'Union Douanière des Habsbourg.

Je ne présuppose pas non plus que les déséquilibres structurels entraînent nécessairement l'échec des processus d'intégration : l'exemple de l'Italie montrerait cependant que cet ensemble nouvellement constitué peut être durablement affaibli par le maintien de fortes disparités entre régions.

Ma seconde suggestion est de reconnaître une source potentielle d'échec dans une définition insuffisante de l'intérêt commun. Il arrive que cet intérêt ne soit pas assez clairement formulé ; il arrive aussi qu'il soit oblitéré par l'intérêt d'un seul : deux cas de figure que vos contributions permettent aussi d'éclairer.

Le système continental est un exemple d'une intégration économique confisquée au profit d'un seul. Le blocus napoléonien repose en effet sur la satisfaction de l'intérêt d'un seul des éléments associés dans l'entreprise commune.

L'intérêt commun peut également disparaître sous la prépondérance des intérêts nationaux : on pense à nouveau à l'exemple austro-hongrois, parce que l'Union Douanière des Habsbourg est de celles qui n'ont pas survécu à la revendication de ces intérêts, au détriment de l'intérêt commun. Encore faut-il se mettre d'accord sur ce que l'on entend par intérêt commun. N'est-ce pas toujours l'une des questions centrales que pose la poursuite de la construction européenne ?

Troisième remarque enfin : elle porte sur la faiblesse institutionnelle de certaines des unions que vous avez étudiées. Pour citer cette fois un cas d'école qui n'a pas été abordé, je crois, je mentionnerai l'exemple de l'Union Latine, créée en 1865 à l'instigation de la France. En 1880, dix-huit pays d'Europe avaient adopté l'unité monétaire française comme base de leurs systèmes nationaux. En vain : ce système – pourtant positif sur le plan strictement monétaire – ne pouvait durer, faute d'un mécanisme institutionnel permettant aux parties contractantes de se consulter et d'agir en commun.

C'est un enseignement fondamental à mes yeux. Il n'y a pas d'intégration qui puisse prétendre au succès sans un véritable dynamisme institutionnel. Quand il fait défaut, le processus d'intégration lui-même est privé de cohérence. J'ajouterai ici que le principe des organisations intergouvernementales ne reflète que rarement ce dynamisme institutionnel. D'où l'innovation des pères du Traité de Rome tendant à donner à la Communauté une mémoire agissante et un système de décision efficace.

L'intégration européenne à la lumière des enseignements de l'histoire

On remarquera d'abord que l'intégration européenne fait apparaître pour une part l'enjeu de la survie. Non pas sous la pression d'une domination, mais parce qu'il était devenu indispensable de donner un cadre formel à l'idée d'une mise en commun des ressources, pour de multiples raisons politiques qu'il est inutile de rappeler ici.

De ce strict point de vue, l'intégration européenne est bien une réponse à la nécessité économique : nécessité de s'adapter à la nouvelle donne économique de l'après-guerre. Nécessité aussi d'assurer aux économies des pays de la Communauté un véritable potentiel de croissance. C'est à cette nécessité que répond la mise en place d'un marché sans entraves douanières à l'échelle des six pays signataires du Traité de Rome en 1957.

La relance de l'intégration depuis 1985 et la signature de l'Acte Unique s'inscrivent aussi dans cette logique. L'instauration d'un grand espace économique commun à l'horizon 1992 se veut une réponse au défi que nous imposent la mondialisation des interdépendances, les défis de la compétitivité et la nouvelle révolution technologique.

Deuxième remarque : l'Espace Economique Européen ne se limite pas à l'existence d'une zone de libre-échange. S'il en était ainsi, il sanctionnerait des déséquilibres profonds entre certaines régions de la Communauté aujourd'hui en retard de développement, ou confrontées au problème des reconversions, et d'autres ensembles géographiques plus prospères et structurellement mieux adaptés. A terme, ces inégalités remettraient en cause la cohésion de la Communauté et donc son existence même.

C'est pourquoi l'Acte Unique a donné à la Communauté les moyens de lutter contre ces déséquilibres structurels, en liant la mise en place du grand marché à des politiques d'accompagnement et à une meilleure allocation des ressources. D'où l'importance des politiques communes, et en premier lieu des politiques dites structurelles.

C'est à cette condition seulement que la Communauté peut être, par opposition à certains précédents, un jeu à somme positive. Chaque partenaire doit être en mesure de dresser un bilan positif des avantages par rapport aux coûts de l'intégration. Chaque bénéfice d'un potentiel de croissance accru par l'effet d'échelle lié à la mise en place du marché unique. Les Etats membres ne sortent pas affaiblis de leur intégration : elle est au contraire pour eux un gage de renforcement de leur capacité économique.

Autre écueil que nous nous sommes efforcés d'éviter : une attention insuffisante à l'intérêt commun. Je dirais qu'à l'opposé de cette conception, et selon l'enseignement de Jean Monnet, la Communauté n'existe qu'en fonction de cet intérêt commun ; et qu'elle s'efforce de le dégager dans chacune des politiques que les traités lui font obligation de conduire.

Les intérêts nationaux ne sont pas pour autant négligés. La Communauté est par nature l'expression d'un pluralisme. Deux principes garantissent aux Etats membres la prise en compte de leurs intérêts propres.

Le principe de diversité d'une part : il nous interdit d'imposer un modèle unique à des pays que leurs traditions différencient fortement, quand elles ne les opposent pas. La réforme de la politique agricole commune a tenu compte de la diversité des types d'exploitation dans la Communauté. Le statut de la participation des travailleurs à la Société de Droit Européen fait la part des trois grandes traditions dont l'Europe est dépositaire.

Le principe de subsidiarité d'autre part, qui donne toute leur importance aux échelons de décision nationaux ou décentralisés. La Communauté ne doit pas légiférer à tout propos : elle ne le fait que lorsque le niveau communautaire paraît le plus adéquat. Si ce n'est pas le cas, la priorité est laissée aux niveaux national ou régional. Telle est notre philosophie de l'intégration.

Il faut ajouter enfin que la Communauté s'est dotée d'un mécanisme institutionnel dynamique et original, à la mesure des engagements qui lient les Etats membres. Elle dispose, depuis la Haute Autorité de la CECA, d'un exécutif jouissant d'une certaine indépendance vis-à-vis des Etats membres. La Commission fonctionne aujourd'hui comme la mémoire vivante de l'intégration, mais aussi comme son organe initiateur.

Second facteur de ce dynamisme institutionnel que vous mettrez certainement en valeur : le vote du Conseil à la majorité qualifiée, naguère remis en cause par le compromis de Luxembourg mais aujourd'hui étendu et formalisé dans l'Acte Unique. C'est ainsi que la Communauté se distingue d'une organisation de type intergouvernemental. C'est ainsi qu'elle peut échapper aux risques de paralysie qui menacent les organisations de ce type.

On voit donc que l'intégration européenne, qui trouve partiellement son origine dans la nécessité de la survie, est parvenue jusqu'à cette date à contourner plusieurs des écueils relevés dans des tentatives antérieures.

Au génie des pères fondateurs de la CEE comme à celui de Jean Monnet, nous devons d'avoir pu nous préserver de ces signes de rupture. Sans doute cela ne suffit-il pas pour parler d'un modèle européen d'intégration stable et performant. Mais je veux y voir, pour ma part, certaines des conditions du succès.

Puisque l'exemple des unions économiques et monétaires vous a guidés dans vos travaux, je crois utile d'évoquer, pour conclure, le nouveau saut qualitatif que pourrait accomplir la Communauté sur la voie de l'intégration. L'Union économique et monétaire, si elle est réalisée, constituera en effet un pas aussi important vers l'Union européenne que celui de l'Acte Unique par rapport au Traité de Rome.

Le Conseil Européen de Madrid nous a permis de donner l'impulsion aux premiers travaux préparatoires. Sans préjuger de leurs résultats, je voudrais simplement indiquer que cette nouvelle étape vers l'intégration s'inscrit dans la même logique que celle que vos travaux ont fait apparaître : une réponse au défi de la mondialisation, notamment celui de la sphère financière ; le souci d'une cohérence permettant de retirer tous les fruits d'un espace économique et social commun ; des institutions facilitant l'intégration, là où elle est nécessaire, et intensifiant la coopération, là où elle est indispensable.

Je ne me prononce pas sur le succès de cette nouvelle étape de l'intégration : les efforts qu'elle demandera aux Etats membres suscitent déjà des résistances. Mais il m'a paru opportun d'ouvrir cette perspective, parce qu'elle montre que les différents moments de l'intégration européenne obéissent à des exigences permanentes.

Cette intégration n'est pas achevée. A preuve, les étapes qu'il nous reste à franchir avant de parvenir à l'Union politique, qui reste notre objectif ultime.

Au matériel très riche que cette conférence a offert à notre réflexion, nous devrons en tout cas une meilleure connaissance des conditions que doit réunir une intégration économique réussie. Je souhaite que cet acquis puisse être complété par d'autres travaux, issus de la sociologie ou de la science politique, qui mettront en valeur d'autres propriétés d'une intégration conduite jusqu'à son terme.

Les voies d'une collaboration entre chercheurs, intellectuels et participants plus immédiats à la construction de l'Europe communautaire sont ainsi tracées. L'Institut de Florence doit être l'un des lieux de cette convergence, et je le remercie de nous avoir permis de nous réunir aujourd'hui. J'ai la conviction profonde qu'une telle collaboration est désormais indispensable à nos progrès. La construction européenne a besoin de vous.

« La sécurité de l'Europe

Discours devant l'International Institute
for Strategic Studies
à Londres, le 7 mars 1991

Les événements des derniers mois nous obligent à prendre du recul et à nous interroger, plus encore qu'hier, sur les fondements de la sécurité.

Comment se présentent, de mon point de vue, les aspects de sécurité dans l' intégration politique et économique de l'Europe ?

La guerre du Golfe a démontré, si besoin en était, les limites d'influence et d'action de la Communauté Européenne, même si elle progresse à pas de géant vers son intégration économique, même si la coopération en matière de politique étrangère a marqué des points ces deux dernières années.

Ce constat n'est qu'un stimulant de plus pour aller vers une forme d'Union politique, comportant une politique commune en matière de relations extérieures et de sécurité. Tel est le but assigné à la Conférence Intergouvernementale qui s'est ouverte à Rome, en décembre dernier, sur la base des orientations adoptées par le Conseil Européen.

L'idéal des pères de l'Europe était bien d'associer nos pays et nos peuples dans une Communauté mieux à même que chacun des pays pris séparément de concrétiser les valeurs qui leur sont communes, et capables de les défendre, là où elles sont menacées, de les promouvoir, là où elles n'existent pas.

En d'autres termes, cette Conférence sera le test de l'ambition que l'Europe des Douze s'assigne dans le monde d'aujourd'hui et de demain. Un monde d'ailleurs semblable à celui d'hier, ponctué de progrès et de reculs, de nouvelles coopérations et de nouvelles tensions. Un monde où les risques changent de nature ou d'origine, mais n'en sollicitent pas moins les Européens, comme d'ailleurs tous les habitants de la planète. L'interdépendance croissante entre toutes les parties du monde est sans doute le phénomène central qui doit être pris en compte, lorsque l'on traite de politique étrangère ou de sécurité, comme lorsque l'on aborde les grandes questions économiques, monétaires et commerciales.

Les opinions publiques doivent en être convaincues, ce qui, dans nos démocraties, telles qu'elles sont, implique un niveau élevé de conscience des enjeux collectifs, des débats de grande portée. Pour ma part, j'avais, depuis deux ans, mis en garde contre un excès d'euphorie né de deux événements majeurs pour notre Europe. Le thème mobilisateur de l'après 1945 « plus jamais de guerre entre nous » avait porté l'espoir des constructeurs de l'Europe. L'objectif est atteint, sachons à quoi nous le devons. Plus récemment, l'effondrement du communisme a ouvert la perspective d'une ère de paix, de liberté et d'échange dans toute l'Europe. Il nous reste à y travailler, patiemment et avec vigilance.

Mais notre horizon ne peut se limiter à la grande Europe. Autour de nous, les ambitions démesurées, les appétits de puissance, les révoltes nationales, le sous-développement se cumulent pour créer des facteurs potentiels d'explosion, de déstabilisation et de conflits, alimentés par la dissémination croissante des armes de destruction massive.

Le défi est là pour la Communauté. Si elle veut être digne de l'idéal qui l'inspire, elle doit affronter les défis de l'histoire et prendre sa part des responsabilités politiques et militaires qui incombent à nos vieilles nations, lesquelles ont toujours marqué l'Histoire de leur empreinte.

Les turbulences sont donc là, les risques aussi. La politique européenne de la Sécurité n'existe pas encore. Mais il faut en débattre dès maintenant, avec la volonté d'accélérer le processus d'intégration politique de l'Europe, seule réponse à l'accélération de l'Histoire.

Mais avant d'entrer dans une réflexion sur ce que pourrait être une politique commune de défense, il faut la réintégrer dans la notion beaucoup plus large de sécurité, qui fait appel aussi bien à une conception de l'ordre mondial qu'à la solidarité de nos systèmes sociaux. C'est dire que le problème de la défense se pose différemment que dans les années 50, où les architectes de la construction européenne avaient imaginé de mettre l'Europe politique sur les rails grâce à la création de la Communauté Européenne de Défense.

Aujourd'hui, il existe une dynamique de la construction européenne, qui fournit certaines conditions favorables à de nouveaux pas en avant.

I. LA SÉCURITÉ, UN CONCEPT GLOBAL

Nous vivons une de ces phases intenses de mutation dont les données s'imposent à nous : la perspective d'un désengagement des deux grandes puissance en Europe ; les conséquences mondiales du changement de nature du duopole Etats-Unis/Union Soviétique ; ce duopole se faisant moins pressant sur le reste du monde, la recrudescence des tensions et des conflits ; enfin, et pour ne citer que quelques paramètres essentiels, le fossé qui se creuse entre le Nord et le Sud.

On évoque, comme toujours en période d'incertitude et de menace, la nécessité d'un nouvel ordre mondial qui renforcerait les chances de la sécurité et de la paix.

La sécurité ou le problème du respect du droit

Faire respecter le droit dans les affaires internationales, tel a toujours été le but poursuivi par tous les architectes d'un nouvel ordre mondial. La Société des Nations, avant la dernière guerre, l'organisation des Nations Unies, aujourd'hui.

Répétons-le : l'interdépendance croissante du monde relance le débat sur, sinon un gouvernement mondial – perspective hors d'atteinte –, du moins l'établissement de règles favorisant la sécurité et l'échange, la mise au point de procédures de solution pacifique des conflits. Et avec la crise du Golfe a surgi une question encore plus délicate : au nom de quoi et comment faire respecter, au besoin par la force, le droit international ?

La dimension tragique de l'Histoire fait surgir des doutes quant à la possibilité non seulement de répondre intellectuellement à ces questions, mais surtout de mettre en place des dispositifs réalistes et efficaces.

Pourtant, nous n'avons pas le choix. Renoncer à cette tâche, combien difficile, constituerait une sorte de démission collective et un mensonge à l'égard de nos peuples, trop longtemps bercés par leur prospérité matérielle, trop souvent myopes à l'égard des grands défis qui nous assaillent. Il faut leur rappeler que la démocratie et la liberté se méritent, qu'elles sont exigeantes, qu'elles réclament cohésion à l'intérieur, générosité et fermeté à l'extérieur.

Ces propos s'appliquent pleinement à la guerre du Golfe. Faire triompher le droit, et notamment celui lié à l'intégrité de chaque Etat souverain en l'espèce le Koweit, c'était vital. Mais comment le réussir pleinement sans intégrer dès maintenant une vision de l'après-crise ? Il s'agit de combiner des réponses à des problèmes variés et d'une très grande complexité : la solution des tensions nées des problèmes palestiniens et libanais ; une garantie crédible donnée à chaque Etat en ce qui concerne sa propre sécurité ; l'indispensable diminution des armements qui font de cette région une gigantesque poudrière ; le respect des droits des minorités, comme les Kurdes ; l'organisation d'un espace de développement économique dans la perspective d'un progrès et d'un avenir ouverts à tous les habitants de la région.

Aujourd'hui, le Golfe. Demain, une autre région du globe. La manière dont nous contribuerons à la solution de

cette crise sera lourde de conséquences, positives ou néga-
tives, pour le renforcement de la sécurité dans le monde
entier.

Nous y jouons, sinon le sort, tout au moins la capacité
d'influence de l'Organisation des Nations Unies. Celle-ci
doit gagner, une fois que les armes se sont tues, la bataille
de la paix et, partant, démontrer qu'elle est en mesure de
prévenir de nouvelles crises.

La sécurité, un problème de société

Tocqueville a tout dit sur les grandeurs et les servitudes
de la démocratie. S'il vivait encore aujourd'hui, il pourrait
illustrer ses analyses fondamentales, en prenant en compte
les phénomènes d'opinion publique liés à l'importance des
médias, les tendances au repli sur soi, la difficulté de faire
vivre un grand dessein porté par un civisme véritable.

Tel est notre défi interne, alors que nous devons intégrer
des dimensions nouvelles dans nos politiques, comme la
protection de l'environnement ou, plus fondamentalement,
les relations entre l'homme et la nature. Les opinions
publiques ont l'intuition qu'il s'agit là d'un problème majeur,
mais elles n'ont pas encore intégré toutes les contraintes
d'une politique à long terme visant à transmettre aux
générations futures un capital nature préservé.

Dans un autre ordre d'idées, il devient de plus en plus
difficile dans nos pays de maîtriser les flux migratoires et
de les intégrer dans une vision harmonieuse des relations
entre les hommes et entre les communautés.

Notre sécurité dépend pourtant de la capacité dont nous
ferons preuve pour accroître l'attrait et l'harmonie de nos
sociétés. Si celles-ci sont minées de l'intérieur par la baisse
du civisme, l'indifférence aux autres, les tensions sociales,
comment espérer que les citoyens se mobilisent pour
défendre leur sécurité et, encore moins, pour accepter que
leur pays prenne le risque de partager avec d'autres des
responsabilités mondiales ?

C'est la raison pour laquelle – et en revenant pour un

instant sur la construction européenne – nous nous atta-
chons à convaincre de la nécessité d'un projet européen
global. Non pas seulement un grand marché sans frontières
internes, facteur de prospérité, mais aussi un espace organisé avec le souci de la dimension sociale et de la solidarité
entre toutes les régions de la Communauté. Sinon, nous
n'arriverons pas à provoquer, chez les Européens, ce sentiment nécessaire d'appartenance à une Communauté qui
se veut exemplaire, par les valeurs qu'elle affiche, mais
aussi par la manière dont elle les traduit en actes.

A côté des thèmes de la liberté et de la responsabilité,
celui de la solidarité est au cœur du projet communautaire :
la solidarité interne entre les nations, entre les régions,
entre les individus ; la solidarité externe vis-à-vis de ceux
qui ont besoin de la Communauté, depuis les pays de
l'Europe de l'Est et du Centre, sur notre flanc est, jusqu'aux
pays de la Méditerranée et du Moyen-Orient que l'on
caractérisera, pour simplifier, comme notre flanc sud. Mais
au-delà de nos devoirs liés à la proximité de ces pays, la
Communauté est sollicitée plus largement d'apporter sa
contribution à la solution des problèmes Nord-Sud. Elle
agit, chacun le sait, dans toutes ces directions. Mais on lui
demandera de faire davantage. Là, doit être notre grand
dessein, là réside la difficulté politique de le faire accepter,
puis de le réaliser.

La sécurité, un problème de défense

En dernier ressort, assurer sa sécurité, c'est pouvoir se
défendre, les armes à la main. Vouloir contribuer à l'émergence d'un nouvel ordre mondial, c'est accepter de participer, si nécessaire, à des forces chargées d'intervenir pour
faire respecter le droit international, après que tout a été
tenté pour créer les bases de l'entente et de la coopération
entre les peuples. Mais, comme chacun sait, et en dépit de
nos efforts, la tragédie peut toujours surgir.

Revenons, pour illustrer notre propos, à la crise du Golfe.
Il est vrai que, dès le premier jour, le 2 août 1990, la

Communauté Européenne a pris les positions fermes que l'on attendait d'elle, a confirmé l'engagement de ses Etats membres à faire respecter l'embargo, l'arme première de la dissuasion de l'agresseur. Mais, dès qu'il fut clair que les armes allaient parler, la Communauté ne disposait ni des outils institutionnels, ni de la force militaire d'intervention qui lui auraient permis d'agir en tant que Communauté.

Nos douze Etats membres sont-ils en mesure d'en tirer les enseignements ? Le veulent-ils vraiment ? Les événements tragiques que nous vivons les poussent à répondre sur le principe, même si, pour ce qui concerne les modalités, chacun conviendra qu'il ne pourra s'agir que d'une évolution progressive, tant les sensibilités sont encore éloignées les unes des autres, tant de paramètres demeurant encore incertains. Qui pourrait assurer, par exemple, que la menace nucléaire va disparaître rapidement ou que la tension Est-Ouest est définitivement derrière nous ?

C'est donc sur un terrain mouvant que nous engageons la réflexion, puis la négociation entre les Etats membres, sur une politique commune des relations extérieures et de la défense. Mais, au moins, assurons-nous que la prise de conscience est bien faite des liens qui existent entre notre engagement pour un nouvel ordre international, d'un côté, et, de l'autre, la nécessité de bâtir un modèle exemplaire de société, qui renforcera l'attachement de nos peuples à nos valeurs et leur disponibilité à les promouvoir et à les défendre, y compris au prix de contraintes économiques et financières, voire de plus grands sacrifices.

II. LA DYNAMIQUE COMMUNAUTAIRE

Avant de répondre à ces questions, il est indispensable de dresser un rapide « état de l'Union ». Où en sommes-nous ? De quoi disposons-nous ? Quelles sont les potentialités inscrites dans les décisions déjà prises et progressivement mises en œuvre ?

La dynamique interne

Partons de ce qui est incontesté : le renouveau économique de la Communauté, même si beaucoup reste à faire pour la hisser au niveau des deux plus grandes puissances économiques mondiales.

Il est de fait que le mouvement imprimé ces six dernières années par l'objectif 1992 provoque des changements positifs dans nos structures économiques, comme le montrent l'accélération de la croissance, l'augmentation des investissements et les importantes créations d'emplois. Nos peuples le constatent et s'intéressent davantage à la construction européenne, nos partenaires aussi, qui s'en inquiètent parfois, au point d'avoir mené un combat douteux contre l'« Europe forteresse ». Première puissance commerciale du monde, et désirée comme telle, la Communauté est considérée par beaucoup, à l'extérieur, comme un géant économique. Or, on ne prête qu'aux riches et, partant, on attend énormément de nous.

Mais nos peuples aussi deviennent plus exigeants à l'égard de la Communauté, au nom de la solidarité de destin ou d'une juste balance entre les avantages et les coûts de la création d'un grand espace économique commun. D'où cet objectif de la cohésion économique et sociale, inscrit dans l'Acte Unique et poursuivi dans le cadre de nos politiques structurelles. Des efforts considérables lui sont consacrés, et aussi d'importantes ressources financières : 60 milliards d'Ecus en cinq ans, à l'appui de plans de développement régional, de programmes de reconversion de régions industrielles en pleine crise de mutation, du développement rural, condition pour une société plus harmonieuse.

C'est pourquoi l'expression « marché commun », encore utilisée par certains, ne correspond plus à la réalité. Nous construisons une Communauté dont les Etats membres exercent, en commun, une partie de leur souveraineté, grâce à des politiques communes de plein exercice, comme l'agriculture ou la cohésion économique et sociale, ou bien partielles, comme les actions communes en matière de recherche et de technologie, dans le domaine de l'environnement ou bien encore au titre de la dimension sociale. Tels sont les fondements d'une Communauté qui, grâce à cela, engendre aujourd'hui une Union politique ; l'Union Européenne, comme l'Acte Unique en formule l'objectif.

Par un effet d'entraînement, qui est une des caractéristiques de l'ingénierie communautaire, nous sommes conduits à ouvrir de nouveaux chantiers, dont un est très lié à une conception globale de la sécurité. Il s'agit des conséquences de la libre circulation des personnes, de l'exigence d'une action commune ou, à tout le moins, d'une très étroite coordination, pour lutter contre ce qui menace la sécurité individuelle : la grande criminalité internationale, les trafics de drogue, les menaces terroristes... La solidarité, une des pierres angulaires du pacte européen, passe aussi par des initiatives politiques dans ce domaine, qui relève bien de la sécurité.

Toujours au titre de cet engrenage vertueux, se profile l'Union Economique et Monétaire. Certes, sa réalisation pleine et entière nécessitera des transferts de souveraineté, notamment avec la création d'une Banque Centrale Européenne. Mais il s'agit moins d'un saut qualitatif que d'un mouvement entraîné par le succès du Système Monétaire Européen. On imagine aisément ce que représente pour la Communauté, dotée d'une monnaie unique, la possibilité de jouer un rôle majeur dans le domaine international, pour remédier aux facteurs de désordre qui peuvent perturber les marchés des changes et les marchés financiers. En pesant de tout son poids pour une plus grande stabilité monétaire – ce qui implique des responsabilités mondiales pour la monnaie européenne –, en plaidant pour une meilleure allocation des ressources financières entre pays riches et pays pauvres, la Communauté apportera une contribution significative au renforcement de la sécurité dans le monde. Mais, là aussi, répétons-le, non sans accepter les contraintes et les coûts d'une responsabilité mondiale lucidement assumée.

La dynamique externe

La représentation de la Communauté qu'ont les autres pays du monde explique les sollicitations multiples dont elle fait l'objet. Elle ne peut ni se dérober, ni, bien entendu, tomber dans un activisme angélique ou désordonné. C'est pourtant la tentation qui, parfois, menace la coopération politique. Mais revenons à des perspectives plus positives. La Communauté joue un rôle central dans l'architecture de la grande Europe de demain. Elle attire les demandes d'adhésion des pays européens, les demandes d'aide des autres. Elle y fait face, dans une stratégie diversifiée, prenant en compte les situations respectives de ces pays. A l'initiative de la Commission européenne, elle a entrepris des discussions avec l'AELE, afin de faire bénéficier les pays membres de cette organisation des avantages d'un grand marché sans frontières. Aux pays de l'Est et du Centre de l'Europe, elle a d'abord concédé des avantages commerciaux dans le cadre d'accords bilatéraux, et elle se charge, au surplus, de coordonner l'effort d'aide et d'assistance accompli par l'ensemble des pays industrialisés. Mais il faut noter, à ce sujet, que la majeure partie du fardeau repose sur les épaules de la Communauté. Celle-ci veut encore aller plus loin, avec la perspective d'accords plus engageants, sur tous les terrains possibles d'une coopération : politique étrangère, culture et économie.

Pour passer à ce que j'ai appelé le flanc sud de la Communauté, en plus des aides liées à la crise du Golfe et aux conséquences de l'embargo, elle renforce ses liens avec les pays du Maghreb, du Machrek et du Moyen-Orient : accords commerciaux, protocoles d'aide financière, assistance technique, actions destinées à améliorer l'environnement... Et il faudra certainement passer à un stade supérieur d'ambition et, donc, à un effort accru, pour établir et organiser les conditions économiques pouvant contribuer à la stabilité de la région, dans la paix et le développement.

Une exigence du même ordre s'impose pour la contribution de la Communauté à la solution des problèmes Nord-Sud. Celle-ci est illustrée, notamment mais pas exclusivement, par la Convention de Lomé qui bénéficie aux pays d'Afrique, des Caraïbes et du Pacifique. L'Afrique, en particulier, demandera davantage d'attention dans les années à venir, car les graves difficultés économiques et sociales que ce continent connaît ne seront pas sans conséquence pour la sécurité de cette partie du monde.

Une Europe européenne

A ce stade, il faut parler clair, afin que les débats engendrés par la perspective d'une Union Européenne se déroulent dans les meilleures conditions et provoquent l'intérêt de nos peuples. L'Europe a besoin, pour porter ses ambitions – si elle les a vraiment –, d'une identité politique. L'Europe doit se vouloir européenne.

Cette formule a soulevé, en d'autres temps, bien des polémiques. Et pourtant, la question est à nouveau posée. L'Europe peut-elle consentir à tant d'efforts, peut-elle les justifier auprès de ses opinions publiques, si elle ne les inscrit pas dans un dessein d'ensemble ? Elle ne peut donc le réaliser sans les atouts d'une personnalité politique et les capacités qu'offre la puissance économique. Les deux éléments sont intimement liés.

Or, un tel projet n'est pas réalisable avec une conception de la Communauté réduite à un grand marché flanqué de quelques politiques communes. Il implique une volonté politique fondée sur une conscience claire des intérêts essentiels que les Etats membres ont en commun, sur la conviction qu'ils assureront mieux la défense et la promotion de ces intérêts en agissant ensemble, dans l'exercice partagé de la souveraineté.

Voilà pourquoi il est heureux que les pas en avant qui ont été faits et qui seront faits dans les domaines économiques et monétaires soient accompagnés, mieux même, encadrés par un cadre politique adéquat. Vous comprendrez, dans ces conditions, les liens qui unissent les travaux des deux conférences intergouvernementales, l'une sur l'Union Economique et Monétaire, l'autre sur l'Union Politique, permettant de nous doter d'institutions responsables, efficaces et placées sous contrôle démocratique. Je vois bien les réticences ou les inquiétudes que suscite un tel discours. De la part de certains Etats membres, qui récusent l'analyse et s'en tiennent à la conception classique de la souveraineté nationale. De la part de puissances amies, qui semblent redouter l'épanouissement de la personnalité européenne. Puis-je dire à ces dernières qu'elles se trompent, ou encore que leurs craintes ne sont pas justifiées ?

Les Etats-Unis, puisque c'est d'eux dont il s'agit, n'ont rien à espérer d'une Communauté politiquement muette et économiquement subordonnée. Ils l'ont compris – je l'espère tout au moins – puisqu'ils ont signé la déclaration transatlantique du 20 novembre 1990, qui jette les fondements d'un partenariat renouvelé, au travers de la solidarité atlantique renforcée, qui constate l'existence d'une identité européenne en matière de sécurité, ouvrant ainsi la voie d'un partage équitable des responsabilités et des charges. Si tel est bien le cas, la balle est donc dans le camp des Européens. A eux de prendre leurs responsabilités et d'en assumer le poids.

C'est alors que surgissent les questions liées à la politique étrangère et à la sécurité. Vingt années de coopération en matière de politique étrangère ont permis une meilleure connaissance réciproque, un rapprochement des méthodes du travail diplomatique, et ont abouti parfois à des positions unanimes. Mais ce n'est pas suffisant. Le Conseil Européen a donc fixé, comme l'un des objectifs essentiels de la réforme des traités, la mise en œuvre progressive d'une politique commune des relations extérieures et de la sécurité. Si ces deux domaines sont intimement liés, cela n'implique d'ailleurs pas que les Douze puissent progresser selon des procédures identiques et au même rythme dans ces deux domaines.

Si le socle d'une politique étrangère commune est adopté, il n'en demeurera pas moins des options difficiles à traiter en ce qui concerne spécifiquement la défense. C'est, sans doute, le cœur de la difficulté. Aussi, convient-il de mettre toutes les cartes sur la table.

III. LES OPTIONS D'UNE POLITIQUE DE DÉFENSE

Le seul choix compatible avec le dessein global de l'Union Européenne est de situer la politique commune de sécurité en son sein. Tel ne serait pas le cas si, comme le préconisent certains, on envisageait, pour le stade final de l'intégration européenne, la création de plusieurs communautés, l'une axée sur l'intégration économique, une seconde sur la coopération politique et une troisième pour traiter de la sécurité. Non pas qu'il faille exclure des transitions. Elles sont indispensables, notamment en matière de défense où l'Union de l'Europe Occidentale peut jouer un rôle très utile. Mais il faut parler clair. Ce que nous proposons, c'est une Communauté unique, dans le droit fil des ambitions d'Union Européenne affichées par l'Acte Unique. Et c'est donc, répétons-nous sans nous lasser, une Communauté fondée sur l'union des peuples et l'associaton d'Etats-nations, poursuivant des objectifs communs, approfondissant la personnalité européenne.

D'autres alternatives peuvent certes être défendues. Les manières de procéder peuvent être et doivent être étudiées avec soin. Mais il faut définir l'horizon. Et je rappelle que si les auteurs du Traité de Rome n'avaient adopté qu'une démarche pragmatique sans indiquer jusqu'où ils voulaient aller, jamais la Communauté n'aurait accepté les pas en avant qui font sa réalité d'aujourd'hui, sa potentialité pour demain. Il en va de même aujourd'hui pour l'Union économique et monétaire, tout d'abord. La conception que nous avons de la Communauté de demain implique une monnaie unique, comme attribut de la capacité de faire, comme objet et instrument de notre ambition. Il doit en aller de même pour l'Union politique.

A ce stade de raisonnement, je vous épargnerai une

longue digression sur le devenir de la souveraineté nationale. A mes yeux, celle-ci ne peut garder sa consistance que dans l'exercice en commun de la souveraineté, compte tenu de ce que sont les rapports de forces dans le monde et de la nécessité quasi arithmétique de réunir les ambitions nationales face à la dimension des défis. Le patriotisme, valeur sûre de nos sociétés, ne pourra que s'y épanouir dans un enrichissement naturel entre nos nations.

A celles-ci, il n'est demandé de renoncer à rien de ce qui constitue le legs le plus précieux de leur histoire nationale, de leurs traditions. Il s'agit essentiellement de mettre en commun toutes nos synergies au service de finalités acceptées par tous : tel est le pacte politique qui doit nous rassembler.

Alors, mais alors seulement, peut-on débattre utilement du processus global qui nous mènera à une politique commune de défense.

La politique étrangère et la politique de défense

Cette politique commune de défense n'a de sens que si elle exprime une double solidarité : l'unité dans l'analyse et dans l'action en matière de politique étrangère, l'engagement réciproque de venir en aide à un des pays membres qui se trouverait menacé dans son intégrité.

En matière de politique étrangère, la situation présente de la Communauté ne peut durer. On l'a vu à propos de la crise du Golfe. Nous le vivons tous les jours dans cette absence d'unité de réflexion pour tout ce qui concerne les relations extérieures de la Communauté : d'un côté, l'action communautaire dans le domaine économique qui réclame, plus que jamais, une analyse politique avant les grandes décisions. La preuve en est la nécessité ressentie par nos Ministres des Affaires étrangères de mêler, dans une même enceinte, les aspects communautaires et les aspects de coopération politique. Ils l'ont fait, à plusieurs reprises, ces derniers temps, mais sans disposer du cadre institutionnel adéquat.

La dimension institutionnelle ne doit pas être négligée, même si, en dernier ressort, toute avancée ne peut se réaliser que par une volonté politique, forte et consensuelle. C'est pourquoi la Commission européenne propose, dans son projet de traité, de faire émerger un centre unique d'impulsion, d'une part, un centre unique de discussion et d'action, d'autre part. C'est pourquoi, aussi, la Commission suggère que soient regroupées, dans un titre du traité, les dispositions concernant tous les aspects extérieurs : la politique étrangère, la sécurité, les relations économiques, la coopération au développement. Cette cohérence est vitale, si l'on veut illustrer la prééminence du politique et éviter une action dispersée, mal préparée, insuffisamment motivée et réfléchie.

Bien entendu, des précautions doivent être prises pour éviter une progression à marches forcées qui ne pourrait déboucher que sur une crise interne ou sur l'impuissance. Il reviendrait donc au Conseil Européen, composé des chefs d'Etat et de gouvernement responsables démocratiquement devant leurs peuples, de se mettre d'accord sur les intérêts essentiels qu'ils ont en commun et qu'ils conviennent de défendre et de promouvoir ensemble.

C'est dans le cadre ainsi défini que travailleraient les Ministres des Affaires étrangères. Ils s'efforceraient d'aboutir à une analyse commune, puis décideraient de l'action. Un vote à la majorité qualifiée constituerait, là comme pour les affaires relevant actuellement du schéma communautaire, le stimulant indispensable, le ferment d'une Communauté en devenir. Tout laisse à penser qu'ils en useraient avec sagesse et modération, en prenant en compte les intérêts de chacun et le temps nécessaire au rapprochement des positions. Il en a d'ailleurs toujours été ainsi depuis la mise en œuvre de l'Acte Unique. On ne peut violer les âmes, ni faire l'économie des délais nécessaires à une meilleure compréhension réciproque.

Au fur et à mesure que se développerait cette dynamique des intérêts communs, apparaîtrait la nécessité de se doter de cet élément vital qui est le moyen de se défendre, au nom de l'intégrité nationale, des valeurs qui nous font vivre, des solidarités qui nous unissent, des responsabilités qui sont les nôtres à l'égard du monde.

Cette solidarité doit être exprimée dans le traité. Comment pourrait-elle l'être mieux qu'en reprenant les dispositions de l'article 5 du traité de l'UEO, selon une formule adaptée comme suit :

« Au cas où l'un des Etats membres serait l'objet d'une agression armée en Europe, les autres lui porteront, conformément aux dispositions de l'article 51 de la Charte des Nations Unies, aide et assistance par tous les moyens en leur pouvoir, militaires et autres. »

La transition vers une politique commune de défense

Comme nous l'avons vu, une sage progressivité serait de règle pour la mise en œuvre d'une politique étrangère commune. Cette règle vaudrait a fortiori pour la politique commune de défense qui doit prendre en compte des paramètres spécifiques.

La persistance de la menace nucléaire et les risques de dissémination de ces armes constituent des faits incontournables. Dans ces conditions, il serait vain de débattre du rôle et du devenir des forces nucléaires françaises et britanniques pendant tout le temps nécessaire à l'émergence d'une situation mondiale nouvelle.

De même, il est impossible de traiter de la défense européenne sans conjuguer cette réflexion avec celle qui est menée sur la réforme de l'Alliance Atlantique. Celle-ci y travaille. Dès le 1er décembre 1989, le Secrétaire d'Etat James A. Baker posait des questions essentielles dans son discours fort judicieusement intitulé « A New Europe – A New Atlanticism – Architecture for a New Era. »

Il ouvrait de larges perspectives :

« Working from shared ideals and common values, we form a set of mutual challenges, in economics, in foreign policies, the environment science, and a host of other fields. So it makes sense for us to fashion our responses together as a matter of common course. »

J'ai choisi cette citation parmi d'autres pour relever qu'indépendamment des questions propres de défense largement évoquées dans ce discours, le Secrétaire d'Etat américain évoquait tous les domaines possibles pour une coopération avec les Alliés européens.

On attend les réponses des Européens, tant il est vrai que la déclaration transatlantique, adoptée en novembre dernier, ne saurait fournir une réponse complète et adéquate. Elle rappelle les idéaux communs, détermine des procédures de consultation, mais n'épuise pas la discussion à mener en commun, pas plus qu'elle ne résout la difficulté inhérente aux multiples visages de l'interlocuteur européen face à l'unité de vue et d'action des Etats-Unis. Pour cette simple raison, aussi, l'unification de l'Europe est plus que jamais nécessaire.

Sous ces réserves, il convient d'amorcer cette politique commune de défense, en utilisant ce qui existe, à savoir l'Union de l'Europe Occidentale. Les premiers échanges, au sein de la Conférence Intergouvernementale, ont relevé un large consensus à cet égard. Là où les Etats membres divergent, c'est sur le rôle attribué à l'UEO : lieu d'une coopération accrue entre pays européens et comme pont avec l'Alliance Atlantique ou bien creuset d'une défense européenne inscrite dans la Communauté et devenant le second pilier de l'Alliance Atlantique, à côté du pilier américain ?

On comprendra que, selon les prémisses de ma démonstration, seule la seconde option me paraisse acceptable. En effet, c'est la finalité ultime qui sépare les deux approches. Il est inutile de vouloir en obscurcir le débat en prenant, par exemple, prétexte que l'UEO ne comprend que neuf des douze pays membres de la Communauté, ou bien en s'attardant sur la situation, au sein de l'Alliance Atlantique, des pays non membres de la Communauté, comme la Turquie, la Norvège ou l'Islande.

Allons à l'essentiel. Si l'on veut l'Union Européenne, alors doit s'engager un processus, qui demandera du temps, permettant l'intégration progressive de l'UEO et de son acquis dans la Communauté, son acquis actuel, mais aussi les progrès qui pourront être réalisés, notamment pour créer des forces multinationales et des unités d'intervention, deux expressions de l'unité européenne.

Il est donc proposé que, tout en laissant aux trois pays européens non membres de l'UEO, le temps de la réflexion, les questions de défense commune puissent être évoquées dans le nouveau traité, par le Conseil Européen et par des Conseils communs aux Ministres des Affaires étrangères et aux Ministres de la Défense. Peu à peu, s'établirait un cadre de décision et d'action entre les instances de la Communauté et l'Union de l'Europe Occidentale. Parallèlement, et j'aurai l'occasion d'y revenir, se mettrait en place la nouvelle Alliance Atlantique, ayant redéfini ses buts et ses moyens.

En proposant ce schéma, la Commission européenne est dans le droit fil du Conseil Européen qui, à Rome, en décembre dernier, a dressé une première liste des questions d'intérêt essentiel commun en matière de sécurité et de défense :

– Contrôle des armements et désarmements
– Questions de sécurité relevant de la CSCE et de l'ONU
– Coopération en matière de production, d'exportation et de non-prolifération des armements.

Comment agir dans ces domaines sans avoir défini ce que sera demain une politique de défense adaptée aux risques de destruction et de guerre ? Et cette politique une fois définie, n'appelle-t-elle pas les moyens de la réaliser, autrement que par tiers interposé ?

Il reste alors à s'engager plus résolument dans une politique de recherche et de production d'armements, afin de maximiser les avantages cumulés d'un marché commun et d'une politique commune. Cette coopération peut, bien entendu, se pratiquer de telle sorte que soient réalisées également, au sein de l'Alliance Atlantique, les meilleures allocations de ressources consacrées aux moyens de la Défense.

Pour bien confirmer le caractère progressif de l'ensemble de cette démarche, peut-être est-il nécessaire de préciser qu'à la différence du schéma proposé pour la politique étrangère commune, le principe et les actions de la politique de défense seraient décidés à l'unanimité. Au surplus, et afin de ménager les évolutions souhaitées, un Etat membre serait dispensé, à sa demande, des obligations résultant de ces décisions.

L'Alliance Atlantique et la défense européenne

Pourquoi le cacher, de tels projets ont suscité, avant même d'être connus dans le détail, des inquiétudes du côté américain. Il me semble que les Etats-Unis ont mis l'accent sur trois exigences : pas de bloc interne, maintien de la globalité de la réponse alliée, pas d'affaiblissement des structures de commandement.

Reprenons ces trois points :

Il est dans l'intérêt de l'Alliance que les Européens s'y expriment d'une seule voix. L'existence d'un bloc interne ne doit donc pas susciter de crainte. Ou bien alors c'est que l'on récuse la construction politique de l'Europe, ce qui serait inacceptable et contraire aux déclarations du Président Bush, souhaitant que l'Europe réalise son unité politique. Ou bien encore que l'on a des doutes sur l'engagement européen à l'égard de l'Alliance Atlantique. Je pense que les onze Etats membres de l'Alliance n'auront aucun mal à apaiser ces craintes. L'Europe européenne entend confirmer son attachement à l'Alliance, à ses buts, tout en assumant, du fait même de sa politique commune de défense, une part accrue du fardeau. N'est-ce pas ce qui fut toujours souhaité du côté américain ?

Précisément, cette adaptation de l'Alliance à la nouvelle situation géopolitique permettra de définir et donc de maintenir la globalité de la réponse alliée pour tout ce qui concerne l'article 6 du Traité de Washington. Cette cohésion réaffirmée ne devrait pourtant pas interdire à la Communauté de mener une action propre en dehors du champ défini par le traité de l'Atlantique Nord, en procédant, bien sûr, aux consultations appropriées.

Quant aux structures de commandement, elles ne peuvent

être que confortées pour assurer la crédibilité de l'Alliance dans les tâches qui lui sont confiées. Chacun sait combien toute action militaire ne peut réussir sans une infrastructure cohérente et efficace, comportant les communications, le renseignement, la planification et le contrôle.

Ne nous cachons d'ailleurs pas que dans le rôle que nous lui assignons pour demain, l'Union de l'Europe Occidentale devra, longtemps encore, s'appuyer sur l'infrastructure déjà mentionnée, que cela plaise ou non.

Ainsi, alors que s'amorce un difficile débat, le rappel de l'engagement des Européens et une approche réaliste des problèmes de défense sont de nature à lever bien des ambiguïtés.

*

En conclusion, je le répète, si, en partenaires de bonne foi, les Européens veulent se concentrer sur l'essentiel, la seule question qui vaille est celle de leur conception, de leur rôle dans le monde de demain. De leur rôle, mais aussi des moyens de le remplir. De leur responsabilité vis-à-vis de la grande Europe, dont chacun souhaite faire un vaste espace de paix, de liberté et d'échange.

C'est pourquoi l'approfondissement de la Communauté est nécessaire tout autant à la grande Europe qu'à l'Alliance Atlantique. Je me suis efforcé d'en traiter les aspects les plus délicats avec la politique étrangère, les plus explosifs avec la politique commune de la défense. Inutile de se réfugier dans le « Comment faire » pour ne pas répondre au « Que faire ensemble ». L'Histoire frappe, une fois de plus, à notre porte. Nous serons jugés à la réponse concrète que nous apporterons à la question la plus simple : « Quel destin proposons-nous à nos peuples ? Quel destin et quelle ambition ? »

VI

L'idéal et la nécessité

Lorsqu'il entre dans les superbes halles de Bruges – longue voûte du XVIIᵉ siècle aux oriflammes déployées – Jacques Delors a en tête le discours qu'a fait Margaret Thatcher, un peu plus d'un an plus tôt dans les mêmes circonstances. Fondé en 1949 sous l'impulsion du Congrès de La Haye de 1948 qui mettait l'accent sur la nécessité de promouvoir une prise de conscience de l'Unité européenne par le biais des institutions d'enseignement, le Collège d'Europe permet à des diplômés d'universités de différents pays d'Europe d'étudier ensemble et de se mieux comprendre. Le discours de rentrée de l'année académique est donc souvent l'occasion pour des personnalités politiques de définir leur vocation européenne.

Le 20 septembre 1988, le Premier ministre britannique, dont la situation politique interne est alors extrêmement forte, profite de sa venue au Collège d'Europe pour définir sa vision du futur. Commençant par décrire les liens de la Grande-Bretagne avec le Continent – « le facteur dominant de notre histoire » – et l'apport britannique à cette Europe – « pendant des siècles nous avons combattu et nous sommes morts pour sa liberté » –, la Dame de fer prône « une coopération voulue entre Etats souverains », « une Europe du libre marché » et de la dérégulation où « l'intervention de l'administration serait de plus en plus réduite », une Europe « ouverte au monde » et qui « maintiendrait sa défense grâce a l'OTAN » Et Margaret Thatcher de conclure – non sans avoir rappelé son hostilité au projet de monnaie commune et de Banque centrale européenne : « laissons l'Europe être une famille de nations, à la compréhension mutuelle accrue, à l'appréciation réciproque croissante ».

Ce discours de Bruges, les plus insulaires des Britanniques vont en faire leur bible. Dès le lendemain, le *Sunday Times* revigoré titrera : « Non au cauchemar ». Et les plus conservateurs des Tories créeront un groupe de Bruges chargé de maintenir la flamme anticommunautaire par des pamphlets fréquents contre les « gnomes » de Bruxelles.

Le 17 octobre 1989, face à un parterre académique mais aussi politique et diplomatique, Jacques Delors va donc présenter sa propre vision de l'avenir de l'Europe – un texte sur lequel il a longuement travaillé après avoir rendu hommage, comme le veut la tradition du Collège, à une personnalité marquante de l'histoire de la construction européenne : Denis de Rougemont.

Cette Europe, elle réconcilie l'idéal et la nécessité. Fondée sur une Communauté de droit, elle permet l'exercice en commun de la souveraineté et l'acceptation pleine et entière du pluralisme. Manifeste pour une vocation fédérale – comme organisation des pouvoirs – mais aussi pour le principe de subsidiarité – afin d'éviter toute centralisation excessive ce discours dessine une Communauté puissante et solidaire, dont la tâche historique est de contribuer à la reconstruction de l'ensemble du continent européen, dans la paix et dans la coopération entre toutes les actions dudit continent.

« *Réconcilier l'idéal et la nécessité* »

Devant le Collège d'Europe
à Bruges, le 17 octobre 1989

Le Collège d'Europe fête ses quarante années d'existence. Ici, à Bruges durant toute cette époque, alors que la construction européenne a connu ses heures d'espoir et de progrès, mais aussi de longues périodes de désespérance et de stagnation, on peut dire que la foi en l'Europe n'a jamais manqué.

Il y a dix ans, dans une conception à la fois pluraliste et rigoureuse de l'Europe, le recteur Lukaszewski écrivait :

« Former la conscience européenne, développer le sentiment d'appartenance à l'Europe en tant que communauté de civilisation et de destin, voilà qui est dans la plus droite ligne de la grande tradition universitaire de l'Occident. »

C'est plus qu'une heureuse coïncidence qu'en cette année 1989, votre Collège ait choisi de rendre hommage à Denis de Rougemont, une personnalité trop peu connue qui nous laisse une œuvre considérable, par ses écrits et aussi par son action.

Si vous m'autorisez à donner un tour plus personnel à l'évocation de Denis de Rougemont, et bien que n'ayant jamais eu la chance de travailler avec lui, je voudrais vous dire simplement ce qui m'attache à lui ou, plus modestement, les raisons qui font que je m'efforce d'utiliser son apport intellectuel et politique.

En tant que militant européen tout d'abord, je continue, comme beaucoup d'autres, l'action qu'il a entreprise, en son temps et à sa mesure. Il s'est beaucoup réclamé du

315

fédéralisme auquel il prêtait de nombreuses vertus. Il y voyait, à la fois, une méthode, une approche de la réalité et un style d'orientation sociale. Pour ma part, j'ai souvent l'occasion de recourir au fédéralisme comme méthode, en y incluant le principe de subsidiarité. J'y vois l'inspiration pour concilier ce qui apparaît à beaucoup comme inconciliable : l'émergence de l'Europe unie et la fidélité à notre nation, à notre patrie ; la nécessité d'un pouvoir européen, à la dimension des problèmes de notre temps, et l'impératif vital de conserver nos nations et nos régions, comme lieu d'enracinement ; l'organisation décentralisée des responsabilités, afin de ne jamais confier à une plus grande unité ce qui peut être réalisé par une plus petite. Ce que l'on appelle précisément le principe de subsidiarité.

En tant que personnaliste, aussi, disciple d'Emmanuel Mounier dont le rayonnement, j'en suis sûr, redeviendra très important au fur et à mesure que les Européens, notamment, prendront conscience des impasses d'un individualisme forcené, de même qu'ils rejettent, depuis quelques années, le collectivisme et sa forme atténuée, l'Etat tuteur de toute personne et de toute chose.

Je suis donc heureux d'apporter ici ce témoignage à un homme qui a, durant toute sa vie, labouré les champs de l'espérance. Il est d'ailleurs significatif qu'au Congrès de La Haye de 1948 lui ait été confié le soin de donner lecture du message aux Européens :

« La vocation de l'Europe, affirmait-il, se définit clairement. Elle est d'unir ses peuples selon leur vrai génie, qui est celui de sa diversité, qui sont celles de la Communauté, afin d'ouvrir au monde la voie qu'il cherche, la voie des libertés organisées...

La conquête suprême de l'Europe s'appelle la dignité de l'Homme et sa vraie forme est dans la liberté. Tel est l'enjeu final de notre lutte. C'est pour sauver nos libertés acquises, mais aussi pour en élargir les bénéfices à tous les hommes, que nous voulons l'union de notre continent.

Sur cette union, l'Europe joue son destin et celui de la paix du monde. »

Mais s'il était encore avec nous, j'aurais aimé le disputer sur deux points sensibles pour notre avenir commun.

Denis de Rougemont croyait à ce que j'appellerais le *bottom up,* la reconstruction par le bas, à partir de petites unités fondées comme naturellement par la solidarité des intérêts et la convergence des sentiments. C'est indispensable, c'est même vital, mais insuffisant. D'autres, et je suis de ceux-là, doivent parallèlement œuvrer dans le *top down* (pour poursuivre avec une expression anglaise) : trouver les voies de l'intégration par le haut, sans laquelle les petites rivières des solidarités de voisinage ne conflueront jamais vers un grand fleuve.

Et puis, Denis de Rougemont détestait la puissance. Je le cite encore :

« La puissance, écoutez bien cela, car toute ma pensée s'y résume, la puissance, c'est le pouvoir qu'on veut prendre sur autrui, la liberté, c'est le pouvoir qu'on peut prendre sur soi-même ».

Sans nier les mérites philosophiques et spirituels d'une telle affirmation, je voudrais souligner mon désaccord, en me situant au niveau du politique.

Dans cette optique, la puissance n'est pas fatalement le contraire de la liberté. Non ! La communauté européenne n'existera vraiment, et les peuples et nations qui la composent, que si elle a les moyens de défendre ses valeurs et de les illustrer au service de tous, en un mot d'être généreuse. Soyons assez puissants pour nous faire respecter et pour promouvoir nos valeurs de liberté et de solidarité. Dans un monde comme le nôtre, il ne peut en être autrement.

La puissance, je l'associerai à l'exigence de la nécessité que j'ai tant invoquée pour provoquer la relance de la construction européenne. Et je voudrais, aujourd'hui, la resituer au service de l'idéal. Car, je vous pose la question, où mènerait la pression de la nécessité sans une vision de ce que l'on veut accomplir ? Et, à l'inverse, quelle portée aurait un idéal sans la volonté et les moyens d'agir ? Le moment est venu, me semble-t-il, de réconcilier explicitement la nécessité avec l'idéal.

Pour ce faire, nous pouvons puiser dans nos expériences et dans nos patrimoines historiques, mais aussi dans la force de nos institutions. Je voudrais en souligner l'importance, à un moment où chacun peut prendre conscience des limites d'une action menée nationalement avec les seuls moyens nationaux. Les chantiers en cours de la construction européenne, qu'il s'agisse de sa dimension sociale ou de la nouvelle frontière que constitue l'Union économique et monétaire, nous offrent la possibilité d'un exercice en commun de la souveraineté, tout en respectant nos diversités et donc les principes de pluralisme et de subsidiarité.

Car il y a urgence. L'Histoire n'attend pas. Face aux bouleversements de grande ampleur qui secouent le monde, et plus particulièrement des autres « Europe », il est vital que la Communauté, forte d'un dynamisme retrouvé, renforce sa cohésion et se fixe des objectifs à la dimension des défis que l'Histoire nous a récemment lancés.

I. L'EUROPE DE L'IDÉAL ET DE LA NÉCESSITÉ

Il n'y a de place dans l'histoire que pour ceux qui voient loin et large. C'est la raison pour laquelle les « pères fondateurs » de l'Europe sont encore présents, aujourd'hui, par leur inspiration et par l'héritage qu'ils nous ont transmis.

Voir large, c'est prendre en compte les évolutions du monde, autant géopolitiques qu'économiques, et aussi le mouvement des idées, l'évolution des valeurs essentielles qui animent nos contemporains. Les pères fondateurs voulaient que cessent ces guerres civiles européennes : « Plus jamais la guerre entre nous ». Mais ils avaient aussi l'intuition que notre Europe avait cessé d'être le centre économique et politique du monde. Leur thèse se vérifie sous nos yeux, à tel point que durant les années 1970 la dramatique alternative qui se posait à nous était : la survie ou le déclin. Pour l'avoir répété, sans cesse, à l'époque, j'ai souvent choqué. Mais, peu à peu, la nécessité du sursaut s'est imposée et a permis de faire accepter l'objectif 1992 du grand marché sans frontières ; puis dans une sorte de cercle vertueux, la révision du Traité de Rome (l'Acte unique) et enfin ce que l'on appelle le paquet Delors, c'est-à-dire l'indispensable réforme financière pour se doter des moyens de notre ambition. Ainsi l'Europe a-t-elle été réveillée par les alarmes de la nécessité.

Voir loin, c'est tout à la fois puiser dans notre patrimoine historique et se projeter en avant. La prospective y a sa part, mais aussi une éthique de la personne, de la société et de l'aventure humaine. On ne fait rien sans passion, disaient des ouvriers condamnés à voir leur entreprise disparaître.

Voilà, bien franchement, ce qui nous manque le plus aujourd'hui. J'affirme, sans angélisme aucun, que la théorie des nations monstres froids n'a plus rien à faire dans le mode de vie interne de la communauté, si celle-ci veut véritablement mériter sa noble appellation. Nos inévitables conflits d'intérêts doivent être transcendés par cet esprit de famille, cette intime conviction des valeurs partagées.

Parmi celles-ci, soulignons la valorisation mutuelle de nos personnalités par la connaissance de l'autre et par l'échange. Les jeunes générations sont très sensibles à ce nouvel horizon d'expérience et de rencontre. Elles refusent les niches exclusives, veulent aller au-devant d'esprits inconnus, explorer des terres nouvelles.

Le Collège de Bruges est le laboratoire vivant de cette Europe en voie de se faire.

Oui, il est temps de faire renaître l'Europe de l'idéal !

L'indispensable moteur de la nécessité

Mais il fallait passer par la nécessité. Alors que la Communauté à Douze est courtisée par les uns, menacée par les autres. Alors que, négligeant le ciment qui nous unit déjà, certains nous proposent une fuite en avant, au nom de la grande Europe ou bien ne nous offrent comme référence ultime que les lois du marché. A ceux-là nous devons rappeler que notre Communauté est non seulement le fruit de l'histoire et de la nécessité, mais aussi de la volonté.

Attardons-nous un instant sur la nécessité. Depuis la relance de 1984-1985, les résultats sont là, les risques de déclin s'éloignent. En cinq ans, nous sommes passés d'une expansion économique insuffisante, de l'ordre de 1,50 % par an, à une croissance dynamique de 3,50 %, d'une perte annuelle de 600 000 emplois à une création de 1 300 000, d'un effort complémentaire d'investissement quasi nul à une progression de l'ordre de 6 à 7 %. Les acteurs de la vie économique et sociale y sont plus sensibles que les responsables politiques dont beaucoup sous-estiment encore l'appui que la réalisation progressive du grand marché et les politiques communes ont fourni aux efforts menés nationalement pour adapter nos économies à la nouvelle donne internationale. Mais un regard au-delà de nos frontières suffit pour mesurer le chemin parcouru : l'Europe existe à nouveau, elle suscite l'intérêt partout, en Amérique, en Asie, en Afrique, au Sud comme au Nord.

Question de volonté. Je sais que l'on a parfois abusé, dans une sorte d'incantation, de ce mot. Mais c'est bien la volonté politique qui a fait que six pays, puis neuf, puis dix, puis douze ont, en toute connaissance de cause, décidé d'unir leur destin. Le contrat qui les lie est clair. Il comporte à la fois des droits et des devoirs.

La Commission européenne, sorte de mémoire militante de la construction européenne, est là pour le rappeler, non pas dans le secret désir d'accroître ses prérogatives, mais avec le sentiment impérieux que ce qui a été décidé en commun doit être réalisé. La vigilance est d'autant plus de règle que le projet est ambitieux. Et d'ailleurs quelle vue réconfortante, pour le Président de la Commission, lorsque les Douze s'étonnent avec ravissement, en quelque sorte, de leur rayonnement retrouvé, à l'occasion d'un Conseil européen ou d'un sommet des pays industrialisés. Ils doivent y trouver la motivation pour traduire leur volonté politique dans la recherche de compromis dynamiques et dans l'acceptation de nouveaux pas en avant.

L'histoire, enfin, dont les Douze ne sont pas maîtres, mais dont ils redeviennent des acteurs influents. Non, ils ne souhaitaient pas que par le décret de Yalta, l'Europe soit non seulement coupée en deux, mais devienne l'enjeu exposé de la guerre froide. Non, ils ne fermaient pas et ne ferment pas la porte à d'autres pays européens si ces derniers acceptent la totalité du contrat.

La réconciliation de l'idéal et de la nécessité

Avec les bouleversements en cours en Europe de l'Est, la problématique change. Il ne peut être seulement question de savoir quand et comment tous les pays européens pourront bénéficier de l'effet stimulant et des avantages d'un grand marché. Notre époque est par trop dominée par un nouveau mercantilisme et les jeunesses européennes attendent plus de nous. Allons-nous nous dérober ?

Ne nous y trompons pas. Au-delà d'un nationalisme triomphant et d'un individualisme exacerbé, l'éthique revient en force. Les progrès de la science nous y obligent. Jusqu'où, par exemple, acceptons-nous les manipulations génétiques. Il nous faut une éthique du vivant, donc promouvoir notre conception de la personne humaine et de son intégrité.

La nature, pillée ou délaissée selon les cas, nous revient comme un boomerang sous forme de dérèglements et de troubles inquiétants. Il nous faut aussi une éthique des relations entre l'homme et la nature. Lorsque des millions de jeunes frappent en vain à la porte de la société d'adultes, notamment pour avoir leur place dans la vie professionnelle, lorsque des millions de retraités – encore dans la force de l'âge – sont mis à l'écart de toute réelle participation sociale, la question se pose : quelle société bâtissons-nous ? une société de l'exclusion ?

L'Europe n'échappe pas à son destin du monde de l'inquiétude et donc de l'interrogation, à la recherche d'un humanisme accordé à son temps, à l'origine des idées qui font le tour du monde.

Oui, il est temps de revenir à l'idéal, d'en être pénétrés,

au travers de chacune de nos actions dans le champ du politique, de l'économique, du social et de la culture, continuer à nous interroger sur ce qui peut permettre à chaque homme, à chaque femme de s'épanouir, dans une conscience non seulement de ses droits, mais aussi de ses devoirs vis-à-vis de l'autre et de la société. Efforçons-nous de recréer constamment des collectivités humaines où la personne peut vivre et rayonner, se construire par l'échange et la coopération avec les autres.

Bien sûr, dès que nous aborderons franchement les rivages de l'humanisme, il y aura débat entre les Européens. Des conceptions s'opposeront, mais des synthèses surgiront pour le plus grand bien de la démocratie et de l'Europe. Car la Communauté, je le répète, est un concept chargé de sens.

« Where there is no big vision, the people perish », disait Jean Monnet en faisant sienne cette phrase de Roosevelt.

II. LA COMMUNAUTÉ, UN CONCEPT CHARGÉ DE SENS

Nous vivons, à cet égard, une aventure unique. Nous bâtissons, certes en nous référant à des principes hérités de l'expérience historique, mais dans des conditions si particulières que le modèle, lui aussi, sera unique, sans précédent historique.

Nous devons beaucoup à la force de nos institutions, car nous sommes une communauté de droit. Nous ne réussissons que par l'exercice de la souveraineté mené lucidement en commun.

La force d'une communauté de droit

Méditons un instant sur la force de nos institutions, à commencer par la légitimité, sans laquelle – les expériences précédentes d'unité entre Etats le démontrent par défaut – il n'est possible ni de progresser, ni de s'inscrire dans la durée.

Dans la Communauté, l'Histoire ne s'avance pas masquée, les dispositions des traités sont là, dûment ratifiées par les Parlements nationaux, expression des volontés nationales. La Cour de Justice joue un rôle irremplaçable pour trancher les divergences d'interprétation. Le Conseil européen, inscrit désormais dans le Traité, permet aux chefs d'Etat et de gouvernement d'évaluer les progrès et de constater les retards ou les manques par rapport au contrat qui nous unit et nous oblige. Il peut impulser et corriger. Et, fait nouveau, la Commission européenne se fait un devoir de soumettre au Conseil européen des bilans de l'action et des perspectives pour aller de l'avant. Elle prend au sérieux les communiqués issus du Conseil européen et ne manque pas de rappeler aux Douze les engagements pris. Ainsi, la Communauté se différencie-t-elle, de plus en plus nettement, de ces fora internationaux d'où sortent des résolutions pleines de bonnes intentions, mais rarement appliquées.

Oui, pour se référer à une question d'actualité, la Commission prend au sérieux la volonté réitérée du Conseil européen de supprimer les frontières internes – physiques, techniques et fiscales – et ainsi d'offrir aux citoyens un grand espace pour l'échange, la rencontre, le partenariat. De même pour la volonté, exprimée déjà deux fois, de réaliser l'Union économique et monétaire ou bien encore de donner plus de chair à la dimension sociale. La légitimité, c'est aussi cela.

Mais la force de nos institutions se mesure aussi à l'efficacité. On ne soulignera jamais assez, à cet égard, le génie des concepteurs du Traité de Rome. Quelle exigence pour qui se réfère à l'esprit de ce Traité !

Pour la Commission, tout d'abord, dans son devoir de faire respecter les règles du jeu, d'être le notaire des engagements pris, de mettre en œuvre les décisions du Conseil, pour peu que celui-ci lui en donne les moyens. De ce point de vue, nous sommes encore loin du compte et plus précisément des visées de l'Acte unique. Mais surtout la Commission européenne prend toutes ses responsabilités à travers son droit d'initiative. Et chacun lui reconnaît le mérite d'avoir, en temps opportun, proposé les objectifs, voies et moyens de la relance de la construction européenne.

La Commission européenne entend poursuivre avec le même dynamisme, mais à la condition qu'elle soit capable de penser et d'imaginer les futurs possibles. Que l'on nous comprenne bien. La Commission ne doit jamais succomber à l'ivresse de ses pouvoirs. Elle applique rigoureusement le principe de subsidiarité. Elle ne doit pas davantage ignorer les conditions d'un compromis dynamique entre les Douze, et pour cela mieux comprendre chaque peuple, chaque nation. Elle en tire les enseignements et recherche inlassablement le consensus. Au total, elle doit avoir le courage de dire non, chaque fois que l'on veut ignorer l'esprit ou la lettre du Traité. Mais aussi le courage de s'effacer, lorsque cela est nécessaire, au profit de la cause européenne.

Cette force du droit, cet ensemble démocratique qui se conforte, le Parlement Européen l'illustre à son tour. Il y a débat, je le sais, sur le déficit démocratique et, n'en doutez pas, il y aura demain, inéluctablement, un renforcement des pouvoirs de l'Assemblée de Strasbourg. Mais, en attendant, comment passer sous silence l'influence croissante qu'exerce le Parlement Européen, tel qu'il est, sur le cours de la construction européenne ? Je vous pose la question : aurait-il été aussi aisé de provoquer la conférence intergouvernementale qui a conduit à l'Acte unique, si le Parlement Européen n'avait pesé de toutes ses forces, sur la base du projet de traité qu'il avait adopté, à l'initative de ce grand Européen, Altiero Spinelli ?

Cette Communauté de droit, beaucoup nous l'envient, d'où son rayonnement. Quelle référence pour les nations de l'Europe de l'Est que cet ensemble institutionnel qui permet à chaque pays membre, quelle que soit sa taille ou sa force, de dire son mot, d'apporter sa pierre à l'édifice commun. Ces nations et bien d'autres dans le monde admirent ces travaux pratiques de la démocratie plurielle que nous menons en commun dans le mouvement et le progrès.

Qui, voyant cela, oserait encore nous demander de diluer ces institutions dans un ensemble plus vaste et d'inspiration intergouvernementale ? Ce serait jeter la proie pour l'ombre, ce serait une erreur tragique pour l'Europe.

La réussite de cette communauté de droit n'a cependant pas, pour autant, fait cesser les querelles sur la souveraineté. Il faut donc s'en expliquer franchement.

L'exercice en commun de la souveraineté

Une approche purement dogmatique ne mènerait à rien. Elle ne ferait qu'exacerber les discussions difficiles qui nous attendent, rendre plus malaisée la levée des derniers obstacles sur la route de l'objectif 1992. Ce serait ruiner toute chance d'un accord sur les finalités, les modalités et les rythmes de réalisation de l'Union économique et monétaire.

Les faits sont là, qui doivent amener chaque nation à s'interroger sur ce que sont concrètement ses marges de manœuvre et d'autonomie dans le monde actuel. Qu'il s'agisse de l'interdépendance croissante des économies, de la mondialisation de la sphère financière, du poids existant ou grandissant des principaux acteurs de la scène mondiale, tout concourt à une double exigence.

En premier lieu, les nations doivent s'unir lorsqu'elles se sentent proches les unes des autres, par la géographie, l'histoire, les finalités essentielles... et aussi la nécessité.

En second lieu, ou mieux parallèlement, la coopération doit se développer de plus en plus au niveau mondial pour traiter notamment du commerce international, du système monétaire, du sous-développement, et aussi de l'environnement ou de la lutte contre la drogue.

Les deux voies ne sont pas concurrentes, mais complémentaires. Car pour exister au niveau mondial, pour peser sur les évolutions, encore faut-il avoir les atouts – et pas seulement les atours – de la puissance, c'est-à-dire les moyens de la générosité, sans laquelle il n'est pas de grande politique.

Or, l'Europe ne pèse pas encore beaucoup, même si, comme je l'ai souligné, notre regain économique impressionne nos partenaires et rassure les Européens. L'origine de nos carences est claire. Elle réside dans la fiction – délibérément entretenue – de la pleine souveraineté, et par conséquent de l'efficacité absolue des politiques nationales.

On connaît la réponse rassemblée dans une formule lapidaire : parler d'une seule voix. C'est en réalité plus qu'une formule, c'est une manière d'être que confortent nos institutions et que justifient les résultats obtenus, là où nous avons accepté l'exercice en commun de la souveraineté. A contrario, la démonstration par l'absurde conforte aussi cette analyse. Que l'on songe, alors que pourtant le Traité instaure une politique commerciale commune, aux lacunes de celle-ci. Elles s'expliquent souvent par le cavalier seul de certains pays ou par une mauvaise évaluation de leurs intérêts. Ou encore à notre impuissance à contribuer, d'une manière décisive, à la solution des problèmes de l'endettement et du sous-développement. Alors qu'une action vraiment commune aurait la force de déplacer les montagnes des égoïsmes et des hégémonies.

Puis-je rappeler ici ce que déclarait Sir Geoffrey Howe le 19 juillet dernier :

« The sovereign nation of the European Community, sharing their sovereignty freely, are building for themselves a key role in the power politics of the coming century. »

Et nous en revenons tout naturellement à nos institutions. Chacun se rappelle les débats qui ont paralysé la Communauté dans les années 60 à propos du processus de décision communautaire et qui ont abouti au pseudo-compromis de Luxembourg. Depuis l'Acte unique, une dynamique s'est instaurée grâce à l'extension du vote à la majorité qualifiée. Parfois, le Conseil vote, parfois il trouve plus sage de ne pas minoriser certains pays membres, et d'adopter, sans vote, telle ou telle décision. Grâce à ce progrès institutionnel, la Communauté marche à grands pas vers le marché unique et renforce ses règles ou ses politiques communes. Au profit de quelques-uns ? Non, au profit de tous, dans une sorte de jeu à somme positive.

En d'autres termes, au triangle « Inégalité – Unanimité – Immobilisme » nous avons substitué un autre triangle, celui de la réussite : « Egalité – Majorité – Dynamisme ».

Il conviendra de tirer toutes les leçons de cette expérience lorsque le moment sera venu d'améliorer à nouveau notre schéma institutionnel.

Et d'ailleurs, cette échéance ne saurait tarder. L'Union économique et monétaire se situe, en effet, par ses finalités mêmes, au croisement de l'intégration économique et de l'intégration politique. Qu'est-elle donc, sinon l'achèvement politique de la convergence des économies? Elle illustre parfaitement l'exercice en commun de la souveraineté puisqu'un marché unique des capitaux et des services financiers exige, dans notre monde dominé par la sphère financière, une politique monétaire assez coordonnée et assez forte pour nous permettre de tirer avantage du grand espace ainsi créé, sans cela nous courrons le risque d'être soumis aux aléas de la spéculation internationale et de l'instabilité des monnaies dominantes.

L'Union monétaire n'est acceptable et possible que si l'on progresse parallèlement sur la voie d'une convergence accrue des économies, de manière à ce que soient assurées la cohérence entre les différentes politiques et leur mise au service des finalités définies en commun. Le consensus existe sur l'expansion économique dans la stabilité, une croissance qualitativement meilleure et plus créatrice d'emplois. Ces finalités ne peuvent, en bonne règle démocratique, être définies que par les autorités politiques mandatées par nos citoyens. Il importe donc de combiner l'indépendance du pouvoir monétaire, garant de l'objectif de stabilité, la subsidiarité indispensable pour permettre à chaque nation de conduire sa politique dans des domaines qui lui demeurent propres et enfin le contrôle des élus du peuple, à travers le Parlement européen, les gouvernements et les Parlements nationaux.

Rappelons-le avant que certains ne nous égarent loin du chemin : l'Union économique et monétaire est décidée. Le rapport du comité d'experts, que j'ai présidé, constitue une base essentielle pour la discussion, comme l'a décidé le Conseil européen. Il reste à construire le schéma institutionnel fidèle aux principes que je viens de rappeler, et adapté aux nouvelles tâches de la Communauté.

Au cœur de la réflexion et des débats qui vont s'engager sur ce point, se situe la subsidiarité. Le principe est clair, il reste à en définir, en l'espèce, les modalités d'application. Le rapport déjà cité sur l'Union économique et monétaire est précis sur le sujet. Un centre de décision monétaire définit une politique commune, pour l'intérieur comme pour l'extérieur, mais sa structure fédérale garantit que chaque Banque centrale nationale participe à la décision collective et applique, à son niveau et avec des marges de manœuvre substantielles, les orientations adoptées en commun. Le Conseil des Ministres travaille à la convergence des fins et des moyens de la politique économique, mais chaque nation conserve les ressources nécessaires pour financer les politiques qu'elle décide dans les domaines de la sécurité externe ou interne de la justice, de l'éducation, de la santé, des systèmes de couverture sociale, de l'aménagement du territoire... Il dispose, à cet effet, d'environ 95 % des finances publiques puisque le budget communautaire demeure, en tout état de cause, limité au financement des politiques communes, de l'agriculture aux programmes de coopération en matière de recherche et de technologie, des aides aux régions en développement ou en crise aux autres politiques communes à développer, par exemple : l'environnement et demain peut-être les infrastructures indispensables au bon fonctionnement du marché. Toutes ces interventions ne sauraient excéder 5 % du total des dépenses publiques effectuées dans la Communauté.

Que reste-t-il, après ces explications réduites à l'essentiel, du procès instruit contre la centralisation excessive qui provoquerait l'Union économique et monétaire ? Où est le dirigisme dans ce schéma ? En réalité, une subsidiarité, appliquée d'une manière réaliste, fait litière de ces critiques. S'il y a débat, et il doit y avoir débat, il est préférable qu'il porte sur ce qu'ajoutera l'Union économique et monétaire, en termes économiques et sociaux, aux bienfaits attendus du grand marché sans frontières. Et puis aussi, en cette période où certains responsables politiques semblent balancer entre le renforcement interne de la Communauté ou sa dilution dans un ensemble plus vaste, l'Union économique et monétaire apparaît comme le point de passage obligé pour conforter la construction européenne et assurer son dynamisme politique.

L'acceptation pleine et entière du pluralisme

Qui dit acceptation du principe de subsidiarité dit respect du pluralisme et donc des diversités.

La vérification peut en être faite, en plus des clarifications apportées sur l'Union économique et monétaire, par ce que l'on appelle la dimension sociale de la Communauté.

Les données sont là. Nos douze pays ont des traditions diverses en matière de relations industrielles. Les écarts entre les niveaux de vie demeurent très importants, même si nos politiques communes ont pour objet de les réduire progressivement : il n'est donc question ni de précipiter un mouvement vers le haut, ni à l'inverse de provoquer un dumping social. Enfin, les orientations des gouvernements sont différentes et, dans certains cas, opposées.

La difficulté est donc grande de faire progresser, dans ces conditions, la dimension sociale. Mais elle est tout aussi sérieuse, lorsqu'il s'agit du développement régional ou de l'aménagement du territoire, ou encore de l'environnement avec la nécessité de fixer des normes communes. La difficulté est donc générale.

En fait, la dimension sociale est présente dans toutes nos délibérations et dans toutes nos actions : le retour de la compétitivité et la coopération entre nos politiques macro-économiques, pour réduire le chômage et donner ses chances professionnelles à chaque jeune Européen ; les politiques communes qui ont pour objet d'assurer le développement des régions les moins riches ou la conversion des régions frappées par les mutations industrielles ; la concentration de l'action européenne sur deux priorités de la politique de l'emploi, l'insertion des jeunes dans la vie active et la lutte contre le chômage de longue durée ; l'accent prioritaire mis sur le développement de nos régions rurales menacées par la disparition d'exploitations agricoles, la désertification et les déséquilibres démographiques.

Quel modèle pourrait offrir demain la Communauté si elle se résignait au chômage massif et à sa conséquence la plus dramatique, l'exclusion sociale ou bien à la désertification de ses campagnes, ou bien encore à l'accroissement des disparités régionales ? Quel prodigieux essor pour nos valeurs de démocratie et de justice sociale si, au contraire, nous démontrions notre capacité à réussir ensemble une société plus accessible à tous et plus harmonieuse !

Dans cette perspective, trois sujets controversés méritent d'être, eux aussi, éclaircis.

La Charte des droits sociaux, tout d'abord. Elle n'a pas d'autre but que de rappeler solennellement que la Communauté n'entend pas subordonner les droits fondamentaux du travail à la seule efficacité économique. Qui pourrait s'inscrire en faux contre une telle idée, d'ailleurs commune à toutes nos traditions sociales ? Qui pourrait contester la portée politique et pédagogique d'un tel message pour l'Europe des citoyens, pour l'homme de la rue ? Quand il s'agit de traduire ces principes dans les réalités du droit ou de la négociation collective, alors la subsidiarité joue à plein et permet le respect intégral des diversités. Chacun pourra le vérifier lorsqu'il prendra connaissance du programme de travail élaboré, à cet effet, par la Commission.

La société de droit européen, ensuite. Ce projet illustre, mieux que tout autre, la cohérence indispensable entre l'économique et le social. Nos entreprises ont besoin d'un cadre juridique, d'ailleurs optionnel, qui facilite leur coopération et leur rapprochement, en vue d'affronter les défis du grand marché et de la compétition internationale. Mais il n'est pas possible de fonder un droit européen dans ce domaine, en oubliant totalement l'un des deux protagonistes de l'entreprise. Je veux parler du salarié et de sa place dans le processus d'organisation du travail et de production. Là encore, la Commission a respecté les principes de subsidiarité et de diversité. Trois modèles sont offerts, avec toute la flexibilité nécessaire, et correspondent aux trois grands courants – j'allais dire plus précisément aux trois grandes inspirations – des politiques sociales pratiquées aujourd'hui dans nos douze pays.

Enfin, le dialogue social que j'ai relancé, en 1985, au niveau européen et qui éprouve bien du mal à prospérer. On peut l'expliquer essentiellement par la diversité des positions à l'intérieur même de chaque camp : le camp patronal comme le camp syndical. Le problème qui leur est posé est le même que celui que je viens d'illustrer dans les deux exemples précédents. Comment concilier nos diversités avec la volonté de donner un contenu à ce dialogue social et d'en faire un élément d'impulsion de la construction européenne ? N'attendons donc pas de miracle de l'action de la Commission. Celle-ci propose des thèmes pour le débat entre les partenaires sociaux, s'efforce de stimuler la réflexion en commun, mais ne veut en aucun cas attenter à l'autonomie des partenaires sociaux, principe de base, principe commun à nos douze pays.

Là comme ailleurs, la Commission se refuse à provoquer des engrenages insidieux qui conduiraient les Etats membres là où ils ne veulent pas aller. Je le répète. Nous sommes une communauté de droit, nous travaillons dans le respect de nos règles et en pleine transparence. C'est d'ailleurs la condition première du succès.

Il convient que chacun le reconnaisse en toute bonne foi. Si, pour trouver des solutions valables, je fais appel aux principes du fédéralisme, c'est précisément parce qu'il offre toutes les garanties souhaitables pour le respect du pluralisme comme pour l'efficacité de l'ensemble institutionnel en voie de se faire. Deux règles essentielles doivent être rappelées ici :

– la règle d'autonomie qui maintient la personnalité distincte de chaque Etat membre et écarte toute tentation d'unification rampante

– la règle de participation qui refuse la subordination d'une entité à une autre, mais qui favorise au contraire la coopération et les synergies, selon des dispositions claires, précises et garanties par le Traité.

A partir de là se développe une expérience originale qui récuse toute analogie avec d'autres modèles, comme par exemple la création des Etats-Unis d'Amérique. J'ai toujours rejeté, pour ma part, un tel parallélisme, car je sais que nous devons unir entre elles des vieilles nations, fortes de leurs traditions et de leur personnalité. Il n'y a donc pas de complot contre la nation, il n'est demandé à personne de renoncer à un patriotisme légitime. Pour ma part, je veux non seulement unir des peuples, comme le souhaitait Jean Monnet, mais aussi associer des nations. Au fur et à mesure que la Communauté se développe, alors que nos gouvernements mettent l'accent sur la nécessité de bâtir aussi l'Europe des citoyens, est-ce sacrilège de souhaiter que chaque Européen ait le sentiment d'appartenir à une Communauté qui serait, en quelque sorte, sa seconde patrie ? Si l'on refuse cela, alors la construction européenne échouera, les monstres froids reprendront le dessus parce que notre Communauté n'aura pas conquis ce supplément d'âme et cet enracinement populaire sans lesquels toute aventure collective est condamnée à l'échec.

III. LA COMMUNAUTÉ, UNE RÉFÉRENCE
POUR TOUTE L'EUROPE

La Communauté, de par son succès, est sollicitée de toutes parts. Elle ne peut rester sourde à tous ses appels sans renier sa vocation à l'universel. Mais, là encore, le que faire est inséparable du comment faire.

Et pourtant, l'Histoire n'attend pas

L'Histoire n'attend pas la pleine réalisation de l'Acte unique pour frapper à notre porte.

Les pays d'Afrique, des Caraïbes et du Pacifique s'inquiètent de ce que la Communauté se focalise par trop sur la grande Europe, et en néglige le renforcement de la coopération au sein des futures conventions de Lomé.

Nos voisins d'Afrique du Nord créent l'Union du Maghreb arabe à l'image de la construction européenne et entendent bien rappeler combien ils ont besoin d'un partenariat actif avec la Communauté. Une prospective purement démographique nous incite d'ailleurs à une réflexion approfondie sur les conditions de coexistence entre les deux rives de la Méditerranée.

L'Amérique latine et l'Amérique centrale se tournent vers la Communauté, non plus seulement comme cadre de référence pour les relations entre les pays de ce continent, mais aussi pour réclamer une présence plus active d'une Europe aux sangs mêlés avec leurs peuples.

En Asie et dans le Pacifique, les Européens sont demandés, sans doute avec moins d'insistance. Mais négliger ces pays comme nous avons tendance à le faire, n'est-ce pas passer à côté d'opportunités économiques, mais plus grave encore laisser s'instaurer de dangereux équilibres en termes d'influence ?

Là encore, que peut isolément chaque nation européenne ? Cultiver la nostalgie de ses grandeurs passées ? Sans doute, mais ce n'est qu'une illustration supplémentaire des embarras d'une souveraineté nationale mal comprise. Alors que la Communauté européenne peut, parce qu'elle est une référence, parce qu'elle appelle une présence, répondre à l'attente des autres peuples. A une condition cependant, qu'elle s'approfondisse et qu'elle se dote des moyens de ses ambitions. Et, reconnaissons-le, il reste beaucoup à faire.

Parallèlement, c'est une Communauté plus sûre d'elle-même qui peut offrir, comme je l'ai proposé, un *partnership* global avec les Etats-Unis, seule issue pour mieux appréhender les bouleversements qui secouent le monde. Combattre les désordres de l'économie internationale et exiger de la nouvelle grande puissance, le Japon, qu'il partage avec l'Amérique du Nord et l'Europe le fardeau des responsabilités mondiales.

L'autre défi historique : le bouillonnement de l'Europe

Les événements s'accélèrent, de nouvelles perspectives s'ouvrent, la Communauté est interpellée, en Europe même ! Rappelons les demandes d'adhésion de la Turquie et de l'Autriche. D'autres vont suivre, n'en doutons pas.

Les pays de l'Association européenne de Libre-Echange veulent profiter pleinement des avantages du grand marché. C'est pourquoi nous cherchons avec eux les bases d'un autre contrat qui fonderaient l'Entente Economique Européenne. Un contrat sans doute moins exigeant que celui défini par nos traités, mais qui nous permettrait de resserrer nos liens économiques et politiques. Que de problèmes communs à résoudre, et pour commencer, celui des infrastructures de transport dont l'insuffisance est source de difficultés multiples. C'est pourquoi je propose un grand programme de réseaux ferrés et routiers permettant de circuler plus aisément, et sans risque écologique, de Copenhague à Athènes, d'Hambourg à Rome, en passant par la Suisse, l'Autriche, la Yougoslavie. Voilà qui scellerait nos intérêts communs et nos solidarités.

Enfin, et surtout, l'Europe communiste explose sous nos yeux. Gorbatchev lance la perestroïka et la glasnost. La Pologne et la Hongrie entreprennent des réformes politiques tendant vers plus de liberté et de démocratie. L'Allemagne de l'Est (RDA) est secouée par le départ de centaines de milliers de ses habitants qui vont se réfugier en République Fédérale d'Allemagne. La contagion de liberté gagne Leipzig et Berlin-Est.

Dès 1984, François Mitterrand, devant le Parlement Européen, exprimait le pressentiment d'une radicale nouveauté en Europe.

« Il est clair, disait-il, que le temps s'éloigne où l'Europe n'avait pour destin que d'être partagée et divisée par d'autres. Les deux mots d'indépendance européenne possèdent désormais une résonance neuve. C'est une donnée que notre siècle, proche de sa fin, retiendra, j'en suis sûr. »

334

Comme je l'ai souligné déjà, à diverses reprises, c'est la Communauté européenne, communauté de droit, ensemble démocratique, économie dynamique, qui a servi d'exemple et de catalyseur à nombre de ces évolutions. Ce n'est pas l'Ouest qui dérive vers l'Est, mais bien l'Est qui est attiré vers l'Ouest.

La Communauté européenne sera-t-elle demain à la hauteur des circonstances ? Telle est la question qu'il faut poser dès aujourd'hui, qu'il s'agisse d'aider à la modernisation économique des pays de l'Est, condition essentielle de la réussite de leur réforme politique, ou qu'il s'agisse aussi de traiter, le moment venu, la question allemande. C'est-à-dire l'application du droit à l'autodétermination.

Si nous refusons de considérer ces nouveaux défis, alors, je ne crains pas de le dire, non seulement nous faillirons à nos responsabilités, mais la Communauté éclatera ou verra son élan stoppé par le poids des contradictions internes non surmontées.

Je vois aujourd'hui, placés devant de tels événements, trop d'esprits chagrins, trop de pensées fatalistes, trop de volontés freinées par la résignation. Puis-je leur rappeler, à propos de la question allemande, cette déclaration fondamentale de H.D. Genscher :

« Un peuple comme le peuple allemand, au cœur de l'Europe, ne doit jamais apparaître comme un obstacle à la prospérité de l'ensemble des peuples européens. Au contraire, il doit se comporter de façon à ce que son existence soit considérée comme un bienfait pour l'ensemble, voire comme une nécessité. C'est la garantie la plus sûre de son existence. »

Comment préparer les voies d'une solution, sinon en renforçant certains traits fédéralistes de la Communauté qui puissent offrir à tous la garantie de leur propre existence, pour paraphraser la formule du Ministre allemand des Affaires étrangères ? Là se trouve, j'en suis convaincu, la seule réponse acceptable et satisfaisante à la question allemande.

Comment assumer les responsabilités internationales, tout en facilitant l'émergence de la grande Europe, sinon par un approfondissement accéléré de la construction communautaire ? Seule une Communauté forte et sûre d'elle-même, plus homogène, plus résolue peut véritablement tenir les deux bouts de la chaîne.

Les deux bouts de la chaîne

L'Histoire s'accélère. Nous aussi devons accélérer.

Pour adapter nos institutions à cette nouvelle donne, nous ne pouvons tergiverser sur l'Union économique et monétaire. La question n'est pas de raccourcir, de manière irréaliste, le temps nécessaire pour tester une coopération approfondie, puis franchir les étapes successives. Où le temps nous est compté, c'est pour prendre la décision politique qui, au terme d'une conférence intergouvernementale, suscitera le dynamisme nécessaire à la réussite du processus et mettra en place des institutions capables d'assumer les exigences liées à nos responsabilités extérieures : décider vite, agir efficacement, se doter des moyens nécessaires, prendre appui sur une plus grande légitimité démocratique.

Le Conseil européen de Strasbourg devrait prendre les décisions qui permettent au nouveau Traité d'être adopté, puis ratifié par les Parlements nationaux, avant l'échéance de fin 1992, fixée pour l'achèvement du grand marché sans frontières. Sans un tel engagement, je crains que la préparation de l'Union économique et monétaire et la réussite de la première phase ne souffrent d'une absence évidente de dynamisme. Il nous faut une obligation de résultat.

J'ai toujours été un adepte de la politique des petits pas – comme en témoigne le schéma en cours de la relance européenne. Mais je m'en éloigne un peu aujourd'hui, parce que le temps nous est compté. Un saut qualitatif est nécessaire tant en ce qui concerne notre conception de la Communauté qu'en ce qui concerne les modes d'action extérieure. Il est impératif de surmonter toutes les résistances que nous rencontrons, ne serait-ce que pour adapter les instruments dont nous disposons afin, par exemple, de réaliser l'enrichissement de la Convention de Lomé ou de réussir notre programme d'aide à la Pologne et à la Hongrie. Nous devons ouvrir davantage nos marchés aux pays qui ont un besoin vital d'exporter plutôt que d'accroître leur endettement. Nous devons disposer d'instruments financiers susceptibles de contribuer à l'adaptation et à la modernisation de leurs économies.

Ma conviction est que nous n'y arriverons pas avec nos pratiques actuelles de délibération et de décision : le Conseil, le Parlement, la Commission constituent certes un triangle institutionnel plus efficace qu'il y a quelques années, grâce à l'Acte unique, mais cela est encore insuffisant pour nous permettre de répondre aux accélérations de l'Histoire.

Je souhaite, pour l'honneur de nos générations, que nous puissions reprendre, dans les deux années qui viennent, les paroles mêmes que prononçait un autre grand Européen, Paul-Henri Spaak, lors de la signature du Traité de Rome :

« Cette fois les hommes d'Occident n'ont pas manqué d'audace et n'ont pas agi trop tard. »

Un nouveau choc politique s'impose. Donc la Commission y est prête et assumera pleinement son rôle d'initiative. Elle proposera des réponses aux questions que soulève ce nouveau bond en avant : qui décide et comment s'articulent les différents niveaux de décision (toujours la subsidiarité) : qui est chargé de mettre en œuvre, avec quels moyens ; qui contrôle ; quelle contrepartie démocratique ?

*

Vraiment, nous vivons une période enthousiasmante, mais aussi pleine de risques. La Communauté européenne est mise au défi d'apporter une contribution décisive à l'avancée de notre histoire.

Devant une audience composée en grande partie d'étudiants, je me prends à rêver d'une Europe débarrassée des chaînes de Yalta, d'une Europe faisant fructifier son immense patrimoine culturel, d'une Europe imprimant la marque de la solidarité à un monde par trop dur et par trop oublieux de la partie de lui-même qui souffre de sous-développement.

Je dis à ces jeunes : vous pourrez, si nous réussissons notre Europe, aller jusqu'au bout de vous-mêmes et disposer d'espaces pour votre épanouissement. Car vous êtes conviés à participer à une aventure collective unique, associant des peuples et des nations, pour le meilleur, et non pour le pire. Vous y retrouverez vos racines philosophiques et culturelles, celles de l'Europe de toujours. Mais pour cela, vous devez vous engager personnellement et exiger de ceux qui vous gouvernent une audace calculée, une imagination fertile, un engagement clair à faire de la Communauté une nécessité pour exister et un idéal pour entreprendre.

CHRONOLOGIE

18 juillet 1984 – La nomination de Jacques Delors comme président de la Commission européenne est annoncée officiellement à Bruxelles. Elle entrera en vigueur le 1er janvier 1985. Entretemps, le futur président fait le tour des capitales pour explorer les moyens de relancer la construction européenne.

7 janvier 1985 – Réunion constitutive de la nouvelle Commission européenne présidée par Jacques Delors.

14 janvier 1985 – Déclaration politique du Président Delors devant le Parlement européen. Il propose l'abolition des frontières internes de la Communauté d'ici à 1992.

31 janvier 1985 – Jacques Delors réunit les partenaires sociaux de la Communauté à Val Duchesse (Bruxelles) pour relancer le dialogue social.

29-30 mars 1985 – Le Conseil Européen de Bruxelles marque son accord sur la proposition des programmes intégrés méditerranéens et accueille favorablement l'accord politique sur l'adhésion de l'Espagne et du Portugal.

14 juin 1985 – La Commission européenne transmet au Conseil le « livre blanc sur l'achèvement du marché intérieur d'ici à 1992 » qui recense les quelque 300 décisions à prendre pour le réaliser.

28-29 juin 1985 Le Conseil Européen de Milan approuve le « livre blanc » et décide de convoquer une conférence intergouvernementale chargée de modifier les Traités de Paris et de Rome pour, notamment, réaliser « l'objectif 92 ».

2-3 décembre 1985 – Le Conseil Européen de Luxembourg adopte l'Acte Unique retenant la fin de 1992 pour réaliser le marché intérieur, prévoyant la mise en œuvre de politiques d'accompagnement et de nouvelles dispositions institutionnelles pour faciliter et démocratiser la prise de décision. Par ailleurs, la coopération politique est consacrée dans les textes.

1er janvier 1986 – Entrée officielle de l'Espagne et du Portugal dans la Communauté.

17 février 1986 à Luxembourg – 28 février 1986 à La Haye – l'Acte Unique européen – première révision du Traité de Rome – est signé. Son Préambule rappelle la volonté des Douze « de transformer l'ensemble des relations entre leurs Etats en une Union européenne » ainsi que « l'objectif de réalisation progressive de l'Union économique et monétaire ».

1er mai 1986 – Entrée en vigueur de la troisième convention ACP – CEE.

29 mai 1986 – Le drapeau européen adopté par les institutions communautaires est hissé pour la première fois (Bruxelles).

11 juin 1986 – Signature d'une déclaration du Parlement, du Conseil et de la Commission contre le racisme et la xénophobie.

15 février 1987 – La Commission adopte un programme d'action pour la mise en œuvre de l'Acte Unique : « Réussir l'Acte Unique, une nouvelle frontière pour l'Europe », qui sera connu sous le nom de « paquet Delors ». Réforme financière de la PAC, ce paquet instaure aussi une politique de solidarité entre régions riches et pauvres dans la Communauté.

14 avril 1987 – Demande d'adhésion de la Turquie à la Communauté.

29-30 juin 1987 – Le Conseil Européen de Bruxelles examine le programme de la Commission : onze délégations acceptent les conclusions de la présidence concernant les orientations et le programme de travail relatif à cette communication.

1er juillet 1987 – Entrée en vigueur de l'Acte Unique européen.

28 septembre 1987 – Le Conseil adopte le programme-cadre de recherche et de développement technologique 1987-1991 proposé par la Commission.

28 octobre 1987 – Jacques Delors présente au Conseil les propositions de la Commission pour la création d'un espace financier européen.

4-5 décembre 1987 – Le Conseil Européen de Copenhague ne parvient pas à se mettre d'accord sur le programme de la Commission « Réussir l'Acte Unique » et décide de convoquer un Conseil extraordinaire.

11 au 13 février 1988 – Le Conseil Européen extraordinaire de Bruxelles s'accorde sur le programme de la Commission « Réussir l'Acte Unique » et ouvre la voie au marché intérieur de 1992.

12 mai 1988 – Jacques Delors devant la Confédération Européenne des Syndicats à Stockholm propose l'établissement d'une Charte communautaire des droits des travailleurs.

19 et 21 juin 1988 – Le Sommet économique occidental de Toronto se prononce en faveur d'une initiative communautaire de réduction de la dette des pays les plus pauvres.

28 juin 1988 – Le Conseil Européen d'Hanovre, dans ses conclusions, « rappelle qu'en adoptant l'Acte Unique les pays membres ont confirmé l'objectif de réalisation progressive de l'Union économique et monétaire ».

Il décide de confier à un comité la mission d'étudier et de proposer les étapes concrètes devant mener à cette union. Ce comité sera présidé par Jacques Delors, dont le mandat à la présidence de la Commission est alors renouvelé.

26 septembre 1988 – Signature d'un accord de commerce et de coopération entre la Hongrie et la Communauté.

12 avril 1989 – Le rapport sur l'Union économique et monétaire dans la Communauté – dit Rapport Delors – est rendu public. Il a été approuvé à l'unanimité des dix-sept participants du comité, y compris le gouverneur de la Bundesbank, Karl Otto Poehl, et le gouverneur de la Bank of England, Robin Leigh Pemberton.

30 mai 1989 – Le Sommet de l'OTAN décide le report de la modernisation des forces nucléaires en Allemagne et l'accélération des négociations sur les forces conventionnelles en Europe.

15-18 juin 1989 – Elections du Parlement européen. Le groupe socialiste renforcé des travaillistes anglais est le plus important des groupes politiques.

27 juin 1989 – Le Conseil Européen de Madrid dans ses conclusions :

– « réitère sa détermination de réaliser progressivement l'UEM » ;

– considère que le Rapport Delors « répond pleinement au mandat de Hanovre » et estime que « sa réalisation devra tenir compte du parallélisme entre les aspects économiques et monétaires, respecter le principe de subsidiarité et répondre à la diversité des situations spécifiques » ;

– décide que la première étape de l'UEM commencera le 1er juillet 1990 ;

– demande aux instances compétentes (dont la Commission) d'adopter les dispositions nécessaires au démarrage de la première étape et de réaliser les travaux préparatoires pour réunir une conférence intergouvernementale.

6 juillet 1989 – A Strasbourg, devant le Conseil de l'Europe, Mikhaïl Gorbatchev présente sa description d'une Maison commune européenne.

14-16 juillet 1989 – Sommet de l'Arche à Paris. Les huit grands soutiennent les réformes en URSS et en Europe de l'Est et confient à la Commission – à l'instigation de Jacques Delors – la coordination de l'aide à la Pologne et à la Hongrie.

16 juillet 1989 – La peseta entre dans le mécanisme de change du SME.

17 juillet 1989 – Demande d'adhésion de l'Autriche à la Communauté.

24 août 1989 – Premier gouvernement non communiste en Pologne, depuis la fin de la guerre, avec la nomination comme Premier ministre de Tadeusz Mazowiecki, membre de Solidarité.

10 septembre 1989 – La Hongrie ouvre officiellement sa frontière avec l'Autriche, amplifiant le flot des Allemands de l'Est se rendant en Allemagne de l'Ouest.

19 septembre 1989 – Signature d'un accord de commerce et de coopération entre la Pologne et la Communauté.

17 octobre 1989 – Dans un discours devant le Collège d'Europe à Bruges, le Président de la Commission affirme : « Comment assumer nos responsabilités internationales, tout en facilitant l'émergence de la Grande Europe, sinon par un approfondissement accéléré de la construction communautaire ? Seule une Communauté forte et sûre d'elle-même, plus homogène, plus résolue peut véritablement tenir les deux bouts de la chaîne. L'Histoire s'accélère. Nous aussi devons accélérer. [...] Un saut qualitatif est nécessaire tant en ce qui concerne notre conception de la Communauté qu'en ce qui concerne nos modes d'action extérieure. »

9 novembre 1989 – Chute du Mur de Berlin, la Porte de Brandebourg est ouverte.

18 novembre 1989 – Le Conseil Européen, réuni pour un dîner à l'Elysée, soutient les changements en cours à l'Est et s'accorde sur la création de la BERD.

28 novembre 1989 – Helmut Kohl présente un plan en dix points pour l'unification allemande.

8-9 décembre 1989 – Le Conseil Européen réuni à Strasbourg, notant les initiatives du Conseil Ecofin et des gouverneurs des banques centrales « de renforcer la coordination des politiques économiques et d'améliorer la collaboration entre banques centrales, constate que ces décisions permettront à la première étape de l'UEM, telle qu'elle est définie dans le rapport du Comité Delors, de commencer le 1er juillet 1990 ».

Le Conseil Européen constate que la majorité nécessaire est réunie pour convoquer une conférence intergouvernementale pour modifier le Traité, à la diligence des autorités italiennes, avant la fin de 1990. Il souligne l'exigence démocratique qui découlera de l'Union économique et monétaire.

Il adopte aussi – mais à onze – une Charte européenne des droits sociaux.

12 décembre 1989 – James Baker trace à Berlin « l'architecture de la nouvelle Europe ».

18 décembre 1989 – Signature d'un accord de commerce et de coopération entre l'Union soviétique et la Communauté.

22 décembre 1989 – Renversement du régime Ceaucescu à Bucarest.

29 décembre 1989 – Vaclav Havel est élu à la présidence de la République Tchèque et Slovaque.

17 janvier 1990 – Face aux bouleversements du continent européen, Jacques Delors, devant le Parlement européen, dans son discours programme, affirme : « Je pense que cette conférence intergouvernementale devrait, sous une présidence unique, engager deux réflexions parallèles, l'une sur l'Union économique et monétaire et ses aspects institutionnels spécifiques et l'autre sur les autres questions, y compris l'extension des compétences, y compris la coopération politique, afin de dessiner pleinement, même s'il faut quelques années pour y parvenir, le visage de la Communauté de demain. »

15 février 1990 – Le Soviet Suprême de Lettonie se prononce pour l'indépendance (suivi le 11 mars par la Lituanie).

19 avril 1990 – Dans un message au Premier ministre irlandais, M. Haughey, MM. Kohl et Mitterrand, « compte tenu des profondes transformations en Europe », jugent « nécessaire d'accélérer la construction politique de l'Europe des Douze ». Dans cette perspective, ils souhaitent que le Conseil Européen du 28 avril « lance les travaux préparatoires à une conférence intergouvernementale sur l'Union politique ». Il s'agira notamment :

– de renforcer la légitimité démocratique de l'Union ;

– de rendre plus efficaces les institutions ;

– d'assurer l'unité et la cohérence de l'action ;

– de définir et de mettre en œuvre une politique étrangère et de sécurité commune.

Notre objectif, disaient encore MM. Kohl et Mitterrand, est que ces réformes fondamentales – l'UEM et l'Union politique – entrent en vigueur le 1er janvier 1993, après ratification par les Parlements nationaux.

28 avril 1990 – Réuni à Dublin, le Conseil Européen, qui traite de l'unification allemande pour s'en réjouir, confirme par ailleurs son engagement à l'égard de l'Union politique et décide :

– qu'un examen détaillé sera entrepris immédiatement sur la nécessité d'apporter d'éventuelles modifications au Traité en vue de renforcer la légitimité démocratique de l'Union, de permettre à la Communauté et à ses Institutions de répondre efficacement et de manière effective aux exigences de la nouvelle situation et d'assurer l'unité et la cohérence de l'action de la Communauté sur la scène internationale ;

– que le Conseil Européen de juin discutera de la tenue d'une seconde conférence intergouvernementale dont les travaux se dérouleraient parallèlement à ceux de la conférence sur l'Union économique et monétaire.

7 mai 1990 – Signature d'un accord de commerce et de coopération entre la République Fédérative Tchèque et Slovaque et la Communauté.

18 mai 1990 – Signature à Bonn du Traité d'Etat sur l'union monétaire entre la RFA et la RDA.

29 mai 1990 – Election de Boris Eltsine à la présidence du Parlement de Russie.

21 juin 1990 – Les deux Parlements de RFA et de RDA réaffirment l'intangibilité de la frontière Oder-Neisse.

25-26 juin 1990 – Le Conseil Européen décide de convoquer les deux conférences intergouvernementales – chargées de négocier les nouveaux Traités – le 15 décembre 1990 à Rome.

Il confie aussi à la Commission une étude sur la situation économique en URSS et sur une aide éventuelle à ce pays.

5-6 juillet 1990 – L'OTAN réunie à Londres demande à l'URSS d'accepter l'Allemagne unifiée dans l'Alliance.

9-11 juillet 1990 – Le Sommet des pays industrialisés de Houston marque une divergence Europe/Etats-Unis sur les négociations commerciales internationales (Uruguay Round) et sur l'aide économique à l'URSS qui fera cependant l'objet d'une étude à laquelle la Commission participera.

16 juillet 1990 – Mikhaïl Gorbatchev accepte le principe de l'unification allemande dans l'OTAN et le retrait des troupes soviétiques de RDA. L'Allemagne s'engage à une aide économique massive.

2 août 1990 – L'Irak envahit le Koweit.

4 août 1990 – La Communauté condamne cette invasion et décide d'un embargo quarante-huit heures avant la résolution 661 des Nations Unies.

21 août 1990 – La Commission adopte les règlements nécessaires à l'entrée des Länder de l'Est dans la Communauté. Elle rend aussi public son avis sur l'Union économique et monétaire.

12 septembre 1990 – Les quatre grandes puissances et les deux Allemagne, par le Traité de Moscou, rétablissent l'Allemagne dans sa pleine souveraineté.

3 octobre 1990 – Unification allemande.

8 octobre 1990 – La livre sterling entre dans le mécanisme de change du SME.

21 octobre 1990 – La Commission adopte son avis sur l'Union politique : une Communauté unique ; assurer l'unité et la cohérence de l'action de la Communauté sur la scène internationale ; le renforcement de la légitimité démocratique (les relations entre institutions et la citoyenneté européenne) ; l'amélioration de l'efficacité des institutions.

27-28 octobre 1990 – Guido Carli, ministre du Trésor italien, fait rapport au Conseil Européen sur l'UEM. Le Conseil Européen fait de ces travaux la base de la conférence intergouvernementale, définit l'Union économique et monétaire, affirme l'objectif final des taux de change irrévocablement fixes, donc d'une monnaie unique – un Ecu fort et stable.

Le Royaume-Uni n'est pas en mesure d'accepter ce qui est un véritable mandat pour la conférence intergouvernementale. Sur l'Union politique, le Conseil Européen souligne sa volonté de développer la dimension politique de la Communauté.

14 novembre 1990 – Signature à Varsovie d'un traité germano-polonais qui confirme l'intangibilité des frontières.

19-21 novembre 1990 – La CSCE se réunit à Paris et adopte la Charte de Paris, principes devant gouverner les relations dans la grande Europe.

22 novembre 1990 – Démission de Margaret Thatcher. Elle sera remplacée par John Major.

23 novembre 1990 – Dans une Déclaration transatlantique, Européens et Américains d'une part, Européens et Canadiens d'autre part, définissent un cadre pour leurs relations futures.

2 décembre 1990 – Victoire de la coalition dirigée par Helmut Kohl aux premières élections législatives de l'Allemagne réunifiée.

3-7 décembre 1990 – La session finale de l'Uruguay Round, nouvelle étape de la libéralisation du commerce international, aboutit à un échec, Etats-Unis et Communauté ne parvenant à un accord ni sur la réduction des subventions agricoles, ni sur la libéralisation des services. L'Uruguay Round est alors prolongé.

6 décembre 1990 – Helmut Kohl et François Mitterrand précisent, dans une lettre à Giulio Andreotti, leur conception commune de l'Union politique.

10 décembre 1990 – La Commission publie un projet de Traité portant révision du Traité de Rome en vue de la mise en place d'une Union économique et monétaire.

14 décembre 1990 – Sur rapport de Jacques Delors, le Conseil Européen de Rome décide d'aider l'URSS par un programme d'aide alimentaire, d'assistance financière et d'assistance technique.

15 décembre 1990 – Les deux conférences intergouvernementales sont ouvertes. Y participent pour la Commission MM. Delors, Andriessen et Christophersen. Ces conférences se tiendront pratiquement tous les mois au niveau ministériel (Affaires étrangères pour l'Union politique, économies et finances pour l'UEM), les travaux étant préparés par des réunions plus fréquentes de représentants personnels des ministres.

17 janvier 1991 – Déclenchement dans le Golfe de l'opération « Tempête du Désert ».

15 avril 1991 – Levée partielle des sanctions communautaires contre l'Afrique du Sud.

8-9 avril 1991 – Un Conseil Européen extraordinaire est réuni pour traiter des problèmes du Golfe. En marge de ce Conseil, les ministres des Affaires étrangères tiennent, en présence du vice-président Andriessen, une réunion informelle de l'UEO.

17 avril 1991 – James Baker remet aux Douze une note en cinq points sur la défense de l'Europe.

6-7 juin 1991 – Réunis à Copenhague, les pays membres de l'OTAN tout en affirmant le rôle primordial de l'Alliance dans l'architecture de la nouvelle Europe, reconnaissent la légitimité d'une identité européenne en matière de défense.

12-14 juin 1991 – Réunion à Prague des assises de la Confédération européenne à l'initiative de François Mitterrand.

25 juin 1991 – La proclamation d'indépendance rejetée par le gouvernement fédéral de la Croatie et de la Slovénie entraîne une intervention militaire de l'armée fédérale dans ces deux Républiques.

28 juin 1991 – Dissolution du CAEM.

28-29 juin 1991 – Le Conseil Européen de Luxembourg dégage des orientations générales pour la conférence intergouvernementale sur l'Union politique. Le Conseil Européen marque aussi son accord « sur les objectifs qui sont à la base » d'une proposition allemande sur les affaires intérieures et judiciaires.

Le Conseil Européen constate par ailleurs « de larges plages d'accord sur les éléments fondamentaux de l'UEM » et souligne la nécessité « de réaliser dès à présent des progrès satisfaisants et durables dans la convergence économique et monétaire ».

1er juillet 1991 – Dissolution du Pacte de Varsovie.

1er juillet 1991 – Demande d'adhésion de la Suède à la Communauté.

15-17 juillet 1991 – A Londres, le Sommet des pays industrialisés – en marge duquel Mikhaïl Gorbatchev est convié – soutient les réformes en URSS et décide d'une assistance technique mais pas financière du fait des réticences américaines et japonaises.

18 juillet 1991 – Européens et Japonais signent une Déclaration dans laquelle ils définissent le cadre de leurs relations futures.

26 juillet 1991 – Accord d'autolimitation entre le Japon et la Communauté sur l'ouverture du marché automobile. Les constructeurs européens ont huit ans pour se préparer à la concurrence.

19-22 août 1991 – Echec du coup d'Etat des forces communistes conservatrices contre Mikhaïl Gorbatchev. Pologne, Hongrie et Tchécoslovaquie demandent à la Communauté de renforcer leur dialogue politique.

CHRONOLOGIE

24 août 1991 – L'Ukraine proclame son indépendance.

7 septembre 1991 – Ouverture de la Conférence de paix sur la Yougoslavie à La Haye.

22 octobre 1991 – Accord à Luxembourg entre les Douze et les sept pays de l'AELE (Autriche, Finlande, Islande, Norvège, Suède, Liechtenstein et Suisse) afin de créer l'Espace Economique Européen, un vaste marché de 400 millions de consommateurs.

7-8 novembre 1991 – Un nouveau concept stratégique de l'Alliance est approuvé à Rome par les chefs d'Etat et de gouvernement au Conseil de l'Atlantique Nord.

9-11 décembre 1991 – Le Conseil Européen réuni à Maastricht décide de réviser les Traités pour promouvoir une Union économique et monétaire et une Union politique. La Communauté sera dotée d'une monnaie unique et d'une Banque centrale unique au plus tôt le 1er janvier 1997 et au plus tard le 1er janvier 1999. L'Union européenne progresse par la mise en place d'une politique étrangère et de sécurité commune, par la définition de nouvelles compétences et le renforcement de la légitimité démocratique des institutions européennes.

16 décembre 1991 – Signature par les Douze et la Commission d'« Accords Européens » avec la Pologne, la Hongrie et la Tchécoslovaquie. D'autre part, le Conseil décide des modalités de la reconnaissance par la Communauté de nouveaux Etats en Europe.

21 décembre 1991 – Création, à Alma-Ata, de la Communauté des Etats indépendants par 11 Républiques de l'ancienne URSS.

25 décembre 1991 – Démission de Mikhaïl Gorbatchev.

Table des matières

Préface 7

I. L'objectif 92 21

II. Le modèle européen de société 61

III. L'histoire s'accélère 111

IV. Les contours de la grande Europe 189

V. L'Europe fidèle à son histoire 275

VI. L'idéal et la nécessité 311

Chronologie 339

CET OUVRAGE A ÉTÉ TRANSCODÉ
ET ACHEVÉ D'IMPRIMER SUR ROTO-PAGE
PAR L'IMPRIMERIE FLOCH À MAYENNE
EN JUILLET 1992

N° d'impression : 32775.
N° d'édition : 7381-0158-3.
Dépôt légal : février 1992.
Imprimé en France